Katie Fforde

UN CHATEAU EN LA PROVENZA

LIRIVA EDITORES

Diseño de la cubierta, Borja Puig

Primera edición: marzo 2025
Título original: *A wedding in provence*
ISBN: 978-84-10479-83-8
DL: CS 98-2025
Impreso en la UE
Publicado por Grupo Ediciones Kiwi, B12871265

THEMA: FR

Para mi querida amiga Jane
Wenham-Jones (1962-2021),
con mucho amor.

Capítulo 1

París, otoño de 1963

Alexandra no podía controlar su emoción.

¡Estaba en París! Era cierto que solo serían veinticuatro horas, pero era un día de octubre luminoso y lleno de posibilidades. Le encantaba París, aunque solo la había visitado una vez, años atrás, cuando su niñera la había llevado mientras visitaba a su novio.

París había dejado una profunda impresión en ella, y ahora estaba disfrutando cada momento de estar allí.

Al día siguiente cogería un tren a Suiza y asistiría a una escuela de señoritas, o lo que sus bienintencionados y poco imaginativos tutores consideraban una buena escuela.

Pero el hoy era suyo y ya había explorado bastante.

Se ajustó el cinturón de su gabardina un poco más, cuando una ráfaga de viento la alcanzó al pie de Montmartre. Miró hacia arriba, hacia el Sacré-Coeur, pensando en lo hermoso que era. Estaba a punto de subir los numerosos escalones, cuando escuchó un pequeño grito detrás de ella.

Se dio la vuelta y vio a una joven rubia, muy bonita,

con las manos cubriéndose el rostro en un gesto de horror. Patatas y cebollas rodaban a sus pies y en su mano sostenía una bolsa de cuerda rota. Estaba al borde de las lágrimas.

—No me lo puedo creer —exclamó la mujer—. ¡Crees que un día ha empezado mal y se pone cada vez peor!

Alexandra no pudo ignorarla. La mujer no parecía mucho mayor que ella, apenas veinte años, y era evidente que estaba muy alterada. Además, hablaba en inglés, aunque con acento americano.

—¡Vamos! No pasa nada. Yo te ayudo. —Alexandra se agachó y empezó a recoger verduras usando la tela de su falda Mac.

—Es muy amable por su parte ayudarme —dijo la mujer, sonando menos angustiada—. Pero, a menos que tenga una bolsa, será mejor que dejemos todo esto aquí.

Alexandra se miró el regazo. La mujer tenía razón: no podía andar con todo aquello entre los brazos.

—Podríamos llenarnos los bolsillos. Oh, ¡mira ese ajo! —exclamó, señalando un bulbo de gran tamaño.

Estaba acostumbrada a los pequeños ajos, pero este, del tamaño de una pelota de tenis, le recordó el curso de cocina que había terminado recientemente en Londres. Lo primero que había dicho la señora Wilson cuando vio un bulbo que era patético el ajo en Inglaterra.

Este ajo era evidentemente francés.

—Tómelo, si quiere —indicó la mujer—. No tengo bolsillos. De todas formas, no voy a poder usarlo.

—Estoy segura de que las cosas no están tan mal —respondió Alexandra en tono tranquilizador—. Pon lo que puedas en el bolso...

La mujer le mostró un pequeño bolso a Alexandra.

—Bueno, entonces usemos mis bolsillos. Además, puedo meter algunas cosas en mi bolso, aunque el repollo no creo que quepa —dijo, sonriendo.

El bolso de Alexandra era una antigua bolsa de correos y tenía bastante capacidad, pero no la suficiente para algo del tamaño de una cabeza humana.

—Es muy amable, pero no tengo nada en lo que pueda poner las verduras. Ni siquiera sé por qué las compré. Se supone que tengo que dar una cena esta noche y no tengo menú. ¡No sé cocinar y ni siquiera sé hacer la compra! Mi esposo va a estar tan decepcionado de mí.

—¿Se han casado hace poco? —Alexandra pensó que debía serlo, dado lo joven que era la mujer.

—Hace nada, y a este paso me pregunto si llegaremos al primer año. Esta noche es la primera gran cena que me pide que organice y ya he fracasado. —La mujer seguía afligida, pero no lloraba—. Escuche, ¿podemos ir a algún sitio a tomar algo? Aunque sea un café. No he hablado inglés con nadie, excepto con mi marido, que es americano como yo, desde que llegamos a París. No sería algo tan malo si al menos hablara francés, ¡pero no lo hago!

Alexandra, siempre de buen corazón, no pudo ignorar la súplica de la joven, que debía sentirse terriblemente sola.

—¿Por qué no? Aquí hay un bonito café. ¿Has comido? Yo no. Y hablo francés. No perfectamente, pero lo suficientemente bien.

Alexandra tenía hambre. Ansiosa por disfrutar de cada minuto que pasaba en París, se había levantado demasiado temprano para que le dieran el desayuno en su pensión, y había paseado mucho.

—¡Oh! Me encantaría ir a algún sitio y no tener que pelearme con los camareros para hacerme entender —dijo la mujer, extendiendo la mano—. Por cierto, me llamo Donna.

—Yo soy Alexandra —respondió, estrechándosela brevemente—. Ahora, vamos a comer.

Cuando tuvieron delante los platos con unos filetes fritos y una botella de vino, y hubieron comido varios bocados en silencio, Donna dejó el cuchillo y el tenedor.

—Te contaré mi historia con rapidez —soltó—, y luego quiero que me hables de ti.

Alexandra sonrió.

—Adelante.

—Bueno, crecí en Connecticut. Me casé joven con un hombre muy agradable, Bob, que mis padres aprobaron completamente. Luego, su trabajo lo envió a París. Suena tan romántico, y lo es, en realidad, pero no cuando no hablas el idioma, tu esposo está fuera todo el día y no tienes amigos. No tengo a nadie con quien hablar, excepto la criada, y ella no habla inglés... ¡Y me odia! —Donna hizo una pausa y respiró hondo—. A mis padres no les gusta que esté tan lejos y siguen enviando cartas preguntando si Bob no podría ser transferido de nuevo a los Estados Unidos. Bueno, en realidad es mi madre. —Suspiró—. Esa es más o menos mi vida. París es una ciudad hermosa, y me encantaría conocerla mejor. Ahora te toca a ti.

—Aún no me has contado lo de la cena —le indicó Alexandra sonriente—, pero te daré los datos más importantes sobre mí. Crecí en Londres y no tengo padres, aunque tengo parientes que me cuidan y se preocupan por mí. Llevaba una vida fantástica, con unos amigos en una gran casa de mi familia, pero ahora tengo que irme a Suiza. —Hizo una pausa—. Mis parientes descubrieron que no me comportaba como ellos consideraban adecuado, así que me han dicho que tengo que portarme bien y hacer lo que ellos digan.

Dicho, de esa manera, no parecía tan dramático, pero en su momento había sido terrible.

Estuvo fuera, en la boda de su amiga Lizzie, y, cuando regresó a la casa con David, quince años mayor que ella, y su mejor amigo, se la encontraron completamente iluminada.

Tras unos instantes, en los que pensó que habían entrado a robar, se dio cuenta de que sus parientes de Suiza se habían instalado en la propiedad familiar.

La vida sencilla con David se había terminado.

Este ni siquiera entró en la casa.

Se quedó con un amigo, hasta que el camino estuvo despejado.

Afortunadamente, sus parientes odian Londres y no se quedaron mucho tiempo, pero las órdenes para Alexandra fueron claras: debía irme a Suiza el mes siguiente.

—¡Es horrible que no tengas padres! ¿Pero tienes parientes? ¿Por qué no te acogieron cuando murieron tus padres? —preguntó Donna.

—No lo sé, pero me alegro mucho de que no lo hicieran. Tuve muchas niñeras y personas que me cuidaban, y no me importaba. Mis parientes quieren lo mejor para mí, por supuesto, pero nunca habría sido feliz viviendo con ellos. —Alexandra tuvo que beber un sorbo de vino para reponerse—. Son muy estrictos y rígidos. En cambio, yo soy un espíritu libre.

—¡Vaya! —exclamó—. Eso suena tan... atrevido.

Alexandra rio.

—Fue divertido. Sobre todo, cuando conocí a mis amigas en la escuela de cocina.

—¿Eres una chef profesional?

—¡No! Claro que no, pero sé cocinar bastante bien. Hice algunos trabajos de cocina profesional con mi amiga Meg, que es una cocinera brillante.

—¡Ojalá estuviera aquí ahora! —dijo Donna, recordando la cena que había intentado olvidar.

—¿Te importa si te hago una pregunta un poco personal?

—Adelante —respondió—. Es tan bueno tener a alguien con quien hablar, que no me importa ser indiscreta.

—Conozco esa sensación. Tenía un amigo encantador que era... Bueno, es... un hombre, pero las amigas son diferentes, ¿no?

Donna asintió.

—¿Qué querías preguntarme?

—¿El trabajo de Bob está bien pagado? Quiero decir, si el dinero no es un problema, podrías contratar a alguien que cocine para tu cena y no tendrías que preocuparte. Yo misma he hecho trabajos así.

—¡Ya había contratado a alguien! Tenía reservado un chef, pero mandaron un mensaje para decirme que no podían venir. Bob solo me soltó: «Oh, cariño, tú puedes hacerlo. Todo irá bien». Luego, cerró el periódico y se fue al trabajo. Su madre siempre cocinaba cuando su padre invitaba a gente de negocios a cenar. Se cree que las mujeres pueden hacer estas cosas automáticamente, solo porque son mujeres. —De repente, Donna parecía a punto de echarse a llorar de nuevo.

—¿Por qué no le dijiste que no puedes?

La joven bajó la mirada a su plato, avergonzada.

—Quiero ser el tipo de esposa que sabe cocinar para una cena. No quería decepcionarle.

Alexandra no respondió de inmediato. No quería reprocharle su actitud, pero intuía que se había equivocado.

—¿Podrías hacerlo por mí, Alexandra? —le preguntó Donna, sonando muy joven e indefensa. Estaba inclinada hacia delante, con su larga melena rubia cayendo sobre la copa de vino.

Alexandra pensó en el poco tiempo que tenía para disfrutar de París.

—¡Pero necesitas un chef francés de verdad! Debe haber cientos de ellos. Al fin y al cabo, estamos en París.

—¿Conoces a alguno al que pueda contactar? El que tenía contratado no supo hablarme de nadie.

—Eso no significa que no los haya.

—Lo sé, pero ¿cómo encontraré uno a tiempo para esta noche?

Tenía razón.

—Estoy de acuerdo en que es muy poco tiempo, pero debe haber agencias en las que podamos probar. —Alexandra, que se consideraba ingeniosa, se dio cuenta de que sería casi imposible encontrar un chef que cocinara en una cocina privada con tan poca antelación, si no se tenían contactos.

—¿Lo harías por mí? —le rogó Donna, poniendo todo su encanto. Utilizaba habilidades que sin duda le funcionaban bien con su padre y con Bob. Ella tampoco era inmune—. Aunque no seas cocinera profesional, al menos has cocinado alguna vez —añadió.

—El problema es que solo tengo este día para ver París... —Alexandra hizo una pausa, al mismo tiempo que pensaba que Suiza, y todo lo que representaba, podía esperar.

Tenía algo de dinero guardado en el bolsillo interior de su bolso y cheques de viaje que había comprado con lo que había ganado en Londres.

Sus parientes no sabían nada.

Lo podría utilizar para pasar más tiempo en París.

Ya tenía reservada una pensión muy asequible, y podría enviar un telegrama a sus parientes e informarles de que se había encontrado con una amiga en París, y que se quedaría durante un tiempo.

Después de todo, llevaban años sin verla.

Por unos días más, no habría problemas. ¿Y qué mejor lugar para mejorar su francés que París?

Sonrió a Donna.

—De acuerdo. Lo haré. Pero contigo, y no para ti. No quiero que me pagues. Lo que debemos hacer es comprar para salir del paso. Los franceses son brillantes en lo referente a la comida preparada. Compraremos paté, muchos quesos y un postre magnífico. Después, solo tendremos que preocuparnos del plato principal.

—Haces que todo parezca tan fácil —dijo Donna—. Estoy tan contenta de haberte conocido. Pareces tan glamurosa, pero eres tan amable. Habría pensado que eras francesa, si no supiera lo contrario. ¿Tu pañuelo es un Hermès?

Alexandra asintió.

—Fue un regalo de mi tío. Cuando vino a Londres el mes pasado, se dio cuenta de que ya no era una niña y me regaló algo que realmente me gustara.

—Con tu gabardina y el cinturón, pareces...

Alexandra suspiró.

—Lo sé. Siempre he tenido un aspecto diferente al de

otras personas de mi edad. Siempre he ido un poco a mi aire, en lo que a moda se refiere.

—Iba a decir que eres como Audrey Hepburn. Eres tan... genial. Y muy elegante.

—¿En serio? ¡Vamos! Terminemos nuestro almuerzo y luego organizaremos tu cena. Tal vez necesitemos comprar unas cuantas cosas más.

Pero no podía lanzarse a hacer las compras y cocinar hasta haber enviado el telegrama a las personas que esperaban recogerla en la estación de Suiza al día siguiente.

Primero, tendría que componer el mensaje perfecto para que su plan de quedarse unos días en París pareciera una buena idea. Luego, habría que enviarlo, lo que probablemente significaría encontrar una gran oficina de correos y telégrafos.

Sentadas en la mesa del restaurante, Alexandra sacó un cuaderno gastado que solía usar para anotar detalles de las antigüedades que compraba y vendía, como pasatiempo lucrativo, cuando vivía en Londres.

—¿Puedo ayudarte con la redacción? —preguntó Donna después de ver cómo Alexandra tachaba varios intentos.

Esta solía ser buena en decirles a sus parientes lo que querían escuchar. Como cuando vivía en la casa familiar de Londres, y había logrado ocultarles durante mucho tiempo el hecho de que no tenía una compañera femenina.

Pero este telegrama tenía que implicar que lo que

estaba haciendo entraba dentro de la línea de lo que querían para ella. Como su principal preocupación era que su francés no era lo suficientemente bueno —lo consideraban demasiado coloquial y rústico—, debía centrarse en eso, mientras enfatizaba que solo retrasaría su llegada a Suiza por poco tiempo.

Había considerado decir «unos días», pero decidió no ser demasiado específica.

—No, gracias. Creo que ya lo tengo. ¿Qué te parece? —preguntó, leyendo su mensaje en voz alta.

—¡Perfecto! Y, mientras has estado haciendo eso, he tenido una idea maravillosa. Vamos a llamar a la secretaria de Bob y pedirle que envíe el telegrama. Así no tenemos que esperar más, antes de ponernos manos a la obra con la cena. —No le costó mucho persuadir a Alexandra—. Después de todo —añadió—, es un pequeño favor, comparado con sacarme de mi apuro. ¡Me acabas de conocer en la acera, y ni siquiera somos amigas! —Frunció el ceño—. Bueno, espero que ahora sí lo seamos, pero ya sabes a lo que me refiero.

Donna también había localizado el teléfono en el bistró, así que una vez que la secretaria de Bob, a la que Donna describió como «terriblemente eficiente y nada atractiva», tuvo el telegrama dictado, las dos jóvenes estuvieron preparadas para ir de compras.

Iba a ser una tarde divertida.

Capítulo 2

—Es estupendo que puedas hablar con el taxista —dijo Donna unas horas más tarde, mientras cargaban las bolsas en el maletero de un taxi.

—Tú también podrías, si practicas —respondió Alexandra—. ¿Cuál es la dirección?

Donna vivía en un *arrondissement* muy bueno, cerca de la Torre Eiffel.

Alexandra decidió enviar una postal, tomando prestada la dirección de Donna, a sus parientes. Se quedarían más tranquilos. La dirección de la pequeña pensión, donde se hospedaba, no sería ni de lejos tan impresionante.

El apartamento de Donna era increíble. Tenía techos altos, habitaciones enormes, con suelos de parqué en espiga, chimeneas de mármol y ventanas altas, que se abrían a balcones con vistas a toda la ciudad.

—¡Esto es precioso! —exclamó Alexandra, al observar el salón, pensando que a Bob le debía ir muy bien para poder permitirse un apartamento tan bonito.

—Lo es, pero espera a ver dónde tengo que cocinar.

Alexandra siguió a Donna hasta la cocina.

—¡Ya veo lo que quieres decir! —dijo horrorizada—. Es como un pasillo con un fregadero.

—¿Cómo se supone que voy a organizar una cena aquí? —preguntó Donna—. Ya es bastante difícil hacer café y tostadas.

Era más parecido a una despensa, bastante larga pero muy estrecha. Tenía un fregadero poco profundo y una balda encima para los platos, lo que le recordó a Alexandra la querida cocina que había dejado en Londres.

—Supongo que no se espera que prepares cenas —dijo Alexandra—. Me imagino que tu cocinera habría hecho lo que hemos hecho nosotras: traer cosas de fuera.

—O tal vez la gente hace las reuniones en los restaurantes. Eso es lo que Bob debería haber sugerido, pero ¡somos americanos!

—Está bien —dijo, viendo que Donna parecía un poco avergonzada—. Hemos comprado paté, pan fresco y mantequilla para el entrante, y el maravilloso pastel Saint-Honoré para el postre, así que solo nos queda el plato de pollo.

—Es un postre precioso —indicó Donna, mirando el dulce que había reposado sobre sus rodillas durante el trayecto en taxi, encerrado en una caja de cartón blanco. Esferas doradas de masa choux estaban dispuestas en un círculo de hojaldre, cubierto con crema batida. Un aro de azúcar hilado era el toque final—. Pero nadie pensará que lo he hecho yo.

—No tienen por qué pensar que lo has hecho —comentó Alexandra—. Cuando estuve en París, mi niñera me dijo que a ninguna francesa se le ocurriría preparar un pastel o una tarta para una cena formal. —Hizo una pausa—. Ahora, ¿qué hacemos con el pollo?

Donna dio un grito de horror.

—¿No lo sabes? Has comprado todas esas verduras y hierbas... ¡Creía que tenías una receta en mente!

—Pronto tendré una receta —señaló Alexandra con confianza—. Mira, aquí tienes un *Larousse Gastronomique*. —Sacó de la estantería un libro grande y muy desgastado—. Menos mal que había un ejemplar en el apartamento.

—Lo alquilamos amueblado —indicó Donna—. Supongo que lo consideran esencial, a diferencia de una fontanería eficiente y unos desagües que no huelan.

—Espero que mi francés esté a la altura de los términos técnicos —comentó Alexandra, dándose cuenta de que Donna la miraba con incertidumbre—. ¿Por qué no pones la mesa? Eso puede llevar bastante tiempo.

—Oh, sí. Tengo que buscar los platos. Hay cientos de ellos, y vasos de todas las formas y tamaños.

—Busca algo bonito para servir el paté —sugirió Alexandra—. También para el queso. Creo que deberíamos desenvolverlo.

Se alegró de que Donna volviera al comedor, porque no estaba tan segura como aparentaba, y no deseaba que la miraran ni hablaran, mientras revisaba el libro. Sin embargo, había hecho un curso de cocina y había ayudado a su amiga Meg, que había hecho el mismo curso, a preparar almuerzos para directores, así que tenía algo de experiencia.

No tardó mucho en decidirse a dejar lo que muchos consideraban la biblia de la cocina francesa y ponerse manos a la obra.

No tenía tiempo suficiente para traducir términos culinarios complicados: el curso que había hecho en Londres era para mujeres jóvenes, no para chefs.

Comenzó cortando unas cuantas cebollas y muchos dientes del bulbo de ajo morado, que tanto le había gustado, cuando lo vio rodar por la cuesta.

Se alegró de haber tenido la previsión de pedirle al carnicero que dividiera los dos pollos en trozos. Necesitaban algunos retoques, pero no tuvo que enfrentarse a nada demasiado grande.

Tiró todos los sobrantes en una olla, con las cáscaras de cebolla, algunas cebollas enteras, zanahorias y un manojo de tomillo. No tenía previsto hacer caldo, pero pensó que podría ser útil.

Pasaron varias horas y, por fin, la pequeña cocina se llenó de los deliciosos olores del pollo, el vino y las setas. Había una salsa para verter sobre las porciones y perejil picado para esparcir por encima.

Alexandra estaba cansada. Quería regresar a su pensión, tumbarse en la cama y no hacer nada. Cocinar un simple plato de pollo no era tan fácil como todo el mundo pretendía, o, al menos, no lo era para ella. Pero había disfrutado mucho ayudando a Donna, y estaba muy triste al pensar que probablemente no se volverían a ver. Se habían hecho amigas mientras decidían qué copas irían mejor y especulaban sobre cómo serían los invitados de la cena.

—¿Estás segura de que habrá alguien que os sirva? —preguntó, reacia a marcharse, a pesar de estar cansada.

—Sí, sí. La secretaria de Bob lo organizó todo cuando planeó la cena. También contrató al chef. Debo decirle que no se presentó.

—Deberías —dijo Alexandra, que había empezado a resentirse desde el principio, por la ausencia de un profesional cualificado.

—Pero al menos ahora puedo darte esto. —Donna puso un sobre lleno de francos franceses en la mano de Alexandra—. No discutas. Coge un taxi y vuelve a tu alojamiento. Pero prométeme que volverás por la mañana para saber cómo ha ido.

—Lo prometo —respondió, sospechando que también le pedirían que ayudara a limpiar, a pesar de la camarera contratada.

—No sé qué habría hecho sin ti, Alexandra —indicó Donna—. Has estado increíble.

—Me lo he pasado muy bien. Solo desearía...

—¿Qué?

—Poder pasar unos días más en París.

—¡Oh! Eso me encantaría —exclamó Donna—. Podríamos explorarla juntas y así aprendería a no tener miedo de los camareros.

Alexandra se rio y luego suspiró.

—Lo que necesito es una razón de peso para quedarme, como un trabajo. Si trabajara para gente importante, probablemente mis parientes lo aprobarían. Estaría mejorando mi francés con personas que tienen el acento adecuado.

—¿Qué calificaciones tienes? ¿Taquigrafía, mecanografía...? —preguntó Donna.

Alexandra se encogió de hombros y volvió a suspirar.

—No tengo calificaciones. No sirvo para nada.

—¡Eso no es cierto! ¡Mira lo que has hecho por mí!

—Me ha encantado hacerlo.

Donna y ella se dieron un largo abrazo, antes de que Alexandra subiera al diminuto y chirriante ascensor.

Cuando Alexandra se presentó en el elegante apartamento a las once de la mañana siguiente, encontró a Donna muy nerviosa.

—¡Fue increíble! —le dijo a Alexandra, sin esperar a que se intercambiaran los saludos—. Te estoy tan agradecida, que no puedo explicártelo. —Donna cogió a Alexandra del brazo y la condujo al salón. Las largas ventanas estaban abiertas y había una mesita en el balcón—. Siéntate. Voy a traerte café y postre, y luego te daré una noticia maravillosa.

La joven estaba encantada de sentarse y ver cómo París pasaba bajo el sol.

Donna apareció con café y un plato de profiteroles con crema; los componentes de un pastel Saint-Honoré.

—¡He conocido al hombre más guapo que jamás haya visto! —dijo Donna—. No te preocupes, no me refiero a esa manera. Estoy casada con Bob y nada cambiará eso. Pero, este hombre tiene un trabajo para ti. ¿Qué te parece? También le acompañaba una mujer guapísima, pero ese no es el tema. ¿Puedes imaginarlo? Cuando le hablé de ti, se interesó mucho. Sobre todo, cuando mencioné la casa de tu familia en Belgravia.

El corazón de Alexandra dio un vuelco. Realmente no quería ir a la escuela de señoritas en Suiza. No, cuando había una oportunidad de quedarse en París y divertirse con Donna.

—¿Cuál es el trabajo? ¿Lo sabes? —Tenía tantas ganas de quedarse en París, que probaría cualquier cosa. Aunque el hombre querría probablemente una secretaria bilingüe, que no solo pudiera hablar francés, sino que también taquigrafiara en ambos idiomas.

Donna hizo una mueca.

—No lo sé, pero lo bueno es que solo será para un mes. A tus parientes no les importaría que te quedaras un mes. He descubierto que a las familias les gustan las fechas concretas. La mía no quería que viniéramos a París, pero, cuando dije que solo sería por un año, se sintieron mucho mejor.

Alexandra asintió.

—Creo que los míos son iguales, pero necesito saber qué tipo de trabajo es. Tal vez no pueda hacerlo. Te dije que no sé taquigrafía, por ejemplo.

—Él no mencionó nada de eso. Comentó que deberías saber cocinar, cosa que sabes. Hablar inglés y francés, lo que obviamente puedes, y conducir. ¿Sabes conducir?

—Sí —dijo Alexandra—, pero no estoy segura de poder conducir en francés. —Intentó imaginarse conduciendo por esa ciudad y se sintió un poco intimidada.

—¿Quieres decir en París? Entiendo. Los parisinos tienen sus propias reglas para conducir.

Luego, Alexandra superó su actitud derrotista.

—Aprendí a conducir en Londres, y, si puedo manejar Hyde Park Corner, estoy segura de que me acostumbraría a París. Has dicho un mes, ¿verdad?

Donna asintió.

—A tu familia le gustaría, ¿verdad? Tendrías un mes para perfeccionar tu francés, aunque creo que ya es bastante perfecto, y luego podrías ir a la escuela para señoritas. —Hizo una pausa, algo que no hacía a menudo—. ¿Qué te enseñan allí?

—Oh, no lo sé. Cómo escribir cheques, cómo dirigirme a la nobleza y cómo subir y bajar de coches deportivos, sin mostrar los pantalones.

Donna se rio con deleite.

—En Estados Unidos, los pantalones son lo que usan los hombres... Pero no importa. Aquí tienes su tarjeta. Debes ir a esa dirección a las dos de la tarde, para una entrevista. Toda la información está aquí. Si necesitas una referencia, Bob te dará una.

Alexandra inspeccionó la tarjeta y su ánimo creció.

—¡Es un conde! A mis parientes les encantará. Si consigo el trabajo, tendré que enviarles los detalles.

—¡Por supuesto! ¿Qué te vas a poner para la entrevista?

Esto hizo reflexionar a Alexandra. Llevaba muy poca ropa en su maleta.

—No tengo mucho donde elegir. La mayoría de mis cosas deben de estar ya en Suiza. Las enviaron por adelantado, para que no tuviera que lidiar con el pesado equipaje en el tren. Tengo un pijama, un cambio de ropa interior, este vestido, unos pantalones y un cárdigan. Eso es todo, más o menos.

—Y tu pañuelo Hermès.

—Sí, pero, aunque puede ser útil, no es un conjunto completo. —Alexandra se miró el vestido, entallado, sin mangas y hasta la rodilla. Era un traje para conocer a sus parientes, pero tendría que servir para una entrevista—. Creo que estará bien. Puede que huela un poco a cocina, pero quizás, siendo francés, no le importe. No me está juzgando por mi ropa, después de todo; quiere saber si soy adecuada para el trabajo. —Hizo una pausa—. ¿Estás segura de que no mencionó qué tipo de puesto era?

—No, pero no te preocupes. No mencionó conocimientos de secretaría o contabilidad, y seguramente lo habría hecho si los hubiera querido.

—Me sentiría más motivada para ir a Suiza, si fueran a enseñarme algo así. Sin embargo, estoy segura de que será mucho más aburrido. El secretariado y la aritmética para adultos son más útiles.

Donna palmeó la rodilla de Alexandra.

—Estoy segura de que te irá bien. Y será genial tenerte en París. ¡Tendré una amiga!

—¡Oh, lo sé! Me encantaría.

—¿Estás completamente segura de ese vestido? Podríamos mirar en mi armario y prestarte algo. Eres un poco más alta, así que mi ropa te quedaría corta, pero puede que eso no sea tan malo.

Alexandra sonrió.

—Creo que este vestido irá bien. Ayer me puse un delantal para cocinar. Aunque, si tienes algún perfume agradable, podría ponerme un poco; me encantaría. Para disimular el leve «*eau d'oignon*».

—¡Perfume! —gritó Donna—. Tengo tantos que podría bañarme en ellos. He pensado que podríamos almorzar temprano, sin vino, y luego, después de tu entrevista, podemos celebrar.

—Puede que no consiga el trabajo —dijo Alexandra—. Nunca he ido a una entrevista. ¿Tienes algún consejo?

Donna negó con la cabeza.

—Nunca he tenido un trabajo.

—He hecho servicios de catering —explicó Alexandra—, y solía comerciar con antigüedades, pero nunca he tenido uno de esos trabajos de nueve a cinco.

—¿Antigüedades? ¡Qué emocionante!

—Un amigo mío tiene un puesto en el mercado de Portobello Road. Me dejaba poner mis cosas con las de él. Me enseñó todo lo que sé.

Alexandra se permitió un momento de reflexión.

Su vida en Londres había sido muy buena, compartiendo una casa grande con amigos, ganando dinero cocinando o trabajando de camarera con uno de sus amigos, y vendiendo antigüedades con otro los fines de semana. Era una persona que sabía sacar lo mejor de las cosas, pero sabía que iba a sentirse solitaria y confinada en Suiza. Estaría atrapada con sus aburridos y formales parientes en casa, y, en la escuela de señoritas, estaría rodeada de chicas con las que probablemente no tendría nada en común.

—Al menos déjame maquillarte —insistió Donna—. He pasado todo mi tiempo libre practicando cómo ponerme delineador sin mancharme la cara. Tienes unos ojos preciosos, y será divertido realzar su belleza. Ayudará a que te den el trabajo.

Capítulo 3

Cuando Alexandra cruzó las puertas del alto y elegante edificio, para su entrevista de aquella tarde, estaba más nerviosa de lo que esperaba. Normalmente, tenía mucha confianza en sí misma, pero, esta vez, tampoco es que le importara si no conseguía el trabajo. Después de todo, no había planeado tener uno. Podía pasar unos días en París y luego coger el tren a Suiza, habiendo disfrutado de sus vacaciones.

Sin embargo, se dio cuenta de que sus labios estaban resecos, mientras pedía indicaciones en la recepción, e incluso dudó antes de llamar a la puerta de la oficina.

Respiró hondo un par de veces y se dijo a sí misma que estaba preparada.

Al entrar, se encontró en una sala con dos grandes escritorios. En uno, junto a la ventana, un hombre estaba escribiendo, y en el otro, justo frente a ella, estaba el tipo de mujer que bien podría describirse como un «dragón». Esta llevaba un traje negro muy elegante, que bien podría haber sido de Chanel, el pelo perfectamente peinado, dos hileras de perlas, la cara demasiado blanca y los labios finos.

Alexandra tuvo la impresión de que evitaba sonreír,

para prevenir la formación de arrugas. Lo había conseguido en algunas partes.

En ese instante, deseó haber cogido algo prestado del amplio armario de Donna. Su propio atuendo había viajado de Londres a París y había sido testigo de una larga tarde de cocina, rodeado de cebolla, ajo y nata; el delantal podría no haber sido suficiente.

Como no tenía sentido lamentarse por su ropa, Alexandra puso su mejor acento francés, saludó a la mujer tan cortés y formalmente como pudo, y dio su nombre.

Recibió una inclinación de cabeza en respuesta a la devolución del saludo y la invitó a sentarse en la silla frente al escritorio.

—Soy la señora Dubois, yo llevaré a cabo la entrevista. —Luego, le entregó un formulario—. Por favor, complete esto, *mademoiselle*. Aquí tiene una pluma.

Por impulso, Alexandra añadió cinco años a su edad y luego completó el formulario con su mejor caligrafía. Describió su último puesto como «chef de empresa», aunque no estaba del todo segura de si, «chef *d'entreprise*», era una descripción adecuada para cocinar almuerzos para los miembros de la junta de los bancos de la City.

Pero era lo mejor que pudo inventar.

Al devolver el formulario completo, se consoló pensando que, como primera entrevista de trabajo, ya era bastante difícil. Eso significaba que las futuras entrevistas, en las que el resultado fuera más importante, probablemente parecerían más fáciles.

Ser entrevistada por una parisina aterradora, que la miraba con desdén, era sin duda un bautismo de fuego que la fortalecería para el futuro.

Madame Dubois leyó el formulario, lo que le hizo enarcar las cejas un par de veces.

—Así pues, ¿es usted inglesa?

Alexandra asintió.

—¿Pero habla francés?

Alexandra pensó que ya lo había demostrado con creces, pero asintió.

—¿Es usted una cocinera razonablemente competente?

Asintió.

—Lo he comentado en mi formulario.

—Señorita, ha escrito que era la jefa de una empresa, y sospecho que ese no es el caso. —Entrecerró los ojos, con lo más parecido a una sonrisa que pudo esbozar—. Probablemente, su francés no sea tan bueno como usted cree.

Alexandra murmuró una disculpa.

Su interlocutora continuó:

—¿Sabe conducir?

Alexandra mostró su licencia de conducir inglesa como prueba, rezando para que madame Dubois no mirara más allá de la primera página, y descubriera su verdadera edad.

Ni mucho menos. Apenas le echó un vistazo al carné, antes de devolvérsela, sujetándolo con las puntas de los dedos.

—Parece satisfactorio —dijo—. El puesto solo es por un mes. ¿Lo sabía?

—Lo sabía, madame.

—Muy bien, *mademoiselle*. Este puesto es para ser niñera. La niñera permanente de los niños está visitando a su madre, que está enferma. ¿Tiene usted experiencia?

Alexandra respiró hondo. La idea de cuidar niños fue un poco impactante; apenas había conocido a uno, y mucho menos cuidado de alguno. Por otro lado, ella misma había tenido muchas niñeras y sabía distinguir a una buena, de una mala.

—Por supuesto, señora —dijo.

Estaba lista para explicar que no había escrito eso en su formulario, porque no sabía que el trabajo requería habilidades de niñera, pero no pareció preocuparse.

—Hay tres niños en la familia. Son mayores. ¿Será capaz de lidiar con ellos?

Alexandra asintió, aliviada, de que sus protegidos no fueran recién nacidos.

—Oh, sí.

—¿Y tres niños? ¿Se las arreglará?

—Definitivamente.

Probablemente, era confiarse demasiado, pero solo era un mes, y no podía ser tan difícil. Podría llevarlos de excursión a los lugares turísticos de París.

Donna la ayudaría, y sería divertido.

Madame Dubois la estudió durante unos segundos inquietantes.

—Comprenderá que necesitamos cubrir el puesto urgentemente, de lo contrario no consideraríamos a alguien como usted. Sin embargo, el conde ha sido informado de sus antecedentes, y, como se trata solo de un acuerdo muy temporal, puede ser adecuado.

—Gracias —respondió Alexandra, algo humillada.

—Comprobaremos sus referencias y, si no son satisfactorias, será despedida de inmediato.

Alexandra había dado el nombre del esposo de Donna, Bob, como una referencia, y de su prima, la que tenía el apellido más ilustre que incluía un título, como la otra. Realmente, esperaba que su prima no la denunciara.

—Por supuesto —dijo Alexandra dócilmente.

—Parece muy joven para su edad, *mademoiselle.* —La mirada implacable de la señora Dubois se clavó en Alexandra de un modo tan altivo, que hizo que esta recobrara la compostura.

Cuando había escrito una fecha de nacimiento incorrecta en su formulario, ya había anticipado esta pregunta. Aunque, en general, sabía que parecía bastante madura para tener veinte años, era posible que la cuestionaran.

Le dedicó una sonrisa dulce y marcada.

—Lo sé. Siempre me he considerado muy afortunada.

Esto provocó que una de las cejas perfectamente depiladas de madame Dubois se elevara.

—Bien. —Dubois abrió un cajón y sacó un sobre gordo—. Esta es la mitad del dinero que se le pagará. Recibirá el resto cuando se marche, junto a su billete de tren.

Alexandra había extendido la mano para coger el sobre que se le ofrecía.

—¿Billete de tren?

—Sí. El puesto está en la Provenza: viajará a Marsella. ¿Le sorprende?

—¡Sí! No sabía… Nadie lo mencionó… Pensé que el trabajo estaba en París.

Madame Dubois la miró como si aquella fuera una idea de lo más extraña.

—Pues no. Pensé que esto había quedado claro, cuando se le sugirió que viniera a la entrevista.

La mente de Alexandra era un caos. Nunca se le había ocurrido que el trabajo no fuera en París. Ya no estaba segura de si lo seguía queriendo.

En ese momento, el hombre que había estado trabajando en el rincón se levantó y cruzó la habitación para hablar con ella.

—*Mademoiselle*, usted se encargaría de mis hijos y, naturalmente, estos son muy queridos para mí. ¿Puedo confiar en que los cuidará bien?

Varias cosas pasaron por la mente de Alexandra al mismo tiempo.

La primera fue que, aquel hombre, era extremadamente atractivo; la segunda, que debía ser el hombre que Donna había conocido en la cena, y, finalmente, que sentía que no podía defraudarlo.

—Por supuesto, *monsieur*. —Demasiado tarde recordó que su tarjeta de visita decía que era conde y se corrigió—. *Monsieur le comte.*

Era alto, con el cabello casi negro y ojos oscuros enmarcados por largas pestañas. Tenía una nariz larga, ligeramente aguileña, y una boca que se curvaba en las comisuras.

Alexandra se dio cuenta de que era casi imposible no enamorarse de él. En aquel momento, sintió que iría hasta el fin del mundo por él, por no hablar de la Provenza.

Monsieur le comte le hizo una leve reverencia.

—Gracias, *mademoiselle*. Le estoy muy agradecido. —Salió de la habitación.

—Bien —prosiguió madame Dubois, algo más flexible, ahora que Alexandra había sido aprobada como adecuada por su jefe—. Le escribiré un breve itinerario. Saldrá de la Gare de Lyon. Le sugiero que lleve algunos vestidos ligeros de verano, ya que puede hacer mucho calor en Provenza. Incluso en otoño. La recogerán en la estación cuando llegue. Hay una ama de llaves en el castillo, así que su trabajo será realmente muy fácil. —Continuó relatando algunos detalles más, sobre lo que se esperaba.

Alexandra sonrió con rigidez. A medida que madame Dubois se relajaba, y ella se tensaba más.

—Haré todo lo posible por cumplir con lo esperado.

La mujer hizo una reverencia y estuvo a punto de sonreír de verdad.

—¡Por supuesto!

Donna había quedado con Alexandra en un café, cerca del lugar donde tuvo la entrevista.

Estaba entusiasmada por saber cómo le había ido a Alexandra, mientras que esta solo quería sentarse y beber un vaso de agua fría. Planeaba seguir con un vaso de coñac, para calmar sus nervios.

—¿Y bien? —preguntó Donna—. ¿Has conseguido el trabajo? ¿Te lo dirán más tarde? ¿Pido champán?

Alexandra asintió.

—Sería estupendo, aunque no estoy segura de que sea algo para celebrar.

Donna dio la orden mientras la miraba fijamente.

—¿Por qué no? ¿No lo has conseguido? Antoine, el hombre que has conocido, parecía desesperado cuando hablamos anoche.

—He conseguido el trabajo —confirmó y observó mientras el camarero llenaba su copa—, pero no es exactamente lo que yo pensaba.

—¿Qué tienes que hacer?

—Ser una niñera, pero no es eso lo que me preocupa. El trabajo no es en París... ¡Está en la Provenza!

La cara de Donna se ensombreció.

—Oh. Yo esperaba...

—¡Lo sé! ¡Yo también! Creía que podríamos pasar tiempo en esta ciudad tan alegre.

Donna parecía decepcionada.

—Tenía tantas ganas de tener una amiga en París. ¡Ahora no volveré a verte nunca!

—Me verás cuando vuelva. Dentro de un mes. Tengo que regresar, para coger el tren a Suiza. —Alexandra se lo decía a sí misma, tanto como a Donna.

Aunque había aceptado de buen grado su tarea, tenía dudas. La Provenza parecía remota y muy lejos de la civilización, y no tenía ni idea de lo que sus parientes opinarían.

Bebieron su champán y luego, en parte para animar a Donna, que parecía abatida, Alexandra propuso:

—Vamos de compras. Necesito ropa interior.

—Monoprix. Ahí es donde necesitas ir. Puedo llevarte. —Sonrió con tristeza—. No son exactamente los Campos Elíseos, pero es lo que necesitamos.

Capítulo 4

Al día siguiente, cuando el tren salió de París, Alexandra estaba emocionada de nuevo. Sabía que le esperaba un largo viaje y se había preparado.

Donna había insistido en acompañarla a la estación y le había comprado dos baguetes rellenas, fruta y una botella de agua Perrier. El día anterior, Alexandra había llevado a Donna al Barrio Latino, y habían buscado la famosa librería inglesa, Shakespeare and Company. Allí compró un diccionario francés-inglés y dos novelas para el viaje.

Donna había querido donarle el Larousse Gastronomique, pero Alexandra lo había rechazado porque era demasiado pesado para cargar y, además, formaba parte de los bienes de su apartamento.

Su despedida fue sorprendentemente emocional, considerando que se conocían desde hacía muy poco tiempo.

Unas horas más tarde, Alexandra había comido su pícnic improvisado, pelando las manzanas con su navaja suiza, sin la que nunca viajaba.

Al otro lado del pasillo, había un hombre, acompañado por su esposa, que también llevaba una. Era una navaja Opinel, que utilizaba para cortar jamón.

La suya le pareció demasiado insignificante, si las comparaba.

Había leído casi todo un libro, racionándoselo, para tener algo que leer durante el mes entero, y había estudiado el diccionario con detenimiento, varias veces.

Pasó un buen rato mirando por la ventana, antes de que, por fin, el tren entrara con lentitud en la estación.

El paisaje, especialmente hacia el final del viaje, había sido maravilloso. Los campos dorados por el sol por el cambio de estación, los de girasoles amarillos y marrones, y los de lavanda, ya cosechados, donde los arbustos grises se extendían sobre las colinas como orugas gordas. Los vendimiadores, con grandes sombreros de paja y cestas en la espalda, recogían las uvas de viñas escarlatas, bajo el sol. Las aldeas de piedra dorada se aferraban a las cimas de las colinas, y, aunque era octubre, la luz —la razón por la que los artistas iban a Provenza—, seguía siendo especial.

Mientras miraba por la ventana, se esforzaba mucho por no pensar en el hombre de la oficina, el conde de Belleville, y padre de los niños.

No creía en el amor a primera vista, y, a pesar de tener solo veinte años, ya tenía mucha experiencia en el amor, aunque fuera de segunda mano. Las diferentes niñeras y compañeras que la habían cuidado a lo largo de los años, en su mayoría jóvenes, no se habían contenido en contarle la mala suerte de sus corazones rotos. Experiencia que le había llevado a decidir, desde una edad temprana, apenas unos diez años, que no sucumbiría al amor, si podía evitarlo.

Desde entonces, había descubierto que estar enamorada no era algo tan malo, pero enamorarse de alguien a quien realmente no conocía, sería una locura.

Eso no le iba a suceder ella, por muy atractivo que fuera el hombre en cuestión.

El largo viaje la había dejado rígida, y se tambaleó un poco mientras bajaba del tren.

Un hombre con un mono azul, que de alguna manera había identificado a la niñera inglesa, la saludó en un francés, con un fuerte acento, que apenas pudo entender.

—¡*Mademoiselle*! ¡Llega tarde! Debe darse prisa. ¡Yo también llego tarde! Me llamo Bruno.

—*Bonjour*, Bruno. Me llamo Alexandra —respondió, pero él no le hizo caso. En su lugar, tomó su nueva maleta, mientras ella se aferraba a su bolsa de mano y su bolso. En esos dos, llevaba lo esencial para la vida, y estaría perdida sin ellas.

Bruno parecía amable, pero tenía mucha prisa.

—Verás —dijo—, ha habido una pequeña calamidad.

Alexandra se preguntó cómo una calamidad podía ser pequeña.

—El ama de llaves, madame Carrier, ha tenido que irse. Su madre está enferma.

—Oh..., ¿es la misma que la de la niñera?

Bruno no sabía ni le importaba la niñera.

—Tendrá que cocinar para los niños, pero no desespere. —Alexandra no era dada a ese sentimiento, y no tenía intención de empezar ahora—. El jardinero le traerá verduras y aves. Es comida de la finca, como de costumbre.

Aunque le costaba entender el dialecto de Bruno y la velocidad con la que hablaba, escuchó la palabra aves, y esperó que se refiriera a gallinas bastante jóvenes, y no a viejas que solo servían para el caldo.

Se encogió de hombros mentalmente; estar en Francia empezaba a afectarla y pensó que tal vez el château también tendría un *Larousse Gastronomique*.

En un mes tendría tiempo para familiarizarse con todo.

La condujo hasta una vieja camioneta azul y metió su maleta en la parte trasera que, a juzgar por el olor, había transportado animales.

Alexandra se sentó a su lado, mientras Bruno daba la vuelta para subir, y se preguntó cómo habría descrito aquel vehículo agrícola la señora Dubois en París.

Su chófer hablaba, gesticulaba y exclamaba, mientras atravesaban los pequeños caminos y callejuelas, hasta que, por fin, el edificio quedó a la vista, al final de una arboleda.

No era enorme, pero sí imponente. Cuadrada, con grandes y gruesas torres en los extremos, como si creciera del suelo. Estaba construido con enormes bloques de piedra y parecía diseñado para resistir cualquier cosa. En ese momento, una enredadera que empezaba a adquirir el color del fuego, a la luz de la tarde, cubría buena parte de los muros. Las almenas de las torres podían ser decorativas o indicar que el palacio era muy antiguo, y las colinas que había detrás lo hacían parecer protegido.

Alexandra tuvo de pronto la extraña sensación de que aquel lugar se sentía como un hogar.

Mientras Bruno recorría la avenida a toda velocidad, Alexandra se recordó a sí misma que ese lugar no era su hogar, y que el trabajo solo era para un mes. Sin embargo, su corazón latía muy rápido, porque quería hacer un buen trabajo. Le había prometido al padre de los niños que podía confiar en ella, y no podía fallarle ni a él ni a los niños.

Inmediatamente, sonó un ladrido profundo que, obviamente, debía pertenecer a un perro grande.

Alexandra dio un pequeño salto, pero Bruno permaneció impasible. Resopló, impacientemente, cuando nadie abrió al instante, aunque no pasó mucho tiempo antes de que la gran puerta fuera arrastrada.

—Ah..., *bonjour* —dijo Bruno, al abrirse esta—. ¡Le he traído a su nueva niñera!

El perro, de gran tamaño, blanco y negro, con orejas caídas y cola fina, salió trotando. Olfateó a Alexandra y le dio un lametón en la mano.

Una vez supo que no se la iban a comer, Alexandra observó a los tres jóvenes que custodiaban la puerta con más eficacia que el perro.

La mayor era una chica de unos quince años, que vestía pantalones y un jersey de cuello vuelto. Difícilmente, se la podría describir como una niña.

Había un chico, casi igual de alto, pero evidentemente más joven, y otra chica más pequeña, con un vestido desteñido, con fruncidos, y mangas abullonadas, que parecía la única que tenía la edad adecuada para necesitar niñera.

Se compadeció de ellos. A ella también le habían impuesto niñeras, cuando ya no era apropiado, y no era nada divertido. Entendía por qué la mayor y su hermano la observaban con una mezcla de hostilidad, resentimiento y desafío. La pequeña estaba ansiosa y se aferraba a su hermano.

Los dos mayores se parecían mucho a su padre, con el pelo casi negro y sus ojos oscuros, enmarcados por largas pestañas, y una boca hecha para sonreír, aunque estaba claro que no lo estaban haciendo en ese momento.

La más joven tenía un aspecto muy diferente, con el pelo rubio y rizado. Su hermano mayor la rodeaba con el brazo.

«Debía parecerse a su madre», pensó Alexandra.

—No necesitamos una niñera —soltó la mayor, con la barbilla alta, hablando en francés.

—Estoy seguro de que no —indicó Bruno—, pero

tu padre dice que debéis tener una. Y aquí está. Ahora tengo que irme. —Corrió de vuelta al camión, recogió la maleta de Alexandra de la parte trasera y casi la lanzó al interior.

Luego, se fue, haciendo que Alexandra sintiera que su único amigo acababa de abandonarla, alejándose con rapidez por la arboleda.

Sus tres pupilos la observaron y ella les devolvió la mirada. Reconocía en sus expresiones algo de su yo más joven, y pensó en las niñeras con las que había congeniado... Había habido un par. Le gustaban, porque la respetaban y no le hablaban con condescendencia.

—Hola —saludó en inglés—. ¿Habláis inglés?

Le habían dicho que sí, ya que su madre era inglesa, razón por la cual querían una niñera nativa.

La mayor levantó la barbilla.

Alexandra repitió lo que había dicho, en francés, lento y pausado.

—*Non* —dijo la chica.

Alexandra les preguntó sus nombres de la misma manera, con lentitud, y con un marcado acento inglés en su francés.

La chica mayor no habló, pero su hermano contestó.

—Félicité. —Usando la forma francesa del nombre, y señalando a su hermana mayor—. Yo soy Henri, y ella es la pequeña Stéphanie. El perro se llama Milou.

Alexandra asintió. Así se llamaba el perro de Tintín, en la versión francesa de los libros. Si estos niños conocían esas historias, sería algo de lo que podría hablar con ellos, aunque estaba decidida a conversar en inglés.

Probablemente, no querían que supiera que hablaban inglés, y decidió que ella también mantendría en secreto el hecho de que hablaba francés con bastante fluidez.

Sentía que la gente tenía derecho a guardar secretos.

—Soy Alexandra —dijo en francés, y luego volvió al inglés—. Tengo mucha hambre. ¿Podéis decirme dónde está la cocina, por favor?

—*Non* —respondió Félicité, aún desafiante.

—Muy bien —dijo Alexandra—, la encontraré yo misma. ¿Quizás Milou me ayude?

Milou aceptó la tarea y juntos fueron por el largo pasillo hacia la parte trasera de la casa. Probablemente, el perro también tendría hambre.

La estancia era grande, con una enorme cocina negra contra una pared, y una gran mesa de madera en el centro, bien fregada. Al lado de la cocina, había una pequeña butaca, con muchos cojines aplastados. En una esquina había un reloj de pie, que hacía un tic-tac fuerte. Había un fregadero, varios armarios grandes, alrededor de las paredes que casi llegaban al techo, y, frente a la cocina, una alfombra en la que Milou se tumbó.

Encima de la cocina había un largo estante de madera, posiblemente diseñado para secar la ropa, pero, en su lugar, colgaba todo lo que podría ir en una cocina, aparte de muebles. Había cacerolas de cobre, sartenes de todos los tamaños, cucharones, coladores, tamices, y lo que parecían armas de guerra medievales, manojos de hierbas, paños de cocina y un osito de peluche, que obviamente había sido lavado y colgado para que se secara.

Para alivio de Alexandra, en una esquina vio una cocina de gas, bastante moderna, junto a una gran bombona de gas. También había un gran armario, con la puerta entreabierta, revelando cuencos, cacerolas, platos y todo lo necesario para comer o servir comida.

Pero la habitación estaba helada, a pesar de que solo era octubre.

Sin embargo, lo primero era lo primero, se dijo Alexandra. Había pasado mucho tiempo desde que había comido el pícnic en el tren.

—Tengo mucha hambre —dijo en inglés, y luego lo repitió en un francés lento y poco claro.

Félicité se encogió de hombros, pero Stéphanie, que evidentemente no había asimilado del todo las instrucciones sobre el idioma, anunció:

—¡Yo también tengo hambre! —En perfecto inglés.

—Stéphie —dijo Henri, más apenado que enfadado—. ¡Se supone que solo hablamos francés!

—No pasa nada —comentó Alexandra—. Es divertido gastarle una broma a alguien, pero no lo es si se prolonga demasiado. ¿Qué te gustaría comer? —se dirigió a Stéphie, quien sacudió la cabeza, visiblemente avergonzada por su reciente error.

—Vale —dijo Alexandra, sobre todo para sí misma—. ¿Hay nevera?

Dejó de esperar ayuda y comenzó a abrir armarios y puertas, hasta que finalmente encontró una gran despensa, al final de un pasillo. Allí halló un trozo de mantequilla en un plato, una selección de quesos, y una de las aves de corral, a las que Bruno había hecho referencia.

Pensó que cocinaría eso otro día, porque ahora solo quería pan.

Se llevó la mantequilla y un poco de queso, que pensó que era Comté, lo más parecido al Cheddar, disponible en Francia, y regresó a la cocina.

Se alegró al ver que los niños todavía estaban allí.

—¿Dónde está el pan? —preguntó en su ruidoso y lento francés. confiando en que la chica mayor seguiría el juego.

Todos sabían que los niños hablaban inglés, pero Alexandra se dirigía a ellos en francés, esperando que eso obligara a Félicité a responder.

Esta indicó con la cabeza dónde debía buscar.

—En la despensa —señaló en inglés—, pero probablemente esté duro.

—¿Cuándo ha sido la última vez que habéis comido? —interrogó Alexandra, preocupada. Eran las seis de la tarde. ¿Habían comido algo ese día?

—Desayunamos cruasanes —respondió Stéphie—, y manzanas para comer.

—De acuerdo —dijo Alexandra—. Vamos a buscar algo para comer.

La despensa estaba más allá de la alacena, y allí

encontró una caja de pan de madera, que contenía un par de baguetes duras, y un *pain de campagne*.

Esperando encontrar un cuchillo lo suficientemente afilado, como para cortarlo, tomó el pan redondo y marrón, y lo llevó de vuelta a la cocina. Si el ama de llaves iba a estar fuera durante mucho tiempo, haría algunos cambios. Las cosas necesitaban estar más a mano.

Había un cuchillo en un soporte magnético en la pared.

Alexandra cortó el pan, hasta tener cuatro rebanadas de buen tamaño. Luego, hizo tostadas con queso.

El olor del queso tostado, y la visión de él, burbujeando sobre el pan que Alexandra había colocado en una tabla de cortar redonda, atrajo a los niños a la mesa como polillas a la llama.

Al ver con qué entusiasmo comían, cortó el resto del pan y utilizó todo el queso para poner encima. Esperaba que, al tener el estómago lleno, los hiciera ser más amables con ella.

Sentarse en una cocina, aunque fuera una fría cocina francesa, le recordó a su vida en Londres, cuando ella y sus amigos se acomodaban alrededor de la mesa, comiendo, riendo y charlando sobre la vida.

En los últimos meses, habían compartido la gran casa londinense, haciendo de ella un lugar muy feliz. ¿Podría traer felicidad a esta casa? ¿Ella sola con tres niños infelices?

Sería difícil, aunque Félicité ya no era realmente una niña.

Se levantó de la mesa y fue a inspeccionar la cocina. Abrió la puerta del fuego.

—¿Suele estar en marcha?

Henri asintió.

—Necesita mucha leña, pero sí, suele funcionar. Hay un cobertizo para la leña.

Alexandra le sonrió. Si podía conseguir que al menos uno de los niños estuviera de su lado, todo sería mucho más fácil.

—¿Podrías traerme algo de leña y ramas pequeñas para encender el fuego? Y papel de periódico.

Henri tomó otra tostada de queso y se fue.

Alexandra decidió que no era el momento de enseñar modales en la mesa. Después de todo, le había pedido que trajera la leña. No le había especificado que cuando terminara de comer.

A Alexandra le llevó un tiempo encender la estufa, y, una vez que lo logró, se dio cuenta de que sería otro reto mantenerla encendida.

Pero era alentador oír el crepitar de la madera y darse cuenta de que, al final, habría un poco de calor.

Había sido un día dorado de octubre, pero ahora comenzaba a refrescar.

—Henri, tendrás que mostrarme dónde está la leña. No puedo depender de ti para que la traigas siempre.

—Madame Carrier solía maldecir la estufa. Le costaba mantenerla encendida toda la noche —confesó Henri.

—En ese caso, me contentaré con encenderla por la

mañana y mantenerla encendida durante el día. —Puso otro par de troncos—. ¿A alguien le apetece un chocolate caliente?

Le apetecía un vaso de vino, pero, hasta que no se instalara bien y encontrara dónde lo guardaban, tendría que conformarse. El chocolate caliente, servido en tazones a la francesa, ayudaría mucho.

No había mucha leche en la gran jarra, en la alacena, pero, tras una búsqueda exhaustiva entre los distintos paquetes de los armarios, encontró una mezcla que solo requería agua caliente para hacer un cacao con leche.

Alexandra puso un poco de leche en una cacerola, añadió el contenido del paquete, un trozo de chocolate y algo de agua, y lo calentó en la estufa.

Finalmente, vertió la bebida espumosa en los tazones que sabía que normalmente se usaban para beber café.

Pronto, todos estuvieron sentados alrededor de la mesa, sorbiendo sus bebidas.

La habitación comenzaba a calentarse, al igual que el nivel de alegría.

Ninguno de los dos estaba tan alto como a Alexandra le habría gustado, pero una curva ascendente era algo positivo.

Alexandra no tenía muchos datos, pero pensó que Stéphie tendría unos ocho o nueve años.

Vio que la niña bostezaba varias veces. Quizás Stéphie necesitaba dormir más que las dos mayores, y no lo había conseguido.

Recogió los tazones vacíos y los puso en el fregadero, decidida a lavarlos al día siguiente. Aunque probablemente no era la mejor forma de comportarse para una niñera, siempre había preferido lavarlos por la mañana, cuando hacía sol, en lugar de estar de pie en una habitación oscura, cuando estaba cansada.

Cogió el peluche.

—Este pequeño debe de estar muy cansado. Me pregunto dónde dormirá.

—¡Duerme conmigo! —respondió Stéphie de inmediato, y luego miró a sus hermanos, por si había revelado demasiado a la niñera no deseada.

—Vale. ¿Alguien sabe dónde voy a dormir yo? —preguntó Alexandra—. Le preguntaría a Teddy, pero no sé si habla inglés.

—Se llama Clive —le indicó Stéphie.

—Oh... es un buen nombre. ¿Por qué se llama así?

Stéphie se encogió de hombros.

—Es su nombre.

Félicité echó la silla hacia atrás, haciendo un horrible ruido sobre el suelo de piedra.

—La habitación de la niñera está lista. Madame Carrière la preparó antes de irse. Te la enseñaremos. —Hizo una pausa—. Tiene un sofá y sillas. Puedes quedarte en ella.

Su mensaje era claro: quédate en tus aposentos, niñera, y no salgas.

Alexandra se estremeció para sus adentros. ¿Había

sido alguna vez tan hostil con alguna de sus niñeras o institutrices? Sintió un destello de vergüenza, al darse cuenta de que probablemente sí.

—Prepararé la estufa para ver si conseguimos un poco de agua caliente. Al menos, sabemos que Clive no necesita bañarse —dijo.

A continuación, después de poner algunos troncos y juguetear con corrientes y palancas que no entendía, se enderezó.

—Vamos. —Aunque sonaba positiva y alegre, por dentro se sentía increíblemente cansada, y un poco desanimada.

«Al menos, el *château* era bonito», pensó mientras seguía a los niños por la elegante escalera, hacia los pisos superiores.

Su habitación, tal como la había indicado Félicité, era una de una serie de habitaciones, diseñadas para los niños y sus sirvientes personales.

No era lujosa, pero obviamente no se esperaba que la niñera durmiera en una buhardilla. Tenía una ventana, que daba a un pequeño balcón, con una bonita vista hacia los jardines del frente del castillo, y era lo suficientemente grande como para tener un sofá y un par de sillones, dispuestos alrededor de una pequeña mesa, junto a la ventana.

Había una cómoda y un escritorio contra la pared, y la cama era doble, con un bonito edredón. Si tenía que vivir allí, no sería tan malo. Era bastante sencilla, pero parecía limpia. La cama era antigua, se dio cuenta, pero eso ciertamente no le molestaría esa noche.

—Si alguien quiere bañarse, ¿habrá agua caliente? —preguntó a su pequeño grupo.

—No —respondió Félicité—. Se espera que la niñera se lave en su habitación, con una palangana y una jarra de agua.

Alexandra estaba deseosa de ganarse a Félicité, pero aquello iba demasiado lejos.

—¡Vamos! ¿Qué clase de novelas has estado leyendo? Pero hablando de leer, me pregunto si a Clive le gusta que le lean.

Stéphie asintió con firmeza.

—Sí, le gusta.

—Busquemos algo que le guste y yo lo leeré. —Recordaba lo mucho que le gustaba estar arropada en la cama, mientras alguien le leía un cuento.

Todos fueron a la habitación de Stéphie, que era bonita y tenía dos camas individuales. Había una pequeña estantería llena de libros.

Alexandra se acercó y leyó los títulos en voz alta.

—¡Oh! ¡*Milly-Molly-Mandy*! —exclamó, y se dio cuenta de que quizás su libro favorito de la infancia era un poco infantil para la niña.

—Está bien, podemos leerlo si quieres. —Stéphie sonaba resignada y condescendiente, pero Alexandra se preguntó si no estaría secretamente contenta de volver a un libro escrito para niños más pequeños.

Tomó el ejemplar.

—Ponte el pijama, lávate los dientes y luego te leo. —Descubrió que, aunque nunca se habría imaginado a sí misma como el tipo de persona que le dice a la gente que se lave los dientes, se estaba adaptando al papel.

Stéphie llevó su pijama al pequeño cuarto de baño, y Félicité y Henri se subieron a la segunda cama.

—¿Os gusta *Milly-Molly-Mandy*? —les preguntó.

—¡Claro que no! —exclamó Henri.

—Nos quedamos con ella hasta que se duerme —dijo Félicité—, y, por supuesto, para asegurarnos de que no eres cruel con ella.

—Me parece bien —respondió Alexandra, preguntándose si debería supervisar la limpieza de los dientes, pero decidió no hacerlo por esta noche.

Paseó por la habitación, observando las cosas, y se topó con una figura de cerámica de un caballo, que estaba rota.

Estaba examinando la cabeza, cuando Stéphie regresó.

—¡Ha sido un accidente! —gritó, alterada.

—Lo sabemos —la calmó Félicité con dulzura—. No pasa nada.

Alexandra dejó la cabeza del caballo.

—Tal vez pueda arreglártelo más tarde.

—Nuestra última niñera no nos leía mucho —informó Stéphie—. Decía que ya éramos lo suficientemente mayores para leer por nuestra cuenta.

—Y lo sois —dijo Alexandra—. Lo comprendo, pero a mí me sigue encantando que me lean.

Henri y Félicité se acomodaron en la otra cama, mientras Alexandra se tumbaba junto a Stéphie y abría el libro.

Le leyó una historia, y luego comprobó que se había quedado profundamente dormida. Los otros dos niños parecían disfrutar de la lectura, pero les preguntó en voz baja:

—¿Sigo leyendo? Stéphie ya está dormida.

—No —respondió Félicité de forma abrupta—. *Milly-Molly-Mandy* es un poco infantil para nosotros.

Alexandra se levantó de la cama con cuidado, para no molestar a la pequeña, subió las sábanas, y la arropó. Luego, fue hacia el caballo roto.

—¿Queréis que lo arregle? ¿A Stéphie le gustaría que lo hiciera?

Félicité se encogió de hombros, de un modo muy francés.

—A Stéphie le gustaría. A mí no me importa, pero era mío.

—Necesito subir mis cosas de abajo —comentó Alexandra.

Trató de no mirar a Henri, de manera insinuante, pero este captó la indirecta de todos modos.

—Yo las traeré.

—No debes aprovecharte de Henri. No sería justo. Es muy amable y servicial —dijo Félicité, mientras su hermano salía de la habitación.

—De acuerdo —afirmó Alexandra, y se dirigió a su dormitorio, con Félicité detrás.

Había traído su bolso con ella. Sabía que llevaba dentro un pegamento adecuado para reparar porcelana, porque lo había encontrado cuando buscaba maquillaje, antes de su entrevista. Recordaba haberlo comprado justo antes de la boda de su amiga, y había estado rodando por el fondo de su bolso desde entonces.

Llevó su bolso hasta la mesa.

—Si vas a buscar el caballo, veré qué puedo hacer.

Cuando Félicité fue por él, Alexandra se dio cuenta de que, a pesar de la actitud despreocupada de la niña, el adorno, obviamente, significaba mucho para ella.

Veinte minutos después, Henri y Félicité estaban sentados en la cama de Alexandra, mientras ella estaba en la mesa, rascando con su navaja el pegamento de los bordes de la porcelana rota.

—Es extraño que una chica lleve una navaja en el bolso —comentó Henri, incapaz de permanecer en silencio, ante lo inusual de la situación.

—Es una navaja suiza —le aclaró Alexandra—. Me la regaló un amigo de Londres. Dijo que todo el mundo debería tener una.

—¿Era tu novio? —preguntó Félicité.

Alexandra levantó la vista y sonrió.

—No. Es mi mejor amigo, pero no hay nada romántico entre nosotros.

Pensó en David, que había cuidado de sus amigas y

de ella en Londres. Era más como un hermano mayor, y homosexual, algo de lo que nunca habían hablado, así que su relación nunca iba a ser diferente.

—¿Por qué raspas todo el pegamento? —preguntó Henri—. Para qué ponerlo, si vas a quitarlo todo de nuevo.

—Es para asegurarme de que no haya ningún exceso que salga cuando junte las piezas. —Hizo una pausa—. Supongo que no tendrás cinta adhesiva. El esparadrapo también serviría.

Henri, claramente fascinado por el proceso de reparación, fue a buscar un rollo de esparadrapo.

Era bastante viejo, y a Alexandra le llevó un rato poder usarlo, pero finalmente el pequeño caballo estaba sentado en la mesa, unido de nuevo, con sus piezas sujetas por tiras de esparadrapo.

—¡Es increíble! —dijo Henri—. Parece que lo hayan parcheado en un hospital.

—Mañana, cuando le quitemos la cinta, tendrá mejor aspecto —apuntó Alexandra, esperando que sus habilidades para arreglar vajillas no la hubieran abandonado—. Te enseñaré cómo hacerlo, si alguna vez hay que arreglar algo más —le propuso.

Cuando Alexandra hubo recogido sus cosas y puesto las tapas a las dos sustancias involucradas en la reparación, dijo:

—¿A qué hora os acostáis normalmente?

—Cuando queramos —indicó Félicité, desafiante.

—¡Oh, qué bien! —exclamó Alexandra—. Entonces, si me voy a la cama, cerraréis la casa, sacaréis a Milou, y todas las demás cosas, ¿no?

—No —respondió Félicité, horrorizada—. Debes hacerlo tú. Tú eres la adulta.

—De acuerdo —dijo Alexandra—, pero tendrás que enseñarme qué hacer.

Milou tenía una cama en la cocina, pero, aunque salía obedientemente, ladró dos veces, antes de hacer lo que debía, para volver a entrar, a continuación. La cama de la cocina no parecía gustarle.

—¿Suele dormir con uno de vosotros dos? —preguntó Alexandra.

—Se supone que no debería —dijo Henri—, pero se siente solo abajo, y aúlla. Es un sonido aterrador.

—Bueno, si quiere dormir con alguno de vosotros, está bien. No quiero aullidos. Estoy muy cansada.

—¿Dormir en una casa tan grande te pone nerviosa? —le preguntó Félicité, esperando que dijera que sí.

Alexandra negó.

—En Londres solía dormir sola muchas veces, en una casa mucho más espeluznante que esta. —Se encogió de hombros, aunque, cuando era más joven, los periodos entre niñeras o compañeras era algo que temía. Miró directamente a Félicité—. Tuve muchas niñeras durante mi infancia. Incluso cuando ya era demasiado mayor para tener una, como tú.

Félicité apartó la mirada, obviamente, sin querer

reconocer ninguna similitud entre ella y esta inglesa que les habían impuesto.

—¿Tu padre también pasaba mucho tiempo fuera? —preguntó Henri.

Alexandra negó.

—No, soy huérfana. Pero no pasa nada, nunca conocí a mis padres.

—Nosotros tenemos padre —informó Henri—, pero nuestra madre vive en Argentina. Nunca la vemos.

—Oh, eso es triste —dijo Alexandra, tanteando la información, como si se tratara de una muela dolorida; lista para retroceder en cualquier momento.

—Está bien —declaró Félicité—. ¿Qué clase de madre abandona a sus hijos? ¡No queremos verla!

—Entonces, es conveniente que viva en Argentina, ¿no?

Henri frunció el ceño.

«A él sí que le gustaría verla», pensó Alexandra.

Pero ¿y Stéphie? ¿Cuándo se había marchado su madre? ¿Se acordaría siquiera de ella?

Un bostezo surgió de la nada.

—Debo irme a la cama —anunció Alexandra—. Confío en que os lavéis los dientes y acomodéis a Milou para pasar la noche. Ya he cerrado las puertas. ¡Hora de dormir!

—No hemos cerrado el gallinero —dijo Félicité—. El zorro las cazará, si no lo hacemos.

Alexandra respiró hondo y se abstuvo de preguntar por qué Félicité no lo había mencionado antes.

—Muy bien, será mejor que lo hagamos, entonces. Tendréis que enseñarme.

Mientras seguía a Félicité y a Henri por la parte trasera de la casa, y atravesaban el patio hasta el gallinero, Alexandra decidió asegurarse de que eso se hiciera mucho más temprano, la próxima noche.

Tendría que hacerse una lista de tareas.

En el escritorio de su habitación había unas hojas de papel descoloridas, con un dibujo del *château*. Así como la dirección y el número de teléfono.

Alexandra dudó durante un par de minutos, pero luego decidió que sería una buena idea escribirles a sus parientes usando ese papel.

Estaba decidida a ser más adulta, respecto a su situación, y comenzaría por decirles que las cosas no habían salido exactamente como esperaba. Aunque admitió para sí misma que no habría estado tan dispuesta a compartir esa información, si hubiera estado trabajando en un lugar menos salubre y adecuado para una joven de su posición.

Pero, como ahora estaba en un gran castillo, cuidando de los hijos del conde de Belleville, no tenía que preocuparse por eso.

Capítulo 5

A la mañana siguiente, Alexandra fue despertada por Stéphie, quien apareció en la puerta de su dormitorio, sosteniendo a Clive, su osito de peluche.

—¿Ya es hora de levantarse? —preguntó Stéphie.

Alexandra, que había tenido una noche inquieta, y acababa de caer en un sueño profundo, extendió la mano hacia su pequeño reloj de viaje y lo miró con esfuerzo. Era difícil ver en la tenue luz, y le llevó un rato darse cuenta de que solo eran las cinco y media.

—La verdad es que no —respondió—. Pero si vas a buscar tu almohada, puedes meterte en la cama conmigo un rato, mientras duermo un poco más.

Stéphie salió trotando y regresó antes de que Alexandra hubiera vuelto a cerrar los ojos. Llevaba a *Milly-Molly-Mandy* con ella.

—¿Me lees un poco? —pidió.

Alexandra se quedó pensativa, con los ojos aún cerrados.

—Creo que podrías leerlo tú sola un rato. Es muy temprano.

—No sé leer —respondió Stéphie.

Esto hizo que Alexandra se despertara de golpe.

—¿No sabes leer? ¿En absoluto? ¿Cuántos años tienes?

—Nueve. Pero sé leer un poco.

Alexandra se preguntó si Stéphie había dicho que no podía leer, solo para llamar su atención, o si realmente no sabía leer.

—¿Por qué no me lees un poco? Me gusta que me lean —propuso Alexandra.

Stéphie comenzó a leer, pero claramente le costaba.

Alexandra frunció el ceño.

—¿Vas a la escuela?

Stéphie negó.

—Está demasiado lejos. Nuestra última niñera no sabía conducir.

—Yo sé conducir —dijo Alexandra. Había sido una de las condiciones de su empleo—. ¿Estuvo mucho tiempo la última niñera con vosotros?

—Años y años. Solía hacer sumas conmigo.

—¿Y Félicité y Henri?

Stéphie comenzó a moverse inquieta, perdiendo interés.

—Tuvimos una institutriz durante un tiempo, y, cuando se fue, iban a casa de nuestros vecinos, que tenían un tutor. Pero luego se mudaron.

—¿Cómo llegaban a casa de los vecinos? —preguntó Alexandra. Si los niños mayores podían ir con un vecino, podían ir a la escuela.

—Bruno solía llevarlos, a través de los campos.

—¿Hace cuánto de eso? —preguntó Alexandra.

¿Cuánto hacía que aquellos niños no recibían una educación adecuada?

—No lo sé —dijo Stéphie, a quien obviamente no le importaba.

Alexandra decidió que, dado que solo estaría allí durante un mes, no podía inscribir a los niños en una escuela, en un idioma extranjero, ni comprometerse a llevarlos allí, a menos que ellos quisieran ir.

Sin embargo, podía ayudar a Stéphie con su lectura. A los nueve años, debería estar leyendo mejor. Alexandra había sido una lectora muy precoz; había sido parte de su sistema de defensa.

—¿Te gustaría que te ayudara con la lectura, Stéphie? —preguntó Alexandra, sentándose con dificultad.

—No tenemos libros adecuados.

—Los libros que tienen palabras son los libros adecuados —dijo Alexandra—. Echemos un vistazo.

Estaban progresando bastante bien, y Stéphie comenzaba a ganar confianza, cuando la puerta de Alexandra se abrió de golpe y una furiosa Félicité apareció en el umbral de su habitación.

—¡No se supone que debes enseñarle a Stéphie! ¡Ese no es el trabajo de una niñera!

Alexandra levantó la vista y, con calma, dijo:

—Vaya, gracias, Félicité. Si no te importa, podrías escribir una lista de mis responsabilidades y otra de las cosas que se supone que no debo hacer. Te estaría muy agradecida. Nunca he sido niñera.

—Me gusta leer con Alexandra —dijo Stéphie—. Lo hace de manera divertida.

Félicité sacudió la cabeza con un gesto desdeñoso.

—Bueno, si te gusta, puedes hacerlo. Ahora es hora de soltar las gallinas.

—Oh —dijo Stéphie, abandonando a *Milly-Molly-Mandy* y bajando de la cama—. También me gusta hacer eso, y recoger los huevos... A no ser que alguna gallina esté en celo.

—Entonces, ve —la animó Alexandra—. Esperemos que haya huevos. Así podremos desayunarlos.

—Solo me gustan hervidos con trocitos de pan —dijo Stéphie—, pero los trocitos son difíciles de hacer con pan francés.

—Recoge los huevos, que yo me ocuparé de los trocitos de pan. —Alexandra frunció el ceño—. ¿Tenemos pan?

Félicité, que obviamente no compartía el entusiasmo de Stéphie por recoger huevos, asintió.

—Supongo que alguien que trabaja en la granja dejará algo. Hay una pequeña aldea cerca que tiene una *boulangerie*. —Sonrió con frialdad—. Saben que no tenemos ama de llaves ahora, y solo una nueva niñera.

—Eso es perfecto —indicó Alexandra, haciendo caso omiso de la actitud presuntuosa de la niña, hacia su profesión actual—. ¿Cuándo es el mercado en el pueblo? Necesito ropa. Probablemente, la mía ya esté en Suiza.

—¿Por qué están en Suiza? —preguntó Félicité, intrigada.

—Iba de camino a Suiza, cuando me detuve en París, y decidí buscar un trabajo... ¡Y aquí estoy! —Alexandra se preguntó si debía añadir que pensaba que el trabajo estaba en París, pero decidió no hacerlo—. Como sabes, es solo para un mes, mientras tu niñera cuida de su madre.

—¿Qué ibas a hacer en Suiza?

—Quedarme con mis parientes, ir a una escuela de perfeccionamiento... Cosas así.

—¿Por qué irías a una escuela de perfeccionamiento? —preguntó Félicité, que parecía saber lo que era.

—Eso mismo me preguntaba yo —respondió Alexandra—. ¿Por qué? —Hizo una pausa antes de añadir—. Por eso preferí buscar un trabajo.

—Aunque nunca hayas sido niñera.

—Para ser honesta, no sabía que el trabajo era de niñera. Solo sabía que tenía que cocinar, conducir, hablar francés... —Demasiado tarde, recordó que había estado ocultando el hecho de que hablaba francés—. Sé hablar un poco de francés, y pensé: ¿qué mejor manera de mejorar el idioma que tener un trabajo?

—¿Por qué pensaste que podías ser niñera, si nunca lo habías sido?

Era una pregunta justa.

—Pensé que había tenido muchas niñeras, y que podía hacer lo que ellas hacían, más o menos. Aunque ninguna de las mías sabía conducir, ni cocinar, ni hablar francés. Excepto una que me enseñó —se corrigió con rapidez—, un poco de francés, porque era francesa. Me llevó a París. Me encantó.

No le había encantado el hecho de que su niñera pasara mucho tiempo ignorándola, para estar con su novio, pero se había acostumbrado, y había explorado París sola.

—Entonces..., ¿hay mercado en el pueblo?

—Es hoy —respondió Félicité.

—Voy a levantarme —dijo Alexandra.

—Te veré abajo —dijo Félicité.

Al ver a Félicité y Stéphie salir de la habitación, Alexandra sintió que había avanzado un poco con la mayor. Lo cual era bueno. Félicité era inteligente y conocía la casa y la zona, por lo que sería bueno tenerla de su lado.

Abajo, en la cocina, Alexandra encendió el fuego en la estufa, antes de hacer cualquier otra cosa. Era un día hermoso y dorado fuera, pero había niebla y un aire frío.

La cocina también estaba fría, aunque había una canasta de huevos sobre la mesa, junto con algunas baguetes largas y delgadas, y un pan de campo redondo. También había un gran trozo de mantequilla, envuelto en papel, y algo de queso.

Alguien servicial había ido a la *boulangerie* para ellos.

Henri había traído más troncos y ramas, y miraba la comida con hambre.

—¿Puedo comer algo de pan con mantequilla?

—preguntó—. Bruno no suele traer pan. Debe ser porque eres nueva.

—¿Cómo lo conseguís normalmente?

—Puedes cruzar por los campos hasta el pueblo. A veces voy yo. O alguien nos lleva en coche.

—¡Claro que te lo puedes comer! —dijo Alexandra.

Hubo un intercambio de miradas entre los niños, que le hizo saber a Alexandra, que habían esperado que dijera que no.

—Cocinaré unos huevos. ¿Qué os parece si hacemos tostadas francesas? Son mis favoritas.

—¿Qué son las tostadas francesas? —preguntó Stéphie—. Quiero huevos cocidos.

—Puedes comer huevos cocidos, si quieres, pero las tostadas francesas son deliciosas. ¿Hay mermelada?

—Mermelada de ciruela Claudia, del año pasado —dijo Félicité.

—Yo la traigo —intervino Henri.

—Tengo que aprender dónde está cada cosa —comentó Alexandra, finalmente contenta porque la estufa se mantendría encendida, al menos un rato.

El desayuno fue una comida alegre, aunque Alexandra echó de menos el té. Sabía que tendría que superarlo. Había escondido un paquete de té entre su ropa, ahora en Suiza, pero, durante un mes, tendría que tomar café, chocolate caliente o las tisanas que, en general, le parecían repugnantes.

—Creo que deberíamos ir al mercado y esperar que vendan algo que pueda usar —señaló Alexandra.

—¿Cómo llegaremos? —preguntó Stéphie.

—Iremos en coche —respondió—. Me pregunto dónde estará. —Miró a Henri, esperando que su naturaleza servicial le llevara a decírselo. Y así fue.

—Está en el granero —indicó—. ¿Quieres que te lo saque?

—¿Cuántos años tienes, Henri? —le preguntó—. ¿Cuál es la edad legal para conducir en Francia?

—Llevo dando vueltas por la propiedad desde que era pequeño —explicó, sonriendo.

—En ese caso, por favor, saca el coche por mí.

Mientras Henri hacía eso, Alexandra estaba en la cocina, comprobando que tenía todo lo que necesitaba, incluido el bolso y la cartera, cuando Stéphie dijo:

—¿Qué pasa con Milou?

—¿Qué pasa con él? ¿Debo darle más comida? ¿He olvidado algo? —Alexandra había compartido un perro en Londres, pero nunca había sido la única responsable.

—Tenemos que llevárnoslo —insistió Stéphie—. Se sentirá solo si lo dejamos.

—¿No puede Clive cuidar de él? —preguntó, esperando que el osito compartiera la naturaleza bondadosa de Stéphie.

La niña miró a Alexandra con disgusto.

—¡Es un osito de peluche! ¿Qué puede hacer para cuidar de Milou?

Alexandra reprimió un suspiro.

—De acuerdo, pero tendrás que ocuparte de él. ¿Puedes encontrar su correa?

Al menos el perro tendría collar.

Pero descubrió que no era así.

—Siempre nos sigue, cuando salimos a correr —indicó Félicité, como si un perro con correa fuera un concepto incomprensible.

Henri hizo sonar brevemente el claxon del coche, aumentando la sensación de pánico que empezaba a sentir Alexandra.

—Bueno, pues lo dejamos aquí —dijo.

Iba a tener que lidiar con conducir un coche que no conocía, para ir a un lugar que no conocía, con tres jóvenes que apenas conocía. Añadir un perro grande era buscarse problemas.

—No podemos —insistió Stéphie—. Toma, usaremos mi bufanda como correa.

Alexandra suspiró.

—De acuerdo. Ahora, todos al coche. Henri, ¿puedes moverte? Por mucho que me gustaría, no puedo dejar que nos lleves al pueblo.

Hubo bastante discusión —incluso una pequeña pelea— sobre quién debería sentarse donde, y, al final, Félicité se acomodó junto a Alexandra, en el asiento delantero.

Los demás se sentaron en la parte trasera.

Milou ocupó el medio, lanzándose hacia delante de vez en cuando. Aparentemente, no quería ir en el compartimento trasero, diseñado para el equipaje o los perros. Estaba demasiado lejos de la acción.

Para alivio de Alexandra, el coche era muy similar al que había conducido en Londres, propiedad de David, su amigo anticuario. Había aprendido a conducir en un coche como este, por lo que salió con confianza.

Hacía un sol espléndido: las primeras brumas otoñales se habían disipado y empezaba a hacer calor.

Alexandra deseó tener algo parecido a un vestido de verano para ponerse, en lugar del formal, y ahora mugriento, que tanto había usado en París. Este le había servido para la entrevista, pero no para el campo.

Se había puesto una rebeca por encima, pero se dio cuenta de que parecía vestida para la ciudad. Lo más importante, se sentía fuera de lugar.

Sin embargo, estaba segura de que en el mercado encontraría todo lo que necesitaba.

Empezaba a disfrutar de ese viaje.

Henri se mostró muy dispuesto a dar consejos a Alexandra sobre cómo conducir. Se inclinó sobre su hombro, diciéndole lo que tenía que hacer, y, obviamente, sentía la frustración que a menudo notan los hombres, cuando ven a una mujer hacer lo que ellos consideran su trabajo.

Llegaron al final del camino.

—¿Por dónde ahora?

—Izquierda—indicó Henri.

—Nunca habíamos tenido una niñera que supiera conducir. Normalmente, si vamos al mercado, nos lleva madame Carrier —explicó Stéphie, disfrutando de la novedad.

—Solo avisadme si empiezo a conducir por la izquierda —dijo Alexandra, acelerando cuando estuvieron en la carretera.

El pequeño pueblo de Saint-Jean-du-Roc no estaba lejos y Alexandra no tardó en arrastrarse por las calles, para decidir dónde aparcar.

Encontró un sitio, y todos bajaron del coche. Stéphie llevaba a Milou.

El perro, acostumbrado a vastas áreas para correr, no estaba muy contento de ser confinado por una bufanda, aunque claramente adoraba a la niña.

Alexandra había traído un par de cestas. Le dio una a Félicité y ella misma cogió la otra.

—Cuando tengamos toda la comida que necesitemos, voy a comprar algo de ropa. Mientras hago eso, vosotros podréis dar una vuelta. Tal vez, si os portáis bien, podréis compraros algo. —Probablemente, debería haberse guardado el soborno para cuando realmente lo necesitara, pero recordaba lo frustrante y aburrido que podía ser ir de compras, cuando no podías conseguir nada.

Aunque dudaba que alguien pudiera aburrirse allí: estaba lleno de cosas maravillosas y personas interesantes.

—Pero no tengo mucho dinero —añadió con rapidez—. Tengo que averiguar cómo conseguir dinero para los gastos de la casa. —Se dio cuenta de que había sido todo muy apresurado, y que no había quedado todo claro.

Eso le complicaba la vida.

Por suerte, Alexandra era ingeniosa. Madame Dubois debería haberle preguntado por esas habilidades, en lugar de preocuparse por sus referencias.

—Me temo que no puedo ayudarte —dijo Félicité, que no parecía tan apenada como debería.

—Allí hay un banco. —Señaló Henri—. ¿No es ahí de dónde se saca el dinero?

—Sí —respondió Alexandra—, pero no puedes simplemente entrar y pedirlo. Aunque tengo cheques de viaje. Podría cambiar uno, y usarlo hasta que descubramos qué hacer.

Remarcó lo de «descubramos», de forma deliberada. Quería que todos se sintieran parte de un equipo.

Los puestos de comida eran un festín para los ojos, llenos de color y variedad.

Alexandra deseaba tener a David o a su amiga Meg con ella. Ambos eran unos apasionados de la cocina y la comida. Allí estarían en el paraíso.

Sus compañeros actuales, sin embargo, se mostraban un poco más desinteresados, y se alejaron tan pronto como Alexandra comenzó a hacer sus compras.

Había puestos llenos de uvas, melones, manzanas y peras. Los colores parecían irradiar calidez. Los pimientos, que en Inglaterra tendían a ser verdes y se consideraban exóticos, eran rojos y amarillos, del tamaño de una mano. Bulbos de ajo del tamaño de pelotas de críquet, calabacines y berenjenas, que parecían globos morados. Incluso las verduras que Alexandra conocía, como las zanahorias, coles y patatas, parecían más grandes, mejores y se presentaban de forma bella.

Llevaba una cesta llena de cebollas, patatas, ajos y zanahorias, y estaba comprando pimientos y berenjenas, cuando apareció Stéphie.

—Milou se ha escapado.

—¡Oh, pequeña! —Alexandra sabía que no tenía sentido enfadarse—. ¿Puedes intentar atraparlo? Luego podemos dejarlo en el coche, hasta que terminemos. Probablemente, está un poco confundido con tanta gente.

Stéphie volvió a desaparecer y Alexandra se dirigió a un puesto de quesos.

Decidió que no tenía sentido estar en Francia si no compraba queso.

También se sintió tentada por los puestos que vendían mermelada, miel, jabón y productos de lavanda. Además, había embutidos y comidas preparadas, como pollos asados, *vats de boeuf bourguignon*, *cassoulet* y *bouillabaisse*, una rica sopa de pescado.

Le acababan de ofrecer una aceituna en un puesto, cuando Milou apareció corriendo, chocando con el hombre que estaba junto a Alexandra, y que provocó que se le cayera el cartón de aceitunas por encima de ella.

Hubo un montón de disculpas, tanto de Alexandra como del hombre, quien, por cierto, era joven y muy apuesto, compitiendo por ver quién tenía la culpa.

Stéphie y Henri llegaron tras la estela de Milou.

Félicité se les unió más despacio.

—¡Lo siento! Te ha visto y ha salido corriendo —explicó Stéphie—. ¡Te quiere!

—Apenas me conoce —dijo Alexandra, continuando en francés, sin darse cuenta.

—Han sido mis aceitunas las que han derramado aceite por todo tu vestido —señaló el joven—. ¡Te conozco! —Se dirigió a Félicité y a sus hermanos, y luego de nuevo a Alexandra—. Soy amigo de Antoine. De hecho, soy su abogado. —Su tono de culpa aumentó—. Así que debo disculparme aún más. He estropeado la ropa de una amiga de mi buen amigo el conde. —Tomó su mano y se la besó—. Maxime de Marais a su servicio. ¿Qué puedo hacer para compensarlo?

—¡Oh! —respondió Alexandra—. Encantada de conocerte. Me han dado tu nombre, por si necesito ayuda con algo. Recibí una carta con información que decía que no podría ponerme en contacto con el conde, pero que usted podría hacerlo por mí.

Maxime hizo una reverencia.

—Y ahora te he cubierto de aceite. Debo enmendarlo de inmediato.

Alexandra se rio.

—Todo es culpa de Milou, pero, si quieres hacerme un favor, ¿podrías acompañar a este grupo a una cafetería? Necesito un rato a solas para comprarme ropa.

—¿Ropa? ¿De aquí? *Mademoiselle*, no es un lugar apropiado... —Maxime sonaba escandalizado.

—Necesito algo ahora, y no para cuando encuentre la tienda adecuada —explicó Alexandra—. Además, no te preocupes, necesitaba ropa antes del accidente de Milou.

—Entonces, llevaré a los niños a una cafetería —convino Maxime—. Será todo un placer.

Como no se movió de inmediato, Alexandra metió la mano en su bolso, recordando la carta que había escrito a sus parientes en el tren.

—Y si pudieras encontrar un sello y un buzón para esto, te perdonaré todo.

Maxime cogió la carta y volvió a besarle la mano.

—Estaremos en el local de enfrente. Te pediré una copa de champán.

—¿Qué celebramos? —preguntó Alexandra sonriendo.

—Estamos celebrando nuestro encuentro —dijo Maxime—. Venid, niños. Pero no perdáis de vista a Milou. Lo ha hecho bien esta mañana, pero no tentemos a la suerte.

Un pequeño estallido de alegría acompañó a Alexandra, hasta el puesto que había visto antes. Vendían vestidos de algodón, con estampados brillantes y bonitos diseños, con los hombros descubiertos.

Era un estilo campesino, que habría estado muy fuera de lugar en Londres, donde las formas eran mayoritariamente rectangulares, las faldas eran cortas y reinaba la geometría.

Pero aquí, bajo el sol otoñal, los vestidos fruncidos con volantes parecían apropiados.

Compró dos, impresionada por el precio, y encantada por el pañuelo para el cuello de regalo, que venía en la bolsa de papel, junto con los vestidos.

Descubrió que coquetear formaba parte del lenguaje y le hizo sonreír.

Era respetuoso, pero también agradable.

Un par de puestos más allá había uno más sobrio. Vendían ropa tradicional, para hombres trabajadores, con chaquetas azules de varias tonalidades, pantalones y abrigos largos de algodón, y monos de trabajo.

Fueron los monos de trabajo los que llamaron la atención de Alexandra.

Había fotos de mujeres famosas utilizando estos durante la guerra, y Alexandra pensó que eran muy recomendables para alguien que iba a vivir en un *château* francés en otoño.

Le llevó un rato convencer al vendedor de que quería uno para ella, pero, entre risas, finalmente tuvo uno en sus manos y lo sostuvo contra sí. Las mangas y las piernas eran demasiado largas, pero podría doblarlas.

Se estaba preguntando si era demasiado largo de cuerpo, cuando el tendero le dijo:

—¿Quiere probárselo? En mi furgoneta hay un espejo.

—*Superbe* —respondió, y en poco tiempo estaba en la furgoneta, quitándose su vestido manchado de aceite, para ponerse el mono.

¡Era perfecto!

Necesitaba un cinturón ajustado en la cintura para darle forma, pero, de repente, tuvo una idea.

Encontró el pañuelo de cuello que le habían dado y se lo puso.

Levantó el cuello y se retocó el lápiz labial.

¡Genial! Estaba encantada.

Bajó de la furgoneta y pagó por dos monos de trabajo más porque, se explicó a sí misma, puede que nunca tuviera la oportunidad de conseguir uno otra vez. Eran útiles y cómodos, y, con el complemento de un cinturón, estaba segura y sexi.

No podía estar demasiado tiempo lejos de los suyos, así que decidió no buscar un puesto donde vendieran cinturones: se conformaría con la maravillosa bufanda escarlata.

Se sintió como una revolucionaria y se dirigió a la cafetería con paso ligero.

Alexandra había descubierto que le gustaba coquetear, y tener a Maxime para hacerlo, aunque solo fuera para una mañana, era delicioso.

Su grupo tenía una buena mesa en el exterior, con

una excelente vista de la plaza y el mercado, y Maxime levantó la mirada cuando se les unió.

—*Mon Dieu!* Has cambiado y, de alguna manera, has convertido el uniforme del trabajador francés en un atuendo elegante.

Su expresión le dijo que no estaba siendo educado, y Alexandra le devolvió la sonrisa.

—*Merci du compliment!* De verdad, ¿vamos a tomar champán? —le dijo a Maxime, mientras este le tendía una copa—. ¡Qué delicia! ¿Qué estáis tomando vosotros? —preguntó a los niños.

—Yo estoy tomando champán —dijo Félicité desafiante, esperando que la regañaran.

—Excelente —respondió Alexandra, pensando que un vaso probablemente estaría bien para una chica de quince años. Especialmente, si comían algo.

Los otros dos bebían refrescos.

Alexandra brindó con Maxime.

—Muy amable de tu parte. ¿Puedo invitarte a almorzar con nosotros? Ya que estamos aquí, tiene sentido comer.

Si él aceptaba, tendría que ir al banco a cobrar un cheque de viaje, por lo que esperaba que estuvieran abiertos.

—Me he adelantado —dijo Maxime, haciendo una ligera reverencia—. Ya he pedido los menús. Y, por supuesto, invito yo.

—Estupendo —afirmó Alexandra, tras beber unos

sorbos de champán—. Habría necesitado dinero y no sé si el banco estaría abierto. —Hizo una pausa—. Aunque supongo que el día de mercado lo estará.

Aunque le habían dado la mitad de su salario, las compras que había hecho en París y en el mercado habían hecho mella en él.

Maxime, ofreciéndole más champán, antes de que ella pusiera la mano sobre su copa, dijo:

—No deberías preocuparte por el dinero para dar de comer a estos niños. Antoine puede que no sea millonario, pero puede permitirse alimentar a su familia, y a su niñera.

Alexandra se encogió de hombros.

—Parece que no se han hecho los arreglos para que yo tenga dinero para la casa. O comida, en realidad. Aunque Félicité dijo que alguien traería pan.

—Y otras cosas de la granja —aclaró la niña—. Pero claro, no hay mucha variedad.

«Parecía un poco hastiada», pensó Alexandra. «No debía ser una vida muy emocionante para una adolescente el estar atrapada en un castillo, lejos de jóvenes de su edad».

—Stéphie me ha dicho que no van a la escuela.

—Papá nos conseguirá una institutriz adecuada, cuando vuelva a casa —dijo Félicité.

—¿No te gustaría ir al colegio? —le preguntó Alexandra—. Tuve institutrices la mayor parte de mi educación, pero fui a un internado un par de años, y me gustó mucho estar con chicas de mi edad.

Era algo exagerado, por supuesto, pero antes de ir, se había sentido sola muchas veces.

Félicité se encogió de hombros, como si esas cosas no fueran con ella.

—A mí me gustaría ir —indicó Henri—. Quiero a mis hermanas, por supuesto, pero echo de menos jugar, y esas cosas.

—Odié la escuela —dijo Stéphie.

—La acosaban —apuntó Félicité—. Me peleé con ellos y decidí marcharme. Fue entonces cuando papá contrató a una institutriz, pero esta no se quedó mucho tiempo.

Alexandra también se había metido en problemas por defender a una chica a la que todos acosaban, y ella también había decidido irse antes de que la expulsaran. Sus tutores le consiguieron una institutriz muy estricta, después de eso.

Por suerte, tampoco se quedó mucho tiempo.

—¿Qué os apetece comer? —preguntó Maxime—. Recomiendo la ensalada *niçoise*. Está muy buena aquí.

Alexandra estaba disfrutando de un bocado perfecto de anchoas, aceitunas y huevo duro, cuando se dio cuenta de que alguien la miraba. Dos elegantes francesas la observaban con una expresión sorprendente.

—Oh, mira —dijo Stéphie—. Ahí está la *grand-mère*.

Para su absoluto horror, Alexandra observó, impotente, cómo dos mujeres formidables, de unos cincuenta años, cruzaban la plaza hacia ellos.

Brevemente, calculó sus posibilidades de escapar

entre las mesas y las sillas hacia la toilette, antes de que llegaran, pero eran mujeres decididas.

No tenía ninguna oportunidad.

Félicité, Henri y Stéphie se levantaron y saludaron a su abuela con cortesía. También hicieron una inclinación de cabeza hacia su acompañante, quien, obviamente, les resultaba familiar.

Maxime también se puso de pie e hizo una reverencia. También las conocía.

Intercambiaron breves palabras de conversación inofensiva, antes de que la abuela centrara su atención en Alexandra.

—¿Y tú, eres...? —preguntó en un inglés perfecto y sin acentos.

—Soy la niñera —respondió Alexandra, quien no creía que su nombre fuera relevante. Después de todo, solo iba a quedarse un mes.

—¿De verdad? —dijo la abuela, evidentemente sorprendida—. Qué elección tan extraña, si me permite decirlo. Tengo que hablar de esto con mi yerno.

Entonces, ella y su acólita se dieron la vuelta, y se alejaron.

—Ha sido interesante —comentó Alexandra alegremente, intentando fingir que no se sentía en lo más mínimo ofendida.

—No te preocupes por ella, es muy estirada —dijo Stéphie con amabilidad.

—Y solo estarás aquí un mes —añadió Félicité.

Aunque, probablemente, no pretendía parecer comprensiva, Alexandra sintió que su actitud hacia su niñera temporal parecía haberse suavizado un poco.

Después de aquello, fue un almuerzo muy agradable.

Maxime prometió ocuparse de varias cosas que preocupaban a Alexandra, siendo la más urgente la necesidad de disponer de dinero para la casa.

Este les dio a los niños algunos francos, para gastar en el mercado, mientras él y Alexandra disfrutaban de una taza de café. Le ofreció un coñac para acompañarlo, pero Alexandra negó con la cabeza.

—Es una idea encantadora, pero soy responsable de tres jóvenes y un perro en un coche que aún no manejo bien.

Maxime hizo una reverencia.

—Muy sensato.

Cayeron en un silencio amigable, mientras Alexandra disfrutaba de la sensación del sol en su rostro. Le habían pasado muchas cosas en los últimos días y apenas había tenido ni un segundo para asimilarlo. Ahora, bajo el sol, con un joven muy apuesto y agradable, parecía un buen momento para reflexionar sobre lo bien que estaban saliendo las cosas.

Un poco más tarde, partieron de vuelta a casa.

Una vez más, Stéphie, Milou y Henri se sentaron en el asiento trasero, y Félicité en el delantero, junto a Alexandra.

Salir del pueblo fue más fácil que entrar, ya que la mayoría de los puestos habían desaparecido, junto con las personas y los coches.

—Cuando lleguemos a casa, tenemos que quitarle la

cinta al caballito —dijo Alexandra, en inglés—. Y ver si está arreglado.

—¡Es una chica! —dijo Félicité malhumorada.

—¿Ah, sí? No siempre se sabe con los caballos. ¿Cómo se llama?

—Alice —respondió esta, obviamente con el primer nombre que le vino a la cabeza—. Me di cuenta durante el almuerzo de que, de repente, hablabas muy bien francés, para ser una niñera inglesa —añadió de forma acusatoria.

—¡Lo sé! Es increíble lo rápido que se aprende el idioma cuando se vive en el país —dijo Alexandra.

De pronto, Félicité mostró interés por el paisaje del exterior, aunque Alexandra notó que sonreía.

Cuando llegaron a casa, las niñas corrieron escaleras arriba, para buscar a Alice, el caballo.

Después, todos se dirigieron a la cocina, y, mientras Henri encendía el fuego en la estufa, Alexandra despegó el esparadrapo.

—Ya está —anunció—. Es una buena reparación, aunque lo diga yo misma.

—Está bien —dijo Félicité, y Alexandra pudo ver que estaba contenta.

—¡Es maravilloso! —exclamó Stéphie, lanzándose al cuello de Alexandra para abrazarla—. ¡Gracias!

De repente, Alexandra sintió que se le llenaban los ojos de lágrimas.

Capítulo 6

Los siguientes días transcurrieron sin problemas y Alexandra comenzaba a sentirse cómoda con la idea de que las próximas tres semanas serían agradables.

No había recibido noticias de sus familiares, diciéndole que tenía que apresurarse a ir a Suiza, y descubrió que disfrutaba del ritmo de vida provincial francés.

Lo único ligeramente preocupante era que Maxime había llamado para decir que la niñera, a la que sustituía y que cuidaba de su madre, no volvería.

Sin embargo, Alexandra decidió que ese era un problema que Antoine debía resolver. Ella no podía hacer nada al respecto.

Estaba en la cocina escribiendo las etiquetas de la mermelada de pera, que había preparado para aprovechar la cantidad de fruta que habían recogido el día anterior, mientras pensaba que, como niñera, debía hacer que sus pupilos hicieran cosas prácticas al aire libre. Cuando leía con Stéphie o buscaba en la biblioteca cosas que creía que podrían gustarles a Félicité y a Henri.

Estaba realizando esta última tarea, sintiéndose agradablemente doméstica, cuando el fuerte tintineo del timbre de la puerta, seguido de una salva de ladridos profundos y aterradores de Milou, rompieron el silencio.

Miró a Félicité para ver si sabía quién podía ser.

La niña se encogió de hombros.

—Nunca nadie nos visita —indicó Henri—. Estamos demasiado lejos del resto del mundo.

—No lo suficiente, por lo visto —dijo Alexandra, dejando la pluma.

Llevaba uno de los vestidos de tirantes, con un estampado brillante, que había comprado en el mercado, y se había recogido el cabello con la faja que venía con él.

Una mirada, en uno de los espejos por los que pasó, mostró una campesina en ropa de verano, lo opuesto a la joven sofisticada que había sido en Londres. También había ganado un poco de bronceado, por estar afuera, viendo a Henri y Stéphie trepar a los árboles.

Así que, se sintió descolocada al ser confrontada por las dos mujeres extremadamente elegantes y formales, que le habían preguntado que quién era ella, en el mercado.

Aunque llevaba puestas sus perlas, las auténticas, en lugar de un largo collar de perlas falsas y gordas, que había metido con el resto de su equipaje camino de Suiza, seguía sintiéndose como una granjera, y no como una niñera.

—¿Puedo ayudarles? —preguntó de forma educada, en francés.

—¿Podemos entrar? —preguntó la abuela de los niños, hablando en inglés.

Alexandra no creyó que pudiera negarse, así que abrió más la puerta.

Las guiaba hacia el salón, una habitación que habría sido encantadora si se usara con más frecuencia, cuando apareció Henri. Stéphie iba justo detrás, y, finalmente, llegó Félicité.

—Niños... —dijo la *grand-mère*—, me alegro de veros.

Alexandra quería que todos se pusieran cómodos. Así que, se adelantó y abrió las ventanas francesas, para que la luz llenara la habitación.

—Por favor, siéntense. —Hizo un gesto hacia el sofá y las sillas—. ¿Les gustaría algo de beber? —continuó en inglés—. ¿Querrían café? ¿Té? ¿Otra cosa?

Qué se ofrecía a dos mujeres de mediana edad a esa hora del día, que ella supusiera, ya que el encantador reloj de época francés, colocado en la repisa, se había detenido. ¿Sería ya casi mediodía?

—Un vaso de vino sería aceptable —dijo la abuela.

Alexandra voló por el pasadizo hasta la cocina, agradecida por haber encontrado en una despensa unas cuantas cestas cubiertas de mimbre, llenas de rosado.

Henri le había explicado que este vino se producía en la finca, y que era solo para la gente que vivía allí.

Encontró una jarra y la llenó.

En un armario del salón había copas, que esperaba que no estuvieran demasiado polvorientas. Encontró una bandeja, y añadió una jarra de agua. Estaba segura de que Félicité pediría vino, y quería diluirlo.

Era probable que Henri también.

En un par de ocasiones les había dejado beber vino bien aguado y era consciente de que Félicité podría intentar dejarla en evidencia, como una mala niñera.

Cuando regresó al salón, Félicité, Henri y Stéphie estaban sentados en fila, frente a las dos mujeres.

Alexandra se dio cuenta de que no sabía el nombre de ninguna de ellas y esperaba que no importara. Una de las ventajas del inglés era que podías pasar mucho tiempo sin mencionar el nombre de alguien.

Además, supuso que las mujeres tampoco sabrían su nombre.

Servir el vino pareció tomar una eternidad y, mientras lo hacía, nadie habló, hasta que Félicité dijo:

—¿Puedo tomar un poco?

Alexandra puso una pulgada de vino en el fondo de un vaso y lo llenó de agua.

—Aquí tienes.

—*Mademoiselle* —dijo la abuela, imperiosamente—, por favor, siéntese. Tenemos que considerar su posición aquí.

Alexandra abrió la boca para decir que solo estaría allí unas semanas más, pero volvió a cerrarla. La *grand-mère* podría decir algo útil.

—Sé que no estás aquí permanentemente, pero la educación de mis nietos ya ha sido descuidada durante demasiado tiempo. —Hizo una pausa—. He decidido mudarme aquí y asumir la tarea.

Hubo un coro de jadeos horrorizados por parte de los niños.

Alexandra los miró y vio auténtica ansiedad.

—Pero, *grand-mère* —dijo Stéphie—, ¡odias cuando te visitamos! No te gustaría quedarte con nosotros.

Las dos mujeres mayores intercambiaron miradas.

La amiga enarcó una ceja, reconociendo que la niña tenía razón.

—Stéphanie tiene razón —dijo la abuela—, pero tengo muchas cosas hermosas y frágiles en mi casa. Aquí vivís... —Vaciló, eligiendo sus palabras—... De una manera muy informal.

—Vivimos de manera informal —coincidió Alexandra—, como corresponde a una casa llena de jóvenes. Creo que no estaría cómoda aquí.

—No estaríamos cómodos ninguno —añadió Henri.

—Henri —dijo la *grand-mère*—, te estás olvidando de ti mismo. Por la educación de mis nietos, estoy dispuesta a hacer sacrificios. Personalmente, me aseguraré de que mis nietos no crezcan como salvajes. —Le dirigió a Alexandra una sonrisa muy formal, tan poco parecida a una expresión de placer como a un gruñido—. Así que, querida, no será necesario que continúes aquí. Estoy tomando el mando de la casa. Puedes regresar a tu hogar.

Stéphie jadeó horrorizada. Félicité y Henri se miraron asustados.

—¡No! —exclamó la mayor—. Quiero decir, *grand-mère*, es muy amable de tu parte, pero, en serio, ¡estamos bien! No necesitamos que te sacrifiques por nosotros.

—Yo juzgaré eso, *petite* —le respondió en tono más amable.

—¡Pero si no te gusta Milou! —recordó Henri.

La abuela asintió.

—Milou vivirá en su caseta, afuera.

—¡Pero odia estar fuera! —protestó Henri.

—¡Aullará! —añadió Stéphie.

—Entonces, lo pondremos en un lugar donde no podamos escucharlo —continuó implacable la *grand-mère*.

—Pero ¿por qué? —sollozó Stéphie, evidentemente disgustada.

—¡Porque, *ma petite*, estás creciendo sin educación!

Por primera vez, la amiga de la *grand-mère* asintió, conforme con esta, pero siguió sin hablar.

—¡Eso no es cierto! —continuó la pequeña—. ¡Alexandra me está enseñando a leer!

Ambas mujeres miraron a la niñera con interés.

—Ah..., ¿sí? —Se volvieron hacia Stéphie—. ¿Puedes enseñárnoslo?

—No creo que a Stéphie le guste... —intervino Alexandra, incapaz de soportar la idea de que la niña fuera puesta a prueba de aquel modo tan público.

Pero, antes de que pudiera expresar su objeción, la niña se levantó entusiasmada.

—¡Por supuesto! —dijo—. Iré a buscar a *Milly-Molly-Mandy*.

Aunque la escalera era de piedra, se oían las sandalias de Stéphie golpeando contra los peldaños, mientras volaba a buscar el ejemplar.

—Es muy amable por tu parte ayudar a la pequeña con la lectura —dijo la *grand-mère* con sorprendente calidez—. Pero ¿qué puedes hacer por Félicité y Henri? En algún momento tendrán que examinarse. Tal vez, quieran ir a la universidad. Sin mi ayuda, no sabrán nada de los clásicos.

Tragándose la sorpresa de que aquella mujer convencional pensara en la universidad para sus nietos, Alexandra comentó:

—Podría organizar que un actor, especializado en Shakespeare, viniera a enseñarles. Es un excelente maestro. —Estaba segura de ello. David le había enseñado todo sobre antigüedades, además de a conducir—. Creo que es mejor estudiar con alguien que haga que el idioma cobre vida.

—Eso estaría bien —indicó Félicité, con un entusiasmo que casi disimulaba su ansiedad.

Las dos mujeres tuvieron una conversación en francés, que fue demasiado rápida y silenciosa para que Alexandra, sentada al otro lado del gran salón, pudiera entenderla.

Cuando se detuvieron, nadie habló.

Alexandra no podía saber si Félicité había escuchado

lo que habían dicho o no, pero su rodilla rebotaba y retorcía los dedos con preocupación.

Henri miraba al suelo.

Finalmente, Stéphie apareció con *Milly-Molly-Mandy*, y Alice, el caballo reparado.

—¡Esto es lo que estamos leyendo! —anunció—. Y aquí está el caballo que estaba roto. Alexandra lo arregló. ¡Quiero que se quede!

La niñera se sintió conmovida.

—Yo también —coincidió Henri.

Félicité, naturalmente, fue menos entusiasta al expresar su aprecio por Alexandra.

—Cocina bien, y sabe conducir —añadió.

La abuela se quedó pensativa.

—Muéstrame el caballo, por favor. Umm... —dijo pensativa, tras pasar mucho tiempo examinándolo, sosteniéndolo a la luz y entrecerrando los ojos—. Has hecho un buen trabajo. Tengo una pieza, un tazón de sopa, que solo tiene valor sentimental, y me gustaría que lo arreglaras.

—Alexandra lo hará por ti, *grand-mère* —soltó Stéphie—. Pero solo si no la echas.

—Déjame oírte leer, *chérie* —dijo.

«Stéphie lo hizo muy bien», pensó Alexandra, complacida de que las sesiones de lectura de las mañanas hubieran dado tan buenos frutos.

—Está muy bien, Stéphanie —dijo la abuela, sorprendida.

—¿Significa eso que no vendrás a vivir con nosotros? —preguntó la niña pequeña.

La *grand-mère* se puso de pie, y su amiga hizo lo mismo. Alexandra tuvo la extraña impresión de que la abuela estaba entre divertida y aliviada, aunque sus rasgos apenas se movieron.

—Dices que conoces a alguien que puede enseñarles a Shakespeare, y otros textos clásicos, ¿no? —preguntó.

Alexandra asintió.

—Como he explicado, es un excelente profesor y, sin duda, podría dar referencias.

—¿Y esta persona estaría dispuesta a venir aquí y enseñar a mis nietos?

La niñera volvió a asentir.

—Sería solo una medida temporal, hasta que la educación de los niños pueda organizarse de forma más formal.

La abuela se encogió de hombros.

—Será mejor que nada, supongo.

Alexandra se apresuró a preguntar:

—¿Cree usted que el conde estará de acuerdo?

—Si puedes responder por esa persona, como dije antes, será mejor que nada. Por supuesto, seguiré muy de cerca el acuerdo. Hortense, ¿nos vamos?

—Esto ha sido muy agotador para mis nervios —comentó

Alexandra, después de cerrar con educación la puerta, detrás de las dos grandes damas.

—No querrás irte antes, ¿verdad? —preguntó Henri.

—Por supuesto que no —indicó ella—. Me encanta estar aquí.

Se había sentido muy conmovida por la insistencia de sus pupilos en que querían que se quedara. También pensó en la vida que la esperaba en Suiza: vivir con parientes formales, que le dijeran lo que tenía que hacer o una escuela de perfeccionamiento que le enseñara cosas que ya sabía, o que no tenía interés en aprender.

Descubrir cómo mantener a unos niños sin sus padres y vivir en Francia era toda una aventura. No había tardado en encariñarse con la irritable Félicité, con el servicial y estoico Henri, y con la pequeña Stéphie, muy joven para su edad, pero cariñosa y afectuosa.

Se dio cuenta de que lo que realmente le gustaba, era que la necesitaban.

—¿En serio? —preguntó Félicité, incrédula.

Estaba sorprendida y posiblemente decepcionada. Se había esforzado mucho por hacerle la vida imposible.

Alexandra asintió.

— Ahora voy a llamar a mi amigo, para ver si puede venir a enseñaros a Shakespeare. ¿Qué tal si hacemos una pequeña obra para vuestra abuela? —Una idea se le ocurrió de repente—. Vuestra abuela parece muy francesa, pero habla un inglés perfecto. ¿Ha vivido alguna vez en Inglaterra?

—Es inglesa —señaló Henri—, pero prefiere la forma de vida francesa. Quizás, el clima también.

Tenía sentido. Y, claro, ahora lo recordaba: la madre de los niños era inglesa.

—¿Y quién es su amiga?

Henri se encogió de hombros.

—Madame Sologne. Van juntas a todas partes.

—De acuerdo —dijo Alexandra—. Voy a telefonear a mi amigo David, y luego nos llevamos pan, queso y fruta al jardín para almorzar.

Capítulo 7

Una rutina se desarrolló casi sin darse cuenta.

Stéphie se metía temprano en la cama de Alexandra y leían juntas. Luego se levantaban, se ocupaban de Milou y de las gallinas, encendían el fuego y preparaban el desayuno.

Félicité y Henri aparecían cuando tenían hambre. Como esto ocurría hacia las ocho, Alexandra no veía necesario despertarlos.

La lectura de Stéphie avanzaba a buen ritmo y parecía apreciar el tener a Alexandra para ella sola a primera hora.

La niñera también había aprendido a querer a las gallinas y se sorprendió a sí misma cuando descubrió que podía coger una, mientras estaba sentada, para recuperar los huevos.

—¡Qué valiente! —la halagó Stéphie, impresionada, mientras Alexandra recogía los huevos—. No me gusta cuando las gallinas aletean.

—A mí tampoco me gustan las aves de corral —dijo la joven—, pero las gallinas son diferentes. Además, es estupendo tener huevos frescos todas las mañanas. —Ahora tenía una cesta con una docena de huevos.

—¿Quieres trocitos de pan de nuevo?

—Sí, por favor. —Stéphie tomó la mano libre de Alexandra—. ¿Podemos hacer un pastel más tarde?

—Por supuesto. Hemos mejorado a la hora de hacerlos, ¿verdad?

—Somos muy buenos comiéndolos —dijo Stéphie con seriedad, y luego sonrió, contenta por haber hecho una broma.

Se echó a reír y abrazó a la pequeña.

—¡La práctica hace al maestro!

Unos días más tarde, Maxime fue a visitarles.

—¿Están en casa para recibir visitas matutinas? —dijo, besando la mano de Alexandra.

—Parece que sí —respondió—. No estábamos haciendo nada muy emocionante.

—Es bastante aburrido vivir en medio del campo —añadió Félicité.

—Espero que vuestra niñera no comparta esa opinión —comentó Maxime, dirigiéndose a ella—. He tenido una conversación telefónica con vuestro padre. Entre otras cosas, me dijo que necesita que esta joven —miró a Alexandra—, se quede otras dos semanas. Así que, en total, serían seis. ¿Eso sería posible?

Alexandra lo pensó.

—Podría ser, pero tendría que avisar a mis parientes en Suiza. ¿Podrías enviarles un telegrama de mi parte? No estoy del todo segura...

—Enviaré el telegrama. Ve ahora y redáctalo. Félicité,

¿puedes acompañarme para ir a por un poco de rosado? Escribir telegramas es agotador, y Alexandra necesitará algún tipo de sustento, cuando haya terminado.

La niñera se echó a reír y subió corriendo a su dormitorio, para poder pensar en paz. No intentó hacer breve su telegrama, para ahorrar dinero, ya que presumía que la finca podía permitirse pagar por todas las palabras que necesitara.

Al final, quedó contenta con lo que había escrito.

Lamentablemente, debo quedarme en el château *otras dos semanas, ya que el conde de Belleville se ha retrasado más tiempo en el extranjero. Siento que es mi deber continuar cuidando de sus hijos, quienes son mi responsabilidad. Me pondré en contacto tan pronto como sepa cuándo podré ir con ustedes. Estoy deseando verlos.*

Era muy largo, para un telegrama, y Alexandra se preguntó si no debería quitar que estaba «deseando verlos».

Por un lado, no era cierto, pero quería dar la impresión de que hacía todo lo posible por cumplir sus deseos. Les había recordado que trabajaba para un conde, en un castillo, y que tenía responsabilidades.

Todo eso le parecía bien.

Ya que estaba gastando el dinero del conde, añadió un telegrama para David.

Me quedo dos semanas más. ¡Intenta venir!

Añadió el número de teléfono, que figuraba en el membrete del papel.

David aún no había dicho si vendría, y quería darle un empujoncito.

Encontró a Maxime y a los niños en el salón, con una bandeja con vasos y una jarra de vino.

—Aquí está mi telegrama para mis parientes en Suiza y otro para mi amigo, en Londres, a quien espero que venga a enseñarle Shakespeare a Félicité y a Henri. Su abuela está preocupada por su educación, y yo también, para ser sincera. Aunque Stéphie y yo disfrutamos leyendo juntas.

Maxime asintió.

—¿No queréis ir a la escuela? —les preguntó a Félicité y a Henri.

Ambos negaron con firmeza, pero Alexandra sintió que lo hacían por costumbre, sin haber considerado realmente los beneficios de asistir a ella.

—Podría llevaros en coche —insistió Alexandra—. Si queréis ir...

—Iré si papá dice que tengo que hacerlo —dijo Félicité, con el labio inferior fruncido.

—Entonces, dejaremos que él decida —señaló Alexandra. ¿Cuánto tiempo llevaba su padre fuera de casa? Probablemente demasiado.

Esa noche sonó el teléfono y Henri, que había contestado, anunció que era para Alexandra.

—¡David! —dijo tan pronto como se dio cuenta de quién era—. ¡Qué maravilla oírte! ¿Puedes venir a quedarte? Te he echado mucho de menos. En realidad, me encanta estar aquí —lo comentó por el bien de los niños, originalmente, pero se daba cuenta de que era verdad—, pero extraño tener a alguien con quien hablar y chismear.

—Me encantaría ir —respondió David—. No tengo ninguna obra en el teatro y un viaje a algunos mercados de pulgas y brocantes franceses sería perfecto para el puesto de antigüedades. He conseguido algunas referencias maravillosas de personas importantes.

—¡Eso es maravilloso! —exclamó Alexandra.

Esta le contó todo lo que le había sucedido, desde que la había dejado en la estación al amanecer, hacía apenas un par de semanas.

—¿Es grande el castillo? —preguntó David—. Es que estaba hablando con un viejo amigo en el *pub*, y dijo que había oído hablar de él. Incluso puede que lo haya visitado. Conocía Saint-Jean-du-Roc.

—Bueno, es un *château* —respondió Alexandra—. Parece grande. En realidad, aún no lo he explorado por completo. Algunas partes están bien, pero otras necesitan un poco de decoración y reparación.

—Es que... a Jack le gustaría venir conmigo. Podría enseñarles música y matemáticas a los niños. En realidad, es músico, pero aparentemente estudió Matemáticas en la universidad, lo que lo hace realmente calificado, a diferencia de mí.

—Oh, estoy segura de que podríamos encontrarle un sitio. Tendría que consultarlo con la abuela de los niños, pero creo que estará encantada de que pueda enseñar dos materias tan importantes.

—Él no es… Bueno… —empezó David—. Solo somos amigos.

—David, sabes que no me importaría…

—Pero tus jefes podrían oponerse a que un hombre gay enseñe a sus hijos. Especialmente, si piensan que ha llevado a su novio con él.

Alexandra suspiró. No pudo evitar pensar que lo que David había dicho era cierto.

—Bueno, estoy deseando veros a los dos. ¿Cuándo llegaréis?

—Te llamaré. Tenemos que resolver un par de cosas primero, como imaginarás.

—Te aviso: puede que no te necesitemos durante mucho tiempo. Ni siquiera puedo prometerte que se te pagará adecuadamente.

—Oh, no te preocupes, podemos quedarnos contigo un par de semanas y luego dar una vuelta, o simplemente regresar a casa. ¡Nos vemos pronto, querida!

Cuando colgó el teléfono, Alexandra se dio cuenta de que tener a David en el *château* marcaría la diferencia. Aunque apenas se había parado a pensarlo, se sentía un poco sola.

La tarde siguiente, Alexandra estaba tumbada bocarriba, disfrutando de la sensación del sol otoñal en la cara.

Maxime había venido a almorzar, trayendo una tarta de almendras y albaricoque —una delicia local—, además de queso, vino, y chocolate para los niños.

Tras marcharse, salieron a relajarse al jardín.

Era extraño, pero se sentía más a gusto en la Francia rural, que en la casa londinense donde había crecido.

Estaba decidida a disfrutar de cada segundo de su estancia allí.

Alexandra estaba a punto de quedarse dormida, cuando una sombra sobre su cara la hizo abrir los ojos.

De pie sobre ella, bloqueando la luz, estaba una mujer que, desde ese ángulo, parecía increíblemente alta.

Se levantó con rapidez, sintiéndose un poco desorientada y sorprendida.

Miró a su alrededor, en busca de los niños, que habían estado tumbados en la hierba con ella, leyendo, mientras ella cerraba los ojos, un rato.

En ese momento, solo Milou seguía con ella, y también se levantó. No gruñía exactamente, pero emitía un sonido grave.

—He venido a recoger a mis hijos —dijo la mujer, con tranquila determinación.

Alexandra parpadeó y se movió hacia un lado, para que no la cegara el sol.

La mujer vestía un elegante traje de dos piezas, de un

suave color caramelo, más apropiado para un elegante restaurante, que para un jardín de la campiña francesa.

—Lo siento mucho —dijo Alexandra—. Creo que me he quedado dormida unos minutos, y estoy un poco confundida. ¿Qué ha dicho?

Aunque era cierto que se había quedado dormida, no estaba para nada confundida. Solo necesitaba tiempo para recomponerse.

—Dije, perfectamente claro, que he venido a buscar a mis hijos. Soy Lucinda de Belleville. ¿Puede llamarlos? —Hablaba con mucha confianza, como alguien acostumbrado a salirse con la suya.

Alexandra esbozó una sonrisa cordial, al darse cuenta de que estaba hablando con la madre de los niños.

—Podría hacerlo, pero no tengo ni idea de dónde están. Hay varias hectáreas de terreno aquí, o podrían estar dentro. Seguro que sabe que el castillo tiene muchas habitaciones. ¿Por qué no entramos y le traigo una bebida fría? Tal vez aparezcan por su cuenta.

—Esperaba solo meterlos en el coche e irme a casa de mi madre. Ella no sabe que estoy aquí —respondió Lucinda con un tono irritado, mientras seguía a Alexandra a través del jardín hasta el patio, y de allí a la cocina.

La niñera podía sentir su frustración y enfado.

—La acompañaré al salón —dijo Alexandra con tono tranquilo—. ¿Quiere vino o algo más suave?

—Puedo encontrar el salón yo misma, gracias —indicó la mujer—. ¡Esta solía ser mi casa!

—Y como solían ser sus hijos, tal vez sabría mejor dónde podrían estar —respondió Alexandra.

Lucinda la miró furiosa.

—¡Siguen siendo mis hijos!

Salió de la habitación exaltada, con las medias, haciendo un ruido sordo al caminar, presumiblemente en dirección al salón.

Alexandra se dio cuenta de que su último comentario había sido un poco grosero, y se sintió culpable, mientras buscaba vasos y una jarra para el vino.

—¡Félicité, Henri, Stéphanie! ¡Tenéis visita y os alegraréis de verla! —llamó escaleras arriba.

No estaba del todo segura de que los niños se alegraran de ver a su madre, pero era una suposición razonable, y compensaría su grosería anterior.

Se alegró al oír pasos que bajaban las escaleras.

Aparecieron los tres, sin aliento.

—Es vuestra madre —les anunció Alexandra—. Está en el salón.

—¡Nuestra madre! —exclamó Félicité, frunciendo el ceño—. ¿Qué demonios hace aquí?

Una parte, pequeña, de la niñera le hizo pensar que debería reprender a Félicité por su lenguaje, pero el resto creía que probablemente hubiera una razón para la reacción de la chica.

—Vamos a averiguarlo. Stéphie, ¿serías tan amable de llevar el agua? La bandeja pesa mucho. —En realidad, Alexandra pensaba que a la niña le gustaría tener algo que hacer. Tener una tarea podría ser útil en una situación potencialmente preocupante.

—He encontrado a los niños —indicó Alexandra, cuando todos entraron en el salón—. ¿Qué os apetece? ¿Rosado? ¿Agua? ¿Una mezcla?

Lucinda no hizo caso. Miraba a sus hijos como si nunca los hubiera visto.

—Han crecido tanto... —comentó con un quiebre en la voz—. Casi no los reconozco.

—Papá te ha enviado muchas fotos —señaló Félicité, con un toque de sarcasmo en la voz—. Eso debería haberte ayudado.

«Había mucho resentimiento», pensó Alexandra, preguntándose cuántos años tendría Félicité cuando su madre se marchó.

—Ya no importa —dijo Lucinda—. Quiero que vengáis a vivir conmigo, ahora que he vuelto. —Sonrió, mientras abría los brazos, y Alexandra comprobó que, en realidad, era muy hermosa.

Pero nadie se movió.

Alexandra había deducido que Félicité era joven, cuando Lucinda se marchó, así que Stéphie debía ser solo un bebé. Esto no iba a ser fácil.

—Vamos, queridos, ¿ninguno de vosotros quiere darle un abrazo a su madre?

—Papá no querrá que vivamos contigo —declaró Henri—. Tenemos a Alexandra para cuidarnos.

—Estoy segura de que Alexandra está haciendo lo

mejor que puede, pero lo que necesitáis es el amor de una madre, y no el de una empleada pagada.

—¿Por qué no pensaste en eso antes? —dijo Félicité, con evidente resentimiento.

—Cariño, cuando seas mayor, entenderás estas cosas. Te lo explicaré todo entonces.

—Tengo quince años —indicó la niña mayor—, por si lo has olvidado. ¡Explícamelo ahora!

—¡Qué persona tan maleducada te has vuelto! —soltó Lucinda, molesta. Miró a Alexandra—. Es típico de mi esposo contratar a alguien que es demasiado joven e inexperta para la tarea. ¿Eres una niñera de Norland?

A la mente de Alexandra le vino la imagen de mujeres uniformadas de marrón, llevando enormes cochecitos, llenos de niños, a los jardines de Kensington.

—Creo que Félicité es demasiado mayor para ese tipo de niñera —dijo Alexandra.

—Quizás, ahora, pero al principio, cuando todavía se podía moldear, es cuando debería haber tenido una niñera calificada —suspiró Lucinda. Claramente, tenía opiniones muy firmes al respecto—. Ahora es demasiado tarde. Tiene unos modales terribles.

Alexandra pensó que, si tanto le importaba la educación de sus hijos, no debería haberlos abandonado.

—Yo no tengo modales terribles —señaló Stéphie, resentida por sentirse culpable por asociación.

La madre giró su atención hacia la niña pequeña.

—¿Quién eres tú?

Alexandra sintió un nudo en el estómago. ¿Qué clase de mujer haría una pregunta así?

Stéphanie miró a Félicité, a Henri y a Alexandra en busca de apoyo.

—¡Es nuestra hermana! —indicó Félicité, enfadada.

—¡No, no lo es! —dijo Lucinda, indignada—. A menos que tu padre haya tenido una aventura de la que no me enteré.

Alexandra carraspeó.

—Perdón, pero no creo que esta conversación sea adecuada para los niños. Henri, ¿podrías llevar a Stéphie a buscar algunas galletas? Ella sabe dónde están. —Cuando Henri y Stéphie se marcharon, Alexandra se dirigió a Lucinda—. Señora, no puedo creer que haya olvidado cuántos hijos tiene.

—¡Por supuesto que no lo he olvidado! Y esa pequeña no es mía.

Alexandra miró a Félicité, para que les diera una explicación.

—Los padres de Stéphie murieron cuando era muy pequeña. Su padre era el mejor amigo de papá. Él la trajo a vivir con nosotros.

Alexandra se levantó y sirvió vino en las copas, ofreciéndole una a Lucinda.

Se dio cuenta de que Stéphie y ella compartían su triste infancia, pero, a diferencia de la pequeña, nadie la había acogido en una familia como lo había hecho Antoine.

Pensó que debía ser un hombre muy bondadoso.

Llevó la bandeja de copas hacia Félicité, sin pensar mucho, pero quedaba a criterio de la niña si quería tomar una o no.

Alexandra agarró una copa y dio un sorbo. No tenía ni idea de cómo manejar esta situación; solo podía improvisar y esperar que todo saliera bien.

—Ya veo —comentó Lucinda, que también había bebido un poco de su vino—. Bueno, no la quiero, por muy dulce que sea. Solo quiero a mis propios hijos.

—Stéphie es como una hermana para nosotras. Somos un equipo —dijo Félicité.

En ese momento, los otros miembros del equipo volvieron a la habitación. La más pequeña de ellos llevaba un plato de galletas.

Lucinda tomó una, la miró, y se notó que deseaba tener un plato donde ponerla.

Al ver esto, Alexandra se preguntó si debería ir a buscar uno, pero luego sus instintos protectores superaron la etiqueta. Necesitaba quedarse con los niños.

Milou, siempre oportunista, se acercó a Lucinda y se sentó junto a ella, con su gran cabeza a unos quince centímetros de su rodilla.

La mujer tomó un pequeño bocado y luego le dio el resto al perro.

—Deberíais enseñarle a no pedir —dijo a nadie en particular.

Ninguno respondió a ese comentario.

Lucinda se aclaró la garganta.

—Comprendo, niños, que hace tiempo que no me veis, pero he vuelto de Argentina y me gustaría que vinierais a vivir conmigo. Me toca tenerlos. —Sonrió, obviamente, con la esperanza de que, como niños, entendieran el concepto de turnos.

—No queremos —indicó Félicité—. Somos felices viviendo con papá.

—¡Pero no estáis viviendo con papá! Estáis viviendo con Alexandra. De verdad, ¿preferís vivir con alguien que está contratado para cuidaros, en lugar de con vuestra querida madre?

—Sí —respondió Félicité.

«De manera directa y halagadora», pensó Alexandra.

Se aclaró la garganta para llamar la atención de Lucinda.

—De hecho, no podría permitir que los niños se marcharan de esta casa, sin instrucciones específicas del señor *comte*, donde me señale lo que él desea. —Esbozó una sonrisa, que esperaba pusiera fin a la discusión, aunque sabía que no sería así.

—Soy tan madre de estos niños como él —respondió Lucinda de forma razonable—. Mis instrucciones deberían tener el mismo peso.

—Fui contratada por el señor *comte*. —Alexandra también era razonable—. Fue a él a quien prometí cuidar de sus hijos. De todos sus hijos.

—Eso no importa. Ahora estoy aquí. Son mis hijos y

quiero llevármelos. Necesitan recibir una educación adecuada. Tal vez, en un internado inglés. Puedes quedarte aquí con la pequeña —indicó Lucinda, con una sonrisa mucho más convincente, que la que había mostrado antes Alexandra.

—¡No! —dijeron Alexandra y Félicité al mismo tiempo, igual de horrorizadas ante la idea de que los enviaran a Inglaterra.

—No puedo permitir que los niños se separen —continuó Alexandra con vehemencia—. Y tampoco puedo permitir que se vayan con usted.

—¡Esto es ridículo! —exclamó la mujer, levantándose y caminando hacia la ventana, para luego girar de nuevo hacia la habitación—. Me los voy a llevar a casa de mi madre. ¡La conociste! ¡Ella me escribió y me lo contó! No puedes tener problemas con eso.

Alexandra se mordió el labio.

—El problema es —dijo, disculpándose— que no tengo pruebas de que sea quien dice ser, y no puedo garantizar que los lleves a la casa de su abuela. Además, tampoco sé si ellos desean ir.

—No queremos —dijo Félicité con rapidez.

—No puedes hablar por tu hermano —señaló la madre.

—Sí, puedo —replicó Félicité—. ¿Verdad, Henri? —Henri asintió—. Y no nos iremos a ningún lado sin Stéphie.

Lucinda suspiró exasperada.

—¡Esto es ridículo! Pensaba que tu padre me habría preguntado antes de adoptar otro hijo.

—¿Por qué? —preguntó la pequeña.

—Porque... Porque... ¡Bueno, debería haberlo hecho! —Lucinda, frustrada, perdió los estribos—. Me voy, pero volveré. ¡Con mi madre! —lo soltó como si fuera la mayor amenaza.

—Eso sería encantador —dijo Alexandra—. Creo que tiene un poco de porcelana rota que quiere que le repare. Podría traérmela.

—Así que, eres buena reparando porcelana, ¿eh? —preguntó Lucinda.

—Es muy buena —intervino Stéphie.

Lucinda cruzó la habitación hacia la repisa de la chimenea y tomó una figura de una pastora.

—¡Pues arréglalo! —La tiró al suelo y se rompió en cientos de pedazos.

Los niños se quedaron boquiabiertos, e incluso Milou gruñó ante aquel acto de destrucción.

La mujer salió de la habitación, con un movimiento de su elegante cabeza.

Alexandra se desplomó en el sofá.

—¡Dios mío! ¡Es muy difícil de tratar! —No quería criticar a la madre de los niños frente a ellos, pero no pudo permanecer en silencio.

—¿Podrás reparar el adorno? —preguntó Félicité.

Alexandra negó.

—Lo siento, pero está demasiado roto. ¿Era valioso?

Félicité se encogió de hombros.

—No lo sé. Creo que la abuela se lo dio a papá una Navidad.

Stéphie soltó una risita.

Henri tomó la jarra y vertió un poco de vino en la copa de Alexandra.

—Aquí tienes —dijo, ofreciéndosela a su cuidadora y protectora—. Tal vez te alegre un poco.

La joven se rio.

—Gracias, Henri. Estoy segura de que, como vuestra niñera, debería rechazarlo, pero ha sido un poco estresante, ¿no?

Félicité estaba pálida y ansiosa.

Henri se sentó junto a ella, y Stéphie, la más preocupada de todas, abrazó el brazo de su hermana mayor.

—Creo que deberíamos llamar a Maxime —indicó Alexandra, después de tomar un sorbo de rosado—. Él sabrá qué hacer.

—¿Por qué tenemos que hacer algo? —preguntó Henri—. No queremos irnos con ella. ¿Qué más hay?

—El asunto es... ——comenzó.

—Podría obligarnos a ir con ella —dijo Félicité—. No puede, pero es nuestra madre.

—Sería mucho mejor que tu padre pudiera decirnos qué hacer —señaló Alexandra.

—¡Ojalá viniera a casa! —se lamentó Stéphie—. ¡Necesitamos que esté aquí!

—Tenemos a Alexandra —recordó Henri.

—Y a Milou —añadió esta—. ¿Sabes? Cuando tu madre me encontró en el jardín, él estaba conmigo y gruñó. ¿Qué te parece?

—Él nunca gruñe, a menos que haya otro perro —comentó Stéphie, impresionada.

—¡Lo sé! —La joven sintió que su pequeña mentira estaba justificada. No había gruñido realmente, sino que había refunfuñado un poco.

—¡Yo quiero a Alexandra y a papá! —dijo Stéphie, con la voz empezando a quebrarse.

—Bueno, llamemos a Maxime y veamos si puede hacer que vuestro padre regrese a casa —indicó Alexandra.

No mencionó que, cuando su padre llegara, probablemente tendría que irse ella. Stéphie podría querer tanto a Alexandra como a su padre, pero realmente no los necesitaba a ambos.

—Siempre es muy difícil de localizar a papá. Su trabajo lo lleva a viajar por todas partes —explicó Félicité.

—Maxime lo solucionará —dijo Alexandra, sonando más confiada de lo que realmente se sentía.

Capítulo 8

Maxime estaba en su despacho cuando Alexandra le llamó.

Había enviado a Henri y a Stéphie a ver si podían recoger más huevos, prometiéndoles una mousse de chocolate, si los había.

Félicité estaba sentada en el sofá, pálida y triste.

—¡Ha venido la madre de los niños! —dijo Alexandra, menos calmada de lo que había querido parecer, ahora que sentía que podía hablar con libertad—. Quiere llevárselos a vivir con ella. A los dos mayores. A Stéphanie, no. No sabía que no eran hermanos.

—¿Lucinda? ¿Lucinda está aquí?

—Acaba de llegar. Al parecer, se quedará en casa de su madre. ¿Dónde está el conde? ¿Se le podría pedir que regrese a casa? ¿Y puedo legalmente impedir que Lucinda se lleve a Félicité y a Henri?

—No puede sacarnos de aquí en contra de nuestra voluntad —intervino Félicité.

—Félicité dice que no quieren irse, pero ¿cuál es la situación legal? —preguntó Alexandra.

—No lo sé, pero puedo averiguarlo, y enviaré un

telegrama a Antoine para decirle que vuelva cuanto antes.

—¿Sabes cuándo podría estar aquí? —interrogó Alexandra, esperando no sonar demasiado desesperada. Estaba acostumbrada a resolver sus propios problemas, y lo de necesitar ayuda la desconcertaba.

—Me temo que no puedo decirte eso, *chérie*, pero no te preocupes. Vendrá tan pronto como pueda. Mandaré el telegrama ahora mismo.

Alexandra le contó a la niña mayor lo que este le había dicho.

—Es probable que tarde, al menos cuatro días, en llegar —suspiró Félicité—. Viaja por todo el mundo. Podría estar en cualquier parte. Quizás en China. Aunque, si es China, tardará aún más en llegar.

—Esperemos que no sea China —dijo Alexandra—. Vamos a ver si han encontrado huevos. Creo que, aunque no lo hayan hecho, deberíamos preparar. una mousse de chocolate igualmente.

Pasaron unos días, antes de que Maxime les informara de que el conde estaba en camino.

Alexandra sugirió que prepararan las habitaciones para David y Jack, que llegarían la noche siguiente.

Para su sorpresa, los niños aceptaron y se dirigieron a la parte más alejada del *château*, donde sus nuevos tutores se alojarían.

Félicité encontró en un armario unas maravillosas sábanas antiguas, con bordados de encaje. Henri arregló una pata que se tambaleaba en una de las camas, y Stéphie escogió jarrones de flores para los dos dormitorios, y el cuarto de baño.

Henri le dijo que a los hombres no les gustaban las flores, pero Alexandra le comentó que no siempre era así.

—¿Qué esperarán David y Jack que haga? ¿Escribir ensayos y esas cosas? —preguntó Félicité, visiblemente nerviosa por la inminente llegada de sus tutores.

—Nunca he conocido a Jack, pero seguro que es agradable, si es amigo de David. No sé cómo es David como tutor, pero se comportó como un gran amigo en Londres. Vivía en un piso, en la parte superior de la casa donde yo residía, pero solía cocinar para mí. Me enseñó a conducir, me enseñó todo sobre antigüedades...

—¿Pero no era tu novio?

Alexandra se rio.

—No, era más como un hermano mayor o un tío. Siempre me daba buenos consejos. Fue quien me enseñó a arreglar la porcelana, aunque muy pronto me volví mejor que él en eso. —No creyó apropiado explicar que había otra razón por la que David nunca podría haber sido su novio—. Además, él es bastante mayor que yo.

—¿Qué tan mayor?

—Creo que tiene unos treinta y cinco años. Demasiado viejo para mí.

—Papá tiene treinta y cinco —indicó Félicité.

Alexandra pensó en el padre de la niña. Solo lo había visto una vez en París, pero le había causado una gran impresión. Aunque era cinco años más joven de lo que había declarado en su solicitud, no creía que fuera demasiado mayor para ella.

Pero, claro, él pensaría que ella era demasiado joven.

Maxime estaba más cerca de su edad, así que ¿por qué no pensaba en él, en lugar del conde?

—¿Te gusta la música? ¿Y las matemáticas? —preguntó Alexandra para cambiar el tema.

—Henri es brillante en música —dijo Félicité—. ¿Lo has escuchado tocar el violonchelo?

—¿Ese era Henri? He escuchado algunas melodías, pero pensé que era un disco.

—Le da vergüenza que la gente lo oiga tocar, pero es muy bueno. Debería recibir clases de verdad.

—Le hablaré a tu padre de ello —dijo Alexandra, sintiéndose un poco culpable por no haber sabido del talento del menor.

—En cuanto a las matemáticas —dijo Félicité—, ¿realmente importan?

—Yo no hice ningún examen de matemáticas, pero sé hacer presupuestos. Jack podría esperar un poco más de ti que eso. Pero puedo garantizar que, tanto David como Jack, serán buenos profesores. —Alexandra sonrió con pesar—. Siempre y cuando tu abuela esté satisfecha, y tu madre, por supuesto.

—¡Mi madre! —Félicité alzó la cabeza con desprecio—. No tiene derecho a venir aquí y exigir que vivamos con ella.

—Tu padre está de camino y resolverá eso, así que no tienes de qué preocuparte. Ahora, ¿hay algo más que creas que David y Jack puedan necesitar?

Alexandra y Félicité recorrieron juntas la habitación. Estaba escasamente decorada, pero pensó que era una *lit à demi-ciel* que daba a la habitación cierta grandeza. Era una cama con dosel medio alto que colgaba, algo raídas, del techo. En Inglaterra la llamarían cama de media plaza, pero Alexandra recordaba haber visto una en un puesto de Portobello Road, cuando estuvo allí vendiendo antigüedades con David, y recibió el nombre apropiado.

—A la *grand-mère* le gusta secarse la cara con una toalla de lino —dijo Félicité—, pero no pude encontrar ninguna.

Alexandra se rio.

—Son hombres, y estarán bien con las toallas que tienen.

Mientras ella y Félicité caminaban de regreso a la cocina, Alexandra le preguntó:

—¿Por qué no hay más muebles aquí? Quiero decir, hay suficientes, pero no está lleno. ¿Hay alguna razón?

La niña se encogió de hombros.

—Sé que papá heredó el *château* y el título de su tío. Sucedió antes de que yo naciera, pero tal vez él y mamá solo compraron lo mínimo que necesitaban, en ese momento. Creo que a mi madre le gustaba la idea de vivir en un castillo, pero no le agradaba hacerlo en el campo.

—Eso lo explicaría, supongo. Ahora, me pregunto si tenemos algo para comer, que no sea pollo.

—El pollo es lo que produce la granja —dijo Félicité—. Eso, y algunos cerdos y ovejas.

—David es un cocinero brillante —comentó Alexandra—. Te encantará su comida, te lo prometo. Se va a enamorar de los productos que hay aquí. Te ríes de mí cuando me entusiasmo con el ajo en el mercado, pues él se pondrá eufórico. —Hizo una pausa—. Puede ser un poco... extravagante.

Félicité se carcajeó.

—A la *grand-mère* puede que no le guste.

La niñera negó con la cabeza.

—No, lo adorará. Se asegurará de eso. Solo espero que su amigo haga lo mismo.

La tarde siguiente, Alexandra y los niños estaban sentados en la mesa, bajo los árboles de la terraza lateral del *château*, jugando al rummy, cuando dos hombres abrieron las verjas de hierro forjado que daban a la zona.

—¿Hay alguien en casa? —llamó uno de ellos.

Alexandra dejó sus cartas y corrió hacia ellos.

—¡David! ¡Llegas pronto! ¡No te esperaba hasta esta noche! —exclamó y se arrojó a sus brazos.

Después de unos momentos de abrazos y exclamaciones, David dijo:

—¡Lexi! ¡Estás diferente! La última vez que te vi, parecías Audrey Hepburn, toda elegante. Ahora estás como una campesina sensual, con ese vestido sin hombros y descalza. Más como Brigitte Bardot.

Alexandra rio, dándose cuenta de que había echado de menos sus bromas.

—Estoy así durante el día, pero, cuando refresca por la noche, me pongo un cárdigan.

—Te presento a Jack. Jack, ella es Alexandra, de quien tanto me has oído hablar. Lexi, este es Jack, que puede enseñar matemáticas y música, y que está muy interesado en la zona.

Jack se acercó y le extendió la mano a Alexandra.

Ella notó que cojeaba un poco, y que usaba un bastón. Era mayor que David, quizás estaba en sus cincuenta, con una cabellera espesa y grisácea, y cejas oscuras, sobre unos ojos amables y chispeantes.

Cualquier preocupación que Alexandra tuviera sobre su idoneidad, desapareció. Parecía tan agradable como les había prometido a los niños que sería.

—Hola —saludó—. Encantado de conocerte por fin, y muchas gracias por invitarme.

—Nosotros también estamos encantados de conocerte. Félicité, Henri, Stéphie..., venid a conocer a vuestros tutores —dijo Alexandra, sin querer hacer demasiado de la presentación. Sentía que serían más receptivos si observaban a sus nuevos tutores primero—. ¿Queréis algo de beber? ¿O de comer?

—Sería estupendo —respondió David, que ya había estrechado la mano de todos—. Hemos tomado un tentempié de camino, pero no nos negaríamos a algo más. ¿Quizás un poco de queso?

—Siempre tenemos queso —dijo Stéphie, que quería ser servicial—. Traeré un poco.

David le sonrió.

—Muchas gracias. Eres muy amable.

—Yo traeré el vino —se ofreció Henri, algo tímido y agradecido por la excusa para alejarse un poco.

Cuando Stéphie y Henri se fueron, David se giró hacia el perro.

—¿Y quién es este apuesto caballero?

—Es Milou —le presentó Alexandra—. Nos cuida, y es muy bueno en eso.

—¿Duerme en una perrera para ahuyentar a los intrusos? —preguntó Jack.

Sabiendo que Milou dormía con Stéphie o Félicité, pero sin querer decirlo para evitar la vergüenza, Alexandra cambió de tema:

—Espero que os guste el queso de cabra —dijo—. La mayoría de los quesos locales son de cabra.

—Estás dando pie a que alguien haga un chiste sobre cabras viejas —dijo Jack—, pero creo que me abstendré.

—¿Cómo habéis llegado hasta aquí? —se interesó

Alexandra, al ver que los recién llegados tenían todo lo que querían.

—Hemos traído el coche —respondió David—. Está estacionado frente al château. Al no ver a nadie dentro, entramos y os encontramos.

—Es bueno que tengas el coche —dijo Alexandra—. Te dará algo de independencia.

—Sí —afirmó David—. Quiero comprar algunas antigüedades.

—Y yo solo quiero explorar la zona —indicó Jack.

—¿Por qué? —preguntó Stéphie.

Jack le sonrió.

—Estuve aquí de vacaciones antes de la guerra. Cuando escuché a David lo de que iba a venir, pensé: esta es mi oportunidad. Me viene bien ser profesor de matemáticas, así tengo una excusa.

Stéphie pareció satisfecha con la explicación.

—Y, claro, si compro demasiadas antigüedades, tendré que alquilar una furgoneta de todas formas —dijo David—. En cuyo caso, Jack puede llevarse el coche a casa.

—¿Te gustaría que te enseñara un truco de cartas? —preguntó Jack a Henri, quien había estado construyendo casas de cartas, mientras David y Jack comían su queso y un poco de paté.

—¿Sabes alguno? —preguntó el niño.

En unos segundos, Jack estaba barajando las cartas y haciendo que Stéphie eligiera una. No pasó mucho tiempo antes de que Henri también aprendiera el truco.

—La aritmética es muy útil para los trucos de cartas —señaló Jack finalmente—. Así como un poco de magia. —Sacó una carta de detrás de la oreja de Stéphie, provocando un montón de risas.

Alexandra no pudo evitar darse cuenta de que, mientras Henri y Stéphie se relajaban con rapidez con los dos hombres, Félicité se mantenía al margen.

La comprendía completamente: no estaba interesada en trucos de cartas y no quería verse forzada a aprender nada, en contra de su voluntad. Sin embargo, sabía que, si Félicité no recibía clases en casa, era muy probable que fuera enviada a un internado.

—Espero que seáis buenos profesores —comentó Alexandra—. Hasta ahora, la abuela de los niños ha intentado mudarse para cuidar de ellos, para que aprendan buenos modales, y su madre ha querido llevárselos, y, tal vez, enviarlos a un internado en Inglaterra. Pero, si lográis enseñarles algo, es posible que puedan quedarse aquí —explicó, sonriendo al grupo. En parte, decía esto para recordarle a Félicité sus opciones—. Iré dentro para preparar la cena.

—Te ayudaré —se ofreció la niña.

Alexandra solo le sonrió agradecida, aunque por dentro estaba asombrada. Era la primera vez que Félicité deseaba ayudar, aunque fuera para distanciarse de sus nuevos tutores.

—Entonces, ¿el mercado es mañana? —preguntó Jack durante la cena, unas horas más tarde.

—Sí —respondió Alexandra, por lo menos por tercera vez—. Iremos en mi coche, el del *château*. Estoy segura de que os encantará.

—¿El qué? ¿El coche o el mercado? —se interesó Jack.

—Estoy absurdamente emocionado por el mercado —dijo David, y luego bostezó—. Pero ahora, si puedo recordar cómo llegar, creo que me iré a mis aposentos palaciegos.

—Yo también —indicó Jack—. Aunque estar aquí, con esta encantadora compañía y comiendo comida tan deliciosa, es un placer, ha sido un día largo.

En cuanto los hombres se fueron, Alexandra dijo:

—Stéphie, es hora de llevarte a la cama. Prométeme que no le dirás a tu abuela que te he dejado quedarte despierta hasta tan tarde.

—Es tarde hasta para mí —señaló Félicité, ayudando a su hermana con la pesada silla.

—¡Pues no te atrevas a confesárselo a la *grand-mère*! —insistió Alexandra—. O no dejaremos de escucharla hablar de ello.

Para cuando las gallinas estuvieron encerradas, Milou había dado su última vuelta y todos, excepto Alexandra, ya estaban en la cama.

Echó un vistazo a la cocina, donde habían disfrutado de una comida muy alegre, pero que ahora estaba hecha un desastre.

David y Jack habían comprado vino en el ferry, así que había botellas vacías, numerosos vasos y demasiados platos sucios.

Alexandra se había distraído con la compañía y la charla, y la estufa se había apagado. No habría agua caliente hasta que volviera a encenderse.

Suspiró y decidió dejarlo. El desorden seguiría allí por la mañana.

No necesitaba preocuparse por ello en ese momento. Todo en lo que podía pensar era en su propia cama y en dormir, pero estaba contenta mientras subía las escaleras: David y Jack iban a encajar perfectamente.

Capítulo 9

Alexandra dormía profundamente, cuando Milou la despertó ladrando.

No era el ladrido fuerte que usaba para los intrusos, pero, aun así, era un sonido que indicaba que había escuchado algo, y había bajado a investigar.

Alexandra pensó que debería hacer lo mismo. Probablemente, sería David o Jack buscando algo en esa parte del castillo.

Saber que Milou estaba allí abajo, le daba valor, pero, aunque no era una persona nerviosa y estaba acostumbrada a estar sola en una casa grande, se sentía temerosa.

Se puso una bata ligera, pero no se calzó las zapatillas, que hacían ruido en las escaleras. Quería ser silenciosa.

Era consciente de que los sonidos de Milou habían cambiado a un extraño quejido, que no le había escuchado antes, y, cuando llegó al vestíbulo, vio que estaba de pie sobre sus patas traseras, con las delanteras apoyadas en los hombros de un hombre.

Apenas podía ver al recién llegado, porque el perro lo cubría, pero supo de inmediato que era Antoine.

Hablaba con Milou en voz baja, en francés. No entendía muy bien lo que decía, pero sonaba muy cariñoso.

Por fin, Milou bajó de un salto y, al ver a Alexandra, se acercó y la empujó levemente, como si quisiera asegurarse de que ella no se sintiera excluida.

El conde de Belleville levantó la vista.

—Ah, Alexandra, ¿verdad? —dijo en inglés.

Esta pensó que su nombre nunca había sonado tan maravilloso.

Se aclaró la garganta.

—Sí. Escuché ruidos y pensé que debía investigar —explicó también en inglés. Su francés era bueno, pero no perfecto, y no quería cometer errores.

—Muy valiente de tu parte.

Antoine la miró en silencio durante unos instantes.

Era muy consciente de su camisón largo de algodón, que había comprado en el puesto de brocantes del mercado de Saint-Jean-du-Roc, junto con el sencillo chal, también de algodón, que tenía encima. Llevaba el pelo suelto por encima de los hombros.

Ojalá la hubieran avisado de su llegada, porque al menos se habría vestido.

—Sabía que Milou me protegería si era necesario. ¿Puedo traerle algo? ¿Ha estado viajando durante horas?

—Sí y sí. ¿Qué hay para comer?

Alexandra titubeó, recordando que la cocina era un caos, pero también se acordó de que había hecho sopa de cebolla el día anterior.

—No digas tonterías —dijo Antoine—. Vamos a la cocina. ¿La estufa está encendida? Tengo frío.

Ya había comenzado a caminar por el pasillo, antes de que pudiera detenerlo.

Se detuvo en la puerta de la cocina y encendió la luz. La única bombilla que colgaba en el centro del techo hacía que la estancia pareciera más, que solo el sitio de una fiesta desenfrenada.

Parecía espeluznante, como la escena de un crimen en una película.

Estaba mortificada.

Antoine observó la mesa llena de vasos y botellas, el escurridor amontonado con platos sucios, y el suelo con cazuelas apiladas.

—¿Qué demonios ha pasado aquí? —preguntó—. ¿En caso de que no sea lo que parece?

—Esto... —dijo Alexandra, con dignidad—, son los restos de nuestra cena. He dispuesto que dos tutores vengan a enseñar a los niños. Su suegra estuvo de acuerdo en que era una buena idea. Llegaron ayer, y anoche estaba demasiado cansada para fregar los platos.

—¿Por qué sería tu trabajo lavar los platos? Se supone que estás aquí como niñera, ¿no es así? Tenemos a madame Carrier para la cocina, ¿verdad?

Alexandra sonrió, esperando no parecer quejica.

—De momento, solo estoy yo. ¿Quiere un poco de sopa?

—¿Solo tú? —La miró con atención, y no era la primera vez—. ¿Qué ha pasado con madame Carrier?

Alexandra apenas lo recordaba.

—Creo que su madre está enferma.

—Pareces demasiado joven para asumir todo esto.

La niñera lamentaba haber mentido sobre su edad en el formulario de solicitud, pero se dio cuenta de que probablemente no habría conseguido el trabajo si hubieran sabido que solo tenía veinte años.

—¿Quiere sopa? —volvió a preguntar.

—Sí, por favor —respondió, y Alexandra fue a la despensa para buscarla.

Cuando regresó con la olla en las manos, él estaba encendiendo la estufa.

—No he encontrado la forma de mantenerla durante la noche, me temo.

Sirvió algo de sopa en una cacerola y la llevó al pequeño fogón. Era «sopa de cebolla francesa», tal como le había enseñado madame Wilson en su escuela de cocina. Aunque madame Wilson fuera francesa, Alexandra dudaba de que su versión de la sopa se comparara con la verdadera, a la que su jefe estaría acostumbrado.

Despejó un hueco en la mesa, mientras Antoine cortaba leña, y, cuando volvió con algunos troncos, ya tenía un hueco en la mesa y muchos de los platos sucios estaban amontonados en un rincón. Tostó un poco de pan, le puso queso rallado y volvió a colocarlo bajo el grill.

El fuego de la estufa estaba bien encendido y la mesa estaba más o menos ordenada, antes de que Antoine dirigiera su atención a la sopa que Alexandra había puesto frente a él, junto con el pan con queso.

—Por favor, recuerde que soy inglesa cuando la pruebe, y no lo compare con lo que está acostumbrado a comer.

Deseó haberse quedado callada. Se estaba excusando antes de que él la hubiera probado.

—¡Está muy bueno! —exclamó, ligeramente sorprendido.

La sopa había estado cociendo a fuego lento durante mucho tiempo y las cebollas eran de un color marrón oscuro. Alexandra había querido impresionar a David con ella, aunque al final no la habían probado en la cena. Los dos hombres se habían llenado con el paté y el queso, y todos habían pasado directamente al inevitable pollo.

Ahora, agradecía al dios de los empleados ingleses, que tienen que cocinar para los franceses, por este elogio.

—¿Quiere algo de beber? —preguntó—. Podría traerle un poco de vino...

—Coñac, por favor. ¿Sabes dónde está?

Mientras iba a buscarlo, Alexandra se preguntó si debería haber fingido que no lo había encontrado, ya que había bebido un poco.

Seguía lamentando haber mentido sobre su edad. Tenía que recordar decirle a David que se suponía que tenía veinticinco años.

—Trae un vaso para ti —dijo Antoine—, y cuéntame cómo están mis hijos. ¿Te gustan?

—Los adoro —se oyó decir Alexandra, sin haberlo

pensado—. Son encantadores. Stéphie y Henri son más sencillos, claro está.

—¿Pero Félicité es más complicada? Estoy acostumbrado a que las institutrices me digan que es voluntariosa y poco cooperativa.

La niñera se sintió ofendida.

—Es cierto que es más desafiante, pero la comprendo. Ya es demasiado mayor para una niñera, en realidad. Necesita una compañera —respondió, recordando cuando a ella le habían ascendido de niñera a compañera.

En su momento había parecido un gran cambio, una ventaja, pero en realidad no había sido tan diferente. Había buenas y malas compañeras, igual que buenas y malas niñeras.

—¿No te está «haciendo la vida imposible»? ¿Es así como lo dicen?

—La verdad es que no. ¿Y por qué debería obedecer a una mujer joven que apenas es mayor que ella? Bueno, no mucho mayor, en todo caso —añadió con rapidez—. Por eso pensé en que deberían tener tutores. Fue después de que su abuela viniera preocupada porque no estaban recibiendo una educación adecuada. Y su madre...

—¿Sí?

—Habló de enviar a Félicité y a Henri a un internado en Inglaterra.

—Sabes que la pequeña Stéphie no es...

—Sí. Me sorprendí un poco cuando su esposa...

—Exesposa.

—Cuando apareció, y no la reconoció. Fue entonces cuando descubrí que Stéphie era adoptada. —Alexandra hizo una pausa—. Somos muy buenas amigas.

No le mencionó que Stéphie se metía en su cama por las mañanas para leer juntas y que alguien no había prestado suficiente atención a enseñarle a leer.

Hasta ese momento había estado contenta con hacer lo mejor que podía en su papel de niñera, improvisando según lo que parecía funcionar mejor, pero ahora que su jefe estaba allí, deseaba estar más cualificada.

—Los niños mayores la adoran.

—Sí, los dos extrañaban mucho a su madre cuando se fue, y, cuando Stéphie llegó, unos dos años después, le dieron todo su afecto. Era encantador, pero también un poco preocupante. Quizás les beneficiaría tener a Lucinda de vuelta en sus vidas.

Alexandra se preguntó si realmente eso sería cierto, cuando Lucinda parecía ansiosa por mandarlos lejos...

Pero no comentó nada. No era su lugar, y, en teoría, las madres eran algo positivo en la vida de los niños.

Aunque al no haber tenido una ella misma, realmente lo desconocía.

—¿Más coñac? —preguntó Antoine, levantando la botella.

—No, gracias. Quizás debería hacerle la cama, o algo así.

Alexandra nunca había estado en su dormitorio, ya que nunca había tenido una razón para ir, pero al menos sabía dónde se guardaban las sábanas y la ropa de cama.

Antoine le sonrió de repente, y sintió que se derretía.

—Creo que deberías volver a la cama. Puedo encargarme de las sábanas.

—El colchón podría estar húmedo...

—No me matará. No te preocupes por mí, Alexandra —dijo—. ¿Puedo llamarte así? —Ella asintió. Jamás se cansaría de escuchar su nombre en sus labios—. Estás aquí por mis hijos, y no para ser el ama de llaves.

Aunque no lo dijo en voz alta, su expresión decía: «vuelve arriba, y no te preocupes».

—Bien, si no me necesita, le veré mañana. —Sonrió con educación y salió.

Una vez de regreso en su habitación, se dio una charla muy seria.

«No estás enamorada de él. Es imposible que lo estés. Ni siquiera lo conoces. ¡Ni siquiera es tan guapo! Puede que sea moreno y tenga unos ojos bonitos, con pestañas largas, pero ¿desde cuándo te has vuelto tan superficial como para gustarte alguien solo por su aspecto?», se lo repitió a sí misma, mientras se lavaba los dientes, se peinaba y regresaba a la cama.

Le costó bastante volver a dormirse.

Las sacudidas de Stéphie la despertaron. Se sentía como si solo hubiera dormido una hora.

—¡Alexandra, despierta! ¡Papá, está aquí! ¡Baja a verlo!

La niña salió corriendo de la habitación, dejándola tentada a quedarse un poco más en la cama.

Pero luego se dio cuenta de que no podía quedarse, cuando la habían invitado a conocer a papá, aunque, a diferencia de Stéphie, que estaba en bata y sin zapatillas, ella necesitaba vestirse.

No dejó que su deseo de apresurarse le impidiera prestar atención a cómo lucía.

Se cepilló el cabello, otra vez, y lo colocó sobre su hombro para que, aunque suelto, luciera ordenado. Se puso un vestido limpio, y añadió su cárdigan y las alpargatas que había comprado en el mercado.

Dudó sobre el maquillaje. Era la niñera, era temprano en la mañana y parecería extraño, como si tratara de atraer al conde, su jefe, si bajaba a la cocina toda arreglada.

Pero no podía ignorar el hecho de que iba a ver a un hombre muy atractivo del cual podría —quizás—, estar enamorada.

¡Había un punto medio!

Se aplicó un poco de lápiz labial con el dedo y lo difuminó para que apenas se notara. Se colocó un poco de delineador en los ojos y luego lo frotó, hasta dejar solo un ligero rastro, y revisó su rostro en busca de imperfecciones.

Con una pequeña cantidad de polvo en la punta de la nariz, decidió que había hecho todo lo posible, y bajó a la cocina.

—¡Oh, estás vestida! —dijo Félicité, quien todavía no lo estaba.

—Trato de vestirme todos los días —dijo Alexandra, mucho más tranquila de lo que realmente se sentía—. Es un hábito para mí. Buenos días, monsieur *le comte* —saludó formalmente.

Había muchas razones por las cuales no debía mostrarse demasiado familiar con su jefe, y una de ellas era que sabía que Félicité estaría absolutamente furiosa si pensaba que Alexandra trataba de congraciarse con su querido padre.

—¡Papá llegó en medio de la noche! —explicó Stéphie, aún emocionada por la maravilla de ese acontecimiento.

Alexandra y Antoine intercambiaron una mirada.

—Lo escuché —dijo Alexandra—. En realidad, escuché a Milou y bajé a ver qué ocurría.

—Fuiste muy valiente —señaló Félicité—. ¿No tenías miedo de que fueran ladrones?

—Sabía que Milou me protegería si lo necesitaba —respondió Alexandra—. ¿Preparo el desayuno? Veo que la estufa está encendida.

—Papá sabe cómo mantenerla encendida —indicó Henri.

—Buenos días, Alexandra —saludó Antoine—. Fuiste muy valiente al investigar mi llegada, pero tiene razón, Milou te hubiera protegido. ¿Sabéis que en Inglaterra tienen un libro en el que la niñera es un perro?

—*Peter Pan* —confirmó Alexandra—. Siempre me pareció un poco extraño cuando era niña. ¡Y aún me lo parece! ¿Qué os apetece para desayunar?

—Estoy muerto de hambre —reconoció Henri.

—Yo también —añadió Antoine.

Alexandra les sonrió a ambos y fue a buscar su delantal, agradecida de haber comprado uno más bonito que el de trabajo, que la anterior encargada de la cocina usaba.

—Ven a ver las gallinas, papá —dijo Stéphie—. ¡Alexandra puede levantarlas en brazos!

Antoine y su hija menor atravesaron el pasillo hacia el patio, mientras la niñera se concentraba en la cocina.

Abrió el grifo para empezar a lavar los platos, al mismo tiempo que preparaba el desayuno. Como siempre, había muchos huevos, pero también un poco de ratatouille sobrante y algunas salchichas locales.

Puso un poco de grasa de pato en una sartén y cortó las salchichas en pedazos, y pronto, un par de cosas ya estaban chisporroteando en el fuego.

—¡Santo cielo! —dijo una voz masculina de tono fuerte—. ¡Los olores son celestiales!

—O de la Provenza —dijo David—, lo que esté más cerca. ¡Buenos días!

David y Jack estaban vestidos y bien arreglados, listos para ser sociables.

Inevitablemente, Antoine y Stéphie eligieron ese momento para volver a la cocina.

Alexandra solía disfrutar de la gente y no le molestaba tener la cocina llena, pero en ese instante reprimió un deseo de gritar. En ese instante quería que todos se fueran y la dejaran cocinar y lavar en paz.

Era una niñera que cocinaba, nada más, pero no había nadie para hacer de anfitriona. Así que, tuvo que encargarse de las presentaciones.

—Ah..., Jack, David, buenos días. Espero que hayáis dormido bien. Permitidme presentaros a... —Vaciló. Sabía su nombre, pero en ese momento solo pensaba en él como Antoine o papá, y ninguno de los dos era apropiado.

Antoine se adelantó.

—Soy Antoine, el *comte* de Belleville, y el padre de estos niños. ¿Tengo entendido que están aquí como tutores?

—Esa es la idea —dijo Jack—. Soy Jack Andrews, para matemáticas y música. Estoy calificado para enseñar matemáticas, pero también soy músico profesional.

—Y yo soy David Campbell: actor, comerciante de antigüedades, amante de la buena cocina y, lo más importante, amigo de Alexandra. Mi especialidad es Shakespeare, o, al menos, esa es la razón por la que estoy aquí. Llegamos ayer, así que nadie ha aprendido nada todavía.

—Excepto que puedo hacer un truco de cartas —dijo Henri.

—Solo fue una manera de romper el hielo —explicó Jack—, pero tengo la intención de enseñarte álgebra.

—¿Qué es álgebra? —preguntó Stéphie, intrigada por la palabra.

—Algo difícil —señaló David—. Shakespeare es mucho más divertido.

—¡Oye! ¡El álgebra también puede ser divertido! —dijo Jack—. Pero puede que aún no necesites aprenderlo, Stéphie.

—¿Cómo planea enseñarles a Shakespeare? —preguntó Antoine.

Alexandra se retiró a su estufa. Ya podían hablar entre ellos, y así podría centrarse en alimentarlos a todos.

—Ha sido un desayuno estupendo —dijo David un poco más tarde—. Esperaba un poco de baguete con mantequilla y quizás un cruasán.

—Para tener pan deberíamos haber conducido para comprarlo —respondió Alexandra—, y he pensado que estaríais hambrientos.

Quiso decir que pensó que Antoine estaría hambriento, y cómo se sintiera este era, de algún modo, muy importante para ella.

—¿Pensáis empezar las clases de inmediato? —se interesó Alexandra.

—¿Tenemos que hacerlo? —dijo Stéphie—. ¡Papá acaba de regresar! Necesitamos escuchar todas sus aventuras.

—Quizás deberíamos cogernos un día para conocernos antes de empezar las lecciones —sugirió Jack—. David y yo podríamos ir al pueblo local... ¿Saint-Jean-du-Roc?

Antoine asintió.

—Y también comprar algunas cosas, para ahorrarle trabajo a Alexandra...

—Es día de mercado —indicó Alexandra—. Podría daros una lista.

—¿Nadie quiere venir con nosotros? —preguntó David, mirando a su alrededor en la cocina—. Veo que no. —Sonrió—. Entonces, cuando hayamos terminado de lavar los platos...

—¡No es necesario! —interrumpió Alexandra—. De verdad, estaré bien sola.

David y Alexandra se conocían muy bien, y, cuando cruzaron miradas, ella logró transmitirle lo mucho que deseaba que se marcharan todos.

—Niños, deberíamos ayudar a Alexandra —sugirió Antoine.

—¡No! De verdad, tendréis ganas de estar juntos, después de tantos meses separados. —Hizo una pausa—. Además..., ¡quiero a todo el mundo fuera de mi cocina!

—No es tu cocina —apuntó Félicité.

—Mientras esté cocinando en ella, es mía —replicó Alexandra, con más brusquedad de la que pretendía. Moderó el tono—. Quiero decir, mientras sea responsable de las comidas, es mi lugar de trabajo. Id a vestiros y luego podréis pasar tiempo con vuestro padre. Seguro que os ha echado mucho de menos.

—Muy bien hecho, Lexi —dijo David, cuando todos se habían ido—. Te estás desenvolviendo muy bien aquí.

—Gracias. He tenido que aprender mucho en muy poco tiempo, y a veces es agotador.

—No veo la hora de llegar al mercado. Comprar unas maravillosas especialidades provenzales y cocinar para ti —comentó—. Y me caen muy bien los niños. Son muy inteligentes, y vamos a divertirnos juntos.

—Me alegra mucho escucharlo. La abuela y la madre prácticamente me dijeron que no era apta para cuidarlos. Si pueden aprender un poco sobre su herencia inglesa, me sentiré menos inadecuada.

David frunció el ceño, obviamente queriendo discutir, pero Alexandra le hizo un gesto para que se fuera.

—Id al mercado. Es mejor llegar temprano.

«Aunque ya era demasiado tarde para llegar pronto», pensó.

En ese momento estaba terminando de preparar una olla de agua caliente y había un cazo en la estufa, para hervir más, en caso de que la caliente se terminara, cuando Antoine apareció.

—Tienes que dejarme secar los platos… —Empezó cogiendo un trapo de la barra, frente a la cocina.

—No, monsieur *le comte* —dijo Alexandra con firmeza—. Por favor, soy feliz haciendo esto. Vaya a estar con sus hijos. Lo han extrañado mucho.

Alexandra se dio cuenta de que había puesto las

manos en las caderas y probablemente se veía muy desafiante al dirigirse a su jefe.

Sonrió para suavizar su apariencia autoritaria, y él se echó a reír.

—En ese caso, así lo haré. Tengo regalos para ellos. Pero necesitamos más personal.

—Sería una buena idea.

Sonrió con pesar.

—Me encargaré de eso. Y, por favor, llámame Antoine. No me gusta usar mi título, a menos que sea necesario.

Ella asintió en señal de acuerdo, y él se fue.

Más tarde, Stéphie se acercó a Alexandra, mientras estaba en el patio, recogiendo uvas de la parra que crecía bajo los aleros, y dijo:

—¿No es maravilloso que papá esté en casa?

—Sin duda lo es —respondió—. Debes estar encantada.

—Sí, porque mientras Félicité y Henri tienen a su mamá, y a mí no me gusta para nada, yo solo tengo a papá. Así que, es bonito para mí cuando está en casa. Aunque claro, a los otros también les gusta tenerlo.

—No estoy segura de que a ellos les guste mucho su mamá tampoco —comentó Alexandra—. Pero, cuando se acostumbren a tenerla aquí, quizás le cojan cariño.

—¿Tú crees? Yo pienso que es muy grosera, aunque es bonita y huele bien.

Alexandra no pudo evitar preguntarse cómo se

sentiría Antoine sobre Lucinda, después de tantos años sin verla.

—¿Tú crees que ser bonita y oler bien es suficiente? —preguntó, sin esperar que Stéphie entendiera realmente la cuestión.

—No lo creo. Félicité dice que ser bonita no es importante. —Hizo una pausa—. Yo creo que tú eres muy guapa. Quizás no sea importante, pero es agradable.

Alexandra se rio y rodeó a Stéphie con el brazo que tenía libre.

—Vamos, llevemos estas uvas a casa. David va a preparar la cena. Podremos comer uvas de postre.

—Oh... —dijo la niña, algo decepcionada—. Prefiero el postre que tú haces, con fruta, y la capa de galleta encima.

—El crumble de frutas es lo único que me sale bien, después de preparar una comida decente —indicó—. Pero le preguntaremos a David. Seguro que él también sabe hacerlo.

Capítulo 10

David se encontraba en la cocina, rodeado de comida, traída del mercado, y de todos los utensilios de cocina que pudo encontrar.

Estaba deshuesando un par de pollos para la cena, lo cual involucraba un cuchillo grande y mucho ruido.

—No me regañes —dijo cuando Stéphie y Alexandra llegaron—. Sé que siempre te regañaba por ser desordenada al cocinar, Lexi, pero estoy situándome. Hasta que sepa lo que hay aquí, no puedo ser ordenado. Pero lo recogeré en un minuto.

—Hemos traído uvas para el postre —anunció la pequeña—. Aunque a mí me gusta el crumble.

David hizo una pausa.

—Bien. Hagamos un trato. Si puedes encontrar unas tijeras para uvas, para que la gente no arranque las uvas y deje ramitas en el racimo, haré un crumble. O tal vez, podrías pedirle a tu niñera que lo haga.

—Se llama Alexandra —dijo Stéphie severamente—. Y es muy buena haciendo crumbles.

—Es casi el único postre que preparo últimamente —indicó la mencionada—. ¿Quieres que sea tu ayudante de cocina, David? Y, Stéphie, ¿tienes idea de dónde podrían estar las tijeras para uvas? ¿Quizás en el comedor?

—Las tijeras para uvas son una afectación —comentó Jack, pasando junto a Stéphie mientras esta salía alegremente por la puerta—. Sirven las tijeras comunes.

—A falta de algo mejor, querido amigo, pero estamos en un *château* —dijo David—. Debemos mantener ciertos estándares.

Alexandra y Jack se rieron, y luego ella se volvió para poner leña en la estufa.

—Alexandra —la llamó Jack—, ¿puedo hacer eso por ti? O tal vez traer más leña, si me muestras dónde está. —Alexandra dudó, preguntándose si podría manejarse con su bastón—. Estaré bien —le indicó, leyendo con claridad sus pensamientos—. Solo guíame.

Alexandra tomó la cesta de leña y lo condujo por el pasillo de habitaciones de almacenamiento y despensas hacia el patio. Lo llevó al almacén de madera, que, afortunadamente, todavía estaba lleno de leña seca.

—Aquí estamos. Está toda maravillosamente seca, lo cual es una suerte. No creo que tuviéramos ninguna oportunidad con la estufa, si no lo estuviera.

Ambos empezaron a llenar la cesta con leña.

Cuando estuvo llena, Alexandra comentó:

—Si pudieras aprender cómo mantener la estufa encendida toda la noche, te lo agradecería. El conde sabe hacerlo, pero siento que yo también debería saberlo.

—Entonces, ¿por qué no le pides al conde que te enseñe? —dijo una voz detrás de ella.

Ella dio un respingo.

—Oh... Es que pensé que podrías estar ocupado.

—¿Y Jack no estará ocupado enseñando álgebra y trucos de cartas a mis hijos?

Jack se carcajeó.

—Estaré ocupado, y ellos también, pero todos necesitamos tiempo para disfrutar de nuestro entorno. David está considerando montar una obra de teatro.

—¿De verdad? —preguntó Antoine—. ¿Por qué?

—Dice que la mejor manera de entender a Shakespeare es interpretándolo —explicó—. Pero puede que no tengamos tiempo.

—Me parece una idea espléndida, si hay tiempo —dijo Antoine—. Me gusta que a mis hijos les enseñen de una manera menos convencional, de lo que experimentarían en la escuela.

—La escuela tiene sus ventajas —comentó Alexandra en voz baja.

—La escuela no ha funcionado bien para mis hijos, hasta ahora —dijo Antoine—, pero estaré encantado de discutirlo con profesionales.

—Bien —indicó Alexandra—. Voy a volver a la cocina a hacer un crumble. Es el favorito de Stéphie.

—¿Podría hablar contigo sobre Stéphie en algún momento? —preguntó Antoine.

—Estaré encantada de hacerlo cuando quieras

—respondió sonriente—. Justo ahora está buscando las tijeras para las uvas. Podremos comer uvas, además de crumble. Pensé que quizás las encontraría en el comedor.

Antoine se encogió de hombros.

—No tengo ni idea de dónde podrán estar. Quizás deberías ayudarla a buscarlas. Le tienes mucho cariño.

—Es mutuo. Iré a buscarla —anunció Alexandra con una sonrisa—. No olvidarás la leña, ¿verdad?

Mientras regresaba a la casa, se dio cuenta de que había empezado a dar órdenes a un miembro de la nobleza francesa, y probablemente no era la mejor manera de avanzar en su carrera como niñera.

Encontró a Stéphie en el comedor, frente a un gran aparador muy ornamentado, revisando los cuchillos y tenedores, presumiblemente buscando las tijeras para las uvas.

—Ojalá estuviera aquí Félicité. Necesito su ayuda —dijo, mientras sostenía un tenedor—. Oh, estos son bonitos. No los usamos desde hace mucho.

Alexandra tomó otro, admirando el intrincado diseño.

—Son bonitos, ¿verdad? A David le encantarán. Es anticuario, además de maestro —indicó, dejando el tenedor—. ¿Te gustaría que cenáramos aquí esta noche? ¿Qué opinas?

Stéphie saltó emocionada.

—Me parece una idea estupenda. Podríamos celebrar que papá ha vuelto. Normalmente, solo comemos aquí cuando viene la *grand-mère*, y es todo tan formal... No nos dejan hablar mucho, pero me gustan los platos y los tenedores.

—¿Y hay copas especiales? —interrogó Alexandra.

—En el armario.

—¿Crees que a tu padre le importará si las usamos? ¿Quieres preguntárselo? —Alexandra pensó que, si Stéphie se lo pedía, con seguridad aceptaría. Además, ella prefería mantenerse al margen por el momento—. Sería divertido y bonito cenar en otro lugar que no fuera la cocina.

—¡Voy a buscar a papá! —dijo Stéphie, saliendo, corriendo antes de que Alexandra pudiera preguntar por las tijeras para uvas.

Decidió buscar a Félicité.

Hacía tiempo que no la veía y Stéphie disfrutaría más de todo aquello si era su hermana la que la ayudaba.

La encontró en su habitación, sentada en la cama, mirando por la ventana con lágrimas en las mejillas.

—Cariño, ¿qué te pasa? —preguntó, olvidando por un momento que Félicité podía ser reservada, y que quizás respondería mejor a un enfoque menos emotivo—. ¿Estás bien?

Félicité tragó saliva y asintió.

—Supongo que sí.

Alexandra se sentó en la cama junto a ella.

—¿Pero no estás segura?

Félicité soltó un gran suspiro.

—Lo sé... Es solo que ahora que ha pasado, me siento rara. Y duele, y quiero llorar.

Alexandra entendió de repente y sintió una ola de simpatía.

—¿Te ha venido tu período?

Félicité asintió.

—Recuerdo cuando me vino por primera vez. Al principio, es horrible, ¿verdad? No podía creer que pasaría cada mes. ¿Tienes todo lo que necesitas?

Félicité negó con la cabeza.

—No. La abuela me lo explicó, pero dijo que a ella no le vino hasta los dieciséis. Parecía pensar que, si venía antes, era porque coqueteabas con los chicos y eras... mala.

—Oh, bueno, eso no es cierto en absoluto. Puedo ayudarte con lo que necesitas ahora. ¿Tienes dolor? ¿En la parte baja de la espalda?

—¡Sí! ¿Cómo lo sabías?

Alexandra rio.

—Es lo normal. Necesitas una bolsa de agua caliente y quizás una aspirina.

—En Francia las ponen...

Alexandra la interrumpió.

—Yo tengo unas para que puedas tragarlas. —No quería saber detalles sobre cómo administraban el alivio del dolor en Francia—. ¿Te vendría bien una bebida caliente? ¿Chocolate caliente? Mi niñera solía poner un poco de brandy en el mío. —Alexandra hizo una pausa—. ¿Quieres que intente contactar a tu madre?

—¡Definitivamente no! —dijo Félicité, sin dudas.

—Voy a traerte lo que necesitas.

Justo cuando Alexandra llegaba a la puerta, Félicité preguntó:

—¿Por qué tenías una niñera cuando ya tenías períodos?

Alexandra se encogió de hombros.

—Bueno, se llamaba institutriz, pero no me enseñaba nada... Yo ya iba a la escuela. Tampoco era una compañera. Creo que mis familiares, los que me cuidaban, no sabían bien qué necesitaba.

Esperó un momento, por si Félicité tenía más preguntas, y luego salió de la habitación.

Al llegar al vestíbulo, se encontró con Antoine y Maxime, riendo y dándose palmadas en el hombro. Estaban claramente contentos de verse.

—¿Podemos invitar a Maxime a cenar? —preguntó Antoine—. ¿Habrá suficiente?

—Si David está cocinando, habrá más que suficiente.

Maxime tomó la mano de Alexandra y la besó.

—Estás aún más hermosa que la última vez que te vi.

Alexandra se rio para disimular su incomodidad.

—Hola, Maxime.

—Parece que ustedes dos se conocen mejor de lo que imaginaba —comentó Antoine, sonriendo, pero sin verdadero humor.

—Maxime ha sido de gran ayuda para nosotros —explicó ella—. Especialmente, cuando hizo que volvieras a casa. —Se detuvo un momento—. ¿Por qué no os tomáis una copa de vino en la terraza? Hace una noche preciosa.

—¿Nos acompañas? —preguntó Maxime.

Alexandra negó con la cabeza.

—Querréis poneros al día, y yo tengo cosas que hacer.

En ese momento, Stéphie salió corriendo del comedor.

—¿Dónde estabas? ¿Y dónde está Félicité? ¡No estamos listas!

—No creo que David esté listo tampoco, así que no te preocupes. Félicité no se siente bien, así que quizás se quede arriba un rato. Voy a ver cómo va David. Maxime está aquí. Él y tu papá van a tomar una copa de vino en la terraza. ¿Quieres llevársela? Así me ahorras el trabajo. Y quizás algunas aceitunas.

—Prefiero terminar de poner la mesa. ¡He encontrado cosas preciosas! Nadie me había dejado mirar en ese armario antes. —Stéphie regresó al comedor.

Alexandra entró en la cocina y vio que David, que siempre había sido muy calmado en Londres, estaba ahora muy agitado.

—¡David! —exclamó Alexandra, mirando la cantidad de platos y sartenes en cada rincón. Todos tenían con algo dentro—. Esto no es propio de ti. ¡Siempre eres tan organizado en Londres!

—¡Lo sé! —dijo él, alzando las manos de manera teatral—. Creo que Francia se me ha subido a la cabeza. —Hizo una pausa para sonreír a Antoine, que acababa de entrar, posiblemente en busca de vino—. Ver los productos maravillosos del mercado me hizo comprar de todo, y ahora, claro, quiero cocinarlos todos.

Alexandra se volvió hacia Antoine.

—Cuando vivíamos juntos en Londres, siempre me sacaba de apuros...

—¿Vivíais juntos en Londres? —preguntó Antoine de repente, con un tono frío y altivo.

Alexandra y David intentaron explicarse al mismo tiempo.

Entonces, Alexandra levantó una mano para detener a David.

—Déjame explicarlo. Mi familia tiene una casa grande en Londres. Mientras estudiaba cocina, compartía la casa con David, que tenía un piso en la última planta, y con dos amigas más. Y con el perro de Meg —añadió, como si eso calmara el desagrado de Antoine—. David cuidaba de nosotras, y ya lo conocía desde hacía un par de años.

Antoine sonrió, aunque con una mueca despectiva.

—¿Y tus padres? ¿Estaban conformes con esa situación?

Alexandra le sostuvo la mirada, aunque le resultaba difícil.

—Mis padres murieron cuando yo era muy pequeña.

El hombre frunció el ceño.

—Entonces, ¿quién te cuidaba?

—Una serie de niñeras y acompañantes. Por eso, me

siento tan bien calificada para ser niñera. He tenido muchas. Mis familiares me supervisaban desde Suiza.

—¿Sabían que compartías la casa con un hombre soltero?

—No exactamente —empezó Alexandra, ruborizándose.

—Creo que deberíamos decirle todo a Antoine —dijo David.

La joven tragó saliva, temerosa de que Antoine le pidiera a David que se fuera de inmediato.

—Soy homosexual —confesó—. Lo cual significa que, aunque quería a Alexandra como si fuera mi hija, no tengo ninguna tentación de verla de otra forma. Es irónico que, en Inglaterra, alguien que podría ser considerado un criminal fuera, en realidad, la persona más segura con la que ella podría compartir casa.

Antoine se quedó pensativo.

—Mis parientes no habrían entendido ni aceptado que viviera con alguien como David —prosiguió Alexandra—. Aunque deberían haberlo estado.

—Bueno, me esforzaré por ser más abierto de mente. ¿Creo que es ilegal en Inglaterra? No aquí en Francia —dijo Antoine. Sonrió y su expresión se relajó—. Eres bienvenido en mi casa. Ahora, debo encontrar algo de vino.

Alexandra sintió una oleada de alivio.

—Maxime se une a nosotros para cenar, David —dijo—. Y Stéphie está preparando un banquete en el comedor.

—Yo también, en la cocina —señaló este, haciendo una reverencia.

Alexandra sorprendió a Antoine sonriendo, cuando salía de la habitación, para dirigirse a la bodega.

Todo iría bien, decidió.

Se alegró de ver a Félicité llegar al comedor, mientras aún estaban poniendo la mesa.

Se acercó a ella.

—Podrías haberte quedado arriba. Les habría dicho que te dolía la cabeza.

Félicité esbozó una media sonrisa.

—No pasa nada. La gente habría hecho preguntas. No soporto que hablen de mí. —Hizo una pausa—. Aunque eso lo hace sobre todo la *grand-mère*. Me encuentra muy decepcionante.

—Estoy segura de que no es cierto, pero has hecho bien en bajar, de todos modos. Stéphie nos ha organizado, por lo que deberás encontrar dónde te sientas.

A sugerencia de Alexandra, la niña pequeña había escrito los nombres en unas preciosas tarjetas de aspecto antiguo, que había encontrado en el aparador. Que, según les informó David, cuando entró para ver cómo iban en el comedor, en realidad se llamaba credenza.

También, por sugerencia de Alexandra, Stéphie había colocado a su padre en la cabecera de la mesa, con Félicité a un lado y ella misma al otro.

Henri estaba junto a Stéphie.

Después de eso, la pequeña perdió el interés y se

concentró en escribir nombres en tarjetas, y en encontrar cada pieza de cubertería desconocida, que contenían los cajones de la credenza. Esto incluía pinzas para caracoles con tenedores a juego y un juego de cubiertos muy decorativos para entremeses.

—¡Dios mío! —exclamó Antoine cuando entró en el comedor con varias botellas de vino—. Realmente vamos a celebrar un banquete.

Alexandra y Stéphie levantaron la mirada.

—Así es —afirmó Alexandra—, aunque es posible que no necesitemos todos los cuchillos, tenedores y cucharas que hemos puesto.

—Alexandra dijo que a veces está bien sacarlo todo —explicó Stéphie, un poco a la defensiva—. ¡Y son tan bonitos! No podemos verlos cuando están en el cre... En el armario.

—Eso es muy cierto. Y ver todo me recuerda que deberíamos invitar a mi suegra a comer. —Antoine no parecía muy complacido con la perspectiva—. Afortunadamente, tenemos a Alexandra para ayudarnos.

La niñera no estaba completamente segura de si estaba siendo sarcástico, pero decidió que no era probable.

Félicité se acercó.

—¿Y qué hay de mi madre? ¿Tienes que invitarla a comer también? —No sonaba contenta con la idea.

—Creo que sí, *chérie* —dijo Antoine—. Pero no tenemos que pensar en eso ahora.

Alexandra podía ver que la niña mayor estaba molesta

ante la perspectiva. Sabía que parte de esto se debía a su período, pero también tenía razones muy válidas para que su madre no le gustara.

—El truco —comentó Alexandra—, cuando hay alguien a quien no quieres invitar, es invitar a más personas. Así se diluyen, y es más llevadero. Mira, aquí está Maxime. ¿Podríamos invitarlo cuando invitemos a la *grand-mère*?

—¿Tienes experiencia en el arte de recibir invitados? —preguntó Antoine.

—Un poco, sí —indicó Alexandra con firmeza.

Se dio cuenta de que él la encontraba confusa, y esperaba que se diera cuenta de que haría lo que fuera necesario por los niños que tenía a su cargo.

Antoine asintió.

—Voy a ver cómo le va a David en la cocina, y empezaré con el crumble —informó con rapidez, y salió de la habitación—. Luego debemos encontrar a Jack.

—Estoy listo, más o menos —dijo David, secándose la frente con el dorso de la mano—. Tú lleva la tarta de anchoas, y yo llevaré los tomates rellenos. —Hizo una pausa—. Los he hecho, porque los tomates eran increíbles. ¡Como calabazas! Y no a todos les gustan las anchoas.

Alexandra se rio para sí, mientras cogía la tarta.

Sabía que David estaría emocionado por los productos. Ella misma lo estaba, pero no le encantaba cocinar de la misma manera que a este, o a su amiga Meg, que era una de las chicas con las que había vivido en Londres.

La comida era la pasión de Meg, y a su otra amiga, Lizzie, le encantaba la costura, de cualquier tipo.

¿Cuál era su pasión? A Alexandra le gustaban muchas cosas: las antigüedades, vivir en Francia, y había llegado a amar a sus pupilos en muy poco tiempo.

Pero su pasión parecía ser su jefe, y era una situación que no podía continuar.

Puso la tarta sobre un mantel, dejando espacio para los tomates rellenos.

—¡Dios mío! ¡Un verdadero banquete! —exclamó Jack, que acababa de llegar.

—¡Oh, Dios mío! —dijo David—. ¡No sabía que íbamos a comer caracoles! ¡Qué horror!

—¡No vamos a comer caracoles! —indicó Stéphie—. Solo queríamos sacar las pinzas.

—Ah, entonces está bien. —David fingió un exagerado alivio para hacer reír a la pequeña, lo cual logró.

—Maxime, ¿podrías ayudarme a servir el vino? —pidió Antoine—. Sentaos todos. Creo que deberíamos comer este delicioso banquete sin demora. Stéphie, coge un tomate. —Siguieron su ejemplo y pronto todos tuvieron comida en sus platos—. Buen provecho —dijo este.

Había mirado a Alexandra antes de decirlo, pero no creía que debiera asumir el papel de anfitriona. Una cosa era cuando comían en la cocina, pero esto era más formal.

—¡Todo esto está delicioso! —señaló Jack, después de que todos hubieran empezado a comer.

—¡Y yo que pensaba que los ingleses no sabían cocinar! —dijo Maxime en tono de broma.

—Yo no sabía que los hombres podían cocinar —añadió Stéphie.

—Bueno, claro que pueden —respondió Alexandra—. Y David lo hace muy bien.

—¡*Chérie*! —le dijo Antoine a su hija menor—. Tu padre sabe cocinar. Simplemente, no tengo la oportunidad.

—Porque no estás aquí a menudo —apuntó Félicité.

—Sí... ¿Cuándo volverás a casa y vivirás con nosotros todo el tiempo? —preguntó Henri.

Antoine no respondió de inmediato.

—Cuando pueda —comentó, un poco sombrío.

—¿Puedo proponer un brindis? —dijo Maxime—. ¡Por el regreso del héroe conquistador!

—¿Qué es un héroe conquistador? —susurró Stéphie a Alexandra.

—Es alguien que tiene mucho éxito, y probablemente sea bastante guerrero —respondió su papá—. Y me temo que yo no lo soy.

—¡Mejor así! —dijo Jack—. Los jóvenes quieren paz en estos días. Ya ha habido suficiente guerra. —Hubo un murmullo conforme—. ¿Tenéis un piano? —continuó este.

—Oh, sí —dijo David, considerablemente relajado por el éxito de su cena y el muy buen vino que Antoine había proporcionado—. Nos encanta cantar alrededor del viejo «Joanna».

—Se refiere al piano —le explicó Alexandra a Félicité, quien también parecía más feliz ahora, tras reír varias veces.

—Hay un piano en la sala de música —indicó Antoine—. Pero no sé si está en condiciones de tocarse. Era de mi esposa. Fue demasiado caro enviarlo a Buenos Aires, cuando se fue.

—Trató de que aprendiera, pero no tengo su don —dijo Félicité.

—*Chérie*, ¡solo tenías cinco años! No todos son genios musicales —dijo Antoine, dando una palmadita en la mano de su hija.

—¿A tu madre se le daba bien la música? —preguntó Jack—. Eso es interesante.

—Pero yo no sé tocar el piano —indicó la mayor, desafiante.

Alexandra no supo si le importaba o no.

—Quieres decir que no sabías cuando tenías cinco años —apuntó Jack—. Estoy aquí para enseñaros matemáticas y música. Tener un instrumento sería útil, pero no todos tenemos que aprender a tocar *Claro de luna*.

—Es una pena —dijo Maxime—. Es lo único que sé tocar.

—Me gusta tocar el piano —indicó Henri—. Pero prefiero el violonchelo. Un amigo de papá me dio el suyo, cuando ya no lo quería. —Se sonrojó y trató de hundir la cabeza en su comida.

Jack miró al niño.

—El violonchelo es un instrumento maravilloso. ¿Lees música, Henri?

—Un poco —respondió este, mirando el plato frente a él, todavía muy rojo—. Había un libro que venía con el violonchelo.

Félicité intervino, rescatando a su avergonzado hermano de ser el centro de atención, que obviamente odiaba.

—Puedo tocar algunas melodías al piano.

—Eso se llama tocar de oído —le mencionó Jack—, y es muy útil. Pero puedo enseñarte a leer música, lo que significa que puedes tocar cosas que nunca has escuchado antes.

—Aunque el piano necesitará afinación. No estoy seguro... —comenzó Antoine.

—Tal vez pueda arreglarlo un poco yo mismo —se ofreció Jack—. Si no, encontraremos un afinador, ¿verdad, Alexandra?

Esta sonrió y se encogió de hombros.

—Solo soy la niñera, por lo que no estoy segura de estar calificada para encontrar un afinador de pianos.

—Cariño, no estás calificada para ser niñera —dijo David con alegría, pero luego se detuvo—. Perdóneme —le dijo a Antoine—. Conozco a Lexi desde hace mucho tiempo, y siempre la he molestado. Estoy bastante seguro de que es una niñera absolutamente espléndida.

—Ella es una niñera absolutamente espléndida —repitió Stéphie.

—Gracias, querida —le susurró Alexandra. Más fuerte, dijo—: ¿Te gustaría que te ayudara con el siguiente plato?

—Me vendría bien la ayuda para decidir cuál debería ser —indicó David, mirando a Antoine—. ¿Queso o postre? ¿Estamos siendo ingleses o franceses?

—Queso, por favor —pidió Antoine—. Abriré otra botella de vino. Sin embargo, los niños pueden preferir algo dulce ahora.

—David hace postres maravillosos —señaló Alexandra.

—Os ayudaré —se ofreció Félicité, inesperadamente.

—Encontré las tijeras para uvas —indicó Stéphie, complacida consigo misma—. Tenemos uvas con queso, y usualmente son el postre. —Frunció el ceño—. La *grand-mère* no aprueba el postre. Dice que hace que la gente engorde.

—Mi abuela no cree que la gente deba estar gorda —explicó Félicité mientras llevaban los platos sucios a la cocina.

—¿Te sientes bien? —preguntó Alexandra—. ¿Necesitas otro analgésico?

—No, gracias. Me siento mejor ahora. —Esbozó una pequeña sonrisa—. Stéphie tiene razón. Eres muy buena niñera.

Pusieron el queso en la mesa, al mismo tiempo que los dos postres. Había un crumble de manzana y mousse de chocolate.

Stéphie pensó que estaba en el cielo.

Los adultos bebieron coñac y conversaron entre ellos.

Stéphie, sin que lo notaran, comió bastante de la mousse, hasta que comenzó a bostezar.

—Creo que es hora de acostarse —dijo Alexandra, mirando a Antoine.

Cuando el padre de los niños estaba presente, ¿seguía siendo su trabajo declarar el fin de la velada?

—Oh, sí. ¿Stéphie? —la llamó Antoine, quien había entrado en una discusión con David y Maxime sobre trufas.

—Alexandra me llevará a la cama y se quedará conmigo hasta que me duerma —indicó Stéphie.

—Yo también subiré —dijo Félicité.

Henri, consciente de que si se quedaba sería el único joven, se levantó también.

—Iré a darles un beso de buenas noches a todos —comentó Antoine, sonriendo orgulloso a su familia.

Alexandra lo escuchó hacer eso, poco después de haberse retirado a su dormitorio.

Le hizo sonreír. Stéphie percibiría su presencia, aunque probablemente ya estuviera profundamente dormida.

Capítulo 11

Unos días más tarde, a la hora del almuerzo, Alexandra estaba en la cocina removiendo la sopa que David había empezado a preparar aquella mañana, y había dejado cocer en la estufa de leña.

Había salido de la biblioteca, convertida ahora en aula escolar, donde había estado ayudando a David con su lección de Shakespeare. Había supuesto muchas risas —algo que Alexandra no había asociado previamente con Shakespeare—, lo de interpretar y leer en voz alta.

Todos se habían divertido muchísimo.

Jack se les había unido brevemente y luego se llevó a Henri para una lección de música.

El castillo era ahora un lugar muy diferente a cómo había sido cuando Alexandra llegó por primera vez.

Antoine entró mientras Alexandra ponía baguetes en una cesta y colocaba queso en un plato.

—¡Bueno, ya está hecho! —anunció Antoine—. He invitado a mi suegra a almorzar. —Hizo una pausa—. He tenido que invitar también a mi exmujer, porque estaban juntas en ese momento. También he invitado a Hortense, la amiga de mi suegra. —Hizo otra pausa—. ¿Crees que David cocinará?

Alexandra asintió.

—O lo haré yo.

Se sintió un poco ofendida por la suposición de que solo David pudiera cocinar, aunque le fuera un poco intimidante hacerlo para esas personas en particular.

Todos la estarían observando, y posiblemente esperando que fallara.

Pero la habían contratado en parte por sus habilidades culinarias.

—¿Deberías invitar a Maxime?

—Si quieres. —Enarcó una ceja.

Ella ignoró la ceja, sabiendo lo que significaba. Antoine pensaba que estaba interesada en Maxime, más allá de la amistad. Aunque, quizás, sería buena idea porque, después de todo, era muy guapo.

—Es extremadamente servicial y encantador.

—Tienes razón. Maxime es un buen amigo y puede halagar a Lucinda, para que deje de hacer pucheros. —Estuvo pensativo durante unos segundos, mientras Alexandra continuaba con los preparativos del almuerzo—. Su ego está herido y eso la hace irritable.

—¿Para cuándo los has invitado? Espero que no sea hoy.

—¡Por supuesto que no es hoy! —exclamó Antoine, indignado ante la sugerencia de que pudiera hacer tal cosa—. Es para mañana.

Alexandra emitió un sonido, una exclamación que significaba que mañana no era mucho mejor que hoy, y que estaba un poco molesta al respecto.

—Lo siento —dijo Antoine disculpándose—. Cuando hablamos de días que fueran convenientes, mañana era el único posible.

—Estoy segura de que no me corresponde comentar nada sobre tu agenda social —indicó Alexandra, levantando la barbilla.

Antoine pareció encontrar divertido su enfado.

—Tengo infinita confianza en tu capacidad para afrontar cualquier emergencia —señaló—. Además, eres inglesa: nadie esperará nada maravilloso.

Alexandra frunció los labios, tratando de no unirse a su alegría. Estaba en parte halagada, y en parte insultada, pero sobre todo quería reírse con él.

—¿Comemos en el jardín? —sugirió.

—Oh, sí. ¿Por qué no? Tenemos un tiempo estupendo. Siempre es mejor con la abuela de los niños, si podemos hacerlo menos formal. —La observó, mientras inspeccionaba un racimo de uvas—. ¿Cómo van las lecciones esta mañana?

—¡Bien! Si vas a la biblioteca, puedes leer un trozo tú también. A David le gusta que participemos todos.

—¿Es una forma diplomática de pedirme que te deje trabajar en paz? —La ceja se levantó de nuevo, y la curva en una esquina de su boca fue irresistible.

Alexandra asintió, tratando de parecer seria, pero no pudo evitar devolverle la sonrisa.

—¡Stéphie! —exclamó David al día siguiente, después de veinticuatro horas de cocina y compras—. ¡La mesa luce absolutamente maravillosa! Como una pintura impresionista. Has hecho un trabajo fantástico.

Estaban en la terraza, bajo un toldo de vides, moteados por la luz del sol otoñal.

«Realmente parecía una pintura», pensó Alexandra. Le habría gustado que fuera para una fiesta con invitados alegres, viejos amigos, y gente que le agradaba, pero, tal como estaba, los invitados serían principalmente personas críticas, que ponían tensos a los niños y, como ella sabía por experiencia propia, las personas nerviosas nunca dan lo mejor de sí mismas.

Stéphie, a quien no le afectaba la ansiedad que preocupaba al resto de la familia, sonrió.

—Alexandra me ha ayudado —indicó Stéphie.

—Tú hiciste todo el trabajo duro, querida —señaló Alexandra.

—A la *grand-mère* no le gustarán las servilletas de algodón floreadas del mercado —dijo Félicité—. Solo le gusta el lino.

Alexandra había pensado que a ella también le gustaba el lino, hasta que se dio cuenta de que tendría que lavarlo.

Necesitaba hablar con Antoine sobre comprar una lavadora. El castillo probablemente había funcionado perfectamente sin una, cuando había más personal, pero, mientras solo estaban ella y una chica del pueblo

—a quien, afortunadamente, Antoine había contratado para ayudarla—, se requerían más comodidades modernas.

—He pensado que un toque de color sería agradable —comentó Alexandra—, y esas telas son muy de la Provenza, después de todo.

Félicité y Stéphie la miraron, desconcertadas por unos segundos, pero luego volvieron a inspeccionar la mesa.

—No olvides el agua —dijo Félicité.

—Las flores son tan bonitas —indicó Alexandra.

—Sí, y no ocupan demasiado espacio —añadió David—. Habrá tantos platos en la mesa, que apenas habrá espacio para flores. Pero esos pequeños ramilletes son perfectos.

—La abuela dirá que son malas hierbas —señaló Félicité.

—Y le diremos que no existe tal cosa como una mala hierba, solo hay una flor en el lugar equivocado —comentó David con primor.

Félicité soltó una carcajada, que Alexandra no había escuchado hasta ahora.

—¡Oh, por favor, di eso, David! ¡No puedo esperar a escuchar lo que la *grand-mère* responderá!

—A mí me parecen flores de verdad —indicó Alexandra, al ver que Stéphie estaba un poco ofendida. Intentó pensar en algunos nombres de flores—. Esa es una fucsia, ¿y esa cosa rosada parecida a una margarita no es un cosmos? Y esas son definitivamente caléndulas. ¡Se ven preciosas!

—Tu abuela es del tipo estirado, ¿no? —se interesó Jack, llegando con dos grandes jarras de agua en las manos—. De todos modos, Henri ha practicado su pieza durante horas. Es muy talentoso con el violonchelo. Seguro que solo eso ya la deja impresionada. Es casi un prodigio.

—Nuestra madre querrá que yo toque —comentó Félicité con un suspiro—. Estaba decepcionada conmigo cuando tenía cinco años, y lo estará aún más, ahora que tengo quince.

Alexandra abrió la boca para decir algo tajante, indicando que, si quería que su hija aprendiera a tocar el piano, debería haberse quedado para enseñarle, pero volvió a cerrarla.

David y ella habían tenido un par de conversaciones sobre el tema.

Su amigo le había dicho: «sé que tus padres te abandonaron, querida, pero no tuvieron elección. Lucinda, sin embargo, sí tuvo elección, pero nadie sabe en realidad lo que ha sucedido en esta relación. No deberíamos juzgar».

—Estaré encantado de darte clases de piano, Félicité —se ofreció Jack—. Cuando quieras. Es solo que Henri está tan entusiasmado con su violonchelo. Pero si quieres...

—No, gracias —dijo Félicité—. No me gusta tocar el piano. Es solo que no quiero decepcionar a mi madre.

—Tienes una voz encantadora —continuó Jack—. Hay más formas de ser musical que tocando el piano. David lo toca a la perfección, pero no tiene ni un hueso musical en el cuerpo.

—¿Te importa? —soltó David—. No digas esas cosas. Voy a ver cómo está la comida. Podríamos ir sacando una parte, si la mantenemos tapada. ¿Sabemos si nuestros invitados serán puntuales?

Alexandra estaba a punto de decir que lo desconocía, cuando Félicité comentó:

—Espero que mi madre llegue tarde... Vendrá con mi abuela, por lo que ambas se retrasarán.

—Está bien —dijo David—. No estaba haciendo un suflé, pero es bueno saber que puedo dejar que la *daube* siga hirviendo. Puede que esté demasiado caliente para comerla de todos modos... En cuyo caso, solo tendremos carne fría y ensalada, y tomaremos la *daube* en otra ocasión.

Alexandra siguió al joven hasta la cocina.

—Te has tomado muchas molestias, David —comenzó Alexandra, sintiéndose culpable de que su amigo, que estaba aquí para enseñar, estuviera haciendo tantas cosas en la cocina, que deberían ser su trabajo.

—Sabes que me encanta hacerlo, Lexi —indicó este—. Me encantan todos los productos increíbles que hay por aquí, y ahora tengo la cocina funcionando para mí. Así que, es un placer. De todas formas, creo que esto va a ser muy difícil para todos, pero especialmente para los niños.

—Lo sé —Alexandra suspiró—. No estoy segura de quién me preocupa más, si Félicité o Stéphie. Aunque puede que a Stéphie se le pase de todo por la cabeza.

—No creo que vaya a ser muy divertido para ti tampoco.

—¡Pero yo realmente no importo! —Rio—. Importo, claro que sí, pero este almuerzo, tener a los niños con ambos padres, en el mismo lugar, por primera vez desde no sé cuándo, va a ser duro. Su abuela, que es... Bueno..., ya verás.

—Lo estoy deseando. En mi línea de trabajo, cualquier tipo extremo de persona es una oportunidad para estudiar el carácter. Ahora, ¿nos tomamos un aperitivo nosotros solos?

Alexandra se rio.

—Adelante. Me tomaré una copita de rosado y luego no beberé. Solo quiero que todo salga bien. Por... Bueno, por los niños.

—¿Y no te importa cómo le vaya al padre de los niños?

Alexandra no pudo evitar sonrojarse y se dedicó a ordenar los racimos de uvas que llenaban una enorme bandeja. Las tijeras para uvas de Stéphie eran una bendición.

—También quiero que le vaya bien, por supuesto, pero puede cuidarse solo. Los niños me necesitan.

—Aunque Antoine haría un trabajo perfectamente bueno de... —David se detuvo de repente.

—¿De qué haría yo un trabajo perfectamente bueno? —se interesó el mencionado, llegando a la cocina con los brazos llenos de botellas.

—Solo le estaba asegurando a Lexi que no necesita preocuparse por este almuerzo. Que nadie será cruel con los niños, con usted presente —dijo David con mucha firmeza.

Alexandra se sonrojó aún más, y recortó un racimo de uvas que estaba perfectamente bien.

—David tiene razón, Alexandra —dijo Antoine—. Soy muy capaz de proteger a mis hijos, pero aprecio que su felicidad te preocupe tanto.

Con valor, lo miró.

—Sabes que me tomo mis deberes muy en serio.

Recogió la bandeja y huyó.

Habían colocado una mesa bajo una higuera y ella depositó allí su carga, poniendo una servilleta sobre las uvas, para mantener alejadas a las moscas. Ya había un cuenco con higos y algunos melocotones tardíos, casi pasados.

Mientras arreglaba lo que había en la mesa, deseó no sentirse tan avergonzada cada vez que estaba en presencia de Antoine. ¡Era tan diferente a ella! El hecho de que él fuera su jefe no era realmente relevante.

Ambos sabían que estaba haciendo un buen trabajo.

Entonces, ¿por qué se sentía tan inquieta en su presencia?

—Espero que Maxime llegue temprano —le dijo a

Félicité, que había aparecido a su lado—. Todo parece más relajado cuando él está aquí.

—¿No te hago sentir relajada? —preguntó Jack, que había llegado con Henri.

—Sí, pero la abuela de Henri es aterradora. Y también lo es su madre. Necesito mucha protección. —Sonrió, fingiendo que bromeaba todo el tiempo—. ¿Cuándo vas a tocar tu pieza, Henri? ¿Puedo sugerir que lo hagas antes del almuerzo? De lo contrario, la gente se centrará en el vino y la comida, y luego recordarán la hora y saldrán corriendo.

—No estoy seguro de que sea así en Francia —comentó Jack—. Pero toquemos tu pieza primero. Pondrá a la aterradora *grand-mère* de buen humor. Tocas muy bien.

Alexandra le ofreció a Jack una cálida sonrisa. Apreciaba profundamente lo bueno que era con los niños.

—Me alegra tanto que decidieras que querías visitar Francia, Jack.

—Bueno, siempre he tenido ganas de volver a Saint-Jean-du-Roc. Así que, cuando David me dijo que venía, no me pude resistir.

—¿Por qué siempre has querido verlo? —preguntó Henri—. No es una ciudad provenzal famosa, como Aix-en-Provence o esos otros lugares donde pintaron artistas de renombre.

Jack se encogió de hombros.

—Estuve aquí una vez de vacaciones. Quería ver si había cambiado por la guerra.

—¡Oh, mira! ¡Viene Maxime! —dijo Alexandra—. La terraza está muy bien situada, ¿no es así? Puedes ver llegar a la gente desde lejos.

—Es una pena que no podamos bajar una reja y repeler a los merodeadores, ¿eh, Félicité? —indicó Jack.

La niña se rio entre dientes.

Como podían verlos venir, todos estaban en la puerta principal para recibir a la *grand-mère*, su amiga Hortense y, por supuesto, Lucinda.

Solo Jack estaba ausente, porque quería preparar la sala de música. Lo que incluía desempolvar el piano, algo que nadie había pensado hacer, hasta que Stéphie escribió su nombre en él con el dedo.

Alexandra no necesitaba formar parte del comité de bienvenida y tenía cosas que hacer, pero no quería perderse el momento, y, si era necesario, consolar a Stéphie.

—¡Ah, Penelope! —saludó Antoine. Besó a su suegra tres veces—. Hortense... —Ella también recibió tres besos—. Y Lucinda. —Su exesposa recibió un solo beso en cada mejilla—. Ahora... —dijo, hablando en inglés—, permítanme presentarles al señor David Campbell, quien está enseñando inglés a los niños, con énfasis en Shakespeare.

Este se comportó tal como cualquier abuela o madre desearía.

Fue educado, encantador, pero no demasiado informal. Cuando él y la *grand-mère* terminaron su intercambio, preguntó:

—¿Dónde está Jack?

—Está en la sala de música —respondió Henri—. He preparado una pieza para que la escuchen.

Alexandra notó que el niño no miró a nadie, cuando dijo esto. Era como si no estuviera seguro de a quién necesitaba impresionar.

—Quizás te gustaría tocar tu pieza ahora, Henri —le propuso Alexandra, animándolo. Parecía muy nervioso y ella aún pensaba que, cuanto antes terminara la actuación, mejor.

—Sí —aceptó Antoine—. Vamos a escucharlo. Lucinda, creo que estarás muy impresionada con nuestro hijo.

David se excusó y se dirigió a la cocina.

Félicité lo siguió hasta allí, pero Alexandra fue a la sala de música. Había escuchado a Henri tocar, pero esta era una oportunidad para hacerlo de forma adecuada.

Decidió quedarse fuera, y así la audiencia no sería demasiado numerosa.

Jack estaba al piano.

El resto estaban sentados y Henri tomó su arco.

Jack se dio la vuelta para comprobar que estaba listo, cuando, de repente, se escuchó un jadeo de parte de la *grand-mère*. Se convirtió en una tos, y sacó su pañuelo, mientras Lucinda le preguntaba si se encontraba bien.

Desde la puerta, Alexandra se preguntó si debía traer agua, pero la abuela insistió en que estaba perfectamente, apartando la preocupación de su hija con irritación.

Alexandra miró a Jack y notó que se había puesto muy pálido. A continuación, enrojeció, para finalmente volverse y juguetear con su música.

—¿Vas a tocar o no, Henri? —preguntó la *grand-mère* con brusquedad.

—Estamos muy impacientes por escucharte tocar, Henri —dijo Antoine sonriendo.

—Sí —convino la abuela—. No quise sonar tan cortante.

Félicité pareció sorprendida. Era muy posible que su abuela no se disculpara habitualmente.

Jack comenzó con una frase inicial en el piano, tropezando con las primeras notas.

Obviamente, él también estaba nervioso, se dio cuenta Alexandra.

Entonces, Henri comenzó a tocar. Las notas melancólicas de *Saint-Saëns* llenaron la habitación.

Alexandra dejó de respirar. Era tan hermoso, tan conmovedor, que sintió que el tiempo se detenía.

El chico estaba tan absorto en la música, en comunión con su instrumento.

Su madre lo miraba como si no lo reconociera. Luego,

observó a la abuela. Las lágrimas corrían por su rostro. ¿Estaba realmente enferma?

La niñera esperó hasta que se tocó la última nota y luego huyó, de regreso a la cocina, preguntándose si la *grand-mère* podría necesitar un médico, o al menos algún lugar fresco donde acostarse.

Alexandra y David volvieron fuera, colocando cosas en la mesa y jugueteando con los arreglos, cuando Stéphie se les unió.

—Henri ha tocado muy bien, pero la abuela se ha puesto rara —anunció.

—¡Oh no! ¿Está enferma? —preguntó Alexandra.

Había dispuesto un sofá en el salón para que la *grand-mère* pudiera recostarse, mientras esperaban al médico, si lo llamaban.

Maxime, que había seguido a Stéphanie, dijo:

—No creo que esté realmente enferma. Se puso pálida y tuvo que sentarse. Lucinda la está cuidando.

—Espero que le haya gustado la interpretación de Henri —deseó Alexandra—. Fue tan... conmovedora.

—Lloró. El *Saint-Saëns* es una pieza muy emotiva. Fue después, cuando Antoine presentó a su profesor, que Penelope se sintió mareada. —Maxime le dirigió a Alexandra una sonrisa tranquilizadora.

—Bueno, espero que se sienta mejor pronto —continuó Alexandra—. Todos se han tomado muchas molestias con este almuerzo. No quiero que se arruine porque la *grand-mère* tenga vahídos.

—¿Qué significa eso? —preguntó Stéphie.

Alexandra estuvo muy tentada de decirle a la niña que se lo explicaría más tarde, pero se mantuvo firme: las buenas niñeras no evitan las preguntas.

—Significa que las personas se sienten un poco mareadas sin razón aparente. Ahora, ¿tenemos todo?

—Más vale que sí —dijo Félicité—. ¡No podríamos poner nada más!

Finalmente, el resto del grupo salió de la sala de música y se sentó. Se sirvieron bebidas y se intercambiaron brindis.

A Alexandra le pareció una eternidad.

Todos hablaban de lo hermoso que había tocado Henri, menos el niño, que se encorvaba en su asiento, como si intentara fingir que no estaba allí.

Alexandra estaba en el extremo opuesto, lejos de los invitados de honor, pero cerca de David, para poder ayudarlo a reponer y cambiar los platos con frecuencia.

Las cosas parecían ir bastante al otro lado de la mesa.

Penelope estaba un poco callada, al igual que Jack. En cambio, Lucinda parecía llena de energía.

—Por supuesto, tendrá que ir a París a estudiar. Ese talento nunca será apreciado en este rincón de Francia —decía, con su voz clara resonando por toda la mesa.

Félicité estaba pensativa, y Henri, una vez superada su timidez inicial, parecía simplemente tener mucha hambre, mientras ignoraba los planes de su madre para su futuro.

Stéphie estaba entusiasmada, contando feliz cómo había encontrado unos hermosos vasos en un armario, y había ayudado a lavarlos y secarlos. Estaba bebiendo agua en uno de ellos.

—Esperemos que todos estén intactos cuando termine la comida —comentó Lucinda, retirando el vaso de la mano de la pequeña.

Alexandra se sintió herida en nombre de Stéphie.

La niña había sido tan cuidadosa con los vasos, poniendo un paño en el fregadero y en el escurridor, y lavando un vaso cada vez. Si hubiera estado más cerca, habría dicho algo.

Murmuró todo esto a David, quien respondió:

—Mejor que no estés más cerca, entonces. La niñera no puede responderle a la señora de la casa. Incluso si es una exseñora... Exesposa... ¡Lo que sea! ¿Se puede ser una exseñora?

Alexandra se rio y cruzó miradas con Maxime, quien levantó su copa hacia ella, y esta asintió en respuesta.

Empezaba a relajarse.

Ahora los invitados comían uvas y queso, dejando de lado sus modales más formales, por algo menos rígido, cuando de repente David frunció el ceño.

—¡Mira! ¿Quién llega en un coche tan hermoso?

Alexandra se giró y vio un Rolls-Royce color crema, descapotable, avanzando por el camino. Sintió calor y frío al mismo tiempo, y terminó notándose mareada.

—¡Dios mío! —exclamó—. ¡Son mis parientes!

Capítulo 12

Alexandra tuvo tiempo de observar a sus familiares mientras descendían del Rolls-Royce clásico, que los había llevado durante unos quince años.

Su primo Hubert iba al volante. Tenía poco más de treinta años, ligeramente calvo, de hombros caídos y barbilla débil.

Alexandra sabía que él era el candidato que todos querían para casarla, porque nadie deseaba que su fortuna saliera de la familia.

Sus acompañantes eran mayores, de unos sesenta años, pero llenos de energía. La prima Clothilde y la prima Aimée, elegantemente vestidas y con sombreros, bajaron del vehículo, mirando alrededor con evidente aprobación.

—¡Alexandra! —exclamó Aimée al verla en el umbral—. Qué aspecto tan... rural tienes.

La joven dio un paso adelante y besó su mejilla.

—Prima Aimée, ¿me avisaste de que vendrías?

—No —respondió Clothilde, en tono seco—. Pensamos que sería divertido sorprenderte.

La mente de Alexandra voló a aquella noche en Londres, solo unos meses atrás, cuando Clothilde y

Aimée, acompañadas de uno de los parientes mayores, la habían «sorprendido», al irrumpir en la casa familiar donde ella vivía.

No había sido divertido para nadie.

Antoine apareció a su lado, haciendo que se sintiera apoyada y, a la vez, ansiosa. Era su casa..., y ahora solo tenía que explicar por qué un Rolls, lleno de sus parientes, había aparecido en su puerta.

Tragó saliva. No iba a ser fácil.

—Antoine, ¿me permites presentarte a...? —Luego recordó que, primero, debía presentar al hombre a la mujer—. Clothilde, ¿puedo presentarte al conde de Belleville?

Vio cómo la expresión, naturalmente altiva de su prima, se suavizaba al oír la palabra «conde», y el resto de las presentaciones se dio sin problemas.

Antoine fue muy amable, ante esta invasión repentina.

—Por favor, pasen. ¿Les gustaría refrescarse? —dijo, volviéndose hacia Alexandra.

—Seguidme —dijo ella—. Os mostraré el... el tocador de abajo.

No sabía muy bien cómo describir la habitación a la que las conducía.

El tocador de abajo se quedaba corto. Probablemente, había sido construido para otro propósito. Era bastante amplio, tenía un pequeño sofá, y Stéphie lo había llenado de flores y ramos de lavanda seca.

Alexandra agradeció que hubieran estado esperando a la *grand-mère* para el almuerzo. Gracias a ella, había bellas toallas de lino bordadas, y agua de colonia en el tocador.

Mientras sus primas se acomodaban, Alexandra se miró en el espejo del vestíbulo, consciente de que «rural», probablemente significaba «como una campesina».

Llevaba su vestido favorito del mercado y se había recogido el cabello con la cinta de la misma tela, como si fuera una diadema. Lo acompañaba con alpargatas en los pies. Sin maquillaje, parecía tener doce años. Esa mañana no se había vestido para sus estirados parientes, sino que se había arreglado para Lucinda, comprendiendo que esta era el tipo de mujer que sentiría celos de cualquier otra, simplemente por ser del mismo sexo.

Por eso, Alexandra había intentado verse lo más joven y «niñera» posible.

David le había dicho que lo había logrado a la perfección.

¡No podía subir a ponerse sus zapatos de tacón ahora!

—Creo que Antoine ha llevado a Hubert afuera para unirse al grupo —dijo Alexandra cuando sus primas salieron del tocador—. Vamos con ellos.

«No les des opción de a dónde ir», pensó. «Simplemente, llévalos a donde tú quieras».

—¿Llamas a tu jefe por su nombre de pila? —preguntó Aimée—. ¿Es habitual?

—Nunca lo he pensado. —Alexandra se negó a que

sonara a una disculpa, aunque, ahora que se lo mencionaban, probablemente era un poco extraño—. Él me pidió que lo hiciera.

—Muy bien. Vamos a conocer a la familia. Debo decir, Alexandra, que fue algo de alivio para nosotros saber que te había contratado la aristocracia. Espero que tu francés esté mejorando gracias a ello.

—Monsieur... —dijo Clothilde, después de que su grupo hubiera comido un poco de pan, queso y crumble de manzana, servidos por David, quien estaba fascinado de ver a los familiares de los que Alexandra le había hablado tantas veces, pero que nunca había conocido—. Creo que debemos hablar. Necesitamos discutir cuánto tiempo se quedará Alexandra aquí.

—Así es —asintió Antoine—. ¿Quieren acompañarme? Por favor, traiga su vino —dijo, dirigiéndose a Hubert.

—Prefiero quedarme aquí, si no les molesta —indicó este.

Aunque no la habían invitado, Alexandra también fue. Sentía que necesitaba estar presente, aunque no culpaba a Hubert por querer un breve descanso de sus cansinas parientes femeninas.

Fueron al salón, que, de repente, Alexandra notó que parecía deslucido y elegantemente deteriorado. Había una larga mancha de humedad junto a la ventana, parcialmente oculta por cortinas que, evidentemente, llevaban ahí mucho tiempo.

—Monsieur —dijo Clothilde de nuevo, una vez todos estuvieron sentados—, ¿durante cuánto tiempo necesita a Alexandra?

Esta tosió con fuerza, ya que no era un mueble prestado.

—Quiero quedarme hasta que los niños se hayan... adaptado.

Clothilde le dedicó una sonrisa condescendiente, de esas que decía «no-hables-cuando-tus-mayores-están-hablando», en la que era experta.

—Imagino que el conde querrá encontrar una niñera que esté debidamente cualificada, y quizás no tan joven.

—Alexandra ha estado haciendo un excelente trabajo con ellos hasta ahora —dijo Antoine—. Los niños le tienen mucho cariño, y mi hija mayor, que tiene quince años y está en una edad difícil, tardará en adaptarse a alguien nuevo.

Clothilde pareció sorprendida de que Alexandra, quien siempre había sido un problema para su familia, pareciera ser tan valorada.

—Qué gratificante. Como usted sabrá, hemos tenido que criar a Alexandra a distancia. No ha sido fácil.

La joven observó la mancha de humedad, preguntándose, por millonésima vez, por qué su familia no la había acogido y llevado a vivir con alguno de ellos, cuando quedó huérfana.

Donna le había hecho esa pregunta en París, y Alexandra la había desechado, pero era algo en lo que había pensado muchas veces, a lo largo de los años, llegando a la conclusión de que ninguno de sus familiares quería un niño, y por eso no se molestaron en cuidar de una bebé.

Sentía que había tenido suerte de no acabar como ellos.

Antoine sonrió.

—Entonces, ¿no les molestará si se queda con nosotros aquí hasta la primavera? —Sonrió de nuevo—. Después de todo, ustedes no necesitan una niñera. —Su expresión indicaba que había hecho una broma e invitaba a la risa, pero, en el fondo, estaba hablando en serio.

Alexandra contuvo la respiración.

No tenía ni idea de que Antoine podría necesitarla tanto tiempo, y su corazón dio un vuelco al pensarlo.

—¿Hasta la primavera? —repitió la prima Aimée—. Supongo que podríamos inscribirla en la escuela de señoritas cerca de nosotros para el semestre de verano. Veo que estar con usted ha mejorado su francés. —Se inclinó hacia delante—. Entenderá que solo queremos lo mejor para Alexandra, y esa escuela es la mejor de Suiza. Le dará toda la... sofisticación de la que ahora carece.

Alexandra notó que su pie golpeaba el suelo con frustración y se levantó.

—Bueno, me alegra que esté todo resuelto. Ahora, prima Clothilde, prima Aimée, creo que deberíamos dejar que el conde vuelva con sus invitados. ¿Les gustaría ver el jardín?

Antoine también se levantó en cuanto ella lo hizo, y las primas los imitaron.

—Oh, no —dijo la prima Aimée—, es muy amable, pero debemos seguir. Solo queríamos asegurarnos de que estuvieras felizmente instalada. Vamos a Aix. ¿Podrías decirle a Hubert la ruta, Alexandra? ¿Y podrías ir a buscarlo? Dile que queremos irnos.

Alexandra no protestó, pero sabía que la estaban enviando para poder hablar de ella, y estaba decidida a escuchar lo que dijeran.

Se sorprendió al encontrar a Stéphie, esperando fuera de la puerta del salón, y comprendió que, probablemente, Félicité y Henri estaban con su madre, y la habían dejado fuera.

Se llevó un dedo a los labios.

—Quiero escuchar un momento.

Juntas, se inclinaron cerca de la puerta para poder escuchar mejor.

—Monsieur —dijo Aimée a Antoine. Tenía una voz que se oía con claridad—. Creo que es justo decirle que Alexandra no recibirá su fortuna hasta que cumpla veinticinco.

Stéphie y Alexandra se miraron sorprendidas.

Luego, hubo una exclamación y el sonido de una silla arrastrándose.

—La fortuna de Alexandra no me interesa en absoluto —espetó Antoine, con su tono más aristocrático.

Alexandra sintió la boca seca y apretó la mano de Stéphie.

—Rápido, cariño, corre y dile a Hubert que quieren irse. ¡Yo debo quedarme aquí!

—De acuerdo, pero prométeme que me contarás todo, luego —susurró la niña.

—Por supuesto —respondió Alexandra—. ¡Ahora corre!

Observó cómo su pequeña aliada corría, emocionada de formar parte de la conspiración.

Alexandra se esforzó por escuchar más, pero se habían movido al otro lado de la habitación, cerca de las ventanas que daban a las montañas distantes, y solo alcanzaba a oír murmullos.

Retrocedió justo cuando Aimée y Antoine salían del salón.

Parecían sorprendidos de verla.

—¡Oh! ¿Estás aquí? —dijo Aimée.

—Voy a asegurarme de que Hubert sepa por dónde ir —comentó Antoine, pasando al vestíbulo.

Aimée se quedó en la puerta del salón, observando a Alexandra, confundida.

—Eh... Me pregunto si podrías traernos un poco de té —dijo—. Clothilde tiene una leve tos, y creo que una bebida caliente le vendría bien.

No se movió, esperando que Alexandra se marchara.

La joven se dio cuenta de que querían hablar algo más sobre ella. Habían hecho que Antoine saliera de la habitación, y ahora Aimée la despedía.

Se alejó por el pasillo y regresó en cuanto oyó a Aimée cerrar la puerta.

Ignoraría la petición de té. De todos modos, Clothilde no sabía que lo había pedido.

Se arrodilló en el suelo y acercó la oreja al ojo de la cerradura. Por suerte, ahora podía escucharlas con bastante claridad.

Aimée sonaba apenada.

—¿He cometido un error terrible al decirle lo de su fortuna? Obviamente, no sabía nada al respecto. Debería haberme quedado callada.

Una silla se movió.

—No sabemos la actitud de Alexandra hacia su fortuna. Quizás se lo dice a todos los que conoce. No podías saber que no lo había hecho —contestó Clothilde, tratando de tranquilizarla—. Al menos, no dijiste que también la recibiría si se casa.

Aimée soltó una risita.

—Ni siquiera yo soy tan tonta. ¡Maldito Hubert! ¿Por qué no intenta conquistarla? Sabemos lo caprichosa que es, pero es una chica muy guapa. Si no se casa con ella antes de los veinticinco, alguien más podría hacerlo. ¡No soporto la idea de que todo ese dinero salga de la familia! Es algo insoportable. —Aimée siguió hablando—: Debo decir que ser niñera parece estar sacando lo mejor de ella. ¡La está convirtiendo en una mejor candidata para el matrimonio, de lo que ya era!

—No te preocupes demasiado. No creo que Alexandra tenga ni idea de que recibirá su herencia al casarse. Incluso si ocurre antes de los veinticinco.

—¿De verdad? Bueno, entonces no hay problema. Pero hablaré con Hubert sobre esto. No parece interesado en ninguna otra chica en este momento, ¿verdad?

Alexandra era consciente de que estaba temblando.

Se alejó por el pasillo, para darse unos minutos y recuperarse de lo que había oído. Era indignante que no le hubieran contado que recibiría la herencia, si se casaba.

En cuanto a lo de casarse con Hubert... ¡Prefería quedarse soltera infinitamente!

El coche, un Rolls-Royce Silver Wraith de los años cuarenta en excelente estado, causó un retraso considerable en la salida del grupo de Suiza.

Maxime, David y Antoine querían inspeccionar aquella hermosa máquina.

Hubert estaba encantado de hablar sobre su preciado coche durante un rato, porque normalmente la gente no le prestaba mucha atención.

Solo faltaban Jack y Penelope. Al parecer, habían regresado al salón de música.

Entonces, apareció Lucinda, queriendo algo, y Maxime y David se apresuraron a cumplir sus deseos.

Así que, se quedaron solos Antoine, Alexandra y Stéphie, para asegurarse, por decimonovena vez, de que no necesitaban nada más —era la niñera quien no quería que regresaran precipitadamente—, y cerrar las puertas.

Hubert arrancó el motor, que ronroneó de manera lujosa, y entonces Clothilde, que iba sentada en el asiento delantero, puso la mano sobre la del hombre, deteniéndolo.

—Adiós, monsieur —se despidió en voz alta, como si el motor hiciera algún ruido real—. Quisiera asegurarme de que sabe que Alexandra es muy valiosa para nosotros.

—Soy padre —respondió Antoine, con altivez—. Lo entiendo a la perfección.

Antoine no se movió hasta que el coche llegó a las puertas, al final del camino.

—Stéphie —le dijo a la niña—, ve a buscar a Félicité. Alexandra, tenemos que hablar.

—¿De verdad? —dijo esta con rapidez, viendo con preocupación cómo Stéphie corría a cumplir la orden—. Ya sabes todo lo que necesitas saber, y tienes invitados. Lucinda ya está molesta por haberla abandonado. Deberías volver a la fiesta. Yo prepararé un poco de café...

—No nos tomará mucho tiempo —replicó Antoine.

A Alexandra se le secó la boca, mientras lo seguía al interior de la casa, de vuelta al salón.

¿Por qué sentía que nada volvería a ser igual después

de esto? ¿El hecho de que ella fuera heredera cambiaría la manera en que la trataba? Seguro que no. ¿Y su edad? Él aún no sabía cuántos años tenía. Podía tener veintitrés. Añadir un par de años no era una gran mentira, y todos sabían que era aceptable exagerar un poco en un currículum. Él mismo había dicho lo bien que estaba desempeñando su trabajo.

Decidió tomar el control de la situación, no mencionando nada sobre lo de su fortuna, y confiaría en que él lo olvidara de alguna manera.

Pero, en cuanto estuvieron en el salón con la puerta cerrada, sintió que el corazón le latía con fuerza, y apenas podía respirar. Mucho menos, pensar en algo que decir para salir de ese problema.

Antoine no habló durante lo que le parecieron horas.

—Creo que me has engañado, Alexandra. —Ella negó con la cabeza—. No eres quien aparentabas ser —continuó—. Puede que te tenga que dejar ir.

Tragó saliva y tosió, y finalmente encontró su voz. Era terriblemente injusto. Iba a luchar por conservar el trabajo que tanto amaba.

—¿Qué parezco ser?

Comprendió, que esa no era la pregunta que esperaba exactamente.

—Pensé que eras una joven muy competente, de buena familia, que sabía cómo tratar con adolescentes y niños problemáticos.

—¡Lo soy! —afirmó, comenzando a recuperar su

equilibrio—. Y no recuerdo que esos requisitos estuvieran en el formulario que rellené.

—Es cierto —respondió—. Pero había un espacio en el formulario para tu edad, y parece que no lo hiciste correctamente.

Alzó la barbilla.

—Siento haber mentido sobre mi edad en el formulario, pero pensé que esa mujer, la que me entrevistó, no me daría el trabajo si... era un poco más joven. Realmente quería el trabajo. Además, pensé que era en París —agregó sin querer.

—¿Por qué no te fuiste cuando descubriste que no estaba en la ciudad? —preguntó Antoine.

No podía decirle que era por él, por lo que se encogió de hombros con exageración.

—Has conocido a mi familia. No tenía prisa por ir a Suiza a «terminar mis estudios».

—¿Pensaste que la Provenza rural sería más divertida?

Ella se rio.

—Sí, lo pensé. ¡Y lo es!

—¿Cuántos años tienes realmente, Alexandra? —la interrogó, frunciendo el ceño. Y, antes de que ella pudiera calcular la edad que podría usar, él agregó—: La verdad, por favor.

—Tengo veinte.

Hubo una breve exclamación en tono bajo, por su parte.

—Si lo hubiera sabido...

—Para ser justo contigo —interrumpió Alexandra con rapidez—, tú pensabas que había un ama de llaves aquí cuando me contrataste. Veinte, no es demasiado joven para ser niñera. Solo me pediste que cocinara, condujera y hablara inglés. Sé hacer esas cosas. He manejado todo sin el ama de llaves. No tuve ayuda cuando llegué. Solo estábamos los niños y yo.

Antoine no respondió de inmediato y encogió los hombros.

—Pensé que dejaba a mis hijos al cuidado de una adulta responsable.

—Lo hiciste. Soy responsable. Lo he demostrado. Y soy una adulta, suficientemente mayor para casarme, al menos.

Realmente, desearía no haber dicho eso.

No lo habría hecho, si se le hubiera ocurrido otra cosa en la que fuera suficientemente mayor.

—Nada de eso te hace mayor —señaló Antoine, aún frunciendo el ceño.

—¿No deberías juzgarme por mis acciones, y no por mi edad? —Alexandra no solía sentir lástima por sí misma, pero ahora notaba que la trataban muy injustamente—. Cuando llegué, los niños no habían comido, el *château* estaba helado, y solo había un poco de pan duro y queso viejo para alimentarlos. No había ama de llaves, ni ayuda en la casa y tampoco dinero para alimentar a los niños. Tuve que comprar comida en el mercado con mi propio dinero. Pero me las arreglé.

Se horrorizó al oír un temblor en su voz.

«Debo estar cansada», pensó. «Ha sido un día largo y difícil».

Él no respondió de inmediato, pero, cuando lo hizo, su tono se había suavizado.

—Lo siento mucho, Alexandra. Nunca deberías haber estado en una situación así. Te las has arreglado de manera brillante. Supongamos que hubiera contratado a una mujer de treinta años, por ejemplo, que no tuviera tu ingenio y valentía. No se habría manejado ni la mitad de bien. —Pausó—. Es solo que no esperaba que fueras una heredera.

Alexandra respiró hondo para calmarse. Siempre había considerado su fortuna potencial, como algo lejano y sin importancia, hasta esta tarde, que había cambiado eso.

Su dinero podría estar mucho más cerca de lo que pensaba.

—¿Cambia algo?

Antoine miró al suelo durante un largo rato.

—No. No cambia nada, lo cual es un alivio. Y te he perdonado por exagerar tu edad, así que no privaré a mis hijos de su querida y responsable acompañante. —Alexandra tuvo que sentarse. Se sintió débil por el alivio—. Lo que es algo bueno, ya que tendré que irme dentro de poco de nuevo.

La burbuja de alegría que había surgido en ella, por un segundo, estalló.

—Oh.

—Regresé antes de terminar mi trabajo, porque Maxime me contó cómo iban las cosas por aquí, y que Lucinda quería llevarse a los niños mayores. Cuando resuelva algunos asuntos, tendré que volver a París.

—¿Siempre tienes que trabajar fuera de casa?

Normalmente, no se atrevería a preguntarlo, aunque lo había pensado durante un tiempo.

—Sí. A menos que, o hasta que, encuentre una forma de ganar lo suficiente para mantener el castillo y la granja, sin inyecciones constantes de dinero —le dedicó una sonrisa paternal, como diciendo «no tienes que preocuparte por eso»—. Ahora deberíamos regresar a la fiesta y ver cómo van nuestros invitados.

Mientras caminaban juntos de regreso a la terraza, Alexandra suspiró de alivio en silencio. Su fortuna no le había costado el trabajo, y sus parientes le habían dado permiso para quedarse hasta la primavera.

Ese pensamiento hizo que su corazón se elevara.

Capítulo 13

Cuando Alexandra entró a la cocina, se alegró de ver la tetera grande hecha, y otra olla en la estufa, hirviendo agua.

La cantidad de agua caliente que normalmente proporcionaba la estufa nunca sería suficiente para la pila de platos sucios que había dejado la fiesta del almuerzo.

Miró hacia la terraza y vio a David recogiendo la mesa, con Stéphie ayudándolo.

No se veía a nadie más.

«La cantidad de platos para lavar podría tomar días», pensó Alexandra, mientras su ánimo descendía como el charco de agua junto al fregadero.

Debería ponerse a ello.

Pero en lugar de raspar platos, apilarlos y hacer cosas útiles, se sentó en la mesa de la cocina. Milou entró y, al percibir que estaba triste, se acercó y empujó su hocico contra ella.

Ignorando el aliento del perro, lo rodeó con un brazo. Era tan grande que casi era como abrazar a una persona.

—¿Qué pasa, pollito? —preguntó David, entrando a la cocina con una canasta llena de platos sucios—. ¿Te ha entrado nostalgia de Suiza al ver a tus ilustres parientes?

Alexandra se sintió mejor de inmediato y se echó a reír.

—¡Claro que no! Pero fueron agotadores ¿No te parece que fue de muy mala educación aparecer sin avisar? ¿Y luego irse así, de repente, rumbo a Aix? Me pareció indignante.

David se encogió de hombros.

—Fue un poco autoritario, supongo. Aunque como tías, eran bastante divertidas, casi tan buenas como las tías de P. G. Wodehouse.

Esto hizo que Alexandra sonriera. Pensar en ellas de esa manera las ponía en perspectiva.

—Quieren que me case con Hubert, ¿sabes?

Fue el turno de David de sonreír.

—No creo que eso vaya a suceder.

—¿Por qué no? Puede que sea un poco caprichosa, pero soy una chica encantadora. Eso lo sé de buena fuente.

Su amigo negó con la cabeza, aún divertido.

—Tu primo Hubert juega para el otro equipo. Apostaría dinero.

—Quieres decir que...

—Que no le gustan las chicas, por muy encantadoras o caprichosas que sean. —Había un toque de nostalgia en su sonrisa ahora—. Si eso fuera todo lo que hiciera falta, yo intentaría algo contigo.

Alexandra se levantó y vertió agua caliente de la tetera en el viejo cuenco de esmalte, donde lavaban los platos.

—¿Quieres decir un matrimonio de conveniencia? Me gusta Hubert, es simpático y muy amable, pero ¿casarme? *Je crois que non.*

—Bueno, ya se han ido.

—¡Y no quisieron quedarse a pasar la noche! Imagina lo terrible que habría sido...

—¿Hay suficientes dormitorios que se puedan utilizar? —preguntó David—. Aunque la ropa de cama no habría sido un problema.

Descargó su canasta, presumiblemente para regresar a la mesa de afuera y llenarla de nuevo.

—¿Sabes? No tengo ni idea de cuántos dormitorios decentes hay aquí. Solo he visto los que necesito. —Algo en su mente se agitó—. Tendríamos que explorar el castillo. Sería realmente útil saber algo así. ¿Crees que la gente vendría aquí de vacaciones? ¿Puedes pasarme los platos?

—¡Claro que vendrían! —Le entregó el montón de platos—. ¡A los ingleses les encanta Francia! Hay tanto que hacer aquí. Es el paraíso para los coleccionistas de antigüedades. Solo el pequeño puesto en el mercado es como el oro.

—Lo sé —dijo Alexandra, asintiendo—. Yo misma he comprado un par de cositas cuando he estado allí, solo para no perder la práctica. Después de todo, no seré niñera para siempre.

Se sintió algo triste al pensar en eso y frotó los platos con el trapo, pensativa.

No quería dejar a esta familia que, junto a su felicidad, se habían vuelto importantes para ella.

Alexandra y David habían avanzado bastante con el lavado, cuando Félicité y Henri entraron con paquetes envueltos en papel elegante y cintas doradas.

Stéphie los seguía, sin nada, con el mentón en alto y el labio inferior firmemente sujeto por los dientes de arriba.

Era muy evidente que intentaba no mostrar su decepción.

—Mamá se ha ido a casa —dijo Félicité—, y nos ha dado regalos. Aunque a Stéphie no.

No sonaba entusiasmada y miró a la pequeña con nerviosismo.

—¡Abridlos! —dijo Stéphie—. Está bien. Ella no es mi madre. Lo sé perfectamente.

El regalo de Félicité era una hermosa cartera de color azul pálido. Era de cuero, con todo tipo de bolsillos y compartimentos para cartas, plumas y sellos. Tenía todo lo necesario para escribirle a alguien. También incluía un hermoso bloc de papel y sobres, con un forro de papel de seda a juego.

A Henri le habían dado uno igual, excepto que era de color rojo oscuro y los sobres eran lisos.

—Hay una nota en el mío —dijo Henri. La abrió—.

Oh. Es para que podamos escribirle a mamá cuando vayamos al internado.

Stéphie respiró hondo, temblando.

Alexandra pudo ver que estaba a punto de llorar en cualquier momento.

—Oh... —dijo, levantándose con rapidez—. ¡Acabo de recordar algo! Que nadie se mueva. ¡Especialmente tú, Stéphie!

Corrió escaleras arriba hasta su dormitorio, al armario donde había guardado las cosas que había comprado en el puesto de brocante.

Tomó uno de los artículos, lo envolvió con un poco de papel de seda, y luego bajó corriendo a la cocina, ofreciendo una oración a cualquier santo encargado de esas cosas para que su plan funcionara.

—Te compré esto, Stéphie —le indicó—. Pero no quería dártelo hasta que tuviera algo para Félicité y Henri. Pero ahora que ellos tienen sus juegos de escritura...

Alexandra continuó rezando, esta vez al santo que cura la decepción. Quería tanto ver sonreír a Stéphie.

—Oh... Es una pequeña estufa —dijo Stéphie al desenvolverlo—. Es como la que tenemos aquí, solo que en miniatura.

—Sí —afirmó Alexandra—. Y creo que, si le pones alcohol, puedes encenderla. No es nueva, me temo.

—Y no es una antigüedad —señaló David, observando desde el otro lado de la mesa—. Pero definitivamente vale la pena coleccionarla. Debería alquilar una furgoneta y llenarla de cosas para llevármelas todas a Portobello Road.

—¡Me encanta! —exclamó la pequeña—. Tiene ollitas y todo. ¡Es maravilloso! ¡Muchas gracias! —Le dio a Alexandra un enorme abrazo, genuinamente encantada con su regalo.

Antoine entró en la cocina.

—¿Qué está pasando?

—Mamá, nos compró regalos —le aclaró Félicité—, pero no a Stéphie, y Alexandra le ha dado una cocinita de juguete.

La niñera no pudo evitarlo, y lo miró. Se dio cuenta de que él también la observaba.

De repente, se sintió terriblemente incómoda.

—Eso es muy amable de parte de Alexandra —dijo Antoine, obviamente sintiéndose tan incómodo como Alexandra.

—Fue muy desconsiderado por parte de mamá no pensar en Stéphie —comentó Félicité, expresando lo que todos pensaban—. Y si cree que voy a irme a un internado en Inglaterra y escribirle cartas con estos sobres, está muy equivocada.

Alexandra abrió la boca, pero no dijo nada.

Aunque estaba de acuerdo con Félicité, estaba segura de que había alguna regla que prohibía criticar a los padres. Incluso si estaban equivocados.

Nadie comentó nada.

—Pareces cansada, Lexi. ¿Por qué no vas a la cama?

—le aconsejó David de repente—. Debes estar agotada. Con toda la cocina y organizando todo...

—Tú has cocinado... —empezó a decir.

—Pero yo no he tenido a mis intimidantes parientes de Suiza, apareciendo sin previo aviso —continuó su amigo.

—No tienes que preocuparte por leerme un cuento —dijo Stéphie con amabilidad—. Papá, lo hará.

Antoine asintió.

—Yo lo haré. Ve, Alexandra.

Ella se fue, sin saber si sentirse cuidada o despedida.

Para cuando llegó a su habitación, ya no le importaba, porque descubrió que realmente estaba cansada.

Pero, antes de dejarse caer en la cama, escribió una carta a su primo Hubert, en Suiza, pidiéndole una copia del testamento, con los detalles de su herencia.

Este recibiría la carta cuando todos regresaran de su gran tour.

Luego, se cepilló los dientes y se quedó dormida en segundos.

A la mañana siguiente, Stéphie entró corriendo en la habitación de Alexandra. Ya estaba vestida.

—No vamos a leer esta mañana, Lexi —dijo—. ¡Voy a salir con papá!

Salió corriendo de nuevo, mientras Alexandra se preguntaba cómo se sentía con el hecho de que Stéphie la llamara Lexi.

Decidió que le gustaba.

Se levantó y se puso un vestido limpio, y su único cárdigan, antes de bajar.

David estaba allí, friendo salchichas.

—Estoy muerto de hambre —explicó—. Después de que te fueras a la cama, nadie quiso cenar. Parece que Jack está enfermo de algo, y Antoine ha llevado a los niños fuera, así que estoy haciendo el desayuno, para quien quiera comerlo. Creo que solo somos nosotros.

Había baguetes frescas y una canasta de cruasán en la mesa.

—Tengo bastante hambre —anunció, tomando un cruasán, para ponerlo en su plato—. ¿Has ido tú a por el pan? Debes haberte levantado muy temprano.

—Me levanto temprano, ya lo sabes, pero Jack ha ido al pueblo. Quería llevar mi coche a algún sitio y, ya de paso, compró pan y *viennoiserie* antes de irse. Eso se traduce más o menos como cruasanes, por cierto.

Alexandra extendió la mano hacia la mantequilla.

—Stéphie me llamó Lexi esta mañana. Me gusta. ¿Los niños desayunaron?

David asintió.

—Cruasanes y chocolate caliente. Con Antoine y los niños fuera, tenemos el día para explorar el castillo.

—¡Oh, eso sería tan divertido! Después de todos los dramas de ayer, será encantador estar solo contigo, y no tener que pensar en lo que digo todo el tiempo. —Hizo una pausa—. Pero me sentiría incómoda husmeando en el *château* sin pedir permiso.

—Yo también —afirmó David triunfalmente—. Así que, le pregunté a Antoine si podíamos. Me dijo: «adelante y no te olvides de la bodega. Encuentra algo bueno para acompañar con el almuerzo. Estaremos fuera todo el día».

—¡Eso es muy amable por su parte! —Terminó su cruasán y alcanzó el pan.

—Deja espacio para las salchichas, son de la zona —dijo David, poniéndole una en el plato—. Sabes, hace no mucho, no habrías necesitado pedir permiso para explorar una casa vacía. Lo habrías hecho, y confiarías en que no te atraparan. Me pregunto a qué se deberá el cambio.

—Bueno, supongo que es porque soy un poco más madura que antes —respondió—. Y tal vez ser niñera me ha dado un sentido de responsabilidad.

—Quizás —indicó su amigo, tras una pausa.

Obviamente, no estaba muy convencido.

El castillo era más grande de lo que Alexandra había imaginado.

Había habitaciones en la parte de atrás, a las que nunca había tenido que ir, y afuera había edificios en desuso: una lavandería y lo que parecía ser una lechería. Además de una casa junto a las caballerizas donde, presumiblemente, vivían los mozos. También había un palomar, un poco alejado de la casa principal, de dos pisos de altura. Su pasado era evidente por los excrementos de aves acumulados a lo largo de los años, pero, como dijo David, sería una casa de alquiler perfecta.

—Es como un pueblo, con casitas alrededor de la casa grande —comentó Alexandra—. Solo que, en lugar de ser las casas de los trabajadores, están aquí para servirla.

—Es un pensamiento algo inquietante, ¿no crees? —dijo David.

Un poco apartado de la casa, cruzando un césped, había otro edificio que David indicó que probablemente sería una *orangerie*.

—Imagínate, cultivar tus propios cítricos —dijo—. Tus propios limones para el gin-tonic. —Sacudió la puerta—. Está cerrada. ¿Te importa si volvemos a ver las caballerizas?

—Eran tan increíbles, ¿verdad? ¡Yo misma viviría felizmente en ellas!

Más tarde, mientras regresaban a la casa, David comentó:

—Aquí hay mucho potencial. Si Antoine realmente quisiera, podría renovar estos edificios y alquilarlos para el verano. O incluso todo el año. Vendrían artistas a pintar, escritores a escribir, y los ingleses a ser críticos y ruidosos en sus vacaciones.

Alexandra se rio.

—No eres muy amable con tus compatriotas.

—Ellos no son muy amables conmigo —se defendió.

Alexandra no respondió de inmediato. Sabía que había cosas en la vida de su amigo que nunca le contaría.

—Pero los perdonaría si traen suficiente dinero para que Antoine no tenga que irse todo el tiempo.

—Estoy de acuerdo. No es bueno para los niños estar sin un padre —dijo David—. Y ahora que Lucinda está aquí, decidida a hacerse cargo de la vida de Félicité y Henri, eso deja a la pequeña Stéphie aún más huérfana. Menos mal que te tiene a ti, Lexi.

—La verdad es que me siento bastante maternal con ella.

—Le encantó la cocinita. ¿La compraste para ella? —se interesó David.

—Sí. Sabía que le encantaría. Ojalá, Lucinda, fuera un poco más considerada. Todos los niños se ven a sí mismos como hermanos, de verdad. No es justo que los trate de manera diferente.

—Creo que Stéphie estará bien, con alguien como tú defendiéndola, Lexi. —David hizo una pausa—. ¿Quieres contarme cómo te fue con Antoine ayer?

Alexandra había sabido que le preguntaría, así que no le sorprendió demasiado el cambio de tema.

—Bueno, sabe cuántos años tengo y que soy heredera, pero que no recibiré la herencia hasta los veinticinco. —No le contó lo de que existía la posibilidad de recibirla antes, si se casaba, porque todavía lo estaba asimilando ella misma—. Y, aunque al principio dijo que debería despedirme, se dio cuenta de que no era realmente una buena idea.

—¡Con toda razón! Eres el pilar de esta familia —señaló David—. Vamos, bajemos a la bodega y encontremos una botellita interesante para acompañar.

—Y después del almuerzo, haré un pastel —se ofreció Alexandra—. Creo que echo de menos a Meggy y a Lizzie, de cuando vivíamos en Londres. Madame Wilson no hacía pasteles, pero Meg, sí.

—Estoy seguro de que el pastel será bien recibido. —David le dio una palmada en el hombro. Entendía sus sentimientos, sin necesidad de explicaciones—. ¿Por qué no les envías una postal a Meg y a Lizzie? Hazles saber cómo te va.

Alexandra acababa de espolvorear azúcar glas sobre su pastel, cuando Lucinda entró en la cocina.

—Hola —saludó—. Espero que no os moleste que haya entrado. Lo he hecho por la terraza. He traído algunos prospectos para que Antoine los revise. Escuelas para Félicité y Henri —aclaró.

Pasaron un par de segundos de sorpresa antes de que Alexandra y David reaccionaran.

—¿Te gustaría un poco de té? —le preguntó Alexandra, esperando que Lucinda dijera que no.

David había traído algo de Inglaterra, pero no duraría para siempre.

—Oh, no, gracias —respondió esta—. Pero un poco de agua caliente, con una rodaja de limón, sería encantador.

—¿Y un trozo de pastel? —ofreció David, con un cuchillo sobre el pastel.

—Nunca como pastel —dijo Lucinda, sorprendida—. ¿Lo has hecho tú, David? ¿Para qué?

—Lo he hecho yo —le aclaró Alexandra, tratando de sonar despreocupada—. Tenía ganas de hacer uno, y pensé que a los niños les gustaría.

—Oh, por favor, no se lo des a Félicité. Ahora está bien, pero si engordara, su vida sería una miseria. —Lucinda sonrió con rapidez—. Bueno, quizás no tanto, aquí en el campo, donde nadie la verá, pero las chicas en los internados pueden ser muy crueles.

—Entonces, ¿por qué mandarla a uno? —Alexandra se dio cuenta demasiado tarde de que solo era la niñera, y que no le pagaban por opinar.

—¡Tiene que educarse! Y no todas las chicas que conozca serán crueles.

Alexandra fue a buscar un limón para la bebida caliente de Lucinda. Puede que no le gustara, pero sentía que Lucinda tenía un punto a su favor, ya que era importante que Félicité tuviera una educación adecuada.

El pastel de Alexandra fue recibido con mucho más

entusiasmo por Antoine y los niños, que se lo encontraron, antes de ver a Lucinda, quien estaba sentada impaciente en la mesa.

—¡Pastel! —exclamó Henri—. ¡Me encanta el pastel!

—Vivís en un país que produce los más bellos *gateaux* —comentó Antoine—. ¿Por qué tanta emoción por algo que parece una simple confitura para mí?

—En Francia tenemos *gateaux*, pero esto es un pastel. No son lo mismo —explicó Henri—. La *grand-mère* nos hace pastel inglés a veces.

—Tche... —dijo Lucinda—. Debo pedirle que no lo haga. Hará que engordéis.

—¿Puedo comer un poco, Lexi? —preguntó Stéphie.

—Por supuesto —Alexandra tomó el cuchillo—. ¿Y vosotros? ¿Antoine? Es una especialidad inglesa. Un bizcocho Victoria con mermelada, como se ve en las mejores casas inglesas.

Había decidido pasar por alto su comentario de que era un dulce de aspecto sencillo.

Él se echó a reír.

—En ese caso, sería un honor probarlo.

—¿Llamas a Alexandra, Lexi, Stéphie? —se interesó Félicité, aceptando el pastel que le ofrecían, a pesar de la mirada de desaprobación de su madre.

—Sí, no le importa —indicó la pequeña.

—¿Podemos llamarte así todos? —preguntó Henri—. Alexandra es un nombre bastante largo.

—Phff… —dijo Alexandra, encogiéndose de hombros—. *Comme vous voulez, mes enfants.*

—Te vuelves más gala cada día —indicó David, muy divertido—. ¿Qué habéis hecho hoy, niños? Debéis prepararos para escribir un ensayo sobre ello mañana.

—Fuimos a ver a un amigo de papá —confesó Henri—. Tenía un hijo. Hemos salido a buscar trufas con su perro, que está entrenado para ello.

—¿Su hijo era de tu edad? ¿Habéis jugado juntos? —preguntó Alexandra, sintiendo lástima por Henri, quien no tenía otros chicos con quienes pasar el tiempo.

Este resopló y miró a su hermana mayor.

—Tenía dieciocho años. Estaba más interesado en jugar con Félicité.

Alexandra vio cómo un rubor aparecía en el cuello de la mayor, hasta llegar a sus mejillas.

—También tiene hijas —indicó esta con rapidez—, pero no estaban. Fue una lástima.

—Lo más importante —dijo David, aparentemente ajeno a la reacción de Félicité ante la mención del chico—, ¿habéis encontrado alguna trufa?

—No —anunció Antoine—. Tenían un perro trufero, una zona perfecta en el bosque, pero ni una sola trufa.

—Fue muy decepcionante —dijo Stéphie—. ¿Puedo comer otro trozo de pastel?

—¿Jack ha vuelto? —preguntó Henri—. Dijo que quizás intentaría encontrarme una guitarra.

—No vas a aprender guitarra —respondió Lucinda

sin necesidad de pensarlo—. Eres un brillante chelista. No se te permite desperdiciar tu tiempo y talento en ese instrumento. —Tomó aire—. Y he olvidado mencionar que Jack está visitando a mi madre.

—¿De verdad? —interrogó Antoine, sorprendido.

—Sí, y el viejo amigo de mi madre, Gérard, también vendrá a cenar —continuó Lucinda—. Me he autoinvitado a cenar con vosotros, para dejarlos solos. La conversación será muy aburrida.

—¿Pero Jack está allí? —intervino David—. ¿Visitando a tu madre? Qué curioso.

Lucinda se encogió de hombros.

—Estaría celosa, si pensara que cualquiera de los dos hombres estuviera interesado de una manera romántica en mi madre, pero, por supuesto, eso es imposible.

—¿Por qué? —preguntó David.

Alexandra se daba cuenta de que encontraba a Lucinda sumamente entretenida.

—¡Es una abuela! —señaló Lucinda, escandalizada—. Es demasiado mayor para tener admiradores.

Capítulo 14

Jack regresó después de la cena, quedándose en la cocina solo brevemente, antes de irse a la cama.

Fue tan educado y encantador como siempre, pero Alexandra no tenía ni idea de si había tenido un buen día o no. Parecía distraído y reacio, o incapaz de contarles cómo había ido su cena con la abuela de los niños.

Fue todo muy extraño.

Solo más tarde, mientras Alexandra recogía, Antoine le dijo que había acordado con Lucinda que mañana se llevaría a Félicité y a Henri, para pasear con ella.

Alexandra no sabía si sentirse molesta porque habían dejado fuera a Stéphie o aliviada. Si Lucinda no iba a tratar a los tres niños por igual, tal vez era mejor que la pequeña no estuviera incluida.

—¿Sabes qué van a hacer? —se interesó.

—Quiere comprarles ropa y hacer algo cultural, supongo —respondió Antoine—. Me ha pedido que revise los prospectos que trajo. Tal vez deberían ir a un internado. Puede que sea la única solución sensata.

—Stéphie los echará muchísimo de menos, si se van.

En ese momento, apareció David en el pasillo.

—Me voy ya. Ha sido un día encantador, pero estoy cansado.

—Muchas gracias por prepararnos una cena tan maravillosa —dijo Antoine.

—Ha sido un placer absoluto, viejo amigo —indicó, y subió las escaleras, haciendo que Alexandra se preguntara si no estaba exagerando un poco el papel de caballero inglés.

Estaba a punto de seguir a David, cuando Antoine dijo:

—No subas aún. Ven a la cocina, donde se está mejor, y toma una copa de brandy. Necesito consejo sobre la educación de mis hijos. —Le lanzó una mirada—. Aunque solo tengas veinte años.

Alexandra, halagada, se dejó llevar hasta la cómoda silla, que se había vuelto un poco más cómoda desde que encontró mejores cojines.

Antoine le ofreció el brandy.

—¿Qué opinas? ¿Debería permitir que Lucinda los envíe a un internado?

—Es difícil decirlo. Yo misma fui a un internado, pero no me gustó. Era muy anticuado y estaba acostumbrada a tener cierta libertad, viviendo en Londres con mujeres jóvenes, que realmente nunca sabían lo que estaban haciendo.

»No me gustaba solo poder ir los sábados al pequeño pueblo más cercano, con una amiga, y solo si pedíamos permiso.

»Supongo que disfruté el estar con chicas de mi edad, pero no lo suficiente como para querer quedarme en él.

—¿Y aprendiste algo?

—Sí, llenó algunos vacíos en mi conocimiento. Me consideraban inteligente y estaba avanzada en algunas materias, pero era terrible en aritmética. David me enseñó a sumar.

—Oh... —Antoine se recostó en su silla de respaldo alto, con asiento de junco.

—Lo conocí cuando vendía, o intentaba vender, antigüedades en el mercado de Portobello Road. ¿Has oído hablar de él alguna vez?

Él se encogió de hombros.

—Es un mercado, donde venden antigüedades.

Eso no resumía del todo la bulliciosa, colorida y cosmopolita comunidad que había llegado a amar, pero no era el momento de hacer comentarios.

—En ese momento, había conseguido algo de espacio en la mesa de ventas de otra persona, pero, a cambio, tenía que cuidar de todo el puesto, mientras el propietario iba de compras. David estaba al lado, y se dio cuenta de que me estaba haciendo un lío con el dinero. No conocía los términos comerciales básicos. Me llevó al *pub* y me hizo aprenderme las tablas de multiplicar, y los porcentajes. También me enseñó muchas otras cosas.

—¿Fuiste a la escuela sin saber las tablas de multiplicar? Estoy seguro de que eso se aprende de pequeño.

Ella asintió.

—Me las arreglé para no aprenderlas.

Se estremeció.

—Hablaré con Jack sobre esto —añadió—. Mis hijos deben saberlas.

—Quizás deberías hablar con Félicité y Henri sobre lo de ir a un internado —le sugirió Alexandra—. Son demasiado mayores para que los manden a un lugar sin más. Especialmente, Félicité. Debería poder elegir.

—Parece que mi exmujer no cree que eso sea así.

—Si es infeliz, Félicité huirá. Creo que Henri puede estar de acuerdo en ir. Necesita otros chicos con los que jugar, y seguir estudiando el violonchelo.

—¿Cómo sabes tanto sobre niños y sus necesidades?

Alexandra se dio cuenta de que se burlaba de ella, pero le había pedido consejo y se lo daría.

—He sido una niña y también tuve una educación poco convencional. Tuve muchas niñeras, compañeras e institutrices. Has conocido a mis primas Clothilde y Aimée. Fueron los parientes que más se involucraron en mi educación, pero no se preocupaban lo suficiente como para entrevistar a las candidatas, cada vez que cambiaban al personal.

—Sin embargo, pareces tan segura de ti misma.

—Aprendí a cuidar de mí misma hasta cierto punto. Mi vida mejoró cuando David mencionó que necesitaba un lugar donde vivir, y me di cuenta de que había espacio de sobra en la propiedad familiar donde residía, en Belgravia. Primero, compartí casa con David, pero luego, dos compañeras de la escuela de cocina donde iba se mudaron también —Suspiró—. Nos divertimos mucho.

Antoine guardó silencio durante un buen rato.

—Y luego está Stéphanie...

La idea de que mandaran a Stéphanie a una escuela la desgarraba, pero no debía emocional.

—Bueno, estaría muy sola sin los otros. Y, por supuesto, tú estás fuera la mayor parte del tiempo.

—Lo sé. Está lejos de ser ideal, pero necesitamos comer, y debo mantener este sitio.

Alexandra dudó. ¿Debería contarle que ella y David habían explorado el *château* y vieron mucho potencial para alquilar partes de la propiedad a turistas?

Decidió que no, y contuvo un bostezo.

—Te dejaré ir a la cama en un minuto, pero debo decirte que estaré fuera todo el día de mañana. Stéphie necesitará que la cuides.

—Sabes que Stéphie y yo siempre podemos pasar un buen rato juntas.

—Gracias, Alexandra. —Él sonrió, y el corazón le dio un vuelco, para comenzar a latir más rápido en respuesta—. Me alegra que mintieras en tu formulario. Si no lo hubieras hecho, puede que no te hubiera contratado.

—Pensé que fue esa mujer aterradora quien me contrató.

Antoine negó con la cabeza.

—Ella solo seguía mis órdenes. Ahora vete, y buenas noches.

Capítulo 15

A la mañana siguiente, Alexandra y Stéphie interrumpieron su lectura para ser las primeras en bajar.

Alexandra pensó que estar levantadas las primeras le haría sentir a Stéphie que tenía el control, como si fuera ella quien hacía que las cosas sucedieran.

Ambas disfrutaron soltando a las gallinas, viéndolas salir, cacareando y picoteando, esperando el maíz que llevaban con ellas.

Hoy iban a cocinar *pain perdu* para el desayuno, lo que Alexandra conocía como *Poor Knights*. Habían discutido sobre por qué tenía nombres diferentes, y lo atribuyeron a vivir en distintos países.

—Creo que los estadounidenses lo llaman *French toast* —comentó Alexandra, remojando la rebanada fina de baguete en huevo y leche—. Tiene muchos nombres.

—¿Por qué? —preguntó Stéphie, mirando con interés, mientras ponía la primera pieza en la sartén con mantequilla chisporroteante.

—Creo que todo el mundo necesita usar pan duro a veces, y nadie dice «oh, vamos a desayunar pan duro», como si fuera un lujo.

—No —coincidió la niña.

—Ahora saca la mermelada. Encontré un tarro de mermelada de higo el otro día. Está en la despensa.

Pronto se unieron a ellas David y Jack.

Este último no parecía demasiado animado, y David, en compensación, intentaba ser extra animado.

Alexandra se preguntó si la pierna le estaría molestando. Desconocí cómo había adquirido su cojera, y no se atrevía a preguntar, pero parecía tenso, y no como el personaje alegre que su amigo le había presentado.

—¡Buenos días, damas! —saludó David—. ¡Otro hermoso día!

Alexandra le miró.

—Lo es. ¿Quieres té o café? Jack, ¿qué prefieres?

—Café, por favor. Negro, con azúcar.

Le pasó una taza. Sabía que en Francia solían servir el café en cuencos, pero, como eso significaba que una cafetera solo alcanzaba para dos personas, no apoyaba la idea.

—Alexandra —dijo Jack—, ¿podemos hablar un momento?

—Ven conmigo a la despensa —le indicó—. Creo que necesitaremos más mermelada.

Una vez allí, Jack habló con rapidez:

—No fui del todo honesto contigo, cuando vine a ser tutor. Le he contado parte a David, pero debo confesártelo todo.

—Jack, me he dado cuenta de que últimamente no eres tú mismo, pero ¿qué ocurre? —El corazón de

Alexandra latía con fuerza, temiendo que fuera a declarar algún crimen espantoso, y tuviera que irse de inmediato.

Era un buen tutor, un hombre amable, y la familia lo necesitaba.

Al ver su ansiedad, él le sonrió para tranquilizarla.

—No es nada demasiado terrible, al menos a ojos del mundo. Ya he estado aquí antes.

—¿Qué? ¿En el château?

—En Saint-Jean-du-Roc, y en los terrenos del castillo también, para ser sincero.

Hasta ahora, no parecía tan grave.

—Sigue.

—Conocí a Penelope, la abuela. Fue antes de la guerra. Era una viuda, con una hija pequeña, Lucinda. Nos enamoramos, pero... Bueno, era 1939 y tuve que volver a Inglaterra para alistarme. Inevitablemente, perdimos el contacto.

Alexandra convirtió su sorpresa en una tos.

—¿Y no intentaste encontrarla después de la guerra?

Negó con la cabeza.

—Mi pierna quedó destrozada en un salto en paracaídas y me dieron la baja en el ejército. Después de eso, no ganaba mucho como profesor. Cuando conocí a Penelope, era un músico prometedor, pero después de la guerra, con mi pierna mala, no podía hacer las giras que tendría que realizar, si me uniera a una orquesta. No tenía nada que ofrecerle. —Hizo una pausa—. Luego, un amigo de un amigo me dijo que habían oído que se había vuelto a casar.

—Vaya... Eso debió de ser un golpe —comentó Alexandra, conmovida—. Entonces, ¿qué te hizo cambiar de opinión? ¿Qué te hizo volver ahora?

—Cuando David comentó que necesitaba un tutor, y que se venía, no pude resistirme, por los viejos tiempos. Pero nunca se me ocurrió que volvería a encontrarme con Penelope, y mucho menos que estaría viuda de nuevo.

—Pero os habéis encontrado, y ella está viuda. Así que, está todo bien, ¿no?

Alexandra quería pensar que aquello era cierto, pero no creía en los romances de cuento de hadas.

Jack suspiró.

—Tiene otros pretendientes, como era de esperar.

Alexandra se regañó a sí misma. Nunca se le había ocurrido que la abuela podría tener pretendientes. Pero ¿por qué no? Era una mujer bien conservada y habría sido hermosa en su juventud.

Solo era que Jack y la abuela parecían un poco mayores para esas cosas.

—Bueno... Pues...

Jack aún parecía preocupado, a pesar de haber confesado su secreto.

—¿Por qué no sales con David? —sugirió—. Explorad un poco más la zona. Los mayores saldrán con su madre. Stéphie y yo estaremos encantadas de entretenernos solas. Tomaos el día libre. Antoine estará fuera trabajando.

—Sería bueno hablarlo todo con David, y tomar un poco de distancia. ¿Estás segura de que no nos necesitas?

—Estaremos de maravilla, jugando con muñecas o con otra cosa. No te preocupes por nosotras. Ahora, ¿puedes alcanzarme ese tarro de mermelada de la estantería?

Antoine estaba comiendo el último trozo de *pain perdu*, cuando Jack y Alexandra volvieron con la mermelada.

Él sonrió, y Alexandra sintió que debía sonreír de vuelta.

—Tengo que irme a Marsella ahora —anunció—. No estoy seguro de a qué hora regresaré.

Alexandra notó que, aunque su inglés era perfecto, a veces el orden de las palabras era ligeramente distinto.

—Está bien. ¿Sabes a qué hora vendrá Lucinda a recoger a Félicité y a Henri? —preguntó.

—Félicité lo sabe.

—Si te parece bien —dijo Alexandra, sintiéndose valiente—, les he dicho a David y a Jack que pueden tomarse el día libre.

—¿Tú y Stéphie estaréis bien? —preguntó Antoine, girándose hacia la pequeña, quien asintió—. Tengo que ir a la ciudad a trabajar.

—Tendremos una aventura —dijo ella, con aire decidido.

—Por supuesto —asintió Alexandra—. Ah, aquí

vienen los demás. Esperad un minuto, haré más *pain perdu.*

—Tendremos que hacer más mermelada —dijo David, que había aceptado sin comentario alguno la noticia de que tenía el día libre—. O no habrá para el próximo año.

Alexandra sonrió con melancolía.

—Tal vez eso ya no nos afecte.

—Oh, yo creo que sí lo hará —afirmó David.

La cocina se sintió muy vacía cuando todos se fueron, y quedaron solo Alexandra, Stéphie, los platos sucios y una delgada capa de mermelada que parecía cubrirlo todo.

—¿Te gustaría tener un día de repostería? —preguntó Alexandra.

Antes no solía ser tan fanática de la repostería, pero había aprendido que era una buena actividad para los niños.

—No, gracias. Quiero vivir una aventura. Todos los demás están teniendo una aventura.

—Bien, pensaremos en algo...

—Quiero buscar trufas. Como hicimos ayer.

—Pero ya fuiste...

—Tenemos un terreno igual que el que tenía trufas —continuó Stéphie—. Papá lo dijo. Podemos llevar a Milou. Él será nuestro perro trufero.

—¡Eso suena divertido! —convino Alexandra, aunque

en realidad pensaba que sería un fracaso—. ¿Por qué te interesa tanto encontrar trufas? ¿No tuviste suficiente ayer?

—Quiero encontrar trufas en nuestro terreno. Así papá no tendrá que irse a trabajar. Quiero que se quede aquí.

Como ella y David también habían buscado maneras de evitar que papá tuviera que irse a trabajar, Alexandra asintió.

—Bueno, sería maravilloso encontrar trufas en este terreno, pero debo advertirte de que no es muy probable. Además, seguro que habrá otras maneras de hacer dinero con el *château*. No te preocupes.

—No estoy preocupada. Encontraremos trufas. Son muy valiosas.

Stéphie parecía muy segura, así que Alexandra preparó un pícnic.

—¿Necesitamos llevar el coche? —preguntó.

—No, no. Solo caminamos. Papá nos llevó allí una vez, y dijo que podría haber trufas. Las encontraremos, lo sé.

Finalmente partieron.

Alexandra llevaba una mochila con el pícnic, un cuchillo y una pequeña pala, que encontraron después de que Stéphie le mostró un cobertizo, que la niñera no conocía.

Este estaba lleno de cosas útiles.

«Muchas de las cuales, se venderían muy bien en Portobello Road», pensó.

Las herramientas agrícolas antiguas eran populares para decorar las paredes de los *pubs* en Inglaterra, pero decidió no mencionarlo. No era optimista respecto a las trufas, por lo que, tal vez, el castillo tendría que confiar en el equipo agrícola en desuso para obtener ingresos.

Stéphie y Milou lideraron el camino, subiendo por el campo, hasta donde comenzaban los robles, y otros árboles grandes. Se adentraron en el bosque, que subía las colinas detrás del *château*.

Alexandra comenzaba a notar que la mochila se volvía pesada. Sabía que la gran botella de jugo de naranja era la culpable, pero no había encontrado nada que contuviera menos de un litro. Si almorzaban —y ya casi era mediodía—, sería más ligera, y quizás podría convencer a Stéphie de que era hora de regresar a casa.

Las alpargatas de Alexandra no eran las más adecuadas para escalar, y el suelo estaba un poco fangoso. Pero, si sus alpargatas se arruinaban, al menos podría comprar un nuevo par el próximo día de mercado.

—Necesitamos encontrar una rama de un pino, quitarle todas las ramitas pequeñas y dejar solo algunas hojas en la punta, como una pequeña escoba —explicó Stéphie cuando notó que Alexandra estaba fatigada—. Luego, necesitamos buscar árboles que no tengan hierba alrededor de la base.

—¿Cómo sabes todo eso? —preguntó, deseando que la pequeña no estuviera tan entusiasmada.

—Escuché con atención cuando el hombre nos lo explicó. Nadie más parecía interesado, pero yo sí.

—¿No podríamos almorzar primero?

Negó con la cabeza.

—Primero el trabajo, y después el almuerzo.

Alexandra suspiró. Stéphie estaba en una misión, y este era su día especial. Se acomodó la mochila, para que le rozara en un lugar diferente de los hombros, y continuó.

—Mira, aquí hay un buen árbol —indicó la niña, parada bajo un roble, con un parche de tierra desnuda debajo—. Ahora tenemos que ver si hay moscas. Las moscas sienten el olor de las trufas, para poner sus huevos. Ayúdame a encontrar una rama para barrer las hojas y dejar solo la tierra.

Alexandra dejó la mochila con alivio y se puso a buscar ramas adecuadas.

Por suerte, había muchas donde elegir.

Stéphie rechazó todas las ramas que le ofrecía Alexandra y se puso a quitar las ramitas pequeñas de su propia «escoba de moscas».

Milou, que normalmente era el epítome del compañero paciente, se dejó caer a la sombra con un gemido, expresando exactamente lo que Alexandra sentía.

—¡Consigue una rama, Lexi! No es fácil encontrar trufas, ¿sabes?

—Lo sé, pequeña, pero no te gustan mis ramas, y creo que deberíamos almorzar antes de empezar.

—¡No! —Stéphie fue firme—. Lo haré sola, si no quieres ayudar.

—Solo te miraré al principio, para ver cómo lo haces —dijo Alexandra, sentándose en una roca conveniente, para revisar si le estaba saliendo una ampolla. El suelo aquí era bastante pedregoso, y sus zapatos resbalaban cuando pisaba las zonas ásperas.

La niña barrió un poco y luego, de repente, se tumbó boca abajo y comenzó a olfatear.

—La herramienta más importante del cazador de trufas es su nariz —dijo, obviamente citando al experto que habían conocido el día anterior—. Aquí hay moscas.

Milou se levantó y se estiró, antes de acercarse a investigar por qué una de sus dueñas estaba en el suelo.

Luego, empezó a olfatear también.

Por unos segundos, Alexandra pensó que solo imitaba por cortesía, pero después se dio cuenta de que había bajado el hocico y estaba escarbando el suelo.

—¡Mira a Milou! —dijo Stéphie, levantándose—. ¡Es un perro trufero!

—¿Ha hecho esto antes? —Alexandra se unió a los cazadores de trufas.

—No lo sé —respondió—, pero mira.

Milou estaba cavando con entusiasmo, cubriendo a Alexandra y a Stéphie de tierra.

La pequeña se acercó, y luego exclamó con decepción:

—Oh, es solo una roca.

—Quizás la trufa está debajo de la roca —sugirió

Alexandra—. Los perros tienen un sentido del olfato extremadamente sensible. Lo leí en algún lugar. Ayudémoslo a sacarla.

Encontró la pequeña pala. Movió a Milou a un lado y comenzó a intentar sacar la roca de la tierra.

Tuvo que cavar un poco más y se preguntó si debería haber dejado que Milou siguiera un poco más. Después, se detuvo.

—Stéphie, ¿hueles algo?

Ambas se tumbaron en el suelo, sin preocuparse por el barro, y olfatearon.

Un extraño olor almizclado se distinguía a través del aroma de la tierra. Se miraron.

—Creo que eso podría ser una trufa —indicó Alexandra.

Finalmente, la roca se movió y lograron desplazarla por completo.

Milou estaba fuera de sí, cavando con energía.

—¿Se comerá la trufa? —preguntó Stéphie.

—¡No lo sé! —respondió Alexandra—. Puede que ni siquiera sea una trufa. Podría ser un cuerpo muerto, o algo así.

Stéphie se detuvo, horrorizada.

—¡Eso sería terrible!

—Sería de un animal o algo así, pero no de una persona —explicó, corrigiéndose con rapidez—. No te preocupes. Dame la pala. Milou, descansa un momento. Stéphie, sujétalo del collar.

Para ese momento, la tierra estaba mucho más suelta y cavar era más fácil.

Milou tiraba cada vez más fuerte, hasta que logró zafarse del agarre de Stéphie, empujó a Alexandra a un lado y volvió a cavar furiosamente, hasta que, finalmente, se detuvo, con algo en su boca.

Soltó lo que sostenía a los pies de Stéphie.

—¡Una trufa! —exclamó la niña—. ¡Y es enorme!

Capítulo 16

—Podemos almorzar ahora —dijo Stéphie, después de que se abrazaran, y felicitaran a Milou—. Creo que deberíamos darle un poco a Milou, por ser tan buen perro trufero, aunque no esté entrenado ni nada.

—He traído algo para él —informó Alexandra, rebuscando en la mochila—. Toma. Unas puntas de baguete duras como piedras. Podemos ponerle paté.

Cuando todos hubieron comido unos bocados, la adulta dijo:

—Bueno, Stéphie, eres la heroína del momento.

—¿Qué es eso?

—Significa que tú has sido quien nos salvó encontrando una trufa. Una trufa enorme.

—Milou la halló.

—¡No! Milou no sabía dónde buscar. Solo la olió. Tú hiciste todas las partes difíciles.

—¿De verdad?

—Sí, y debiste haber prestado mucha atención, cuando fuiste a buscar trufas ayer. ¡Muy bien hecho! Papá estará muy orgulloso de ti, y también todos los demás.

—¿Significa que papá ya no tendrá que irse? —preguntó Stéphie.

Alexandra se encogió de hombros.

—No lo sé, pero podría ayudar, sin duda.

La niña bebió un poco más de zumo.

—Necesitaremos vender la trufa, y no comerla.

Alexandra consideró la idea.

—No creo que una sola trufa, aunque sea grande, sea suficiente para mantener a tu padre en casa, pero saber que hay trufas aquí, en estas tierras, que podríamos encontrar, podría marcar una diferencia. Ayer, mientras tú aprendías a buscar trufas con Félicité y Henri, David y yo exploramos el *château*. Hay muchos edificios pequeños que podrían convertirse en alojamiento para turistas. A los ingleses les encanta quedarse en Francia, y eso podría generar dinero.

Stéphie reflexionó.

—Puede que papá no quiera que se queden extraños aquí, pero si Félicité y Henri se van a un internado, tal vez haya gente con la que pueda jugar.

—¿Quizás podrías ir a la escuela local? Así tendrías muchos amigos con los que jugar.

—Puede que no quieran jugar con la chica del castillo.

Alexandra puso la mochila en sus rodillas, buscando algo.

—Lo harán cuando descubran que eres simpática y no una esnob.

—¿Qué es una esnob?

—Una persona que no quiere a otras personas, porque piensa que es mejor que ellas. ¡Mira, he traído chocolate!

—¿Puedo darle un poco a Milou?

—No —dijo Alexandra—. He oído que el chocolate es malo para los perros. Mejor le damos el último trozo de pan con paté.

—Se lo merece —afirmó, dos segundos después, cuando el perro devoró su premio.

—Sin duda.

Nadie habló durante unos instantes, hasta que Alexandra se limpió las migas de la comisura de la boca.

—Stéphie, sabes que Lucinda se ha llevado a Félicité y a Henri a comprar ropa, ¿verdad? —Asintió—. Bueno, es posible que no te compre nada. Así que, si esto sucede y te sientes un poco triste, al ver a tu hermana y hermano con cosas nuevas, quiero que sepas que yo te llevaré de compras en otra ocasión. Y, si podemos, llevaremos a papá, para que tengas un día especial también.

—Pero ya he tenido un día especial, Lexi. Hemos encontrado una trufa.

Tomó a la pequeña y la abrazó.

Alexandra esperaba de verdad que Antoine hubiera vuelto, cuando llegaran a casa.

Stéphie corrió al *château*, cruzando el patio hasta la cocina. Estaba tan llena de alegría y optimismo, que temía por ella un poco. No soportaba la idea de que pudiera sentirse decepcionada.

David estaba cocinando, muy feliz en lo que había convertido en su propio espacio. Jack estaba sentado en la mesa de la cocina, pelando dientes de ajo, y parecía haber vuelto a ser el de antes.

—Hola, Stéphie. ¡Qué gusto verte! —dijo David—. ¿Te lo has pasado bien con Lexi?

—Sí —respondió esta—. ¡Hemos encontrado una trufa! —La mostró con orgullo.

—¡Dios mío! —exclamó David—. ¡Es enorme! ¿Dónde la habéis encontrado?

—En los bosques de detrás del castillo —informó Alexandra—. Stéphie recordó todo lo que aprendió ayer, sobre la búsqueda de trufas. Hemos hecho lo que ha indicado, y *voilà!*

—¿Está papá aquí? —preguntó Stéphie, levantando la trufa—. Quiero enseñársela.

—Um... Antoine llamó. Vendrá esta noche, pero un poco más tarde, y traerá a un colega de trabajo, que quizás necesite quedarse. —David miró a Alexandra.

—¿Quiere que prepare una cama? —preguntó.

—No lo dijo exactamente, pero mencionó que, si hubiera una cama hecha, sería muy útil.

—«Útil» es mi segundo nombre —dijo Alexandra.

—Ah, ¿sí? —dijo David, con tono asombrado—. Pensaba que sería algo loco y aristocrático, como Euphemia.

Alexandra chasqueó la lengua y suspiró.

—Veo que habéis estado con el rosé. ¿Están en casa Félicité y Henri?

—Sí —afirmó David.

—Y realmente quieren verte, Stéphie —agregó Jack.

—Yo dejaría la trufa aquí... —empezó David, pero ya era demasiado tarde—. Bueno, supongo que no le pasará nada. Tendremos que pensar cómo cocinarla.

—Creo que Stéphie quiere venderla. Quiere encontrar una forma de que su padre no tenga que irse lejos a trabajar —explicó Alexandra, conteniendo un suspiro—. ¿Y vosotros? ¿Habéis comprado muchas antigüedades de valor?

—No sabré si son valiosas hasta que intente venderlas —respondió David—, pero tenemos muchas cosas. Es probable que tenga que alquilar una furgoneta cuando regrese a Inglaterra.

Alexandra se preguntó si había dicho «yo» en lugar de «nosotros» deliberadamente, y deseó fervientemente que no estuviera planeando marcharse pronto.

—También hemos comprado mucho vino del bueno —anunció Jack—. Estamos bebiendo litros de rosé, y cualquier otra cosa que Antoine produzca, así que creemos que deberíamos contribuir.

—Félicité le compró a Stéphie un vestido precioso —le contó David—. Le dijo a su madre que Antoine se lo pagaría. ¡Qué niña tan encantadora, y tan considerada! Y, claro, adora a Stéphie.

—¡Oh, bien por ella! —exclamó Alexandra.

—Pero como no sabíamos que Félicité haría eso, también le compramos algo a Stéphie —añadió David—.

Es una casa de muñecas antigua. Necesita restauración, pero podríamos encargarnos de eso. Pensé que a Jack le gustaría hacerlo, pero, al descubrir que Félicité le había comprado un vestido, decidimos no dársela. Podemos hacerlo cuando creas.

—Quizás podrías restaurarla, si tienes tiempo, y así estará lista, si necesitas un regalo —sugirió Alexandra, consciente de que estaban buscando su opinión—. No sé cuándo es su cumpleaños, pero podría valer.

—Me parece una buena idea —señaló Jack—, siempre que su cumpleaños no sea la semana que viene.

—Ahora, será mejor que prepare una cama para el compañero de negocios de Antoine. Espero que sea agradable.

—Antoine no lo traería aquí, ni lo invitaría a cenar, si no lo fuera —comentó David—. ¿Quieres que te ayude?

—¡Para nada! Lo haré ahora. ¿Sabes cuándo será la cena?

—Estamos preparando un buen trozo de cerdo, pero aguantará si Antoine llega tarde. Estará listo en una hora, más o menos. —Miró el viejo reloj de pie en la esquina, que siempre daba las horas dos veces—. Así que, alrededor de las siete, ¿te parece?

—Iré a ver si los niños tienen hambre —indicó Alexandra—. ¿Arruinaría la cena si comen antes? No sabemos cuándo aparecerán Antoine y su colega.

—Podemos hacer lo que sea más conveniente. —Pensó un momento—. Siempre podríamos comer el cerdo temprano, y yo podría preparar una buena tortilla para Antoine, y rallar la trufa sobre ella.

—¡No puedes! —intervino Jack—. Si vamos a comer la trufa, quiero estar presente.

—Es la trufa de Stéphie —les recordó Alexandra con firmeza—. Ella decidirá. Ahora debo elegir una habitación para el invitado. Me pregunto si necesita estar cerca del baño.

—Me temo que no pregunté qué edad tenía —comentó David—. No sé si necesitará levantarse durante la noche.

—¡No eres de ayuda! —señaló Alexandra, riendo, y se fue de la habitación.

Alexandra estaba buscando sábanas en el gran armario, lleno de lino antiguo, cuando Félicité apareció detrás de ella.

—¿Tienes más toallas sanitarias? Me gustaría tener algunas listas, para el mes próximo.

—¡Oh! Sí, claro. Iré a buscarlas.

Félicité siguió a Alexandra a su habitación.

—Estábamos en una farmacia y empecé a preguntarle a mi madre, si podíamos comprar algunas, pero no me entendió y me dijo: «eres muy joven para preocuparte por esas cosas». Luego, ya no me atreví a decir nada más. Además, Henri también estaba.

—Un poco incómodo —convino Alexandra, entregándole a Félicité un paquete envuelto en papel—. Aunque los hombres deberían saber sobre el período, ¿sabes? Cuando vivía en Londres con David, solía darme una bolsa de agua caliente y una bebida, mientras yo me tumbaba en el sofá, frente a la estufa de gas, y él me preparaba comida reconfortante.

—¡No voy a contarle esto a mi hermano! —soltó Félicité, levantando el paquete—. Apenas me estoy acostumbrando a la idea.

—Claro, claro...

—Y David es un poco diferente de otros hombres, ¿no? —añadió Félicité.

Por un segundo, Alexandra se preocupó, pero luego respiró hondo.

—Sí, lo es. Me explicó que en el teatro la gente a menudo comparte alojamiento, así que no son tan privados en cosas como esta. Creo que es algo bueno, pero no tienes que contárselo a nadie, si no quieres. Aunque me alegra que me lo hayas contado a mí.

—Tenía que contárselo a alguien, y tú eres mi niñera. —Luego, Félicité soltó una carcajada, por lo ridículo que sonaba, y se dio la vuelta para marcharse.

Antes de que se fuera, Alexandra le puso una mano en el brazo.

—Muchas gracias por comprarle ese vestido a Stéphie. Fue muy considerado por tu parte.

La niña se encogió de hombros.

—Bueno, a mi madre no se le habría ocurrido hacer algo así.

—Muy bien pensado.

Antes de que Alexandra pudiera hacerla sentir incómoda con más cumplidos, Félicité se fue para encontrar a sus hermanos.

Cuando Alexandra hubo recogido un montón de sábanas, que esperaba que no estuvieran demasiado viejas, a pesar de estar perfectamente planchadas, decidió ver cómo estaban los niños, antes de preocuparse por la habitación.

Estaban jugando a las cartas en el suelo de la habitación de Félicité, y parecían muy contentos.

Saludó desde la puerta y recibió comentarios de diverso entusiasmo, a cambio.

Félicité podría querer aparentar ser una adolescente cínica, pero tenía un corazón muy amable.

Había una pequeña habitación cerca del dormitorio principal de Antoine, que Alexandra pensó que estaría bien para su invitado.

Había encontrado una vieja bolsa de agua caliente de piedra, y decidió ponerla en la cama, para asegurarse de que el colchón no estuviera húmedo. La gran mancha de humedad en la pared, le hacía pensar que probablemente lo estuviera.

Después de colocar las sábanas y encontrar algunas mantas extras, en caso de que el invitado tuviera frío, estaba a punto de ir a la cocina, para llenar la botella de agua caliente, cuando se vio en el espejo.

¡Estaba hecha un desastre!

Después de lavarse y cambiarse de vestido, pensó que también podría ponerse un poco de maquillaje. Su cabello necesitaba un corte, así que se lo recogió en un moño y lo aseguró.

Ya que había llegado hasta ahí, decidió añadir sus pendientes de perlas, que estaban en una pequeña bolsa de terciopelo en su bolso.

Estaba bastante contenta con el resultado y aliviada de no pasar la noche cubierta de tierra, por la búsqueda de trufas, o con el aspecto de una campesina, después de un día duro en el campo.

Se estaba riendo, cuando entró en la cocina con su enorme calentador de piedra.

—¡Te ves muy glamurosa, querida! —dijo David cuando Alexandra apareció a la cocina.

—Totalmente de acuerdo —secundó Jack.

—Gracias. Me estoy riendo porque hacer camas para los invitados es algo que jamás habría imaginado que haría hace un año. Sin embargo, lucir glamurosa, sí habría estado entre mis planes. Ahora, esto va a necesitar mucha agua hirviendo para llenarse, pero creo que valdrá la pena. —Puso la botella de piedra sobre la mesa.

—Siempre podemos hervir más agua —dijo David—. Los niños han bajado, y Stéphie se ha puesto su vestido nuevo. Le queda un poquito grande, pero se ve adorable.

—Y estará limpio —señaló Alexandra—. Si no me hubiera visto en el espejo, habría bajado cubierta de barro.

Buscar trufas es un trabajo sucio. ¿Hay noticias de los viajeros?

—Antoine llamó hace un momento. Estarán aquí en veinte minutos.

Alexandra sintió mariposas de emoción, ante la idea de verlo, pero las aplastó con firmeza.

—¿Está puesta la mesa?

—Sí —respondió Jack—, y he abierto un par de botellas del vino que compramos. Encendí la chimenea en el salón, más para dar la bienvenida que por el frío, pero queda acogedor. También puse velas en el candelabro.

—Cualquiera diría que vivimos en un *château* —dijo David.

Ya en su habitación, Alexandra se estaba retocando su peinado, después de colocar la botella en la cama y encontrar toallas, cuando oyó un par de ladridos fuertes y profundos de Milou, y se dio cuenta de que Antoine había regresado.

Para no ponerse tan nerviosa, que la obligara a quedarse en su habitación para siempre, salió y bajó las escaleras con rapidez.

Estaba casi al final, cuando se detuvo.

Antoine estaba allí, siendo recibido por Milou, como si hubiera estado fuera durante años, y no solo unas horas, y con él estaba... una mujer.

A Alexandra se le secó la boca.

¿Por qué no se le habría ocurrido que el colega de Antoine podría ser una mujer? Y, aunque lo hubiera pensado, jamás habría imaginado que sería tan parisina y tan extremadamente glamurosa.

Antoine la vio desde debajo de las escaleras y la llamó en inglés.

—Alexandra, ven a conocer a Véronique. Véronique, esta es... —Vaciló por una fracción de segundo, y ella intervino veloz.

—Soy Alexandra, la niñera de los niños.

Véronique, quien debía haberse arreglado durante el camino para llegar tan impecable, la miró sorprendida.

—¿La niñera? —le preguntó a Antoine en francés.

—Más bien, la acompañante —respondió Antoine con suavidad—. Ha estado gestionando la casa, contratando profesores, y claro, tienes razón. Félicité y Henri son demasiado mayores para una niñera...

Alexandra no creía que esa fuera la razón de la sorpresa de Véronique.

Enderezó su espalda y levantó el mentón.

En ese momento, los niños bajaron las escaleras haciendo ruido y llegaron al vestíbulo.

Stéphie se lanzó a los brazos de su padre.

—Papá, hemos encontrado una trufa. Bueno, Milou la encontró.

—¿Milou? —Antoine abrazó a sus otros hijos—. No

sabía que era un perro trufero. ¿Vamos a comérnosla? —le preguntó a David, que había aparecido en el vestíbulo.

—¡No, papá! —dijo Stéphie—. La vamos a vender, para que no tengas que irte a trabajar.

Véronique sonrió encantadora y se agachó hasta estar a la altura de Stéphie.

—Estoy segura de que eso te encantaría, cariño, pero se necesita más que una trufa para hacer suficiente dinero para que eso suceda. Además, el trabajo de tu papá es muy importante. Pero es fantástico que tu perro no se la haya comido, así que, bien hecho.

—Es enorme —dijo Félicité—. ¡Mira! —Le mostró la trufa a su padre.

Antoine estaba impresionado.

—¡Dios mío, es enorme! Nunca había visto una trufa tan grande.

—Estaba bajo una roca —explicó Stéphie—. Milou sabía que estaba allí y cavaba y cavaba. Luego, Lexi y yo lo ayudamos a sacar la roca.

—Terminamos cubiertas de tierra —explicó Alexandra—, pero estábamos tan emocionadas, que no nos importó. Véronique, ¿quieres lavarte las manos? Y creo que quizás te di la habitación equivocada.

Estaba contenta de no saber el apellido de Véronique, porque así no se sentía tentada a usarlo, y disminuir su propio estatus.

—¿Por qué la habitación equivocada? —preguntó esta.

—Esperábamos que el colega de Antoine fuera un hombre —respondió Alexandra con una pequeña risa—. Si quieres acompañarme, podemos hacer los cambios necesarios.

Mientras subía las escaleras, Alexandra se dio cuenta de que no tenía ni idea de qué cambios podía hacer, si Véronique rechazaba la pequeña habitación con la mancha de humedad en la pared.

—Es pequeña —explicó al abrir la puerta—, pero ese bulto en la cama es una enorme botella de agua caliente. Será muy acogedora.

Véronique se quedó petrificada de horror.

—¡No puedo quedarme aquí! Parece un vestidor, y no una habitación de verdad.

Alexandra notó, algo tarde, que, en efecto, era el vestidor de la habitación de Antoine.

—Muy bien —decidió con rapidez—. Te pondré en mi habitación. Si quieres usar el baño… —Le indicó dónde estaba—. Cambiaré las sábanas.

Hacer tal sacrificio, era más fácil, sabiendo que ocupaba la posición moral elevada. También sabía que Véronique estaba completamente confundida sobre quién era realmente.

La mujer bajó sin esperar a Alexandra, y al final fue Stéphie quien subió a por ella.

—La cena está lista. ¿Qué estás haciendo?

—Me aseguro de que mi habitación esté impecable antes de que Véronique duerma en ella —respondió Alexandra—. ¿Te parece que está bien así?

—Está perfecta —dijo la pequeña—. No podría encontrarle ningún defecto. —Hizo una pausa—. Es una mujer muy guapa, pero se parece un poco a la mamá de Félicité y Henri. —De repente se echó a reír—. Imagínate, si olvidara que no eres tú y me metiera en su cama por la mañana... ¡Qué horror!

Para ser algo tan «horrible», parecía divertirle mucho.

—Si quieres, puedes dormir en mi cuarto conmigo, Lexi. No me importa.

—Eso es muy amable de tu parte, Stéphie, pero he puesto una enorme bolsa de agua caliente en la cama, que había preparado para Véronique, y no me gustaría desperdiciarla. Así que, dormiré allí. Pero si queremos leer, podemos hacerlo en tu cama.

—Oh, qué bien —indicó, dando una vuelta y mostrando su falda—. ¿Te gusta mi vestido nuevo? Me lo compró Félicité.

—¡Me encanta! Y qué suerte que lo llevaras puesto, porque nos ensuciamos mucho buscando trufas.

—¡Sí, que nos ensuciamos! —Stéphie hizo una pausa—. Creo que deberías ponerte un poco de perfume, Lexi. Véronique lleva mucho perfume.

—Está bien... —aceptó—. Lo tengo en la habitación pequeña, donde voy a dormir.

Con una buena rociada de agua de colonia *Bien-Être*, comprada en la farmacia local —aunque no creía que fuera el tipo de fragancia que Véronique usaría—, Alexandra y Stéphie se unieron a los demás.

Estaban todos en el salón, con copas de vino en la mano.

David estaba cerca de la puerta, luciendo un poco ansioso.

Alexandra se acercó para escucharlo bien.

—Quiero servir la cena —dijo David en voz baja—. ¿Crees que puedo simplemente anunciar que está lista? ¡Véronique, es muy elegante!

Alexandra levantó el mentón.

—Por supuesto que puedes anunciar la cena. ¡No es tan elegante como parece!

Después de haber tenido que ceder su habitación, Alexandra no estaba dispuesta a concederle más terreno en el tema de «grandeza».

David aplaudió.

—¡Damas y caballeros, la cena está servida!

Alexandra se quedó un momento atrás, recogiendo las copas vacías, que dejó en una bandeja, y fue la última en llegar al comedor.

Véronique estaba sentada junto a Antoine, en la cabecera, y Stéphie a su otro lado. Notó que la trufa estaba colocada en un platillo, decorando de mesa.

«Y qué buena decoración», pensó.

Se sentó junto a Jack, en el otro extremo de la mesa.

—¿Cómo ha ido tu día? —le preguntó a este—. ¿Qué habéis hecho?

Estaba deseando saber si habían visitado a Penelope, y si la visita había ido bien, pero no se atrevía a preguntar directamente.

—Hemos tenido un buen día, gracias. Hemos encontrado un mercado, de donde vienen algunas de las cosas que ves aquí. Y luego hemos almorzado con Penelope.

—¿Ha sido... agradable? —preguntó, sintiéndose un poco torpe.

Jack se carcajeó.

—Quieres saber cómo me ha ido con ella, ¿verdad?

Asintió, riendo.

—¡Estuvo delicioso! —Jack le estaba tomando el pelo—. En serio, ambos estuvimos mucho más relajados, ahora que hemos tenido tiempo de acostumbrarnos a la idea de vernos, después de tantos años.

—Qué bien —convino Alexandra, deseando poder pedirle más detalles, aunque parecía mucho más contento, lo cual debía significar algo.

Mientras todos comían contentos, Véronique preguntó:

—Entonces, Alexandra, ¿vienes de Londres? —Esta sonrió y asintió—. ¿Qué te parece este rincón tranquilo de la Provenza, después de las luces de la ciudad?

—Bueno, es rural, pero muy bonito. Me gusta mucho estar aquí —respondió con una sonrisa amplia, tratando de dar por terminada la conversación.

Pero Véronique parecía encontrar eso divertido.

—Con seguridad, una chica guapa como tú necesita estar con gente joven, y salir a divertirse.

Alexandra se encogió de hombros.

—Félicité, Henri y Stéphie no son tan mayores, y siempre estamos ocupados.

—Pero eres tan joven... —empezó Véronique.

—Alexandra es una her... —empezó Stéphie, hasta que notó la expresión horrorizada de la niñera.

Le hizo una leve señal con la cabeza, suficiente para que la niña guardara silencio sobre ese tema en particular. Lo último que quería era una discusión sobre su fortuna. Era algo que prefería mantener en privado.

—¿Qué es Alexandra, Stéphie? —le preguntó Véronique con suavidad.

—Ella es... muy bonita —dijo.

—Véronique... —intervino David con diplomacia, rescatando a su amiga—, ¿puedo ofrecerte otro huevo? En Inglaterra se llaman *deviled eggs*, y no estoy seguro de si son comunes en Francia.

—No me interesa mucho la comida —respondió con desdén.

David se mostró sorprendido.

—Oh..., pensé que a todos los franceses les interesaba la comida.

—Eso es solo un estereotipo —replicó Véronique—. De la misma forma, en que todos asumisteis que yo sería un hombre. No lo soy, y soy tan poderosa y eficaz como cualquier hombre.

David hizo una leve reverencia.

—Madame, nunca habría pensado lo contrario.

—¿Es por eso, por lo que Antoine te describió como

un colega, cuando llamó para avisar de que vendrías con él? —preguntó Alexandra.

—Por supuesto —respondió—. Antoine y yo trabajamos juntos a menudo. Él sabe que no debe hacer referencia a mi género.

—Habría sido mucho más fácil para mí saberlo —comentó Alexandra en voz baja—. Así no habría tenido que cambiar de habitación.

Véronique desestimó su comentario con un gesto.

—Es importante que se respete a las mujeres, y no solo como esposas y cuidadoras de niños.

—Creo que cuidar de los niños merece respeto —intervino Jack—. No es fácil, pero es muy importante.

—Sí —afirmó Véronique—, pero yo tengo cerebro, y no quiero desperdiciarlo en algo que cualquier mujer podría hacer.

Se hizo un silencio incómodo, solo roto cuando Antoine dijo:

—Toma un poco de vino, *chérie.*

—Voy a buscar el plato principal —anunció David.

—Te ayudo —se ofreció Alexandra.

Ya en la cocina, Alexandra suspiró.

—¡Oh, David! Sabes que siempre he creído en la igualdad para las mujeres, pero casi me hace cambiar de opinión.

David se rio, y le dio un abrazo.

—No te preocupes por ella. Si no le interesa la comida, no vale la pena pensar en ella.

Aunque Alexandra sabía que su amigo tenía razón y que no debería preocuparse por Véronique, su mente no cooperaba.

Cuando se fue a la cama esa noche, se sorprendió analizando cada cosa que la mujer había dicho, y, al darse cuenta de que sus sentimientos de resentimiento eran, en realidad, celos, se sintió avergonzada por completo.

Capítulo 17

A la mañana siguiente, Alexandra se levantó temprano.

Ya se había ocupado de las gallinas y, en ese momento, quería moler café y asegurarse de que el desayuno estuviera bien organizado. Era una comida que solía ser un caos, por lo que no sería digna de alguien como Véronique.

Era posible que Antoine hubiera pensado lo mismo, pues apareció poco después, húmedo tras el baño y recién afeitado. Vestía un traje impecablemente cortado y lucía tan atractivo, que Alexandra no pudo respirar bien durante unos segundos.

—Buenos días —saludó con calma, una vez que recuperó el aliento—. ¿Has pensado qué hacer con la trufa de Stéphie? Definitivamente, quiere venderla, para decepción de David.

—Voy a llamar a mi amigo, el experto en trufas, antes de salir hacia Marsella, a ver si puede ayudar a venderla. Si puede, podríamos entregarla de camino.

—¿Tienes idea de cuánto dinero podría conseguirse?

Él negó.

—No, realmente. No creo que sea suficiente como para que yo me retire. Tal vez, debería guardar el dinero para el futuro de Stéphie.

—Por favor, no hagas eso. Ninguna cantidad de dinero para el futuro es tan importante para ella, como tener a su padre en casa. Si no todo el tiempo, al menos con más frecuencia.

Antoine la miró con fijeza, y Alexandra se preguntó si había hablado demasiado, pero luego notó que él estaba pensando.

—Guardaré el dinero para hacer algunas reparaciones en el *château*. A Stéphie le encantará saber que sus esfuerzos lo han hecho posible. Y los tuyos, por supuesto.

—Stéphie te diría que todo fue gracias a Milou.

—Es un príncipe entre los perros —indicó Antoine, con una leve sonrisa.

Alexandra no pudo evitar sonreír de vuelta, pero dio un salto cuando Véronique apareció diciendo:

—¿Interrumpo algo?

—¡No! No, claro que no —dijo Alexandra con rapidez—. Estaba esperando a que llegaras para hacer el café. ¿Qué te gustaría para el desayuno? ¿Tostadas y mermelada?

Un segundo después, recordó que no tenían tostadas ni mermelada.

Véronique hizo una mueca.

—No, gracias. Solo tomaré café.

Después de que Antoine y Véronique se marcharan a Marsella, a pasar el día, Alexandra telefoneó a Donna.

Tras una charla amena y llena de chismes, averiguó que Véronique era la hermosa mujer que estaba con Antoine la noche que este fue a la cena de Donna y Bob.

El hecho de saberlo no hizo que Alexandra se sintiera mejor.

Más tarde, mientras se dirigía a la cocina para preparar el almuerzo para todos —las sobras siempre eran tan útiles—, se dijo a sí misma que realmente debería dejar el *château*.

Nunca superaría su absurdo enamoramiento mientras viviera en casa de Antoine.

Sin embargo, le había dicho a su familia que se quedaría hasta la primavera y no sentía que pudiera irse, antes de que los niños se establecieran y pasaran más tiempo con su padre en casa.

Aunque Donna le había dicho que estaría encantada de tenerla en París...

Podría vivir París como se debe.

¡Sería maravilloso!

Pero Alexandra sabía en su corazón que era aquí, en la rural Provenza, en un castillo ligeramente deteriorado, donde realmente quería estar.

Nunca sería más que la niñera, o tal vez el ama de llaves, pero, aun así, era donde se sentía en casa.

A Alexandra le pareció que tanto el *château* como sus habitantes suspiraron aliviados, cuando Véronique regresó a París en tren, un par de días después.

Antoine tenía previsto seguirla en unos días, pero no tener a Véronique —sin interés en la comida, pero sorprendentemente crítica— en la mesa había mejorado el ánimo de todos.

Aunque estaban en noviembre, había amanecido un hermoso día de otoño con los colores de la Provenza; tan brillantes, como una paleta de pintura contra un cielo azul radiante.

Alexandra pensó en llevar a Milou a pasear, o lo que era lo mismo, ella iría de paseo y él podría acompañarla. Ahora tenía tiempo, ya que no tenía que preocuparse por Véronique y sus necesidades, y quería pensar en su vida y en qué hacer.

Caminar la ayudaría.

Estaba en el vestíbulo cuando el timbre sonó.

Era Penelope, o la *grand-mère*, como Alexandra seguía llamándola en su mente.

Parecía inusualmente tímida.

—Buenos días, Alexandra.

—Buenos días —saludó Alexandra—. ¿Le gustaría pasar?

—Llevas el abrigo puesto. Ibas a salir.

Había tomado prestada una vieja chaqueta de Antoine, que había encontrado colgada en un pasillo, evidentemente olvidada hacía mucho tiempo.

Era embarazoso que esta mujer tan elegante la viera con ella.

—No, no... Solo iba a llevar a Milou a dar un paseo. Hace un día precioso.

— Lo es. No te detendré. Solo quería traerte esto. Es el pequeño cuenco de sopa de Sèvres que te mencioné antes. Tiene asas, y una se ha roto —dijo, sacando un paquete envuelto en papel de seda de su bolso.

Alexandra lo tomó. Era hermoso, de un azul cielo con mucha decoración dorada.

—¡Oh, Dios! Es increíblemente valioso. No creo que pueda...

—*Chérie*, no es valioso sin un asa. Solo haz lo que puedas.

Se dio cuenta de pronto, que Penelope nunca la había llamado *chérie* antes.

—Lo haré —aceptó.

Pero incluso después de que Alexandra tomó el pequeño cuenco y lo guardó en un lugar seguro, sobre la repisa de la chimenea del salón, Penelope no mostró signos de querer irse.

—¿Le traigo un café o una bebida?

—No —dijo Penelope decidida—. Llevas el abrigo puesto, y yo llevo el mío. Vamos a pasear juntas. Me he sentido un poco nostálgica, últimamente. Hablar con una compatriota me ayudará.

Alexandra estaba tan sorprendida, que no pudo hablar por unos momentos.

Penelope estaba tan arraigada en su papel de gran dama francesa, que apenas admitiría que no era francesa. Ahora comentaba que se sentía nostálgica, y que quería salir a caminar con la niñera... En algún lugar, imaginaba Alexandra, el infierno se había congelado. O, pensó, recordando lo que Jack le había contado, ¿quizás quería hablar sobre su vida amorosa?

Ese pensamiento era aún menos probable que un infernal frío repentino.

Milou se comportó lo mejor que pudo y siguió dócilmente a las dos inglesas.

Penelope no dijo nada, mientras atravesaban el sendero del amurallado jardín, descuidado, pero aún bonito, que en su momento habría producido vegetales para el *château*, pero que ahora solo tenía algunas rosas cubriendo las paredes, y parterres de salvia, romero y lavanda.

—Debes estar encantada de que Lucinda haya regresado de Argentina —dijo Alexandra, cuando ya no pudo soportar el silencio.

Habían salido del jardín y tomado uno de los caminos que conducían al bosque.

Penelope asintió.

—Sí, y no. Es encantador para mí tenerla, pero no creo que entienda a los niños, después de haber estado tanto tiempo lejos de ellos.

—Ah, ¿sí? —intentó sonar neutral.

—Ama a sus propios hijos, claro, pero no presta atención a *la p'tite*.

—¿A Stéphie?

Penelope asintió.

—Lucinda es hija única y no entiende la envidia. No es que Stéphie sea envidiosa, pero es difícil para ella ver que sus hermanos, aunque técnicamente no sean sus hermanos, reciben atención y regalos, cuando ella no.

—He intentado asegurarme de que no se sienta excluida —comentó Alexandra.

«Aunque también soy hija única», pensó, pero no lo dijo.

—Sí, y estoy muy agradecida. Has trabajado muy duro por los niños, y te lo agradezco.

Caminaron en silencio un rato más.

—¿Sabes? Tuve una hermana que tenía una madrina, que solía darle regalos espléndidos. Yo entendía que para esa madrina, mi hermana era especial, pero era difícil. Los vestidos bonitos de Harrods, el huevo de Pascua único, las maravillosas pinturas... Recuerdo que una vez no pude soportarlo y rompí a llorar. Me sentí tan avergonzada.

—¡Eso es terrible! —Alexandra se compadeció de ella.

—Mi madre no podía hacer nada al respecto. Era un hecho inevitable, pero me duele pensar que la pequeña Stéphie pueda sentirse como yo me sentía.

—Bueno, le regalé una cocina de muñecas antigua, que realmente funciona, con ollitas y sartenes, y le encanta. David y Jack también son conscientes de que podría sentirse excluida... —Alexandra respiró hondo, esperando que esto tranquilizara a Penelope, y continuó—: Pero siento que la persona que más sufre es Félicité. Adora a su hermana, y sabe que podría sentirse excluida. El otro día, cuando Lucinda los llevó de compras, Félicité compró un vestido para la pequeña. Debió haber recibido el dinero de su madre, pero me encantó su consideración.

—Me alegra escuchar eso —indicó—. Lucinda no me lo contó. No siempre nos comunicamos bien.

Hubo otro largo silencio, mientras paseaban por el bosque.

Alexandra estaba encantada con los colores cambiantes, pero esperaba que Penelope continuara hablando. Podía notar que tenía más cosas que decir.

—He vivido en Francia durante mucho tiempo. En muchos aspectos, soy francesa —comentó.

—¿Puedo preguntar por qué te viniste a Francia?

—Vine antes de la guerra, con la familia de una amiga. Pasamos unas vacaciones maravillosas. Sabía que sería muy diferente después de la guerra, pero mis padres se habían ido a vivir cerca de mi hermano, y yo quería un cambio completo de escenario. Además, pensé que sería bueno para Lucinda volverse bilingüe y ampliar sus horizontes, después de pasar la guerra en un internado en Inglaterra. —Se rio—. Había leído tantas historias sobre internados ingleses, demasiadas seguramente, que estaba convencida de que a ella también le gustaría venir.

—Debió haber sido difícil llegar a un país donde no

conocías a nadie. Al menos, cuando yo llegué, tenía a los niños para hacerme compañía.

—Fue difícil, aunque tener a Lucinda ayudó. Una vecina, amiga de Hortense, me tomó bajo su ala. Tenía una hija de la misma edad que Lucinda, y me presentó a sus amistades. A través de ella, conocí a mi segundo esposo... Sabrás, que también lo perdí... —Se quedó en silencio por un momento, y Alexandra escuchó el eco de su pena—. Así fue como Lucinda también conoció a Antoine. Rosemarie era anglófila, en parte, por eso, fue tan amable, pero se aseguró de que yo aprendiera francés, lo más rápidamente posible. Sentí su pérdida cuando se mudó a París.

La historia sonaba convincente, y, sin embargo, Alexandra sabía que había más.

Estaba tensa, preguntándose si Penelope continuaría confiándose o volvería a ser la gran dama distante que había conocido al principio.

Habían atravesado el borde del bosque y se encontraron con un sendero que conducía de regreso al castillo.

—Puede que te preguntes por qué estoy hablando contigo, en lugar de con Hortense, a quien conozco desde hace casi veinte años. Yo misma me lo pregunto. —Sonrió—. Pero Hortense siempre me ha conocido como un pilar de la comunidad. Nunca podría revelarle que no siempre fui tan recta, ni un pilar.

Alexandra se rio, ante el pequeño chiste de Penelope, pero en su interior se preparó.

Esto era sobre Jack. Estaba segura.

¿Podría decirle a Penelope que sabía algo de su historia? Entonces, se dio cuenta de que no podía.

—Eres demasiado joven para saber lo que es el amor, pero, cuando te enamores, sentirás que tu amor es lo único que importa. Nada es más importante. Estarás equivocada, como yo lo estuve, pero sentirás eso de todas formas.

Alexandra sentía que sabía lo que era el amor, pero ciertamente no iba a confiarle a Penelope sus sentimientos por Antoine. Estaba decidida a suprimirlos por completo.

Nadie debía saber de ellos, y mucho menos Antoine.

—Es probable que, como la mayoría de las personas, llegue un momento en tu vida en el que tengas que elegir. Puedes optar por el camino seguro y cómodo, que te brindará seguridad y, posiblemente, felicidad. O puedes escoger la pasión y arriesgarte a perder todo lo que has construido durante años.

Penelope pareció contener la respiración durante un largo rato, antes de exhalar con lentitud.

Alexandra esperó todo lo que pudo antes de preguntar:

—¿Cuál es la decisión correcta?

—Ojalá lo supiera, *chérie*. Estoy ya en edad avanzada, pero no estoy segura de que alguna vez llegue a tener la sabiduría necesaria para decidir entre la cabeza y el corazón.

Alexandra aclaró su garganta. Estaba enfrentando un dilema similar: su cabeza le decía que dejara el *château* y olvidara todo sobre Antoine, pero su corazón le decía que se quedara tanto tiempo como le fuera posible.

Se sorprendió al encontrarse en la misma situación que Penelope.

—¿Vamos a la *orangerie*? —propuso la mujer, tras unos segundos—. Cuando Lucinda vivía aquí, ella y Antoine solían organizar fiestas allí.

Alexandra era rápida de pensamiento, pero esta repentina propuesta la tomó desprevenida.

—Claro, pero cuando David y yo exploramos el otro día, encontramos que estaba cerrada con llave.

—Creo que sé dónde está la llave.

Caminaron hasta el edificio, con sus ventanas del suelo al techo, que ahora estaban cubiertas de enredaderas, una de las cuales parecía una llama trepando por el tejado.

Penelope pasó la mano por encima de la puerta y encontró la llave.

La cerradura estaba rígida, pero consiguieron abrirla, y entraron.

—Ah... —exhaló con un largo suspiro—, recuerdo esto.

Alexandra esperó.

No creía que estuviera recordando las fiestas de su hija y su esposo.

—Vine aquí una vez, hace mucho tiempo. El *château*

estaba cerrado. Fue antes de que Antoine se hiciera cargo. Un amigo y yo caminábamos por los terrenos, probablemente invadiendo la propiedad privada, cuando de repente, cayó una lluvia de verano y entramos aquí para refugiarnos. Estaba, como ahora, cubierto de plantas, y era muy romántico. No como se volvió después, cuando estaba limpio y listo para las fiestas de Lucinda. —El corazón de Alexandra se aceleró. ¿Estaba hablando de Jack?—. Nada fue igual, después de aquello —comentó Penelope. Hubo una larga y angustiosa pausa—. Me pregunto cuánto costaría limpiar este sitio —continuó—. Sería un lugar encantador para una celebración.

Alexandra se relajó un poco.

Parecía que no habría más confidencias, pero, como se consideraba experta en convertir grandes espacios sucios en lugares adecuados para fiestas, se enfocó en el invernadero por unos momentos.

—Una buena limpieza, muchas flores... Quedaría precioso.

—Sí, lo sería —indicó y luego añadió—: ¿Volvemos? Creo que necesito un té, ahora. Por más francesa que pueda parecer, aún me gusta tomar té por la tarde.

Animada por la reciente conversación de Penelope, Alexandra se atrevió a decir:

—Quizás podrías darme algunos consejos sobre cómo hacer el té correctamente aquí, en Francia. Nunca logro que sea lo suficientemente fuerte.

—El secreto está en persuadir a alguien de Inglaterra de que te envíe té de verdad. Después, es fácil.

Unos días después, el cartero entregó un gran paquete a Alexandra.

—¿Alguien te ha enviado un regalo? —preguntó Stéphie, emocionada.

—No, me han enviado muchos papeles que tengo que leer... Es como si alguien me hubiera enviado tarea. —Sonrió—. Es como la tarea que David y Jack te ponen, por lo que yo también tengo que hacerla. ¿Por qué no vas a ver si David ha preparado algo rico para el almuerzo?

Antoine entró en el vestíbulo.

—Vamos a extrañar a David cuando tenga que regresar a Inglaterra.

—Y a Jack —mencionó Alexandra.

—Creo que él se quedará un poco más —dijo Antoine, con aire misterioso.

Alexandra desató el broche que sujetaba el paquete y echó un vistazo dentro. Luego, sacó los papeles y vio que estaban escritos en francés a mano, de una manera tan apretada, que apenas podía leer las palabras. Mucho menos entenderlas.

—Avísame si necesitas ayuda con tu tarea —se ofreció Antoine.

Alexandra guardó los papeles en el sobre.

—Quizás necesite a Maxime.

—¿A Maxime? ¿Por qué?

—Son temas legales. Desde Suiza. Muy aburrido. —Sonrió.

No era exactamente una mentira, pero se sentía como tal. Le desagradaba no ser completamente honesta, pero no quería que Antoine supiera los detalles de su herencia. Ya era bastante malo que supiera que estaba a punto de heredar un dinero, como para que además supiera que podría recibir su fortuna ahora, si simplemente se casaba.

Deseaba que la viera como la niñera, y no como una heredera.

No fue hasta la noche, cuando Alexandra tuvo la oportunidad de estudiar más de cerca los documentos.

El lenguaje legal francés era tan incomprensible, como temía, y definitivamente necesitaría ayuda para entenderlo. Llamaría a Maxime cuando pudiera y le pediría consejo.

Después de todo, era abogado.

Capítulo 18

Era temprano, a la mañana siguiente.

Stéphie, que se había metido en la cama de Alexandra durante la noche, dormía profundamente.

La niñera, incapaz de dormir más, había bajado las escaleras.

Después de atender a Milou y a las gallinas, había colocado un pequeño espejo moteado sobre la mesa de la cocina, y estaba cortándose el flequillo con las tijeras de la cocina, cuando Antoine apareció por la puerta trasera, con los brazos llenos de bolsas de papel, de las que sobresalían baguetes.

—¿No tienes otro lugar mejor para hacer eso? —preguntó—. ¿Y no necesitas una peluquería?

—Estoy acostumbrada a hacerlo yo sola. ¿Está recto?

Antoine dejó sus paquetes y examinó su trabajo.

—Cierra los ojos.

Ella lo hizo, y él le sopló en la cara. Luego, le quitó los cabellos sueltos, que habían quedado.

—Ahí está. Perfecto.

Alexandra abrió los ojos y sintió ganas de cerrarlos de nuevo. Estaba demasiado cerca.

Obviamente, él sintió lo mismo, porque retrocedió con rapidez.

—Es curioso que, como siempre me corto el pelo en la cocina, cuando estoy en casa, haya hecho lo mismo aquí. Aunque tienes razón, la luz es mucho mejor en mi habitación —dijo, consciente de que estaba balbuceando, y respiró hondo—. Pero ya está hecho. La tetera está en la estufa de gas.

Antoine pareció divertido.

—Pondré a funcionar la cocina.

Mientras él rompía ramitas y ajustaba los troncos, Alexandra molía café con el molinillo manual y buscaba tazas y platos para el desayuno.

Él tarareaba y parecía contento.

—Pareces lleno de la alegría de la primavera —comentó Alexandra, asumiendo que entendería su expresión en inglés.

—Estoy haciendo un esfuerzo —respondió—. No puedo postergar más mi partida. Tendré que regresar a París muy pronto.

El corazón de Alexandra dio un vuelco.

—Vaya... Los niños te echarán de menos.

—¿Y tú? ¿No lo harás? —se interesó.

Ella se giró, evitando que viera su reacción.

—Es posible que un poquito. Eres muy bueno manejando la estufa —dijo, complacida de lo indiferente que sonaba.

—¿Ese es el único motivo?

Alexandra se encogió de hombros, en un gesto que David diría que era muy francés.

—¿Qué esperas que te diga? Milou estará muy triste sin ti.

Él no respondió de inmediato. Solo la miró de una forma que le hizo preguntarse, si no se había cortado bien el flequillo.

—Eres muy inusual para ser una niñera.

—Las niñeras deben ser inusuales. ¿No has leído *Mary Poppins*? No, supongo que no.

—Te echaré de menos, Alexandra —confesó Antoine.

—¿Por qué?

Sabía que no iba a decirle que era porque se había enamorado de ella, así que se sintió segura al preguntar.

—Eres muy buena poniéndome en mi lugar. En mi trabajo estoy acostumbrado a que me traten como al jefe.

—¿Incluso Véronique te trata así?

—Sí. Como mi segunda al mando, le gusta que yo sea el que esté en la cima. ¿Me entiendes? Así, su posición, como número dos, también tiene estatus.

—Antoine, ¿te importaría si te hago una pregunta?

—Pregunta lo que quieras.

—¿A qué te dedicas, que te obliga a estar constantemente yendo y viniendo, lejos de casa y de tus hijos?

Antoine dejó de bromear.

—Soy consultor de gestión.

—¿Eso qué significa?

—Las empresas se meten en problemas. Quizás están

amenazadas por la competencia y no saben cómo responder, o necesitan nuevo personal, o han cometido errores financieros. Necesitan ayuda. Mi empresa proporciona esa ayuda. Cuando salgo, paso tiempo con estas empresas en apuros. —Hizo una pausa—. No siempre somos bien recibidos por el personal y, a veces, provocamos despidos, pero ayudamos. Ganamos nuestro dinero.

Alexandra se tomó un momento para pensar en su explicación.

—Puedo preguntar... No, no preguntaré. Podría ser grosero.

—¿Por qué volverte tan cautelosa ahora, Alexandra? Eres muy buena diciendo lo que piensas, a pesar de tener solo veinte años.

Sabía que le estaba tomando el pelo, pero sintió que no tenía nada que perder.

—Si puedes decirles a las personas cómo dirigir sus negocios, para que sean rentables y funcionen bien, ¿por qué no miras el *château* como un negocio y ves cómo podrías administrarlo para ganar suficiente dinero, para no tener que irte?

Estuvo tanto tiempo en silencio, que Alexandra volvió a llenar la tetera y la puso sobre la estufa, que ahora funcionaba bien.

—No se me había ocurrido que el castillo y la granja pudieran ser un negocio. Siempre ha sido una pasión, y nunca pensé que pudiera ser una forma de ganar dinero.

—Tienes varias dependencias pequeñas. Podrías

convertirlas en alojamiento para visitantes. David tuvo muchas ideas, al respecto.

—Tendré que pensar en eso.

—Necesitarías a alguien que se encargara de las reservas, que organizara todo, y que coordinara las limpiadoras, para que se ocuparan de la ropa de cama. Una ama de llaves.

—Y necesitamos una aquí. Acabo de enterarme de que madame Carrier no volverá.

—Si hicieras todo eso, para que las rentas generaran dinero, ¿crees que podrías quedarte más tiempo en casa en el futuro?

Él asintió.

—Posiblemente. Nunca había pensado en alquilar las dependencias a turistas. Mi plan es que los niños vayan a un internado, pero no como los de los folletos que ha traído Lucinda. Quiero uno que pueda ofrecerle un profesor de chelo a Henri, para empezar.

—Estoy de acuerdo. La escuela sería lo mejor para todos ellos, si encuentras la correcta.

Stéphie fue la primera en bajar, frotándose los ojos y sosteniendo su libro, *Snowball the Pony*, de Enid Blyton.

—No estabas al despertarme. Quería terminar el libro.

—Lo sé, lo siento. Me he levantado temprano. Tenía que cortarme el flequillo. ¡Mira!

Stéphie frunció el ceño.

—Lo veo igual. Buenos días, papá.

—Buenos días, *ma petite*. ¿Te gustaría un cruasán? Acabo de traerlos de la *boulangerie*. —Antoine extendió la bolsa de papel.

La niña metió la mano y tomó uno.

—Aquí tienes —dijo Alexandra a Stéphie—. Toma un plato para tu cruasán. ¿Quieres mantequilla o algo encima?

—No, gracias —respondió.

—Prepararé un poco de chocolate caliente —anunció Alexandra—. Ah, aquí está Henri.

—Félicité todavía está dormida —comentó el niño, mientras sacaba un cruasán de la bolsa.

—Necesitaré que se levante —dijo Antoine—. Hoy vamos a salir todo el día.

—Genial —afirmó Henri—. ¿O es algo cultural? No me entusiasma mucho la cultura.

—Querido muchacho, ¿cómo puedes decir eso? —preguntó David entrando, seguido de Jack—. La cultura es lo único que importa en la vida.

—Solo piensas eso, si incluye comida —dijo Jack—. Buenos días a todos. ¿Cuál es el plan para hoy?

—Llevaré a la familia a visitar a un viejo amigo. Tiene jóvenes de la misma edad y nos ha invitado a pasar el día con ellos. —Antoine hizo una pausa—. Tengo que regresar a París pasado mañana, y pensé que sería agradable pasar un día fuera.

Stéphie tomó una profunda respiración.

—¿Pasado mañana? —preguntó—. ¿Pasado mañana te vas?

—Sí —afirmó Antoine con suavidad, intentando hacer que fuera más fácil para la niña.

Esta tiró su cruasán.

—¡Pasado mañana es mi cumpleaños! —anunció, y rompió a llorar con furia.

Henri, que estaba cerca, la abrazó torpemente, y le dio unas palmaditas en la espalda.

Pasaron unos instantes de horror.

—Bueno, tengo una idea —dijo Alexandra, más calmada de lo que se sentía—. En Inglaterra, la reina tiene dos cumpleaños. Tiene su cumpleaños particular, el normal, y un cumpleaños oficial. ¿Por qué no hacemos que mañana sea tu cumpleaños oficial? Y luego puedes tener otro en el día real.

—Oh... —añadió Henri—. ¡Dos pasteles! ¿Qué te parece, Stéphie? Habrá dos pasteles, ¿verdad?

—Por supuesto —señaló David.

—¿La reina tiene dos pasteles? —preguntó Stéphie, entre lágrimas y con un tono indignado.

—Claro que sí —dijo David.

—¿Y cómo lo sabes? —demandó la pequeña.

—Sé un par de cosas sobre ser reina —dijo, guiñándole a Alexandra un ojo.

—Creo que dos cumpleaños serían muy especiales —indicó la niñera—. Y puedes elegir tu pastel. ¿Qué tipo de pastel te gustaría?

—Quisiera uno en forma de Snowball, el pony —comentó Stéphie, aferrándose a su indignación, y todavía sollozando.

—Oh, querida —dijo Alexandra—. Eso sería bastante difícil. Me refería a qué sabor de pastel querías.

—Creo que es perfectamente posible tener un pastel en forma de pony —señaló David—. A las reinas hay que concederles sus deseos en sus cumpleaños, ya sean reales u oficiales.

—*Chérie*, lo siento mucho —comentó Antoine, aún con el tono más dulce—. No quería olvidar tu cumpleaños. Podemos celebrarlo mañana en su lugar. Tendremos un día encantador.

—Es horrible cuando algo triste ocurre en tu cumpleaños —indicó Jack—, pero quizás Antoine no se vaya durante mucho tiempo.

—Estaré de vuelta antes de Navidad, te lo prometo —dijo el mencionado.

—Y mañana es diciembre —recordó Henri—. Podremos tener un calendario de adviento.

—Sé que mañana es diciembre —comentó Stéphie—. ¡Porque mi cumpleaños es el día dos!

—Lo siento tanto, tanto..., *chérie* —repitió Antoine, claramente lleno de culpa—. ¿Cómo pude olvidarlo?

—¿Qué está pasando? —preguntó Félicité, entrando en la cocina—. ¿Por qué no me habéis despertado? —Su cabello estaba revuelto en la parte de atrás y lucía muy niña.

—¡Papá ha olvidado mi cumpleaños! —exclamó Stéphie.

—No puede haberlo olvidado —indicó la mayor—. Es pasado mañana.

La tristeza y el enojo de Stéphie continuaron hasta que incluso sus hermanos comenzaban a perder la simpatía.

Alexandra le indicó a Antoine que quería hablar con él a solas.

Fueron al patio para llenar la cesta de leña.

—¿Podrías posponer tu partida un día? —preguntó ella.

Él negó con la cabeza.

—Necesito estar en la oficina a primera hora el martes. Ya lo he retrasado más de lo que debería.

—¿Realmente has olvidado su cumpleaños? —Alexandra seguía dolida en nombre de Stéphie.

— ¡No! ¡Sí! Me confundí de día. Debería darme una patada a mí mismo. Tengo un regalo para ella preparado.

—Lo que realmente quiere es un poni —indicó Alexandra.

—Podrá tener uno, cuando ya no tenga que ir a trabajar.

—¿Cuándo será eso?

—Pronto, te lo prometo. Hablaré con David sobre sus ideas, y contrataré a un constructor para que venga. Quizás David pueda decirle lo que se necesita...

—En ese caso, prométele el poni —dijo ella con firmeza—. Pero quizás necesites tres, y no uno.

—Si hubiera alguien que para cuidarlos, pueden tener todos los ponis que quieran —dijo Antoine.

—¡No me mires a mí! Soy una chica de ciudad —le

recordó, dándose la vuelta para regresar a la casa, preguntándose si estaba molesta con él, porque tampoco deseaba que se fuera a París.

—¿Qué puedo hacer para arreglar esto? —preguntó Antoine.

Alexandra sacudió la cabeza.

—No lo sé. Quizás debas decirles a las personas que vas a visitar hoy que has olvidado su cumpleaños. Si Stéphie pasa un día muy bueno, te perdonará.

—¿Puedes venir con nosotros?

Por un momento, Alexandra reconoció cuánto le gustaría ir, pero respondió:

—Tengo que organizar un cumpleaños, y hacer dos pasteles. Uno de ellos en forma de pony.

Ahora que lo había dicho, comenzaba a sentirse abrumada.

—Estoy seguro de que David podrá hacer algo creativo. Te necesito conmigo.

Esas palabras hicieron que Alexandra contuviera la respiración.

Respondió con rapidez, desesperada por disimular su reacción.

—Entonces, espero de verdad que David pueda hacer ambos pasteles, *monsieur le comte*.

Antoine le puso la mano en el brazo.

—Alexandra, por favor, no te enfades conmigo. Ya es bastante malo que Stéphie y los demás me odien por haberme confundido con el día de su cumpleaños.

Sus labios esbozaron una sonrisa, y se dio cuenta de que no podía seguir enfadada con él más de un segundo.

Tomó aire.

—Llama a tus amigos. Cuéntales lo del cumpleaños y avísales de que voy a ir. Si están cocinando, deben saberlo.

—Siempre contaron con que fueras, *chérie.*

Más tarde, mientras se dirigían en el coche de Antoine, Alexandra se sentía como si estuviera de vacaciones.

Aún conmovida, porque este había querido que fuera con ellos, estaba decidida a disfrutar, aunque él le confesó, mientras esperaban a que Félicité encontrara los vaqueros adecuados, que era porque su amigo, que vivía bastante lejos, había mencionado que sus hijos iban a una escuela que podría ser adecuada.

—Necesito tu opinión en estos asuntos —señaló Antoine.

Aún fue halagador, aunque no dijera: «quiero pasar cada momento que pueda contigo».

Se volvió para mirar a los niños.

Félicité había sido un poco exasperante, al tratar de encontrar el atuendo perfecto, pero Alexandra lo entendía. Ella misma siempre había sido bastante relajada con ese tema, pero recordaba un par de ocasiones en las que la habían llevado con una niñera para pasar tiempo con chicas «adecuadas», y ella llevaba un vestido plisado, aprobado por sus familiares, mientras que las otras vestían pantalones.

—Te ves estupenda, Félicité —dijo Alexandra.

Esta llevaba unos vaqueros ajustados y una camisa blanca, con un suéter encima. Era un conjunto elegante, pero informal.

La ropa de Stéphie era prácticamente la misma, pero en ella lucía como una niña pequeña, y no como una adolescente sofisticada.

—Todos estáis muy guapos.

Ella misma llevaba un atuendo similar: unos vaqueros comprados en el mercado, y un jersey de David, que había encogido un poco en la lavadora, y se lo había dado. Debajo llevaba una camisa blanca, ya que el jersey picaba un poco, y unos pendientes de perlas. En su bolso guardaba una bufanda Hermès, por si los amigos de Antoine resultaban ser más elegantes de lo que había imaginado. También había adquirido unas botas, diseñadas para un joven trabajador con pie pequeño, que le daban cierto *je ne sais quoi* a su atuendo.

No quería parecer una niñera cualquiera.

—Mamá, querría que llevara un vestido —comentó Félicité desde el asiento trasero, obviamente dudando de si podía confiar en la opinión de Alexandra, sobre la idoneidad de los vaqueros.

—Pero no querías llevar un vestido —le recordó ella.

—¡Lo sé! Pero ¿debería haberme puesto el vestido que me compró el otro día?

—Debo decir que Henri y yo estamos muy orgullosos de acompañar a tan elegantes jóvenes, ¿verdad, Henri? —dijo Antoine, mirando por el espejo retrovisor para ver el asiento trasero.

—¿Qué? Sí, por supuesto. —Henri hizo una mueca divertida.

Stéphie se rio, olvidando momentáneamente su decepción por el tema del cumpleaños. Alexandra no era la única que sentía que estaban de vacaciones.

—Vamos hacia la Alta Provenza —explicó Antoine—. Es diferente allí arriba, lejos de las zonas turísticas. Es hermoso, pero agreste.

—Si este hombre es amigo tuyo, ¿por qué no lo hemos visitado antes, papá? —preguntó Félicité.

—Porque vive a más de una hora de distancia —respondió Antoine—. Además, perdí contacto con él durante unos años. Está casado y tiene hijos de casi la misma edad que vosotros.

—¿Tienen niños pequeños? —preguntó Stéphie—. Nunca tengo amigos con quienes jugar.

Alexandra notó que Antoine la miraba con culpabilidad. No sabía con precisión la edad de los niños de su amigo, y ahora se sentía atrapado.

Después de conducir por colinas y montañas de caliza, entre matorrales y bosques de encinas y pinos, finalmente llegaron.

La casa, grande y situada en una meseta, era visible desde el camino. Había una verja, y Alexandra salió para abrirla. Sentía algo de rigidez y notó que el aire era más fresco.

Aunque era casi diciembre, estaba haciendo un tiempo fabuloso en el *château*.

Una pareja, solo un poco mayor que Antoine, los esperaba al llegar frente a la casa. Después, aparecieron de diferentes direcciones varios niños.

Todos estaban contentos por ver a Antoine y a su grupo.

Hubo muchos besos de bienvenida, y luego Philippe, el amigo de Antoine, miró a Alexandra y dijo:

—Antoine, viejo diablo, ¿dónde has encontrado a una joven tan hermosa, y cómo has logrado convencerla de que salga contigo?

Aunque el hombre había hablado en francés, Alexandra respondió en inglés.

—Soy la niñera, *monsieur*. Alexandra.

—¿Pero hablas francés, *mam'selle*? —preguntó Philippe.

—Sí, lo hablo.

Philippe se encogió de hombros y respondió en inglés:

—Si dices que eres la niñera, tendré que creerte.

Dio la impresión de que en realidad no la creía, pero de una forma que resultaba divertida y no ofensiva.

—Perdonad a mi esposo —señaló Nicolette—. Está haciéndote un cumplido, aunque de manera muy torpe.

Los niños, que eran todos adolescentes, se acercaron a Félicité, Henri y Stéphie, quienes estaban de pie, algo inseguros de qué hacer.

Una niña, de la misma edad que Félicité, se dirigió a Stéphie.

—¿Te gustaría venir a ver unos gatitos? Están en el granero. También podemos jugar al ping-pong.

—¡Qué niños tan encantadores tienes, Nicolette! —dijo Alexandra mientras se dirigían hacia el interior de la casa.

—Les gusta estar con otros niños, y Sandrine es muy maternal. Le encantará tener a la pequeña Stéphanie para jugar.

Nicolette le entregó a Alexandra una copa de champán de una bandeja y tomó otra para ella. Luego, se acercó a la ventana y Alexandra la siguió.

—¡Qué vista tan hermosa! —comentó Alexandra, y luego se dio cuenta de que sonaba muy inglesa.

—Pero el *château* también está en un lugar precioso, ¿no?

—Oh, sí. Sentiré mucho dejarlo —respondió, sin intención de decir nada personal, pero quizás unas cuantas gotas de champán la hicieron perder un poco la inhibición.

—Sería una pena si te vas. Creo que los hijos de Antoine han estado sin una madre demasiado tiempo.

—Bueno, pero Lucinda ha regresado. Ya no está en Argentina. Vive en el pueblo, con su madre.

—Quizás no lo recuerde bien, pero ella no es la madre de la pequeña, ¿verdad?

—No —respondió—. Tristemente, no lo es.

—¿Y no puedes quedarte? ¿Como su niñera?

Alexandra negó, sintiendo de pronto una oleada de emoción.

—No, tengo parientes en Suiza. En primavera debo irme a vivir con ellos, cuando los niños estén asentados en la escuela, o tengan otra niñera, o alguien que pueda cuidarlos, cuando Antoine esté ausente.

—¡Te echarán de menos! —señaló Nicolette.

—¿Cómo lo sabes? —preguntó sonriendo, para disimular las lágrimas que amenazaban con caer—. ¡Quizás me odian!

Su anfitriona negó.

—No te odian. Antoine le contó a Philippe todo sobre ti. Ven, vamos a buscar a los niños. Es hora de almorzar.

Estaban todos en el granero.

Félicité jugaba al ping-pong con un chico que parecía un poco mayor que ella. Henri estaba observando un tractor viejo, junto con otro de los chicos, y Stéphie estaba con Sandrine, arrodillada y rodeada de gatitos.

Todos parecían extremadamente felices.

La comida fue enormemente placentera para

Alexandra, posiblemente porque no era responsable de nada. Una joven encantadora puso los platos sobre la mesa, un hombre llenó las copas, y no tuvo que levantarse ni una sola vez.

—Esto es delicioso —le dijo a Nicolette cuando tuvo la oportunidad—. Tan buena comida y niños tan bien educados. Los tuyos están siendo muy amables con los nuestros.

Alexandra no se dio cuenta de que había usado el posesivo, hasta que ya fue demasiado tarde. Sentía que los niños eran suyos, aunque era una idea ridícula.

—En su escuela —comentó Nicolette, observando a Philippe hablar apasionadamente con Antoine sobre la filosofía del colegio— se enfoca mucho en que los niños sean amables unos con otros. ¿Y qué son los buenos modales, sino amabilidad?

Alexandra pensó en personas que conocía que usaban lo que consideraban buenos modales como armas, para hacer sentir inferiores a los demás.

—¡Cómo no! Entonces, ¿son felices allí?

—Mucho. Es como una gran familia. Los logros académicos son importantes, pero no son lo único. Hacen mucha música y teatro.

—A Henri le encantaría —expresó Alexandra—. Es muy musical, pero necesitará a alguien que le enseñe chelo. Tiene un gran talento.

—La escuela tiene profesores especializados que vienen para esas cosas. A Henri lo animarían y apoyarían.

Alexandra se quedó en silencio, dándose cuenta de que Lucinda tendría que estar de acuerdo con que sus hijos fueran a esa escuela, y era muy probable que no lo estuviera. Además, posiblemente fuera caro, dado que era un colegio pequeño.

—¿Puedo ofrecerte algo? —preguntó Nicolette, señalando las tartas y pasteles que habían servido de postre, tal vez preocupada por el repentino silencio de Alexandra—. ¿O quizás más café?

—No, gracias. He tenido lo que una de mis escuelas me enseñó a llamar «una abundancia suficiente». Los ingleses no consideran que el entusiasmo por la comida sea muy educado.

Nicolette rio.

—Tenemos que darte la oportunidad de hablar con mis hijos sobre su escuela, sin estar presentes. Seguro que te dirán la verdad, porque eres mucho más joven que sus padres. —Sonrió—. Lo cual no significa que seas demasiado joven para Antoine. En muchos sentidos, las mujeres somos mucho más viejas que los hombres, ¿no?

—Antoine y yo no somos pareja —indicó Alexandra con urgencia—. Todos bromean con eso, e incluso yo misma lo haría, pero solo soy la niñera.

Nicolette pareció decepcionada.

—Oh, vaya. Pensé que había algo de chispa entre vosotros.

Alexandra extrañaba la compañía femenina y deseaba compartir sus sentimientos por Antoine. David era un buen amigo y podía contarle cualquier cosa, pero sentía que esto necesitaba otra mujer. Tal vez, si sus sentimientos salían a la luz, se desvanecerían, como la nieve bajo el sol.

—¿Vamos a dar un paseo por el jardín? —sugirió Nicolette un poco después, cuando la gente empezó a levantarse de la mesa—. Podemos encontrarnos con los niños en el granero.

—Echo de menos a mis amigas —comentó Nicolette, mientras llegaban al final del jardín, y observaban las colinas cubiertas de pinos y encinas, y las montañas en la distancia—. Antes de casarme y tener todos estos hijos, tenía un trabajo que amaba y trabajaba con mujeres. No me arrepiento de haberlo dejado todo por esto... —Hizo un gesto hacia la vista—. O por mi marido. Pero extraño estar con otras mujeres.

—Yo también. He vivido la mayor parte de mi vida de forma solitaria, pero recientemente compartí mi casa con chicas de mi edad, y ahora las echo de menos.

—¿Y les habrías contado si estuvieras enamorada de tu jefe?

Alexandra sonrió.

—Sí, y espero que me hubieran dicho lo ridícula que era.

—No creo que lo hubieran hecho. Enamorarse es muy molesto. No siempre es posible elegir a la persona adecuada para hacerlo. Aunque Antoine es un buen hombre, y, claro, muy apuesto. Es natural que lo encuentres atractivo.

—Creo que soy demasiado joven para él.

—Lo cual no significa que él sea demasiado viejo para ti.

Alexandra asintió.

—No. Y, en cualquier caso, cuando los niños estén establecidos, de una forma u otra, tendré que hacer lo que mi familia espera y unirme a ellos en Suiza. Creo que les gustaría que me casara con mi primo Hubert.

Nicolette se mostró muy divertida.

—¿Acaso Hubert no te atrae?

—No, y más importante aún, yo no lo atraigo a él. David, quien ahora está dando clases a los niños, opina... y le creo... que Hubert es... de otra inclinación.

La mujer tardó un par de segundos en interpretar eso, pero luego se rio.

—No te rindas con Antoine —le aconsejó—. El amor tiene una forma de conseguir lo que quiere al final. ¿Vamos a buscar a los niños ahora?

Hacer que los niños se despidieran llevó su tiempo.

Solo cuando Antoine fue persuadido de dejar que se llevaran dos gatitos, cedidos amablemente por Sandrine, fue cuando Félicité y Stéphie subieron al coche.

La mayor también se llevaba un libro, prestado por Léo, el mayor de los chicos.

Se había sonrojado, pero aceptó el libro con gusto.

Alexandra decidió que no era su trabajo comprobar si el libro era adecuado. Recientemente, había encontrado una colección de novelas de *Angélique* en una estantería, de uno de los dormitorios, que le había recomendado a Félicité, aunque sin duda Lucinda estaría horrorizada.

Alexandra no sentía ninguna culpa, porque estaban llenas de historia francesa, que las hacía educativas.

La primera parte del viaje de regreso estuvo ocupada con los gatitos, que protestaron al ir en una caja.

Solo cuando se cansaron y aceptaron que dormir en un regazo cálido, acariciados con suavidad —las niñas tenían un gato cada una—, era una forma aceptable de viajar, Antoine pudo relajarse.

—Es una pena que te convencieran de prometerles ponis a todos, cuando podrías haberlos conquistado con gatitos —le dijo Alexandra en voz baja.

Él apartó la vista del camino, el tiempo suficiente para mirarla de una manera que hizo que le diera un vuelco el estómago.

—Te hago enteramente responsable de los ponis.

Alexandra reprimió una sonrisa y miró por la ventanilla. Quizás Nicolette tenía razón y realmente había una chispa entre ellos.

Incluso la posibilidad, la hacía muy feliz.

—Espero que Milou sea amable con los gatitos —comentó Antoine mientras se acercaban a la entrada del *château*—. Tendrás que ser muy cuidadosa al principio. Es un perro grande.

—No pasa nada —indicó Stéphie, llena de confianza—. Sandrine me dijo que los gatitos están acostumbrados a los perros.

—Tienen un perro que empieza a producir leche, cuando la gata tiene crías —explicó Henri—. Estarán bien.

Antoine y Alexandra intercambiaron una mirada ansiosa.

Los gatitos eran diminutos en comparación con Milou, y no tendrían ninguna oportunidad, si él decidía que no les gustaba su presencia.

Abrieron la puerta principal del castillo y les recibió un calor agradable.

Aunque hacía bastante calor, cuando el sol estaba alto, las noches eran mucho más frescas, y Antoine había comenzado a encender la chimenea en el vestíbulo.

David la había encendido, y Milou estaba completamente dormido frente a ella.

Antes de que alguien pudiera decir o hacer algo, Stéphie dejó en el suelo al gatito que sostenía.

—Ahí tienes, Bola de nieve, ese es Milou. Él también vive aquí.

Antoine rodeó con un brazo el hombro de Alexandra y se aferró a él, evidentemente aterrorizado ante el posible desastre.

El gatito, al ver al perro, saltó sobre sus cuatro patas hacia él, con todos los pelos de punta, pareciendo un furioso plumero hecho de plumas de cisne.

Milou, que había levantado la cabeza, no entendió qué era lo que lo atacaba, hasta que el gatito le dio un golpe en la nariz. Luego, la bola de pelusa subió por el costado del perro y se instaló en su lomo, como si fuera su lugar preferido de toda la vida.

Milou miró a la pequeña criatura con total asombro.

Félicité, viendo que el perro aún no había dañado al pequeño gatito blanco, dejó en el suelo al gatito carey, que aún no tenía nombre.

Este se acercó al perro, de manera mucho menos agresiva, y los animales se olisquearon las narices, antes de que el pequeño, más sumiso, se acurrucara en el cuello del perro.

Milou miró a Antoine, preguntándose qué era lo que acababa de suceder.

—Todo va a estar bien —dijo Stéphie, como si eso nunca hubiera estado en duda—. Hola, David. Me muero de hambre. ¿Hay cena?

—Hay sopa —informó el hombre, mirando a los gatitos y al perro con diversión.

—¿Qué tipo de sopa? —preguntó Félicité.

—No puedo ser muy específico. Digamos simplemente que es sopa. He tenido un día muy ocupado preparándome para un cumpleaños oficial.

—¡Oh, lo había olvidado! —exclamó Stéphie—. ¿Has hecho un pastel para mí?

—¡Niños! —intervino Antoine—. Estáis siendo muy exigentes. David no está aquí para cocinar.

El mencionado sonrió.

—Aunque, siendo justos, cocino bastante. Pero me gusta. Ahora, vamos.

—Voy a subir y lavarme las manos —anunció Alexandra, sin esperar a escuchar la inevitable pregunta de Stéphie de por qué tenía que subir para hacerlo.

En realidad, Alexandra quería unos minutos para pensar en el brazo de Antoine alrededor de sus hombros. Sabía que no significaba nada, pero quería disfrutar de la sensación de conexión que le daba.

Solo por unos instantes, se sintió como si fuera la madre en una familia.

Tal vez, al haber crecido sin una, le hacía desear formar parte de esta.

Se miró al espejo con curiosidad, se lavó las manos, se rehizo la trenza y bajó corriendo las escaleras.

Capítulo 19

Todos estaban mojando pan en la sopa y comiendo, cuando Alexandra regresó a la cocina, excepto Stéphie, que hablaba animadamente.

—Su escuela no es tan estricta como a las que Félicité y Henri han ido. No tienen que llevar uniforme, y todos son amables. —Miró hacia arriba al ver entrar a la niñera—. Ojalá, papá se casara con Alexandra. Así, cuando vayamos a la escuela, podríamos decir que tenemos mamá y papá, como los otros niños.

—No estoy seguro de que eso sea motivo suficiente para que se casen, pollito —le respondió David.

Pero Stéphie ya había decidido que eso era lo que debía suceder.

—Sí, pero si tienen un bebé, puedo ayudar a cuidarlo, y ya no seré la más pequeña de la familia.

—Hay muchas ventajas en ser la más pequeña —insistió David, consciente de que Alexandra, siempre tan segura, estaba muriéndose de la vergüenza. Especialmente, porque Antoine también estaba allí—. Jack y yo, junto con tu abuela, hemos pasado todo el día preparando tu fiesta de cumpleaños oficial.

—¡Oh! ¿Me has hecho un pastel? —preguntó la niña.

—¡Basta ya con el pastel! —exclamó David teatralmente—. Pero no te preocupes, habrá pastel. Mucho pastel. Penelope nos ha invitado a todos a su casa. Va a ser simplemente espléndido.

—Oh, vaya... Preferiría celebrarlo aquí... —dijo decepcionada.

—Tendrás tu fiesta donde se haya organizado, mi pequeña reina —comentó Antoine, cariñoso pero firme.

—Penelope está deseando celebrar la fiesta en su casa —explicó David—. Ha hecho muchos preparativos para que sea posible.

—Creo que a Stéphie le preocupa que la *grand-mère* sea siempre tan seria y formal —explicó Félicité, no queriendo que su hermana pequeña fuera reprendida.

—Entiendo tu punto de vista —dijo David—. Pero Penelope está en modo festivo. ¡Será muy divertido! Jack ya está allí, ayudando.

—Qué amable —dijo Félicité, mirando significativamente a Stéphie, obviamente queriendo que su hermana menor repitiera sus palabras.

La niña la ignoró.

—La comida siempre está buena en casa de la abuela —señaló Henri, tratando de ser complaciente—. No es que aquí no lo sea, claro —añadió, mirando a David dubitativo.

—Deberíamos revisar a los gatitos —comentó Antoine—. Y preparar una caja de arena para ellos. ¿Dónde van a dormir?

—Conmigo —dijo Stéphie—. Y con Milou. Pueden acurrucarse juntos.

—Bueno, ve a ver si aún están contentos el uno con el otro —le indicó Antoine—. Y si los gatitos han subido hasta la parte superior de las cortinas, ya idearemos otro plan.

Félicité entró a hablar con Alexandra, mientras esta buscaba un rincón en la habitación de Stéphie, para una caja de arena, que insistió en que tendría que vaciarse todos los días o empezaría a oler.

—Stéphie no lo decía en serio cuando dijo que quería que te casaras con papá. Solo es pequeña, y no lo entiende.

Alexandra se rio.

—Oh, lo sé. Y eso de querer ser como los demás... se le pasará. Yo también quería parecerme a todos, cuando fui al internado por primera vez, hasta que me di cuenta de que esas personas con las que me comparaba eran realmente aburridas.

Cuando Félicité salió de la habitación, Alexandra se sintió contenta de haberle podido decir algo en respuesta a su explicación; una que dejaba claro que no estaba interesada en que su papá se volviera a casar.

No la culpaba, y estaba aliviada de que Stéphie no tuviera noción de que la fortuna de Alexandra estaba solo a unos votos matrimoniales de distancia.

A la mañana siguiente, Stéphie apareció en la habitación de Alexandra temprano, con unos vaqueros y un suéter, y un gatito en cada mano.

—Voy a bajar —dijo y desapareció.

Alexandra se quedó en la cama unos minutos, preguntándose si debería correr tras ella, para decirle que mantuviera a los gatitos dentro de la casa, y preguntándose con qué iban a alimentarlos.

Anoche habían comido algo de pollo sobrante.

Aunque sabía que tenía que levantarse, no se sentía lista para vestirse. Su bata sería suficiente.

—David —dijo al llegar a la cocina—, no importa cuán temprano me levante, tú siempre estás aquí, el primero.

—Hoy es un gran día, Lexi —indicó este, ignorando su leve mal humor matutino—. Déjame contarte el plan.

—Será mejor que revise a los gatitos, antes de que lo hagas —dijo—. No tengo ni idea de cómo cuidar esos animales, pero estoy segura de que no hay que dejarlos sueltos cuando acaban de llegar a un sitio desconocido.

—Estoy de acuerdo, pero, si miras en el patio, verás que están corriendo como locos detrás de Milou. Creo que, si lo llamas, los gatitos lo seguirán. Con suerte, Stéphie también.

La niña entró primero, con la cara roja y muy contenta.

—Los gatitos han usado el baño bajo la higuera y

Milou se ha comido sus sobras de pollo, así que no se han desperdiciado. Voy a salir de nuevo.

—¡Esa es una chica de cumpleaños oficial muy feliz! —exclamó David, y se volvió hacia Alexandra—. Tal vez ahora puedas tomarte un café y un cruasán. Sí, ya he ido a la *boulangerie*.

—Cuéntamelo, entonces —pidió Alexandra unos momentos después.

—Bueno, ayer fuimos a casa de Penelope, y, para su crédito, comprendió de inmediato que el hecho de que Antoine se fuera en el cumpleaños de Stéphie constituía una emergencia. Ella se está encargando del pastel en forma de poni, aunque ahora probablemente querrá uno de gatito. Además, va a hacer ella misma un verdadero bizcocho Victoria.

—Lo que me preocupa son los regalos... —comenzó Alexandra.

—¡No hay necesidad! Oímos hablar de un mercado de antigüedades, bastante lejos, pero valió la pena. Era el último de la temporada y, al parecer, todos querían deshacerse de su stock, antes del invierno.

—¡Oh! Eso suena divertido. —Por un segundo, Alexandra sintió una punzada de nostalgia por los viejos tiempos, cuando ella y su amigo habrían pasado horas buscando gangas juntos.

—Lo fue. De hecho, compré bastante. Lo están guardando en un almacén por ahora, pero en algún momento me gustaría llevarlo de regreso y venderlo.

—Aprecio mucho el tiempo que nos has dedicado, a mí y a los niños, aunque en realidad, es por mí —dijo Alexandra.

—¡Oh, querida! No te disculpes. Lo he disfrutado mucho. Además, he estado pensando en comprarme algo aquí, y especializarme en cosas francesas. Me ocuparía de ti, por supuesto.

—Me iré a Suiza, David.

—No hasta el próximo año. En fin, volvamos al tema. Regalos.

—Ay, David, he estado tan ocupada. Aunque lógicamente estoy segura de que Stéphie entenderá...

—Todo está resuelto —indicó, no poco satisfecho—. Jack y yo le vamos a regalar la casa de muñecas, casi restaurada. Hemos trabajado bastante en ella, desde que la viste por primera vez.

—¡Qué regalo tan generoso! —apuntó Alexandra.

—Y tú le vas a dar la panadería de juguete más divina que he visto. Está en casa de Penelope. Jack está asegurándose de que esté en perfectas condiciones, teniendo en cuenta que se hizo en 1900.

—¿Jack se quedó anoche en casa de Penelope? —Estaba un poco sorprendida.

—Sí, se llevan bastante bien, debo decir. Lucinda está allí, después de todo, y está siendo una carabina fabulosa —explicó, con un toque de acidez, pensó Alexandra.

—Supongo que tratándose de su madre... —comenzó ella, intentando ser justa.

—Comprendo esa parte —replicó—, pero Lucinda usó la palabra «niñera» demasiadas veces, refiriéndose a ti. Y sé que, técnicamente, eres la niñera, pero tienes un nombre, y lo conoce.

—Oh, David...

—Así que, mientras compraba panaderías de juguete y un encantador caballito, en caso de que los hermanos mayores de Stéphie no le hayan conseguido nada, te compré una chaqueta y unos pantalones nuevos. Los pantalones son nuevos, quiero decir, pero no la chaqueta, que es de Chanel.

—¿Chanel? ¡David!

—Y aquí viene lo mejor: logré encontrar unas perlas grandes, como las que solías usar en Londres.

Alexandra se levantó y le abrazó.

—¡Mis perlas falsas! Las que están en mi baúl en Suiza, que tanto me gustan.

—Muy parecidas. Creo que es importante que te veas estupenda para el cumpleaños de Stéphie. A ella le encantará —afirmó con firmeza.

—¿De veras le importará a Stéphie? Ella quiere una fiesta y regalos, por lo que no le importa mi aspecto.

—Bueno, a mí sí. No me gustó la forma en que Lucinda se refería a ti.

Alexandra le sonrió, pensando en cuánto agradecía tenerlo en su vida, cuidándola, haciéndola reír... En todo.

Entonces, se le ocurrió otra cosa.

—Suponiendo que Antoine no tenga un regalo... —Se

interrumpió al ver a este entrar en la cocina, lo que le hizo sonrojar.

—No te preocupes. Puedo haberme confundido de día, al hacer mis planes de viaje, pero sí tengo un regalo para mi hija. Te lo dije —respondió, con un tono algo ofendido y altivo.

—Oh, sí, es cierto —dijo Alexandra—. Avísame si quieres que lo envuelva.

—Ya está envuelto —indicó—. Lo hicieron en la tienda en París, cuando lo compré la última vez que estuve allí. Véronique me ayudó a elegirlo. Ella es muy atenta con mis hijos.

—¡Magnífico! —exclamó en inglés, viendo la mueca de burla en el rostro de David—. Voy a vestirme.

La fiesta comenzaba a las cuatro, la hora del té en Inglaterra.

Todos estaban vestidos, con sus mejores galas. Excepto Félicité, que iba a ponerse sus vaqueros, aunque le costara la vida o la de todos a su alrededor.

Bajó las escaleras la última, cuando todos los demás ya estaban esperando en el vestíbulo.

—¡Félicité! —le llamó la atención Antoine—. Por favor, ponte un vestido. Sabes que a tu abuela no le agradará verte con pantalones.

—¡No me importará! —dijo Félicité, sacudiendo la

cabeza con desdén, aunque Alexandra veía que en realidad sí le importaba.

Tenía quince años y quería decirle al mundo que ella decidía qué ponerse, pero también buscaba la aprobación de su padre.

—¿Por qué no te pones ese bonito colgante que te regaló la *grand-mère*? —sugirió Alexandra—. Le encantará verte con él.

Félicité subió de nuevo para ponerse el pequeño símbolo de oro en una cadena, y Alexandra se giró hacia Antoine.

—Déjala estar. No importa realmente lo que lleve puesto. Este es el día de Stéphie —le pidió con rapidez, esperando que no pensara que estaba siendo presuntuosa, pues, después de todo, era simple empleada.

Antoine estaba serio.

—¿Puedo sentarme contigo delante? —preguntó Stéphie—. ¡Es mi cumpleaños!

—Es una idea brillante —señaló Alexandra—. Aquí viene Félicité. Subamos todos. Menos mal que David se fue antes, porque no habríamos cabido.

—Qué bien que los gatitos se estén echando una siesta —dijo Stéphie—, o habrían querido venir con nosotros.

—Milou los cuidará —dijo Alexandra, deslizándose en el asiento del medio.

—Estás muy elegante, Lexi —indicó Félicité, quizás agradecida de que Alexandra la hubiera defendido—. No había visto esa ropa antes. Además, te queda muy bien el moño.

Ella se tocó la parte trasera de la cabeza, comprobando que no se hubieran escapado algunos mechones.

—Bueno, toda mi ropa elegante está en Suiza, y David me compró esta chaqueta en el brocante. ¡Es Chanel! Me recogí el cabello, porque me pareció que debía hacerlo, por la chaqueta. Pero ¿huele bien? ¿Dirá tu madre, «¡Ugh! ¡Qué desagradable! ¡Puede que sea de alta costura, pero sigue siendo de segunda mano!»?

Félicité se rio.

—Eso es exactamente lo que dirá —hizo una pausa para oler—. Y luego comentará: «¡y empaparla de colonia barata no ayuda!».

Alexandra se carcajeó.

—Me he puesto bastante... Probablemente, también me dirá que mis perlas son claramente falsas.

Antoine se volvió y las observó, con expresión de desconcierto.

—En Francia, las mujeres no hacen bromas sobre la ropa. Es demasiado importante —dijo—, y se considera de mala educación faltar al respeto a tu madre. —Alexandra y Félicité intercambiaron miradas de disculpa, mientras intentaban no reírse—. Así que, comportaros, por favor —continuó—. ¿De acuerdo?

—Lo siento —dijo la niñera, sin sentirse realmente arrepentida—. Prometo que nos portaremos bien.

Pudo notar, por el leve temblor de su cabeza, que él también se estaba divirtiendo.

Todos estaban de muy buen humor, cuando llegaron a la elegante casa de la *grand-mère*. Jack abrió la puerta, con una gran sonrisa.

Dentro, la casa estaba en *fête*, decorada con flores y velas. Estaba todo arreglado para verse festivo.

—¡Oh, nunca había visto la casa de la abuela así antes! —susurró Stéphie, mirando a su alrededor con asombro.

—Es por tu cumpleaños —le explicó Alexandra.

Félicité la miró.

—Ya hemos celebrado cumpleaños aquí antes, ¿sabes? Y la *grand-mère* nunca había puesto velas y cuencos de dulces.

— Probablemente, es por mi mala influencia —dijo Jack, luciendo complacido.

—No siempre tenemos un cumpleaños oficial que celebrar —dijo Penelope, apareciendo desde el salón, formal, pero claramente satisfecha con el efecto de sus esfuerzos—. También queríamos darle a Antoine una pequeña fiesta, ya que se va mañana.

Todos fueron conducidos al salón.

Jack estaba abriendo una botella de champán, sintiéndose muy en su elemento, cuando Alexandra captó una mirada de Penelope hacia él, que este no pudo ver.

Estaba cautivada.

Alexandra sintió una oleada de alegría ante la posibilidad de que Jack y Penelope encontraran el amor, después de haber estado separados tanto tiempo.

Se preguntó si alguien más lo había notado y miró

a su alrededor, cuando Lucinda entró en la habitación. Con ella iba, del brazo, Véronique.

Por un segundo, Alexandra quedó tan impactada que no pudo moverse.

No esperaba ver a Véronique, ni tenía ni idea de que ella y Lucinda se conocieran.

Verlas juntas, casi le quitó el aliento.

Agradeció profundamente cuando David apareció a su lado.

—Sé que parecen las mejores amigas —le dijo, leyendo su mente, como solo su amigo podía hacer—. Pero acaban de conocerse —le susurró al oído—. Lo descubrí antes. Véronique tiene una vieja amiga en la zona, con quien se ha quedado.

A Alexandra le vino a la mente el recuerdo de cuando Véronique tuvo que quedarse en el castillo, con muy poca antelación. Podría haberse quedado con su vieja amiga, y no haber hecho que la vida en el *château* fuera tan difícil para todos.

Ahora se había hecho amiga de Lucinda...

Alexandra se sintió de repente deprimida.

—Antoine, querido —dijo Véronique, dejando el lado de Lucinda—. ¡Sorpresa! He estado quedándome con mi amiga en el pueblo, y me encontré con Lucinda y su madre en la *pâtisserie*, encargando su pastel. Descubrí que la pequeña Stéphanie iba a tener una fiesta, y pensé que, si venía, podría viajar contigo de regreso a París. ¿No será divertido?

Envolvió a Stéphie en un abrazo, aplastándola contra su oreja, y sofocándola con su suéter de seda.

Alexandra deseó rescatar con desesperación a Stéphie. Estaba a punto de cruzar la habitación para ayudarla, cuando Penelope extendió la mano hacia la pequeña, y la liberó del abrazo de la mujer.

—Ven, pequeña, esta es tu fiesta —le dijo a Stéphie—. ¿Quieres abrir los regalos o preferirías tomar el té y comer pastel primero?

—¡Pastel! ¡Qué obsesión con el pastel! —dijo Lucinda, lo suficientemente alto como para que todos la oyeran.

Stéphie miró a la madre de sus hermanos por un momento.

—¡Comamos pastel, primero! —dijo, con un acento muy inglés—. Estoy terriblemente hambrienta.

Alexandra le dio un codazo a David.

—¡Esa es mi niña!

Capítulo 20

En el comedor había una larga mesa, cubierta de comida de fiesta, y, en el centro, un caballo de pasta choux. Este estaba sentado en un campo de azúcar hilado, y era muy parecido al caballo que Alexandra había visto cuando llegó a Francia.

Dos grandes óvalos unidos por crema formaban el cuerpo y dos óvalos más pequeños, el cuello y la cabeza. De los costados del poni salía nata, y todos los detalles eran de chocolate con pepitas.

—Penelope lo mandó hacer —le explicó Jack con orgullo, mientras la gente decidía dónde sentarse—. Aunque parece un cisne muy grande, creo que es un gran esfuerzo en tan poco tiempo.

—¡Es brillante! ¡Me encanta! —exclamó Alexandra.

—Penelope hizo el bizcocho de mermelada Victoria, y yo ayudé a David con el pastel de chocolate. Queríamos tener sándwiches pequeños, al estilo inglés, pero son complicados en Francia, así que tenemos tartines, en su lugar. ¿Ves? Pequeñas rebanadas de *flûte*, con mantequilla y un poco de paté. Todos queríamos pasta de pescado, pero, honestamente, el paté es mucho más rico.

—Seguro que sí.

—Además, tenemos una selección de pasteles de la panadería. —Jack sonrió a Alexandra, con las esquinas de sus ojos arrugadas por la sonrisa—. Ahora estoy a cargo del té, ya que para eso se necesita a un inglés.

—¿Puedo ayudarte? —preguntó, aprovechando la excusa para salir de la habitación.

—Claro —aceptó Jack.

Pero no fue posible, porque Véronique se acercó a ellos.

—¡Alexandra! —Sonrió—. Voy a pedir asilo para pasar la noche. Antoine y yo partiremos hacia París mañana, pero, naturalmente, tendremos que salir temprano. Es más conveniente desde el *château*, en lugar de que él tenga que venir hasta el pueblo para recogerme. Así que, volveré con vosotros esta noche. —Arrugó la nariz—. Demasiado perfume, querida. Es mejor ser más sutil. Pero eres muy joven, y lo aprenderás. —Luego, se alejó haciendo clic con sus tacones sobre el parqué.

Alexandra no se movió.

—¿Un céntimo por tus pensamientos? —preguntó David, apareciendo detrás de ella.

—Solo estoy pensando si habrá una persona más condescendiente en toda Francia, o si ella se lleva el premio.

—Umm..., bueno, ciertamente es la persona más condescendiente en esta sala. Pero, debo admitir, que tiene razón sobre la colonia.

Alexandra miró a su viejo amigo.

—Lo sé, pero el *eau de cologne* es mejor que el *eau*

de brocante —dijo—. Aunque estoy extremadamente agradecida de que me hayas comprado esta maravillosa chaqueta.

La carcajada de David fue tan fuerte, que todos se volvieron para mirarlo.

Alexandra fue a ponerse junto a Félicité, quien vigilaba a Stéphie. No porque pensara que se portaría mal, sino porque podría ser envuelta por una admiradora que buscaba en realidad la atención de su padre.

—¿Podemos sentarnos todos? —insistió Penelope—. Stéphie tiene que soplar sus velas y pedir un deseo. Y cortar el pastel —añadió, mirando a su hija.

—Esa chaqueta es muy bonita —le dijo Lucinda a Alexandra.

Y, al igual que hizo Véronique antes, también arrugó la nariz, pero no comentó nada sobre el olor.

El té había terminado y Penelope y Véronique estaban arreglando los regalos de Stéphie en el salón.

Véronique estaba muy interesada en el proceso.

Los demás estaban de pie, charlando, mientras Stéphie empezaba a impacientarse y Alexandra la entretenía.

—¡Sí! —respondió Alexandra—. Es Chanel. David me la compró en un brocante.

—¿Un brocante? ¿Así que es de segunda mano? Yo nunca podría usar ropa de segunda mano. Pero supongo que hay que cortar nuestras chaquetas de alta costura, según nuestro presupuesto —dijo Lucinda, riéndose de su propio juego de palabras, que, para molestia de Alexandra, en realidad le pareció gracioso.

Pero no se rio.

Stéphie, que había escuchado la conversación sin entenderla del todo, obviamente sintió que estaban insultando a su querida niñera.

—¡Lexi va a heredar una fortuna cuando cumpla veinticinco años!

—¡*Chérie*! —le llamó la atención Antoine, escuchando a su hija desde unos metros de distancia, y se acercó a ella—. ¡No decimos esas cosas!

—Pero es verdad. Lexi y yo lo escuchamos...

Alexandra estaba demasiado avergonzada para saber qué decir de inmediato. Solo puso la mano en el hombro de Stéphie.

—Alguien debería enseñarle a esta niña que es vulgar hablar de dinero —comentó Lucinda.

—¡Has empezado tú! —replicó Stéphie.

Antoine y Alexandra inhalaron al mismo tiempo.

—De verdad... —continuó Lucinda, aún indignada—. Tú eres la niñera —le dijo a Alexandra—, y tú te consideras el padre de la niña. —Se volvió hacia Antoine—. Deberíais enseñarle mejores modales.

Alexandra no dudó ni un segundo.

—Vamos, Stéphie, vayamos a ver tus regalos.

Mientras guiaba a la pequeña fuera del comedor, vio a Maxime en el vestíbulo.

—Ve a ver a Lucinda, te lo ruego —le pidió, apenas

dándole tiempo para besarla en ambas mejillas—. Creo que la alegrarás, y me encantaría hablar contigo más tarde.

—Alexandra —respondió Maxime, levantando las manos en un gesto de derrota—, esperaba una charla algo más lenta.

Stéphie se rio y ambas entraron en el salón.

Véronique estaba ajustando los arreglos. Había colocado los presentes sobre cajas cubiertas con un mantel en una mesa, de manera que parecían una vitrina de una tienda, aunque los regalos estaban envueltos. Había pequeños platos con dulces y flores en los espacios entre ellos.

—¡Vaya! —dijo Henri, que las había seguido—. ¡Mira, Stéphie! ¿No parecen todos muy especiales?

Véronique inclinó la cabeza y miró a Lucinda, que había entrado en el salón pisándole los talones a Henri.

—Es tan importante hacer las cosas especiales para la pequeña... Pobre niña huérfana de madre. —le dijo esto último a Lucinda, de una forma un poco efusiva, que indicaba que no tenerla como madre, era una gran desventaja.

Alexandra vio a Félicité poner los ojos en blanco, y se preguntó cómo se sentía con respecto a que la colega de su padre se hiciera amiga de su madre.

Imaginaba que no estaría muy feliz.

—Has arreglado los regalos muy bien —comentó Penelope, en un tono que un profesor usaría para felicitar a un alumno prometedor—. ¿Jack? ¿Antoine? ¿Maxime? Pasad, por favor. ¿Podéis asegurarse de que todos tengan una bebida? Quizás así, Stéphie pueda abrir sus regalos.

A Alexandra se le ocurrió que tal vez a la niña le gustaría hacer eso, sin tanto interés público, y miró a Antoine para ver qué pensaba, pero la pequeña parecía no estar incómoda.

—Abre este primero —dijo Véronique, señalando el regalo más grande—. Es de tu generoso papá. Le ayudé a escogerlo la última vez que estuvimos en París juntos.

—Sí, *chérie* —dijo Antoine, mientras la pequeña rompía el papel—. Espero que te guste.

Era un *bureau de poste* de juguete: una oficina de correos en miniatura.

A medida que Stéphie sacaba las piezas de la caja, se podía apreciar su belleza y el nivel de detalle. Tenía de todo y, evidentemente, había sido caro: balanzas, sellos de goma, sobres, estampillas, y todo tipo de formularios. Cualquier oficina de correos respetable estaría encantada.

La niña se levantó y corrió hacia su padre.

—¡Papá! ¡Es maravilloso! ¡Gracias!

—Ah... —dijo Véronique con cariño—. Me alegra mucho que te guste, pequeña. Nos esforzamos mucho en encontrar lo mejor para ti.

Stéphie le dedicó a Véronique una sonrisa un poco asustada y luego tomó otra caja.

—Ese es de Jack y mío, pollito —dijo David—. En realidad, la mayor parte está en tu casa. Esto es solo algo para poner dentro.

Dentro había un set de muebles de salón estilo Luis XV para casa de muñecas, con detalles dorados y tapicería de terciopelo.

—Lo que mi amigo está tratando de decir —intervino Jack—, es que en el *château* tienes una casa de muñecas que hemos restaurado para ti. Es un poco antigua, como sus donantes.

Stéphie tenía unos regalos realmente hermosos, y Alexandra comenzaba a inquietarse por el suyo, ya que no lo había visto aún.

No necesitaba ser el mejor regalo que recibiera la pequeña, pero tenía que estar a la altura.

Era una panadería de juguete.

Al abrirla, se desplegaba como una tienda con estantes y, en las baldas, había una infinidad de pasteles, baguetes, panes, *gâteaux* y cruasanes de yeso. Todo lo que una buena *boulangerie* ofrecería.

—¡Lexi, gracias! —exclamó Stéphie, abrazándola.

—Me alegra mucho que te guste —dijo Alexandra, devolviéndole el abrazo—. David lo eligió. No supe de tu cumpleaños hasta que fue demasiado tarde, pero es encantador, ¿verdad? Nos divertiremos mucho jugando con él.

—Siento mucho no poder jugar a la oficina de correos contigo —dijo Véronique, aparentemente dándose cuenta de repente de que jugar con un niño era algo que se suponía que debía hacer—. Pero estaré con tu papá, con negocios importantes.

Antoine se acercó, se arrodilló para inspeccionar la panadería, que ya estaba siendo decorada con pequeños merengues en los estantes.

—Cuando vuelva, jugaremos juntos. Te lo prometo.

Stéphie miró a los adultos, que la observaban como si fuera la principal atracción de un circo, y comenzó a susurrarle algo al oído de su padre.

Mientras lo hacía, seguía mirando a Alexandra.

Cuando finalmente terminó, Antoine dijo:

—No es posible. Lo siento mucho, pequeña.

Alexandra estaba convencida de que había sido el tema de la conversación y luego, igual de convencida, pensó que estaba siendo neurótica.

Lucinda, al parecer aburrida de no ser el centro de atención, comentó:

—¿Maxime? Llévame a cenar, por favor. Las fiestas infantiles me resultan agotadoras.

—Es demasiado temprano para cenar —respondió Penelope a su hija—, y me sorprende que encuentres tan agotadora esta ocasión. No te involucraste en la preparación.

—Los niños están tan consentidos hoy en día. Estoy segura de que nunca recibí regalos tan extravagantes a esta edad —dijo, lanzando una mirada crítica a Stéphie, quien ahora le vendía cruasanes a Jack—. Claro que, entiendo que todos estén compensando el hecho de que la niña no tenga padres.

Alexandra se encontró enfrentando a Lucinda, sin estar del todo segura de por qué estaba tan indignada, pero, antes de poder pensar en algo mordaz que decir, la mujer se volvió hacia ella con desdén.

—En cuanto a ti, niñera, espero que no pienses que alguien crea que esas enormes perlas son reales. ¡Es obvio que no lo son!

Secretamente encantada de tener este insulto que refutar, Alexandra tiró del extremo de las perlas.

—David, ¿cuánto pagaste por ellas?

Él se encogió de hombros.

—Fueron parte de un lote de cosas que compré. ¿Un par de francos, tal vez?

Alexandra tomó una de las perlas entre sus dientes y la rascó, fingiendo buscar la sensación arenosa que sabía que no encontraría.

—¡Te estafaron! ¡Son falsas!

Todos rieron, disfrutando de la manera en que Alexandra había manejado la situación. Entonces, Maxime la tomó del brazo y la apartó del grupo.

—Lucinda, te arrancará los ojos, si no tienes cuidado. No es una mujer que simpatice con otras personas de su mismo género. Especialmente, aquellas que se burlan de ella. Ahora, ¿qué era lo que querías hablar conmigo?

Alexandra tardó un segundo en recordarlo.

—Es un asunto legal. Tengo unos documentos de mi familia en Suiza y no entiendo ni una palabra.

—Estoy seguro de que puedo ayudarte. ¿Te gustaría llevármelos? ¿O debo recogerlos?

—Te los llevaré —dijo Alexandra—. De todos modos, tengo unos recados que hacer en el pueblo. Y, Maxime...

—¿Sí?

—Será confidencial, ¿verdad?

Pareció ofendido.

—¡Por supuesto! Totalmente confidencial.

Alexandra le dio una sonrisa especialmente cálida, para calmar sus sentimientos heridos.

—Gracias.

Finalmente, la fiesta llegó a su fin y Alexandra se puso a pensar en dónde alojar a Véronique.

Salió al vestíbulo para poder pensar con claridad y, para su sorpresa, Antoine la siguió.

Alexandra, algo incómoda por estar a solas con él, habló con rapidez.

—¿Crees que, dado que fue en el último minuto, Véronique podría dormir en la habitación pequeña al lado de la tuya? —preguntó—. Tiene sábanas limpias en la cama, y...

—No —indicó él con firmeza—. Véronique no puede quedarse con nosotros. Puede pasar otra noche con su amiga. La recogeré allí, sin problemas. —Luego, regresó con el grupo.

Alexandra observó su figura, mientras se alejaba, como si fuera un héroe a punto de rescatar a un perro de un edificio en llamas.

—¿Qué le dijiste a papá en la fiesta, que era tan secreto, Stéphie? —preguntó Félicité, cuando por fin todos estaban en el coche.

Esta vez, los niños iban en la parte de atrás, y ya regresaban a casa.

Stéphie fue a hablar, pero Alexandra la interrumpió, preocupada por lo que pudiera decir.

—No querrá contártelo en el coche, frente a todos —dijo veloz, antes de que Stéphie, quien probablemente no tuviera problema alguno en hacerlo, se lo confiara a todos.

No estaba segura, pero temía que la niña hubiera mencionado algo a su padre sobre su fortuna, que cada vez parecía más una maldición que un beneficio.

—Si era un secreto, entonces, sigue siendo un secreto ahora.

Hubo algunos resoplidos, exclamaciones, y, aunque no lo vio, Alexandra casi pudo imaginarse los ojos en blanco, lo cual le arrancó un suspiro a ella misma.

—Véronique y mi madre no te aprueban, Lexi —comentó Félicité, al parecer con ganas de provocar problemas.

Alexandra notó que Antoine fruncía el ceño y tomaba aire, preparándose para reprender a su hija mayor.

—¿Qué te hace pensar eso? —preguntó ella, volviéndose para sonreírle a la niña mayor.

—Las escuché hablando. Dicen que no te vistes como una niñera, y que eres demasiado sofisticada.

—Están en su derecho de opinar —respondió con calma.

—Piensan que no deberías mezclarte con la gente, como si estuvieras al mismo nivel. Al menos, eso fue lo que dijo Véronique, y luego mi madre...

—Es suficiente, *chérie* —la cortó Antoine con firmeza.

Alexandra le hizo una señal con la boca a Félicité, diciendo «me lo cuentas después». En parte, porque no podía resistirse a escuchar lo que Véronique y Lucinda pensaban de ella, y en parte, para que Félicité no se sintiera avergonzada por ser reprendida.

Antoine, pensó Alexandra, no podía describirse como estricto, pero tampoco era débil.

Capítulo 21

Aunque era muy temprano, los tres niños y Alexandra se levantaron para despedir a Antoine.

Este se había acordado de que era el cumpleaños real de Stéphie, y le dio una caja de chocolates muy elegante. De esas que uno querría guardar durante mucho tiempo, después de que los chocolates se hayan terminado.

La niña quedó encantada.

Fue desgarrador, pero todos los niños se mostraron valientes y nadie lloró, aunque Alexandra, que pensaba que no debía estar allí, se sentía al borde de las lágrimas.

Los gatitos y Milou hicieron lo posible por ayudar.

Milou estaba serio, obviamente entendiendo que su amado amo se iba, y los gatitos pensaban que todos se habían levantado temprano para entretenerlos.

—¡Feliz cumpleaños, Stéphie! —dijo Alexandra, en cuanto volvieron al *château*, después de ver a Antoine alejarse por el camino—. Vamos a desayunar de cumpleaños. ¿Qué tal si hacemos panqueques con crema de chocolate?

Aunque eran las seis de la mañana y parecía temprano para tanto chocolate, la idea ayudó a animarlos.

Pero, mientras ponía panqueque tras panqueque en el

plato en la mesa, donde desaparecían con una velocidad asombrosa, Alexandra decidió que las despedidas tenían que parar.

Era demasiado triste decir adiós.

Cuando David apareció más tarde, los encontró a todos con manchas de chocolate y sintiéndose un poco empalagosos.

—¡Feliz cumpleaños, Stéphie! —dijo—. Y buenos días a todos. ¿Panqueques para el desayuno? Excelente elección. Más tarde, si tenéis ganas, quizás después de una pequeña siesta —añadió, mirando a Stéphie que bostezaba—, Jack y yo hemos pensado que tal vez querréis ver su verdadero regalo. Pero os advierto, es un poco como este castillo...

—¿Cómo puede ser eso? —preguntó Henri.

—Porque es hermoso, pero necesita un poco de restauración en algunos sitios —continuó David—. Mirad, los gatitos han vuelto a la cama. —Señaló a Milou, que yacía en su alfombra, con los pequeños mininos acurrucados sobre él.

Uno descansaba en su estómago, probablemente porque era una zona cálida, y el otro sobre su cuello.

Todos parecían encantados con la situación.

Mientras él y Alexandra recogían, después de que los niños se fueran, David comentó:

—Es bastante preocupante pensar que lo único que necesita hacer el perro es girar la cabeza y morder, y esos gatitos desaparecerían en un instante. Milou me recuerda un poco a Antoine, la verdad.

Alexandra, secándose las manos pegajosas, lo miró sorprendida.

—¿Milou te recuerda a Antoine?

David asintió.

—Tiene mucho poder, pero elige no usarlo.

Una semana después, Alexandra fue sola al pueblo.

En casa, los niños estaban ayudando a David y a Jack a restaurar la casa de muñecas. Henri aprendía matemáticas, tomando las medidas, los ágiles dedos de Stéphie resultaban ser muy hábiles, para la carpintería, haciendo uniones perfectas para crear una pequeña *orangerie*, como la del *château*, y Félicité pintaba un pedazo de papel tapiz, con pájaros y flores exóticas, destinado al salón del juguete.

—Quién diría que una casa de muñecas podría ser tan educativa —comentó Alexandra mientras se despedía.

—La universidad de la vida —respondió Jack—. Nos enseñará todo, si tan solo abrimos nuestras mentes. —Hizo una reverencia, indicando que sabía que sonaba pomposo, y que no esperaba que lo tomaran en serio—. Hablando de eso, he escuchado hablar de un grupo de jóvenes músicos al que Henri podría unirse. Sería bueno para su música y su vida social. ¿Crees que Antoine lo aprobaría?

—Estoy segura de que sí. ¿Tú podrías llevarlo, y traerlo de vuelta?

—Por supuesto —dijo Jack con una sonrisa.

Cuando Alexandra subió unos minutos después, sintió que no solo Henri se beneficiaría de las sesiones con otros jóvenes músicos: Jack también podría aprovechar la hora, mientras el niño estuviera con el grupo, para visitar a Penelope.

Alexandra llevaba consigo un paquete grande, compuesto mayormente de capas de papel de periódico, envuelto alrededor de una caja, donde descansaba cuidadosamente la taza de sopa ahora reparada.

David lo había empaquetado con todo el cuidado de un comerciante de antigüedades.

Los documentos que le habían enviado de Suiza y que discutiría con Maxime estaban en un sobre, guardado en su viejo bolso de cartero.

Estaba deseando tener algo de tiempo a solas.

Al crecer, había estado muy acostumbrada a su propia compañía, y. aunque luego se había acostumbrado a compartir su casa, encontraba que su situación actual ocupaba casi todo su tiempo, y extrañaba la soledad.

Aunque amaba a los niños y cuidar de ellos le resultaba muy satisfactorio, a veces era agradable solo tener que pensar en lo que ella quería hacer, en lugar de preocuparse por las necesidades y deseos de tres niños y un perro. Los gatitos se cuidaban solos.

La primera visita en su lista era Maxime.

Él la recibió con el encanto amigable, que siempre lograba hacer que Alexandra se sintiera mejor, y ahora estaba sentada en el cómodo sofá que él tenía en una esquina de su oficina.

Le había ofrecido café y vino, pero solo aceptó un vaso de agua.

—¿En qué te puedo ayudar? —preguntó con su atractiva sonrisa habitual.

Alexandra le devolvió el gesto, preguntándose por qué no se sentía atraída por Maxime. Él era mucho más adecuado, como objeto de amor, que el hombre que ocupaba casi todos sus pensamientos.

Le entregó el sobre, que mostraba signos de haber sido metido a la fuerza en un bolso un poco pequeño.

—¿Puedes interpretar esto por mí? Le pedí a Hubert que me enviara algo por escrito, sobre mi posible herencia. Siempre he sabido que no heredaría nada, hasta los veinticinco años. Así que, nunca he pensado mucho en ello, ya que estaba muy lejos de ser mío. Pero, el otro día, cuando mis parientes me visitaron...

—Las formidables primas, el menos formidable Hubert y el coche bellísimo...

—Estabas allí. Bueno, escuché a mis primas hablando sobre mi fortuna. —Sonrió, al ver su expresión ligeramente sorprendida—. Al haber sido criada desde la distancia, como lo fui, aprendí a sobrevivir con discreción. A veces escuchar tras las puertas era necesario. En fin, que escuché decir que podría acceder a mi fortuna antes de los veinticinco, si me casaba.

»Lo cual fue un poco impactante, debo admitir.

»Sentí que realmente debía comprender los asuntos de mi herencia de manera adecuada, y le pedí a Hubert que me enviara los detalles.

»Muy amablemente lo hizo, pero no entiendo lo que me envió.

»¿Podrías revisarlo por mí, y ver si hay algo más que deba saber? Hablo francés mejor de lo que lo leo o escribo, y estos documentos están llenos de palabras que no comprendo.

—¡Ah! —dijo Maxime, levantando las manos en señal de que no había vergüenza en no entenderlo—. Es otro idioma, incluso para un francés. Lo aprendemos cuando estudiamos para ser abogados. ¿Te importaría que lo revise ahora? ¿O prefieres irte y te cuento lo que pienso otro día? Quizás quieras echar un vistazo a las revistas que tenemos para los clientes. No es que necesites revistas para lucir elegante, porque siempre estás muy elegante.

Alexandra encontró eso genuinamente divertido, pensando en los vestidos y monos de trabajo, que había comprado en el mercado.

—Me quedaré aquí leyendo. Será bueno para mi francés.

Un rato después, Maxime dejó los papeles sobre la mesa.

—No hay nada preocupante. Dice que, si te casaras, tu fortuna... Una buena cantidad de dinero, Alexandra, por lo que ahora entiendo lo del hermoso coche. Esta te llegaría de inmediato. De lo contrario, debes esperar hasta cumplir veinticinco. Así que, nada que no supieras ya.

—Supongo que mis primas pensaron que, si sabía que recibiría la fortuna al casarme, podría sentirme tentada a aceptar al primer chico que me propusiera matrimonio, solo para poner las manos sobre el botín, como decimos en Inglaterra.

—¿Te han propuesto matrimonio muchos chicos?

—Algunos, pero ninguno en serio.

—¿Y si Antoine te lo propusiera?

—¡No lo hará! —dijo Alexandra, demasiado rápido, dándose cuenta de su reacción. Río para suavizar la situación—. ¿Por qué habría de hacerlo? Soy solo la niñera de los niños.

—Odio ser quien te lo diga, Alexandra, pero en Francia no es raro que el dueño de la casa...

Ella lo interrumpió de inmediato.

—Antoine es diferente. ¡Y yo también! Nunca haría algo así... —Se tragó el final de la frase, al percatarse de lo cierto que era—. Nunca se aprovecharía de mí.

Aunque sabía que eso era cierto, también sabía que él no estaría tentado.

Era demasiado joven, y Antoine la veía casi como uno de los niños.

Estaba segura.

—De todos modos —dijo sonriendo—, no recibiré mi herencia, si solo tengo un *affaire*, ¿verdad?

—Tienes razón al decir que Antoine no es así. No

haría nada deshonesto, pero bien podría querer casarse contigo. Eres hermosa, sus hijos te adoran, y tú a ellos. Serías la *châtelaine* perfecta para el *château*.

—Maxime, solo en las novelas románticas el héroe se casa con la institutriz, o la niñera, o la sirvienta. ¡No en la vida real!

Maxime no parecía convencido.

—No eres como otras niñeras. Tu presencia en el castillo inquieta a Lucinda y a Véronique.

Ella se encogió de hombros.

—Solo soy temporal, hasta que encuentren a alguien mejor.

—¿Antoine ha estado buscando? Siento que me habría pedido ayuda, si fuera así. No me ha pedido que le ayude a publicitar el puesto, ni a ver candidatos de alguna agencia. Creo que está muy contento contigo.

Alexandra sintió que se ruborizaba, algo poco común en ella, pero estaba convencida de que Maxime había adivinado su enamoramiento por Antoine.

Se irguió. Aunque lo sospechara, no podía saberlo con certeza.

—Claro que quiero a los niños, y creo que Antoine aprecia eso —dijo, haciendo una pausa—. ¿Debería dejar estos documentos contigo, para que los revises más a fondo? ¿O crees que ya sabemos todo lo que necesitamos?

—Creo que ya sabemos todo lo que necesitamos, por ahora, Alexandra. Si llegas a considerar casarte con alguien, que no sea yo, vuelve y lo hablamos más a fondo.

Ella sonrió y se levantó.

—Lo haré, sin duda. —Guardó los papeles que él le entregó, de vuelta en su bolso—. Ahora voy a almorzar con Penelope. ¡Espero que Lucinda no esté!

Penelope estaba sola y fue muy agradable.

Alexandra fue conducida al salón y le ofrecieron una copa de vino.

Después de brindar y probar su copa, sacó el paquete envuelto.

—Aquí está. Espero que haya quedado bien. David lo envolvió por mí. No confió en que yo lo hiciera.

—Esto es muy emocionante. Esa pequeña taza llevaba mucho tiempo sin asa.

Admiraron la taza de color azul profundo, con decoración dorada, que parecía una concha. Era extremadamente bonita y, cuando la colocaron de nuevo en el gabinete con las demás, nadie sabría que había sido reparada.

Más tarde, cuando Penelope le agradeció y felicitó a Alexandra por la habilidad en su reparación, se sentaron en una pequeña mesa, junto a la ventana del comedor, para almorzar.

Penelope había preparado un almuerzo elegante: platos con ensalada, huevos duros, jamón y aceitunas, mientras Alexandra miraba a su alrededor. La mayor parte de la habitación estaba destinada a la música.

Después de un momento, Penelope comentó:

—Supongo que a veces te sientes un poco sola.

La joven agradeció esa franqueza poco convencional, aunque fue un comentario inesperado. Penelope tenía fama en la familia de ser muy formal, pero últimamente parecía haberse suavizado. Se veía más joven, como si algo en su interior se hubiera encendido.

—David y yo somos muy buenos amigos, y es muy buena compañía, pero sí, a veces extraño a mis amigas. Todas hicimos un curso de cocina juntas y compartíamos mi casa en Londres.

—¿Por qué no las llamas? ¿Sería posible? Una larga charla por teléfono puede ser muy reconfortante. —Le entregó a Alexandra una antigua salsera con mayonesa—. Para los huevos —dijo, esperando una respuesta de Alexandra.

—No lo había pensado, para ser honesta. Y, por supuesto, no quisiera abusar de la cuenta de teléfono de Antoine.

—Consideraría una llamada ocasional a Inglaterra, como uno de los beneficios del trabajo. —Sonrió Penelope—. A veces me vuelve a la memoria la jerga inglesa. Estoy segura de que Antoine no te negaría una llamada.

—Siempre podría hacer una nota y pagárselo.

Penelope se rio.

—Si insistes, pero dudo que quiera que le devuelvas el dinero. ¿Cómo van las lecciones de los niños?

—¡Muy bien! Realmente admiro la forma en que David y Jack logran convertirlo todo en una lección. Están ayudando con la renovación de la casa de muñecas de Stéphie, y es increíble cuánta matemática requiere.

—Por lo que entiendo, así funciona la escuela a la que Antoine quiere enviarlos. Lucinda está muy en contra. Desea que vayan a una en Inglaterra, para que hagan amigos influyentes, y posiblemente sean muy infelices. Han tenido un comienzo tan poco convencional... No creo que eso sea lo que necesiten.

—Yo fui a un internado, habiendo tenido una crianza muy diferente a la de mis compañeras. Una vez que dejé de intentar encajar, y simplemente fui yo misma, estuvo bien, pero tuve que encontrar el valor para llegar a ese punto.

Alexandra se sintió un poco incómoda hablando de colegios con Penelope, ya que no creía que fuera su lugar.

Cambió de tema.

—Esta mayonesa está deliciosa. Madame Wilson, quien nos enseñaba cocina a mis amigas y a mí en Londres, estaría muy impresionada.

Penelope no dejó que la desviara del asunto que le interesaba.

—No me gusta pensar en que mis nietos estén tan lejos, en Inglaterra; en lugares donde puede que no los comprendan. Y Stéphie es demasiado pequeña para ser enviada lejos.

—¿No volverías a vivir en Inglaterra?

Penelope se encogió de hombros, con un aire muy francés.

—Bueno, tal vez, pero preferiría no hacerlo, en realidad. Aquí tengo mis amigos, mi casa... Estoy acostumbrada a esta forma de vida. —Hizo una pausa, y Alexandra notó que parecía un poco incómoda—. ¿Y tus amigos? ¿Crees que considerarían quedarse en Francia?

—No puedo responder por Jack, porque realmente no lo conozco tanto, pero David sí podría. Podría viajar entre Inglaterra y aquí, para su puesto de antigüedades, y sé que le gustaría especializarse en las francesas. Lo echaré de menos cuando regrese a Inglaterra.

—¿Regresarías a Inglaterra? ¿Por qué harías eso? —Penelope parecía encontrar esa idea muy excéntrica.

—¡Soy inglesa! ¡Vivo en Londres! Solo estoy aquí temporalmente.

Penelope se inclinó hacia delante y puso su mano sobre la de Alexandra.

—Eso depende de ti. Cuando encuentres a alguien a quien ames, no huyas porque temas que esa persona no te ame a ti. No cometas los errores que yo cometí.

«Pero no era lo mismo para ella», pensó Alexandra. «Quizás, estaba enamorada de Antoine, pero él no lo estaba de ella, y, aunque podría quedarse meses y meses esperando, eso no cambiaría necesariamente nada».

Penelope parecía perdida en sus pensamientos y a Alexandra no le gustaba interrumpirla.

Finalmente, la mujer comentó:

—Es curioso, pero parece que uno da consejos a otros, que realmente debería seguir uno mismo. —Suspiró, sonrió y luego cambió de tema—. Tenemos un par de merengues de postre. Tener a Lucinda aquí, que desaprueba todo lo que considera que engorda, me ha hecho desear más los dulces.

—Tienes una figura preciosa —indicó Alexandra.

—Y tú también, pero no llevas faja, ni te niegas a comer dulces. Voy a preparar un poco de té. Nadie de aquí aprecia el té, y es agradable compartirlo con alguien que sí lo hace.

Mientras cruzaba la plaza, camino a la farmacia, Alexandra reflexionaba sobre las palabras de Penelope, que le había repetido al despedirse.

En resumen, le aconsejaba no darle la espalda al amor, hablar de sus problemas con un amigo, y, finalmente, no tener miedo a usar el teléfono, incluso para llamar a Inglaterra.

Cuando regresó, la casa de muñecas era el centro de atención, y gracias a eso, Alexandra tuvo un momento para llamar a su amiga Lizzie.

Realmente, esperaba poder charlar con ella.

Por suerte, había elegido el momento perfecto.

Lizzie, que estaba embarazada de siete meses, estaba

encantada de abandonar las tareas del hogar para charlar con su amiga.

Alexandra se acomodó en el escritorio del estudio de Antoine y le abrió su corazón.

Cuando finalmente fue a la cocina para preparar la cena, encontró a Stéphie allí.

Alexandra había dejado la puerta del estudio abierta, pero no la había oído pasar. Aun así, la niña parecía contenta, aunque le lanzó una mirada un tanto extraña.

—Echo de menos a papá —comentó la pequeña, un poco más tarde, mientras cenaban el guiso de pollo que Alexandra y David habían preparado—. ¡Quiero que vuelva a casa!

—Vendrá para Navidad —le recordó Félicité.

—¡Lo quiero en casa ahora! —se quejó Stéphie.

—Oh, Stéphie... —le dijo Henri—. No podemos hacer que vuelva ahora. ¡Está trabajando! Sabes cómo va esto.

—Navidad está a la vuelta de la esquina —comentó Alexandra—. Deberíamos empezar a prepararnos. Solo faltan dos semanas.

—Nosotros no nos preparamos mucho —comentó Félicité—. Vamos a casa de la abuela en Nochebuena. También vienen sus amigos. Es bastante aburrido. Luego, el día de Navidad, escribimos cartas de agradecimiento por nuestros regalos. Es mejor la Epifanía.

—¿Tenemos que ir a casa de tu abuela? —preguntó David—. ¿Por qué no celebramos la Navidad aquí, en el *château*?

—Nunca lo hemos hecho —indicó Henri.

—Pero eso no significa que no sea posible —dijo Jack.

—¡Podríamos tener una Navidad inglesa! —sugirió Alexandra—. Decidnos lo que soléis hacer vosotros. Luego, os contaremos lo que hacemos nosotros, y podremos hacer las partes que más nos gusten de ambas tradiciones. ¿Qué os parece?

—La planificación es la mejor parte, creo yo —señaló David—. Toda la comida, preparar los pudines, los pasteles de carne, el pastel de Navidad...

—No creo que tengamos ninguna de esas cosas, normalmente —comentó Henri.

—¿Estarás aquí para Navidad, David? —preguntó Alexandra, de pronto consciente de que su amigo y Jack tenían derecho a descansar en el período festivo.

—Cariño... —dijo David, poniendo los ojos en blanco, como horrorizado—, te conté el año pasado lo horribles que suelen ser mis Navidades.

—¿Qué es «horrible»? —preguntó Stéphie, desviando la conversación, justo como el hombre había planeado.

—¡La Navidad, si no la paso con vosotros!

—Cuéntanos —pidió Alexandra, sabiendo que los haría reír y los alegraría a todos.

—Tengo que ir a quedarme con mis dos tías solteronas, que viven en un suburbio muy deprimente, en las afueras de Londres. No es el Londres de verdad, con luces brillantes y ambiente festivo. Ni es el campo, con *pubs* y cantantes de villancicos. Es un lugar intermedio.

—¿Y cómo son tus tías? —se interesó Henri.

—Bueno, en general, no toleran el alcohol —dijo David—, pero, como es Navidad, nos permiten una pequeña copa de jerez dulce. Han estado usando la misma botella desde hace años. Después de beber nuestro jerez, almorzamos. Todo ha estado cocinándose durante tanto tiempo, que ni siquiera necesitamos masticar. Tenemos patatas hervidas, en lugar de asadas, porque son más fáciles de digerir, y el pudin lo acompañamos con natillas de sobre, que son horribles. Están muy lejos de parecerse a las natillas de verdad. Luego, escuchamos el discurso de la reina en la radio, y, después, abrimos los regalos. Lo cual, no lleva mucho tiempo. Ellas me regalan calcetines, y yo les doy pañuelos y una caja de frutas de gelatina, que es lo que más les gusta. Luego, vuelvo a casa y busco a algún viejo amigo para emborracharme.

—Nuestra Navidad no se parecerá en nada a eso —indicó Alexandra—. Jack, ¿te quedarás para Navidad?

—¡Por supuesto! —dijo este, entusiasmado—. Normalmente, voy con mi hermano y su esposa. Son bastante más jóvenes que yo, y tienen hijos, lo que hace la Navidad mucho más divertida que la de David. Pero este año quiero pasarlo con vosotros.

«Y con tu amada», agregó Alexandra para sus adentros.

—Lo pasaremos genial —apuntó la niñera—. Haremos todo lo que más nos gusta, y omitiremos las frutas de gelatina, que debo deciros que son absolutamente asquerosas. Tendremos trufas de chocolate. Las podemos hacer nosotros mismos. Y, Stéphie, para cuando hayamos organizado todo, tu papá ya estará en casa.

Capítulo 22

Antoine iba a regresar en una semana, cuando Maxime, quien ya se había vuelto un visitante frecuente, llegó al *château* con un mensaje de su parte.

—Va a traer a Véronique para Navidad —anunció.

La alegría y emoción que sentía Alexandra, desaparecieron como nieve bajo la lluvia.

—Oh... —dijo, entregándole una copa de vino a Maxime, a quien ya habían invitado a quedarse a cenar.

—Sí, no quería sorprenderos con una invitada inesperada.

—Qué considerado de su parte —comentó David, mirando a Alexandra, quien sintió cómo se le subían los colores.

—¿Por qué no nos lo dijo él mismo? —preguntó esta—. ¿Y no sería más feliz quedándose con su amiga en el pueblo?

—Tal vez la amiga no la invitó —intervino Stéphie.

Maxime, quizás sintiéndose incómodo, al tener que dar una mala noticia, bebió un sorbo de su vino.

—Aparentemente, intentó llamar varias veces, pero nadie contestaba.

Hubo una pausa.

—¡Hemos estado ocupados! —exclamó Alexandra, sintiéndose ofendida—. Es Navidad.

Habían ido de compras y el grupo de música de Henri se reunía dos veces por semana para ensayar villancicos.

Jack y Stéphie habían empezado a hacer figuras, para añadir al belén. Estaba formado por figuritas de arcilla tradicionales, que habían encontrado en el ático, y según la pequeña, no había suficientes animales. Habían montado un taller, en una de las antiguas caballerizas, lejos del teléfono, y por eso se habían perdido las llamadas de Antoine.

Félicité estaba pintando un fondo con palmeras, pastores y ovejas en las colinas, y una corte celestial con pintura dorada.

—¿Tiene que venir Véronique? —preguntó Stéphie—. Odio cómo me abraza todo el tiempo.

Alexandra y David intercambiaron miradas.

—¡Lo sé! —convino David, quien se había hecho cargo por completo de los planes de comida para Navidad—. ¿Por qué no invitamos a más gente para Navidad? Maxime, ¿puedes venir?

—¿El día de Navidad? ¡Sí! La víspera es el día importante en Francia —explicó, probablemente por cortesía para Alexandra, que ya lo sabía.

—¡Excelente! —dijo David—. Vamos a tener una Navidad a la inglesa.

—Penelope está muy emocionada —comentó Jack—. Todos lo estamos —añadió, algo incómodo—. Pero

¿podemos invitarlos aquí, en lugar de ir a la casa de Penelope? Nosotros solo somos los empleados, y no es que seamos los dueños del sitio.

—Creo que es perfectamente razonable que invitéis a gente para Navidad —dijo Maxime, tras una rápida mirada a David—. Vais a encargaros de todo, y estoy seguro de que a Antoine no le importará el gasto adicional en comida y vino, en esta época del año. Como su abogado, doy el permiso en su nombre.

—¡Oh, gracias, Maxime! —exclamó Alexandra, rodeándole la cintura con un brazo, para darle un pequeño abrazo—. Si elegimos a los invitados, no sentiremos que Véronique nos invade. No creo que sea muy divertido tenerla cerca.

—Nos haría vestir con horribles vestidos con volantes —comentó Félicité—. Como los de la abuela, aunque peores.

—¿Tienes vestidos así en tu armario? —preguntó Alexandra, dándose cuenta de que nunca se había ocupado de revisar el vestuario de los niños.

Lavaba la ropa que usaban y la dejaba en sus camas, cuando estaba seca.

Félicité asintió.

—Me gusta el color, pero es muy infantil.

—Si aún te valen, podríamos adaptarlos. Si no, los desechamos —indicó Alexandra. Se recogió el cabello sobre el hombro y comenzó a trenzarlo—. Vamos a hacer que esta Navidad sea realmente especial.

—¡Bravo! —dijo Maxime, alzando su copa en un brindis.

—Vamos a comer —indicó David—. Félicité, ¿puedes encontrarle un cuchillo y un tenedor a Maxime, querida?

Alexandra estaba lavando los platos y Félicité, quien últimamente se mostraba mucho más colaboradora, estaba secándolos, cuando comentó:

—¿Dónde la pondré?

David, que estaba en la mesa pelando nueces, para un pastel que planeaba hacer, dijo:

—Bueno, no querrás terminar dándole tu habitación, otra vez.

—¿Te refieres a Véronique? —se interesó Félicité—. ¿No hay una habitación cerca de donde dormís tú y Jack?

—Sí, pero está un poco.... Bueno, digamos que necesita trabajo —dijo David.

—¿Mucho trabajo? —preguntó Alexandra.

—No estoy seguro.

Eso, para Alexandra, significaba que sí lo sabía, y que estaba bastante deteriorada.

—Mañana la revisamos —indicó, mientras alcanzaba la última cacerola sucia—. Entonces, veremos qué necesita.

A la mañana siguiente, Félicité acompañó a Alexandra a inspeccionar las paredes de la posible habitación para Véronique.

—Es una habitación bonita, con vistas preciosas —comentó Alexandra—. Y está cerca de un baño. Podríamos pedirle a David que comparta el baño con Jack, al final del pasillo.

—Pero tiene una gran mancha de humedad en la pared —indicó Félicité.

—Sí.

Alexandra estaba considerando qué sería menos trabajo: repintar la pared o ceder su habitación a Véronique, cuando la niña comentó:

—Podría pintar un mural.

A pesar de su tono casual, Alexandra pudo notar que a Félicité le entusiasmaba la idea, y que estaba nerviosa de que la rechazaran.

—He estado pensando en hacer uno en mi habitación. Me ha gustado hacer los pequeños, para la casa de muñecas y el belén, y he estado pensando en hacer uno mucho más grande.

—¿Y la pintura? ¿De dónde la sacarías?

—Usaría pintura para paredes, creo —dijo Félicité—. Necesitaría pinceles pequeños para los detalles. ¿Te parece buena idea?

—¡Excelente! —respondió ella—. Además de verse genial, el olor a pintura cubriría el olor a humedad.

Félicité se echó a reír.

—Bueno, ¿y te cae bien? —le preguntó Alexandra.

—No, y es una pena que a Papá sí parezca caerle bien.

Alexandra evitó mirar a la niña. No quería ver lástima, ni ninguna otra expresión que la incomodara en sus ojos.

—Haz una lista de la pintura que necesitas. ¿Tienes alguna idea de lo que te gustaría hacer?

Félicité se encogió de hombros.

—Necesitaría pensarlo un poco. Luego, le pediré a David o a Jack que me lleven a comprar lo que necesite.

—Buena idea. Calcularemos cuánto necesitas, y será como una lección de matemáticas.

Félicité se rio, evidentemente encantada de que su idea hubiera sido recibida con tanto entusiasmo.

Mientras caminaban de regreso hacia la parte principal del castillo, Alexandra reflexionó que era una locura dejar que Félicité emprendiera un proyecto de esa magnitud, cuando ella misma estaba tan ocupada y no podía ayudarla. Pero le alegraba ver la emoción de la niña, y su recién descubierto amor por el arte y el diseño.

Cuatro días antes de que Antoine y Véronique regresaran, David, Alexandra, Henri y Stéphie comenzaron a decorar el vestíbulo.

Según los niños, normalmente no se decoraba mucho la casa en Navidad, más allá de poner el belén.

Antoine siempre estaba fuera hasta el último momento, y quien cuidara de los niños tenía su propia casa en la que pensar.

Así que, cuando Alexandra, con la ayuda de David, anunció que iban a «adornar el vestíbulo» a lo grande, y explicó en qué consistía, todos se emocionaron.

Mientras, Milou solo se interponía en el camino, y los gatitos pensaban que toda la actividad era para ellos. Subían por cada escalera, perseguían cada ramo de hiedra y convertían las cortinas en un gimnasio para trepar, corriendo a gran velocidad, arriba y abajo.

Henri y David salieron a los terrenos del *château* con sierras, hachas y cubos para recolectar ramas verdes, mientras Alexandra y Stéphie arreglaban el belén. Lo colocaron sobre una hermosa mesa en el vestíbulo, y las figuras antiguas de barro y las nuevas de madera se apretaban en el establo. El Niño Jesús estaba escondido detrás del belén, para colocarlo en su sitio a medianoche, en la víspera de Navidad. Los Reyes Magos —con camellos y varios burros; algunos del tamaño de elefantes— estaban en otra mesa, y no se unirían a la escena del establo hasta la Noche de Reyes.

Después de encontrar cada jarrón, maceta y recipiente, que pudiera contener agua, Alexandra encendió la chimenea.

El clima se había vuelto realmente frío en la última

semana, y Alexandra había tenido que pedir prestados un par de suéteres viejos de David, para ponerse encima de su mono, y así mantenerse caliente.

Cuando llegó el follaje, todos se volvieron un poco locos y solo se calmaron cuando se habían llenado cada recipiente, y los barandales, las molduras, cada cuadro y espejo en el vestíbulo estaban adornados. Los jarrones fueron distribuidos por toda la casa, de manera que cada habitación —incluido el baño— tenía al menos una vasija de ramas verdes, con laurel, romero o viburno de floración invernal, llenando el aire con su fragancia.

El salón estaba perfecto, con velas en todos los candelabros que pudieron encontrar. Los cojines estaban acolchados, los muebles colocados en su sitio y Stéphie había declarado que, a partir de ahora, nadie podía entrar ni sentarse. Los mejores jarrones estaban allí, con un aspecto majestuoso y festivo, y un olor maravilloso.

El vestíbulo, en cambio, era menos formal, con ramas de pinos en maceteros y hiedra en cubos de metal. Daba una sensación medieval, un poco loca, pero muy alegre.

Los cuatro, David, Alexandra, Henri y Stéphie, miraban su obra con orgullo, cuando Jack entró por la puerta principal.

—¡Dios mío! —exclamó este, mirando a su alrededor—. ¿Es Navidad o David está montando Macbeth, y esto es el bosque de Birnam?

—¡Es Navidad! —dijo Stéphie indignada—. ¡Eso es obvio!

—¡Perdón! Me confundí por un momento —dijo Jack riendo.

En ese momento, apareció Félicité, que había estado pintando su mural.

—Es... muy exuberante —comentó, dudosa—. No es como lo hacemos, normalmente.

David y Alexandra se miraron.

—Probablemente, deberíamos conseguir algo de espumillón —sugirió David.

—O al menos algunas bolas de Navidad —añadió Alexandra.

—¡No, no! ¡Está perfecto! —dijo Jack apresuradamente—. No añadáis nada más. Y el olor es maravilloso. Ah, Henri, me he encontrado con Jules, de tu grupo de música, en el pueblo. —Sacó un sobre de su bolsillo—. Me ha dado esto para ti.

—¿Qué es? —preguntó Stéphie, curiosa.

Henri abrió el sobre.

—Es una invitación a una fiesta. Pasado mañana. Dice: «por favor, trae a tu preciosa hermana mayor».

Alexandra sintió cómo su entusiasmo decaía un poco, y esperaba que Félicité y Henri declararan que no querían ir. Tendría que pedir permiso a Antoine, e imaginaba que lidiaría con toda la burocracia, hasta llegar a Véronique, quien probablemente diría que no, o simplemente le negaría la comunicación.

—¿Una fiesta? —los ojos de Félicité brillaron.

—Sí —confirmó Henri, mirando la invitación—. Es de un chico que va a la escuela, a la que quizás vayamos.

Alexandra se sintió aún más preocupada. Especialmente, al ver que Félicité quería ir. ¿Podría prohibírselo? Tal vez sería una fiesta formal, supervisada por padres estrictos. Aunque, si el chico iba a la escuela que Antoine tenía en mente para sus hijos, lo más probable es que no fuera muy formal.

—¿Podemos ir, Lexi? —preguntó Félicité, con mechones de pintura rosa en el cabello.

—¿Cuándo es?

—Ya lo he dicho, pasado mañana —repitió Henri.

—Voy a pensarlo —respondió Alexandra—. Me pregunto si podré comunicarme con vuestro padre, y consultarle.

Félicité puso los ojos en blanco, ante lo ridículo de la sugerencia.

—Papá ha tenido que llamar a Maxime para avisarnos de que traía a «su colega». —Las comillas se notaban en su tono—. ¡Nunca podremos localizarlo!

—No es lo mismo... —empezó Alexandra, pero se detuvo.

El lenguaje corporal de Félicité le decía que no creía que su padre lo aprobara, lo cual hacía la decisión más fácil.

Pero claro... eran adolescentes, y tenían muy poca vida social. ¿Era justo prohibirles la única fiesta a la que los habían invitado?

Se dirigió al salón, desobedeciendo las instrucciones de Stéphie, y encendió el fuego que ya estaba preparado. Necesitaba un momento a solas para pensar.

Jack entró con una copa de vino dulce.

—Esto te ayudará para que pienses —dijo, ofreciéndosela—. Perdón por darle a Henri la invitación. Supongo que estás aquí porque dudas si dejarlos acudir a la fiesta.

Alexandra asintió y tomó la copa. Tras un sorbo, dijo:

—¿Sería muy raro si voy a la fiesta con ellos? Siento que deberían salir y divertirse. La mayoría del tiempo están aquí en el *château*, y, aunque están contentos, Félicité... Ella necesita conocer chicos. Está creciendo. Y Henri también debería relacionarse con chicas que no sean sus hermanas.

Jack se sentó frente a ella y añadió un leño al fuego.

—Creo que es una solución perfecta.

—¿La niñera yendo a la fiesta de los niños? ¿Para asegurarme de que coman algo antes del pastel y den las gracias al salir?

Jack rio.

—No pareces una niñera, y apenas eres mayor que ellos.

—¡Tengo veinte años!

—No es tanto. Deja tu cabello en esa trenza que llevas últimamente, ponte los *jeans*, y encajarás a la perfección.

—Gracias, Jack. Es un compromiso. Les preguntaré. Pueden elegir: o voy con ellos o no van. Pero siento que tengo que darles la oportunidad.

Era el día de la fiesta, dos días antes de que Antoine y Véronique llegaran para Navidad, y la casa estaba casi lista.

Cada habitación del piso de abajo estaba decorada. Los regalos habían sido comprados, envueltos y colocados en un enorme barril, traído de uno de los establos, para mantenerlos alejados de los gatitos, que habían descubierto que les apasionaba desenvolver cualquier cosa con papel. Otro enorme barril contenía el árbol de Navidad, cortado de los terrenos, y decorado con lujos, gracias a una ganga que David había conseguido en el mercado, demostrando que su habilidad para negociar no se veía obstaculizada por su excéntrico uso del francés.

Esa noche, Stéphie, quien había tenido que ser sobornada generosamente, estaba en casa de su abuela, haciendo animales de masa de sal. Era un proceso que Penelope había aprendido de una amiga alemana. Así que, era Alexandra, junto con Henri y Félicité, a quienes analizaban sus atuendos, David y Jack, que también querían la dirección de la fiesta.

Alexandra no estaba acostumbrada a vestirse para no destacar.

Su estilo siempre había sido un poco fuera de lo común, pero esa noche quería verse como una adolescente normal.

Bajo su chaqueta de cuero —otra compra de brocante— llevaba vaqueros, un suéter de cuello alto negro

—sin las perlas enormes que ansiaba añadir— y el cabello en una trenza.

Henri y Félicité también llevaban vaqueros. Henri lo conjuntaba con un suéter azul marino, y la niña mayor con una camiseta a rayas.

Alexandra y Félicité habían añadido delineador negro y rímel.

—No parezco la niñera que está cuidando a sus pupilos en una fiesta infantil, ¿verdad? —preguntó Alexandra, recordando las mujeres uniformadas que solía ver cuidando a pequeños en las casas elegantes de Londres.

Las niñeras no hacían las fiestas más divertidas.

Todos la inspeccionaron.

—No —dijeron David y Jack, horrorizados y divertidos a la vez.

—¡Estás perfecta! —indicó Henri—. ¿Podemos irnos ya?

—Solo pareces un poco mayor que nosotros —añadió Félicité—. Puedo decirles que no querías quedarte sola en el *château*, pero en realidad nunca le cuento a nadie que vivo en un castillo, a menos que no pueda evitarlo.

Alexandra asintió.

—Yo también era cuidadosa con a quién le decía que vivía en Belgravia, que es una parte bastante lujosa de Londres. Así que, tengo las llaves del coche y todos conocemos la dirección. Tengo dinero para emergencias, en mi bolso y en mi sujetador... ¡Estamos listos!

No le entusiasmaba la idea de salir de noche hacia

un destino desconocido, aunque intentaba esconderlo, pero sentía que todo iría bien, y se negaba a preocuparse.

Convencer a Félicité y Henri de que la llevaran con ellos, había sido algo complicado, pero, cuando comprendieron que era eso o no ir, aceptaron.

Alexandra agradecía estar en la Francia rural y no en un lugar con transporte público, pues de otra manera no podría haber impedido que asistieran sin ella.

Finalmente, encontraron la casa, en las afueras de Saint-Jean-du-Roc, y Alexandra encontró un espacio para aparcar.

La mayoría de los asistentes no habían aparcado. Más bien, habían dejado sus coches de cualquier manera, así que encontrar un lugar cerca de la casa fue complicado.

Sin embargo, ver tantos coches la animó.

No sería la única persona adulta allí.

Además, llevaba una bolsa con una botella de vino. Según Henri, era lo esperado.

No estaba segura de cómo reaccionarían los padres franceses a algo así, así que decidió no beber nada, y tratar de vigilar lo que sus acompañantes bebían.

No le hacía mucha ilusión la noche que le esperaba.

—Dejaremos los abrigos en el coche —indicó—. Así no tendremos que pasar horas buscándolos. Las cosas que a veces ocurren en habitaciones llenas de abrigos, no es algo que quiera que veáis —explicó. Luego agregó—: ¿Todos listos? Entonces, *on y va!*

Capítulo 23

Apenas abrieron la puerta, los recibió Johnny Hallyday cantando *Let's Twist Again* en francés.

Un chico de cabello largo y cara pálida, vestido completamente de negro, los miró durante un par de segundos, antes de asentir con la cabeza y dejarlos pasar.

Era una fiesta bastante descontrolada. Mucho más adulta de lo que Alexandra había imaginado o esperado.

Podía notar que Félicité y Henri estaban a medias entre encantados y asustados.

Ella misma se sentía un poco así.

Hacía calor, había mucho ruido, y la sala estaba llena de jóvenes bailando. El olor a colonia y sudor creaba una mezcla embriagadora, pero ya era tarde para llevarlos de vuelta a casa, porque sería muy probable que no volvieran a hablarle.

Henri divisó a su amigo y se acercó, guiando el camino.

Intercambiaron algunas palabras en francés, que Alexandra no pudo oír ni entender.

—¡Deberíamos tomar algo! —gritó Henri a Alexandra y a Félicité.

Esta se preguntó si podría prohibirles beber alcohol, pero decidió que no. Solo tendría que vigilarlos de cerca.

Mientras Henri y Félicité seguían a su amigo, ella estuvo cerca.

Había una larga mesa cubierta de botellas y vasos de papel. Había vino de varios tipos, botellas grandes de limonada, botellas pequeñas de Orangina y algo llamado Pschitt!, además de algunas botellas de cerveza.

Alexandra llegó justo cuando Félicité recibía algo del joven, que los había dejado entrar.

—Solo es vino con limonada —le indicó la niña—. ¡No te preocupes! No me emborracharé.

Alexandra aceptó un vaso con la misma bebida, y se dio cuenta de que solo se sentía el sabor de la limonada, lo cual significaba que uno podría emborracharse sin darse cuenta.

—Tómate solo dos —le advirtió Alexandra.

Henri estaba con una cerveza, lo que le pareció preferible.

—¡No te preocupes! —dijo Félicité, terminando su bebida y extendiendo el vaso para una segunda.

Alexandra nunca se había sentido tan poco preparada para hacer su trabajo.

¿Cómo se suponía que iba a mantener a salvo a sus pupilos en ese ambiente? Jamás debió haber dicho que podían venir.

Justo en ese momento, un chico le dio un toque en el hombro a Félicité, quien dejó su vaso y siguió al chico a la pista de baile.

Alexandra respiró con alivio.

Le alegraba que Félicité hubiera sido invitada a bailar, y que estuviera siendo aceptada en la fiesta. Si bailaba, no bebía, ni hacía nada que no debiera.

Henri estaba hablando con un grupo de chicos y parecía seguir con su primera cerveza.

Como ninguno había bebido demasiado, Alexandra pudo relajarse un poco. Les había dicho que se irían a las once, por lo que solo tenía que mantenerlos seguros durante otras tres horas.

Antes de que pudiera pensar más, alguien la llevó hasta la pista de baile.

Como podía ver a Félicité bailando, no se opuso.

Imitó los movimientos de su acompañante y comenzó a hacer el twist. Mientras el baile era rápido, se sentía seguro.

«Estaba bien bailar», pensó, y, cuando otro chico quiso que bailaran rock and roll, recordó los pasos de otra fiesta en Inglaterra.

Pronto se dio cuenta de que era bastante popular. Nadie la identificaba como mayor. De hecho, la edad de los invitados variaba bastante. No era ni la más vieja, ni Henri y Félicité los más jóvenes, lo cual la tranquilizó.

Parecía una fiesta familiar, sin nada objetable.

Sin embargo, un rato después, mientras Alexandra bebía una Orangina para calmar su sed, las luces bajaron.

Al parecer era momento del *le slow*.

Varios chicos intentaron sacarla a la pista, y tuvo que ser bastante firme en sus rechazos. Pero luego pensó que, quizás, debería haber aceptado, para poder ver mejor a Félicité.

Cuando la música continuó siendo lenta y otro joven insistió, aceptó.

Le permitió poner la mano en su cuello, pero no bailar mejilla con mejilla. Estaba allí para vigilar a sus cargos.

Vio a Henri a la primera. Seguía conversando con otros chicos de su edad y, cuando la música terminó, Alexandra se deshizo de su ofendido compañero de baile, y fue a hablar con él.

—¿Dónde está Félicité? —le preguntó en inglés.

Se encogió de hombros y negó con la cabeza.

—No sé.

—¡Necesito saber dónde está!

—¿Estás buscando a la hermana de Henri? —preguntó un amigo que parecía saber inglés—. Salió.

—¿Afuera? ¿De verdad? —Alexandra fue a buscarla.

La zona exterior estaba llena de parejas, aprovechando la oscuridad, iluminada solo por una luz en una esquina del edificio.

Le tomó varios minutos encontrarla.

La estaban besando intensamente.

Su primer instinto fue apartar al chico, pero tuvo que reprimirse, porque Félicité lo estaba besando con entusiasmo. No era obligada a hacer nada que no quisiera.

Alexandra se dio la vuelta. ¿Qué debía hacer? ¿Vigilar desde lejos como una carabina extraña?

Se movió hacia un lugar con mejor luz, para poder ver la hora.

Apenas eran las diez.

No podía llevárselos aún. Había prometido que se quedarían hasta las once.

Regresó a la pista de baile. El *le slow* seguía en plena acción.

Se sorprendió de no ver a ningún adulto. Siempre había pensado que los adolescentes franceses estaban más supervisados que los ingleses, pero recordó que el amigo de Henri iba a una escuela progresista, a la que los hijos de Antoine probablemente irían, y entendió que los padres podían darles más libertad.

Aunque nunca lo había pensado antes, ahora sentía que un par de padres estrictos encendiendo las luces y apagando la música sería una excelente idea.

El aire estaba cargado de humo de cigarrillo, algo que Alexandra desaprobaba cada vez más. No había vuelto a intentarlo, después de casi desmayarse la primera vez, en la escuela. Ahora, sus ropas, al igual que las de los demás, tendrían que lavarse antes de volver al armario, impregnadas del olor.

Acababa de ver a Henri, que estaba bajo el encanto de una atractiva chica rubia, que sabía muy bien qué hacer con un chico, al que probablemente nunca le habían besado, cuando un hombre se le acercó.

Llevaba jeans y una chaqueta de cuero, similar a la que Alexandra había dejado en el coche. Su cabello estaba peinado hacia atrás, y un medallón brillaba en su cuello. La seguridad en su andar era palpable, sin duda alentada por las miradas de admiración de los demás jóvenes a su paso.

—Hola —la saludó en inglés—. ¿Por qué estás sola? ¿Tu novio te ha abandonado? Déjame ocupar su sitio.

Tiró de ella hacia la pista de baile, y Alexandra se preguntó si alguna vez alguien se lo pediría amablemente, o si las mujeres siempre fueran empujadas como si fueran ganado.

Pero, como tenía que pasar el tiempo de alguna manera, decidió seguirle el juego.

Mantuvo la cabeza de lado, de modo que la mayoría de lo que el chico tenía a su disposición era su oído.

Notaba que las otras chicas la miraban con envidia.

El joven se aburrió de no conseguir lo que quería de un baile lento.

—Ven conmigo —le pidió, llevándola fuera.

Alexandra lo siguió, ya que quería asegurarse de que Félicité estuviera bien, y había decidido intentar convencerla de irse antes de tiempo.

La combinación de aburrimiento y ansiedad que estaba soportando era sofocante, y las atenciones de aquel «líder del grupo» autoimpuesto, podrían volverse realmente molestas.

Le permitió un beso y rodeó su cuello con los brazos para mirar su reloj.

Con cuidado, lo movió a la otra muñeca, de modo que atrapara la luz y pudiera ver mejor la hora.

El tiempo pasaba demasiado lento.

Pero, para este hombre, un simple beso no era suficiente. Él, que parecía pensar que podía tener a cualquier mujer, deslizó su mano bajo el suéter de Alexandra e intentó desabrochar su sostén.

No estaba dispuesta a permitirlo.

Cuando presionar su pie sobre el suyo, no lo disuadió, levantó su rodilla con fuerza y la estrelló entre sus piernas.

—*Putain!* —dijo, tambaleándose hacia atrás. Alexandra se preparó para otro ataque, pero el hombre simplemente escupió en el suelo cerca de ella—. ¡Zorra inglesa! —gritó, abriéndose paso entre la pequeña multitud que se había reunido.

—Creo que deberíamos irnos —indicó Alexandra a Félicité, quien, al oír el alboroto, había dejado a su acompañante y se le había acercado.

—Yo también lo creo —respondió Félicité.

—Ese es Tito —dijo el chico que había estado con Félicité—. Nadie se atreve a desafiarlo.

De repente, Alexandra sintió un escalofrío. Al parecer, había estado en más peligro del que pensaba.

—Tenemos que encontrar a Henri.

—Yo lo buscaré —dijo el chico—. No deberíais volver a entrar. Esperad en el coche.

Félicité la acompañó.

Una vez que se alejaron un poco de la casa y de la posible hostilidad de la multitud, Alexandra comenzó a reír, nerviosa.

La niña se unió a las carcajadas.

—¡Eso ha sido muy impresionante! —dijo—. ¡Lo que has hecho hace un momento!

Alexandra negó.

—Es una técnica. Te enseñaré a hacerlo. ¿Dónde está Henri?

—Allí viene —señaló Félicité—. Jules ha ido a buscarlo.

Mientras esperaba que Henri llegara, Alexandra comenzó a sentirse culpable. Ella era la que casi se había metido en problemas, y no su compañera de quince años.

—¿Te lo has pasado bien? ¿Te he robado tu momento agradable con tu chico?

—No pasa nada —respondió—. Hemos intercambiado números. En un paquete de cigarrillos. Y... —añadió, demasiado emocionada como para recordar que no debería contarle estas cosas a su niñera—, va a la escuela a la que papá quiere que vayamos, aunque vuelve a casa cada fin de semana.

—¡Eso es genial! —dijo Alexandra—. Aquí está Henri. Espero que esté bien. Parece que tiene maquillaje en la cara.

—Me alegra que hayamos dejado los abrigos en el coche —indicó el chico—. Vi la habitación donde los habían puesto. Era una montaña de abrigos. Habría perdido una eternidad en encontrarlos.

«Al menos, solo vio la pila de abrigos», pensó Alexandra, mientras todos subían al coche.

El viaje de regreso a casa fue mucho más agradable.

Ahora que estaban lejos de la fiesta y podía dejar de preocuparse, la velada parecía más divertida en perspectiva. Debía asegurarse de que Félicité aprendiera a defenderse de chicos que quisieran aprovecharse de ella, porque nadie más le enseñaría eso.

—¿Habéis disfrutado de la fiesta? —preguntó, olvidando momentáneamente su papel de niñera—. Quiero decir, ¿os ha gustado?

—Fue un poco chocante —dijo Henri—. Quiero decir... ¡Chicas! Pero sí, estuvo bien. Y significa que conoceré a algunas personas cuando vayamos a esa escuela.

—Umm —respondió Félicité—. Fue un poco aterrador, pero sí, ha sido divertido.

—Para mí también fue un poco aterrador —concordó Alexandra—. Pero he pasado por cosas peores.

—¿Por Tito? —preguntó Félicité—. ¡Has sido tan valiente!

—No. Él era solo un cretino que pensaba que podía hacer lo que quisiera con las mujeres. Ya he conocido tipos como él, antes. Me preocupaba, porque estaba a cargo de vosotros dos. No quería arruinar vuestra diversión, pero tampoco quería que hicierais algo peligroso. Pero ya no importa, pronto estaremos en casa, bebiendo chocolate caliente y hablando de chicos. —Hizo una pausa—. Tú no, Henri. Tú no tienes que hablar de chicos.

—No me importa —indicó este.

Al girar el vehículo hacia el camino de entrada y ver

un coche estacionado frente al *château*, que no estaba allí antes, Alexandra sintió un fuerte *déjà vu*, como cuando su casa en Londres estaba llena de luces, cuando debería haber estado oscura.

«Por favor, que sea un amigo de David o de Jack», rezó en los dos segundos que tardó en reconocer de quién era el coche.

—¡Es Papá! —soltó Félicité emocionada.

—Decidme rápido —pidió Alexandra—: ¿tenéis permiso para ir a fiestas?

—No lo sé —dijo Henri—. Nunca nos habían invitado a una.

Alexandra iba a llevar el auto al establo donde lo guardaban, pero la puerta del castillo se abrió y Véronique salió.

Le pareció grosero ignorarla, por lo que estacionó detrás del coche de Antoine.

—¡¿Dónde habéis estado?! —demandó saber la mujer—. ¿Y qué habéis hecho con Stéphie?

Alexandra decidió no responder, hasta que todos estuvieran fuera del coche y dentro de la casa.

Para entonces, Antoine ya estaba en la puerta junto a Véronique.

—¡Papá! —exclamó Félicité, corriendo a sus brazos—. ¡Has llegado pronto!

—Y vosotros tarde, *chérie* —respondió Antoine, devolviendo el abrazo—. ¿Dónde habéis estado? ¿Y dónde está tu hermana pequeña?

—Hemos ido a una fiesta —respondió Henri, también abrazándolo—. Stéphie está con la abuela.

—¡Gracias a Dios que está a salvo! —exclamó Véronique, llevándose las manos al pecho.

Alexandra no dijo nada.

Prefería que las explicaciones vinieran de los niños.

Antoine miró a Alexandra, con una expresión indescifrable.

No supo qué decir. Los niños estaban bien y no habían sufrido ningún daño, aunque, al escuchar cómo hablaban con su padre, notó que quizás habían bebido un poco de más.

Aun así, se sentía culpable, como si hubiera fallado en su papel de cuidadora.

—¡No puedo creer que permitieras que los niños fueran a una fiesta sin el permiso de su padre! —le soltó Véronique a Alexandra.

—Si me permites... —dijo Alexandra—. ¿Puedo pasar y entrar a la casa?

Había olvidado lo hermosa que lucía la entrada, decorada para Navidad y con un aroma fuerte a pino, romero y flores dulces.

Alexandra encontró el olor reconfortante.

Milou se acercó y le dio un suave ladrido de bienvenida, seguido de los dos gatitos que, al verla, treparon por su pierna y se instalaron en su hombro.

—Hola a vosotros también. ¿Os habéis portado bien?

De repente, se sintió cansada y le habría gustado

mucho escabullirse a su habitación y dormir, sin más conversación, pero sabía que eso no era posible.

—Véronique, como ha dicho Félicité, habéis llegado antes de lo esperado, y tu habitación no está lista —indicó Alexandra.

—He puesto mis cosas en la habitación donde estuve la última vez —replicó Véronique—. Tiré toda la ropa que estaba en la cama sobre el diván. No necesitas ordenar nada hasta mañana, pero, por favor, pon sábanas limpias en la cama.

Alexandra no quería poner sábanas limpias a su cama, para que Véronique pudiera dormir en ella, pero tampoco tenía la energía para discutir.

—Por supuesto que puedo conseguirte sábanas limpias —dijo, sonriendo como si fuera un gran gesto de amabilidad—. Te estábamos preparando una habitación preciosa en el otro extremo del *château*, cerca de donde están las habitaciones de David y Jack.

Antes de que pudiera subir a buscar las sábanas, David apareció en el vestíbulo, luciendo una bata extravagante, que bien podría haber adquirido en una obra de Noël Coward.

—¿Qué está pasando aquí? —dijo—. ¡Ah! ¡El señor de la casa ha llegado! Bienvenido. ¿Os preparo algo de comer?

Hasta Véronique encontró difícil mantenerse distante. La presencia de David era tan cálida y acogedora que todos se relajaron.

—¡Me muero de hambre! —indicaron Félicité y Henri a la vez.

—Yo también —dijo Antoine—. Dejad de estar de pie en el vestíbulo, que está bellamente decorado, por cierto, y pasemos a la cocina.

Alexandra subió y dejó las sábanas en su cama, para que Véronique pudiera encontrarlas. Luego, recogió algunas cosas personales y las llevó al cuarto de Stéphie. También se aseguró de sacar cualquier cosa que no quisiera que Véronique encontrara, y regresó a la cocina.

David, que dominaba el arte de improvisar comidas y bebidas calientes en un instante, había preparado una serie de aperitivos, y Antoine había encendido la estufa, como solo él sabía hacerlo, además de sacar una botella de brandy y vasos.

Véronique parecía haber entendido que lo mejor era adaptarse al ambiente general.

Aceptó un vaso de brandy y una pequeña tostada con paté, que David había preparado, mientras derretía queso para una exquisita salsa.

Félicité y Henri devoraron casi toda una baguete con paté.

—Bueno —comentó Antoine tras el primer embate de hambre—, contadme qué es eso de una fiesta.

—¡Nunca debiste dejarlos ir a una fiesta! —dijo Véronique, dirigiéndose a Alexandra—. ¿En qué estabas pensando?

—Pensaba, o pensé, que sería agradable que Félicité y

Henri fueran invitados a una fiesta en Navidad —respondió la niñera—. Pero, como no conocía a los anfitriones, decidí que lo mejor era ir con ellos y hacerme pasar por una invitada más.

Lo último lo dijo en tono de broma, pero solo David soltó una risita.

—Y hemos vuelto sanos y salvos —señaló Félicité. Le lanzó una mirada a la joven—. Alexandra no nos quitó los ojos de encima en toda la fiesta.

Antoine se rio.

—Qué... molesto de su parte.

Alexandra lo miró con más atención, ahora que el sentimiento de culpa se había disipado un poco.

—Fue muy molesto, pero no sabía qué más hacer para mantenerlos a salvo.

—¡Podrías haberles prohibido ir! —soltó Véronique. Pero, en ese momento, miró el plato que David le había puesto enfrente, con una tostada dorada y burbujeante de salsa de queso fundido, y su indignación pareció disminuir.

—Creo que ha quedado claro que los niños estaban seguros —dijo Antoine con calma—. Hablaremos de esto mañana, Alexandra.

Capítulo 24

A la mañana siguiente, Alexandra se levantó nada más despertarse.

Quería ser la primera en levantarse, para tomar el control, y también para ver a Antoine, antes de que Véronique estuviera allí para complicarle las cosas.

Había atendido a los animales, molido café, encendido la estufa, lavado los vasos que quedaban de la noche anterior, puesto la mesa y dispuesto toda la comida adecuada para el desayuno, pero, aun así, dio un pequeño salto, cuando Antoine apareció en la cocina.

Respiró hondo con rapidez.

Normalmente, era una persona segura de sí misma, que no temía a nadie, pero, en presencia de Antoine, se sentía como una niña pequeña, que había hecho algo malo.

—¡Buenos días! ¿Quieres café? ¿Te hago unos huevos revueltos? —Demasiado tarde recordó que estaban en Francia y que probablemente preferiría un cruasán o pan con mantequilla—. No he ido a la *boulangerie*.

Él la miró de esa manera ligeramente divertida, ligeramente desconcertada que tenía. La misma que hacía que las mariposas en su estómago, listas para volar, se agitaran desde la primera vez que lo vio.

Alexandra respiró de nuevo, dudando de si debía abrir la conversación sobre la fiesta o dejar que él lo hiciera.

En ese momento, entró Véronique.

—¡Buenos días! ¿Cómo estás, *chéri*? —le preguntó a Antoine—. Alexandra... —añadió con un leve asentimiento formal, antes de sentarse en la mesa—. Oh, ¿no hay cruasanes? —Miró interrogante a Alexandra y luego soltó una pequeña risa—. ¡Ah..., *non*! Apuesto a que estás sufriendo de la *gueule de bois*.

Alexandra rio por educación ante la broma, que en realidad no tenía ninguna intención de ser agradable.

—*Pas du tout!* Apenas bebí alcohol, anoche, y nada en la fiesta. No tengo resaca.

—¿Quieres que vaya por pan fresco y cruasanes? —preguntó Antoine.

Véronique negó con la cabeza.

—No, no. No quiero molestarte. ¡Milou! —exclamó, al apartarse del perro que se había levantado de su lugar, frente a la estufa, para ver si había algo que podría caer de algún plato del desayuno—. ¡Pareces cada vez más grande! Estoy segura de que serías mucho más feliz viviendo en una caseta fuera. Y en cuanto a los gatos...

—Son de Stéphie —intervino Antoine—. Han crecido mucho desde que nos fuimos, pero todavía son muy... juguetones.

—Por supuesto que adoro los animales —dijo Véronique—, pero deberían estar fuera de la casa.

—Podría ir a la panadería y de paso recoger a Stéphie —sugirió Alexandra, quien de repente buscaba una excusa para salir—. Aunque tendréis que esperar un poco para el desayuno.

—Estoy seguro de que tienes mucho que hacer —comentó Antoine con una sonrisa amable—. Estaré encantado de ir a por Stéphie.

—Me encantaría acompañarte. La pequeña Stéphie es tan dulce... —indicó Véronique—. Y, Alexandra —dijo su nombre como si fuera un honor recordarlo—, dormí muy bien en esa habitación, así que, tal vez, si sacas tus cosas, pueda quedarme allí.

—Me temo que eso no es posible —respondió Alexandra, con una sonrisa tan educada y fría como la de Véronique—. Tengo todos mis regalos de Navidad y mis ropas en esa habitación. Sería imposible mudarme de forma permanente. O incluso hasta el final de las vacaciones de Navidad.

—¿No es cuestión de buenos modales aceptar alguna incomodidad por tus invitados?

—Por supuesto, pero hemos estado preparando una habitación muy encantadora para ti en el otro extremo del *château*, donde normalmente ponemos a los invitados —Alexandra se dio cuenta de que estaba haciendo una declaración bastante pomposa, pero siguió adelante—. Félicité ha estado decorando la habitación. ¡Ah, aquí está ella! Y Henri.

Nunca había estado tan feliz de ver a los niños, que ahora le parecían los amigos más queridos.

—Has puesto mucho esfuerzo en la habitación de Véronique, ¿verdad, Félicité?

Esta, con el cabello desordenado, asintió y se sentó.

Henri se acomodó junto a ella.

Nadie dijo nada. Alexandra esperaba que no estuvieran sufriendo de una *gueule de bois*. Tal vez habían tomado más alcohol en la fiesta de lo que se había percatado.

Antoine observó la mesa.

—Creo que tal vez tomaré huevos revueltos, Alexandra. ¿Si aún están disponibles?

—Por supuesto —indicó la niñera, encontrando la sartén que más le gustaba para hacerlos, y puso un gran trozo de mantequilla en ella.

—¡Por supuesto que están disponibles si tú los quieres! —exclamó Véronique, claramente pensando que Antoine estaba siendo demasiado tímido para expresar sus deseos—. Si es que los ingleses saben cocinar huevos —añadió con una sonrisa, que implicaba que no podían.

—¿Puedo comer yo también? —preguntó Félicité, estirando la mano hacia el pan—. Oh, es de ayer. —Retiró la mano.

—En Francia no comemos pan del día anterior, ¿sabes? —explicó Véronique amablemente, como si fuera posible que Alexandra no lo supiera.

—Sí —afirmó la joven, comenzando a apretar los dientes—. Pero no puedo ir de compras y hacer huevos revueltos, al mismo tiempo.

Envió mensajes mentales a David, para que viniera

y se encargara de los huevos, y así poder escaparse a la *boulangerie* a comprar baguetes y *pain de champagne*, y posiblemente un *pain au chocolat*, que comería en el coche.

Tendrían que pensar en otras comidas, también.

Sin la necesidad de considerar a Véronique y Antoine, habían planeado cosas muy simples para centrar la atención en la cena de Navidad. Ahora, todo iba a ser más complicado y mucho menos divertido.

Claro que no pensaría en eso, si Antoine hubiera llegado inesperadamente temprano, solo.

David y Jack entraron en la cocina, mientras todos, excepto Véronique, que prefería mordisquear pan duro, antes que cualquier cosa preparada por Alexandra, comían huevos.

—Siento mucho haberme quedado dormido —dijo David, mirando a su amiga—. Pero los huevos revueltos de Alexandra son mejores que los míos, así que habéis tenido suerte.

—Saldré a comprar pan —anunció Alexandra, levantándose.

—Yo iré —dijo Jack—. Creo que te necesitan aquí. —Demasiado tarde se dio cuenta del mensaje silencioso de Alexandra, de que necesitaba escapar—. Aunque, claro, si prefieres ir tú...

—Tendremos que pensar en la comida —indicó

David, que en ese momento parecía no pensar en otra cosa.

—Estoy segura de que Antoine te dirá lo que quiere, David —dijo Véronique—. ¿Podrías servirme un poco más de café? —añadió, dirigiéndose a Alexandra.

—Aunque estoy más que dispuesto a ayudar —respondió David, de repente muy digno—, estoy aquí como el tutor de los niños. Alexandra es su niñera. Parece haber un malentendido sobre nuestros roles en el castillo. —Le dirigió a Véronique su sonrisa más encantadora.

Para alguien que normalmente era tan afable y tranquilo, podía ser devastador, si quería poner a alguien en su lugar.

—Me doy cuenta de que nuestra llegada anticipada ha alterado tus planes —dijo Antoine—. Si nos das una lista, podemos hacer las compras por ti.

—¿Puedo ir contigo a recoger a Stéphie? —preguntó Félicité—. Hay algo que quiero hacer en el pueblo.

—Estaremos ocupados cuando vayamos al pueblo —dijo Véronique—. No tendremos tiempo para que te reúnas con tus amigos.

—Oh..., ¿vas a ir con Antoine? —preguntó Alexandra, sabiendo perfectamente que ese era el plan de Véronique—. Pensaba que querías instalarte en tu habitación.

—¡Basta! —soltó Antoine, levantándose de la mesa—. Iré al pueblo a recoger a mi hija. Llevaré a sus hermanos conmigo. Antes de irme, veré qué hace falta comprar para la casa. ¿Niños? Preparaos para salir de casa en cinco minutos.

El hombre salió de la cocina, seguido de Milou y los gatitos, lo que hizo que Alexandra quisiera reír.

Véronique no tenía ganas de reír.

Obviamente, estaba furiosa, pero no podía expresarlo.

Finalmente, se subió al coche, mientras David terminaba la lista de la compra y Henri buscaba sus zapatos.

Aunque a Alexandra le molestaba que Véronique hubiera desobedecido las indicaciones expresas de Antoine, y aparentemente se hubiera salido con la suya, tenerla fuera de la casa era un verdadero alivio.

—Puedo decirte esto, ahora que no está aquí: Véronique parece absorber toda la alegría de las cosas —dijo Alexandra, recogiendo los platos del desayuno.

—Así es —concordó David, llenando un cuenco de esmalte con agua hirviendo—. Pero no dejaremos que arruine nuestra Navidad. Siempre hay un invitado difícil al que debes invitar. Es tradición.

Alexandra rio.

—Siempre logras hacerme sentir mejor con las cosas.

—Me alegra. —Continuó lavando los platos en silencio, durante un rato, mientras Alexandra limpiaba la mesa y guardaba lo que quedaba del desayuno—. ¿Lexi? —preguntó.

—¿Umm?

—¿Has tenido la oportunidad de ver el mural que está pintando Félicité en la habitación que sería para Véronique?

A Alexandra se le encogió un poco el corazón.

—No. ¿Por qué?

—Bueno, no he entrado —dijo David—. Pero, cuando pasaba y la niña dejó la puerta abierta, no pude evitar ver...

—¿Qué?

—Es un poco... salvaje.

—Vamos a verlo cuando terminemos aquí. Pero no voy a darle mi habitación a Véronique. No lo haré —afirmó—. ¿O es una tontería?

—Miremos la habitación y luego decides —indicó David.

—Vaya —dijo Alexandra, unos minutos después, con los ojos bien abiertos—, es ciertamente vibrante.

—No había una gran variedad de colores, cuando fuimos a comprar la pintura. Pero había muchos tonos de verde —contó David.

—Así que, en un tema sobre la jungla, tiene sentido. ¡Y ese loro es genial!

—Félicité lo copió de un libro antiguo que conseguí en el brocante. Es una pena que el mural no esté terminado.

—Bueno, pensaba que tenía otros dos días. —Alexandra, de repente, se preocupó—. ¿Estará Véronique cómoda aquí?

—Sí, lo estará —dijo con firmeza—. Tú necesitas estar cerca de los niños y los animales. Nuestro baño es más grande y está más ordenado. Ve a por sus sábanas. Encontraremos un jarrón grande y lo llenaremos de follaje aromático, y todo quedará encantador.

Alexandra le apretó el brazo.

—No sé qué haría sin ti, David.

—Te las arreglarías a la perfección —señaló de forma reconfortante.

Alexandra y David pasaron una hora arreglando la habitación de Véronique, lo mejor posible.

La joven encontró unas fundas de almohada con encaje y un mantelito —que sospechaba que era en realidad para un altar— para la cómoda que habían convertido en tocador. Había un juego de tocador de porcelana: pequeños cuencos, una bandeja para horquillas; encontraron candelabros en un armario, los lavaron y también los colocaron.

Se quedaron allí, «decorando el set», como lo llamaba David, hasta que empezaron a sentir hambre.

—Es la hora del almuerzo —declaró Alexandra, y se dirigieron hacia la parte principal de la casa.

Jack estaba en el recibidor. Tenía un sobre en la mano y parecía impactado, aunque sostenía una tarjeta navideña de aspecto común.

—¿Malas noticias, viejo amigo? —preguntó David.

—No estoy seguro —dijo—. Son noticias inesperadas, eso seguro.

—Vamos a almorzar y nos cuentas —comentó Alexandra, quien no quería ser insensible, pero tampoco quería quedarse en el recibidor para siempre.

Antoine y los niños podían regresar en cualquier momento, sin mencionar a Véronique.

Pasó junto a los dos hombres y, para cuando llegaron a la cocina, ya tenía sopa calentándose y pan y queso sobre la mesa.

A David le encantaba hacer sopa y siempre tenía alguna lista.

—¿Cuál es tu noticia? —se interesó Alexandra con suavidad, después de que todos hubieron tomado algunas cucharadas y unos sorbos de vino—. A menos que no quieras contármelo.

—No, está bien —dijo Jack—. La tarjeta es de mi hermano. Él y su familia van a emigrar a Australia. Creen que debería ir con ellos. Siempre hemos sido muy cercanos... Son la única familia que tengo, en realidad.

Alexandra no pudo evitar pensar en Penelope. ¿Cómo se sentiría si Jack emigrara? Devastada, estaba segura de ello.

—¿Vas a ir? —preguntó Alexandra con tacto—.

Supongo que necesitas pensarlo —añadió, consciente de que aún no había tenido tiempo para decidir.

—No lo sé —indicó, respirando hondo—. No creo que pueda. Sabéis cómo me siento respecto a Penelope. Ahora que la he encontrado, después de tantos años, no quiero arriesgarme a perderla otra vez.

La joven puso una mano en su brazo.

—Entonces, habla con Penelope sobre esto. Creo que deberías pedirle... —Se detuvo—. Esto no tiene nada que ver conmigo.

—¿Pedirle qué? —la interrogó Jack.

—¡Que se case contigo! —exclamó Alexandra.

Hubo un silencio sorprendido.

No era lo que había planeado decir. Solo iba a decir algo vago como «ver cómo se sentiría», pero, de repente, sintió que ya era hora de que Jack y Penelope dejaran de andar con rodeos.

—A menos que no quieras casarte con ella, claro.

Jack la miró con seriedad.

—¡Sí! ¡Sí, quiero casarme con ella! Pero ¿qué puedo ofrecerle? Tengo un piso en Londres, pero no en la mejor zona. Podría mantenernos, pero... —Hizo un gesto y casi derribó un jarrón con ramas verdes.

—¡Solo hazlo! —indicó Alexandra—. Algo que sé, casi con certeza, es que Penelope tiene su propio dinero, y que no te rechazará, solo porque no tengas. Si te ama, dirá que sí. Y si no, dirá que no.

—¿Puedo pedirte el coche, David? —dijo Jack.

—¿No quieres terminar de almorzar antes de irte? —preguntó Alexandra, mientras este tomaba las llaves que su amigo le ofrecía.

Jack negó con la cabeza.

—He perdido suficiente tiempo de mi vida sin ella. ¡Ni un segundo más!

—¿Adónde vas? —preguntó David.

—A proponerle matrimonio, por supuesto.

Entonces, abrió la puerta principal y salió con gran determinación.

Unos minutos después de que se fuera, cuando Alexandra y David regresaron a su almuerzo, esta comentó:

—Quise decir, cuando fuera el momento adecuado, y no que tuviera que salir de inmediato.

David se rio.

—Le has dado el empujón que necesitaba. Él y Penelope podrían tener una buena vida aquí, o eso creo. Es un buen pueblo, muy animado.

Después de terminar la sopa y pasar al queso, Alexandra preguntó:

—¿Y tú? ¿Podrías tener una buena vida aquí, David?

Él asintió.

—Sí, creo que podría. Podría conseguir una furgoneta, comprar mercancía aquí y llevarla al Reino Unido, para venderla y obtener una buena ganancia.

—Sé que estabas pensando en hacer eso —indicó—, me lo comentaste. —Hizo una pausa. En realidad, quería la respuesta a otra pregunta—. Me has dicho... Me preguntaba...

Se detuvo.

Nunca le había preguntado a David sobre su vida amorosa, y él nunca había ofrecido detalles. Era un acuerdo tácito, que ese tema estaba prohibido, pero ahora sentía que quería saber de ello.

—¿Te preguntabas si, como Jack, podría encontrar al amor de mi vida? —David tomó otra rebanada de queso, y ambos guardaron silencio mientras él se la comía—. Creo que podría. De hecho...

—¡No me lo digas, si no quieres! —le cortó, pensando que quizás había cruzado una línea que había existido entre ellos durante años.

—Estás siendo inusualmente discreta, Lexi. Normalmente, dices lo que piensas, y preguntas cualquier cosa que necesitas saber.

—Lo sé, pero... Esto es diferente.

Era diferente.

La vida amorosa de David sería ilegal en Inglaterra, y no querría involucrarla en eso.

—Aprecio tu discreción, querida, y aquí hay alguien que... me gusta. ¿Es suficiente con eso?

Alexandra sonrió.

—Es más que suficiente. Muchas gracias por contármelo.

—Y ya que estamos contándonos cosas, ¿hay algo que te gustaría confiarme? La casa siempre está llena de gente y ahora, en Navidad, aún más. Quizás esta sea nuestra única oportunidad.

Alexandra suspiró.

—Bueno, supongo que no es ningún secreto, al menos para ti, que me he enamorado de Antoine. Sé exactamente lo tonto que es, lo cliché que suena... Honestamente, es prácticamente una copia directa de lo que ocurre en *Jane Eyre*, pero no puedo evitarlo. Sé que se me pasará con el tiempo, y que acabaré casándome con alguien adecuado, alguien que no sea mayor, que no tenga hijos y un *château* destartalado...

David se carcajeó.

—No sé cuándo fue la última vez que leíste *Jane Eyre*, pero estoy bastante seguro de que el señor Rochester se enamoró de la institutriz.

Alexandra soltó una pequeña risa.

—¡Antoine, no se parece en nada al señor Rochester!

—Y tú no te pareces en nada a Jane Eyre, pero creo que deberíamos revisar los áticos, en busca de esposas locas, por si acaso.

Ahora Alexandra también se reía de forma exagerada.

—No creo que sea necesario. Sabemos quién es la exesposa de Antoine, y no está en el ático.

—¿Cómo sabemos que solo tiene una? Puede que haya una habitación llena de cuerpos allá arriba. «¡Ana, hermana Ana!» —recitó él—. «¿Ves a alguien venir?».

—¿Cómo en *Barba Azul*? —Ahora Alexandra estaba un poco histérica.

Habían llevado la conversación a varios niveles más de exageración, en los que Alexandra era ahora Blancanieves, enamorada de los siete enanitos, cuando de repente Véronique, con los niños justo detrás de ella, apareció en la cocina.

—Parece que estáis teniendo una fiesta privada —comentó la mujer, buscando objetar algo, pero sin encontrar razón alguna.

—No creas —dijo Alexandra—. David ha hecho una broma que me ha parecido divertida.

—¿Podríais compartirla? —preguntó esta.

—Oh, no —dijo David con firmeza—. Las bromas nunca soportan ser repetidas. ¿Ya habéis almorzado?

—Hemos ido a almorzar —dijo Stéphie—. Maxime estaba allí, y te envía saludos. —Puso los ojos en blanco—. ¿Dónde están los gatitos? Oh..., aquí están.

Véronique sonrió.

—Dime, Stéphie. ¿Cuál es el nombre del gatito atigrado? Sé que el blanco se llama Bola de nieve.

—Margaret —dijo la niña instantáneamente, aunque Alexandra nunca la había escuchado llamar así al animal, y estaba bastante segura de que nadie más lo había hecho.

A Stéphie no le gustaba quedarse sin respuesta.

—Qué encantador —indicó Véronique.

—Venid a mi habitación, Bola de nieve, Margaret —ordenó Stéphie, y salió de la habitación, seguida por los gatitos, que corrían tras ella.

Antoine apareció.

—Deberíamos averiguar el sexo de esas criaturas, antes de que nos encontremos invadidos por ellas.

—¿Te gustaría ver tu habitación, Véronique? —preguntó Alexandra.

La mujer hizo una mueca leve, como si no estuviera muy contenta con que Alexandra usara su nombre de pila.

—Estoy realmente muy a gusto...

Alexandra interrumpió esa afirmación tan repetida de que Véronique estaba muy feliz en su habitación.

—He hecho tu dormitorio muy cómodo. Félicité, ¿vienes conmigo para mostrarle la habitación a Véronique? Tu mural es lo que hace que sea tan especial.

—¿De verdad? —Félicité parecía dudar con esa afirmación.

—Eso creo —dijo Alexandra.

—Y yo también lo pienso —apoyó David—. Honestamente, Véronique, te va a encantar lo que hemos hecho en el cuarto.

—¡Vamos, todos! —dijo Alexandra con energía, y partió, asumiendo que los demás la seguirían.

Lo que no esperaba era que Antoine se uniera también.

Y, mientras pasaban por la puerta de la habitación de Stéphie, la niña y los animales se sumaron a la procesión.

—¡Vaya! —exclamó Véronique, después de que Alexandra le mostrara la habitación con un gesto dramático.

—¿No es increíble? —soltó David—. Antoine, ¿sabías que tu hija tenía tanto talento artístico?

—No —respondió el hombre, imposible de leer—. Lo desconocía.

El mural de la jungla, con árboles enormes en varias tonalidades de verde, loros vivos y flores tropicales, estaba muy bien hecho, aunque, sin duda, dominaba la habitación.

Por un momento, Alexandra se preguntó si tendría que ceder y dejar que Véronique se quedara con su propia habitación, solo para evitar discusiones, pero esta era más grande que la suya, con una vista hermosa, y el baño estaba justo al lado.

—No creo que pueda dormir aquí —dijo Véronique—. Ese mural me va a dar pesadillas.

—¡A mí no me daría pesadillas! —indicó Stéphie—. Mira qué bonito está el tocador.

—El baño está justo al lado —dijo David—. Y podrás usarlo en exclusividad. Hay otro baño, más al final del pasillo, que Jack y yo utilizaremos.

No mencionó que ese baño era pequeño, frío y estaba bastante lejos, obviamente diseñado solo para uso de los criados.

Alexandra respiró hondo, preguntándose por qué ella y David se estaban esforzando tanto para que Véronique estuviera cómoda, cuando la mujer no mostraba ninguna gratitud.

Pero era por Antoine.

Quería hacerle la vida lo más fácil posible.

—Creo que estarás muy cómoda aquí, Véronique —dijo el hombre—. Y si tu madre cambia de opinión, y decide unirse a nosotros para Navidad, la habitación es lo suficientemente grande para compartirla. Podríamos encontrar una cama extra.

Alexandra captó la rápida sonrisa de disculpa que él le dirigió y lo perdonó de inmediato por todo.

—Siempre hay sitio para uno más en un *château* —añadió David, tras un largo silencio.

Todos habían emprendido el regreso a la parte principal de la casa, cuando la puerta principal se abrió.

Entraron Jack y Penelope.

Se reían, y el moño de Penelope empezaba a deshacerse. Ambos lucían jóvenes, alegres y, sobre todo, muy, muy felices.

—¿Qué está pasando? —preguntó Antoine—. ¿Qué habéis estado haciendo?

—¡Nos hemos comprometido! —anunció Penelope.

—Ha dicho que sí —dijo Jack, al mismo tiempo.

Justo en ese momento, se dieron cuenta de que estaban parados bajo una rama de muérdago, y Jack le dio a Penelope un beso sonoro.

—¡Abuela! —exclamó Stéphie—. ¡Desconocía que sabías de besos!

—Vamos todos al salón, voy a llamar a Henri —indicó Antoine—. Esta situación requiere champán.

Capítulo 25

Alexandra había decidido rechazar la copa de champán que Jack le ofrecía, hasta que vio a Véronique mirándola con desaprobación. Así que la tomó, aunque sabía que eso la haría sentirse cansada.

Estaban reunidos en el salón, y ella estaba sentada en un pequeño sofá, un poco apartada de los demás, planeando cómo escapar.

—La cuestión es —dijo Jack, caminando frente a la chimenea, todavía rebosante de entusiasmo—, que necesitamos celebrar la boda bastante pronto, antes de que mi hermano emigre, para que él y su familia puedan venir.

—¡Nosotros también queremos ir! —exclamó Stéphie—. También los gatitos. A Milou no le importa. Él es un chico. A ellos no les importan las bodas.

—Tú y Félicité seréis mis damas de honor —indicó Penelope—. Llevaréis vestidos muy bonitos, y flores en el cabello.

—Pensé que las bodas, después de la primera, eran usualmente más sencillas, más austeras —dijo Véronique, decidida a aplacar el entusiasmo de todos.

—No, en este caso —respondió Penelope.

—No, ciertamente —asintió Jack—. ¡Esta va a ser una gran celebración!

Stéphie saltaba de emoción.

—No sabía que la gente mayor se casaba. ¡Es muy emocionante!

—Es muy grosero referirse a la gente como «mayor» —la reprendió Véronique.

—¿Por qué? —preguntó—. ¿Es malo ser mayor?

—Es mejor que la alternativa —dijo Jack.

Penelope soltó una risa, que parecía un poco un susurro. Parecía haber pasado de ser la estricta abuela, a una mujer enamorada en un instante.

—Cuanto antes vayan a la escuela estos niños, mejor —murmuró Véronique.

—¿Qué quieres decir? —preguntó Henri.

—Creo que necesitas estar en la escuela, *chéri* —respondió Véronique—. Sé que tu madre piensa que tú... En realidad, me refiero a Félicité y a Henri, deberíais empezar en enero.

—No vamos a ir a esa escuela —la contradijo Félicité con firmeza.

—No —coincidió Henri—, queremos ir a la que van nuestros amigos.

—¡Niños! —dijo Antoine, tranquilo pero firme—. Este no es el momento para hablar de colegios. Estamos hablando de la boda de Penelope y Jack.

—Ella ha empezado... —susurró Stéphie, mirando de forma acusadora a Véronique.

Su padre le lanzó una mirada que hablaba por sí sola.

—Quizás, Stéphie y yo deberíamos... —Alexandra se puso de pie, pensando frenéticamente en alguna actividad urgente en la que pudieran embarcarse.

—No te vayas —le pidió Jack—. Queremos hablar contigo sobre nuestra boda.

—Sí —dijo Penelope, mirando a Antoine—. Queremos celebrarla en el antiguo invernadero.

—Por supuesto —aceptó el hombre, visiblemente sorprendido—. Pero no está en condiciones para celebraciones. ¿Hay alguna razón especial?

Penelope y Jack se miraron, y la mujer se sonrojó.

—Eh... Bueno... —dijo Jack—. Nos conocimos en Saint-Jean-du-Roc, antes de la guerra. Ambos estábamos de vacaciones aquí. El *château* estaba vacío, en ese entonces, y nos metimos en los terrenos por un muro derrumbado.

—Empezó a llover a cántaros —explicó Penelope—. Y decidimos refugiarnos en la *orangerie*.

—Ya veo —dijo Antoine—. Pero, aun así, no está en condiciones para una boda.

—Mucho mejor, tener un buen almuerzo en la *auberge* local —sugirió Véronique.

—Estará en condiciones para una boda cuando Lexi y yo hayamos terminado con ella —dijo David, lanzando una mirada a Véronique que, si ella lo hubiera visto, la habría puesto en su lugar—. Quizás podamos pedirle a Félicité que pinte un mural.

La niña parecía complacida. La recepción mixta de su mural, en la habitación de Véronique, la había dejado un poco desanimada.

—Eso dependerá de Antoine —señaló Véronique con frialdad—. Parece que todos habéis olvidado que el *château* es suyo. Quizás no desee celebrar la boda aquí.

Jack parecía avergonzado.

—Lo siento mucho. Es solo que...

Antoine levantó una mano.

—Ya he dicho que el *château* y sus ocupantes estaremos encantados de albergar vuestra boda, Penelope y Jack —dijo, lanzando a Véronique una mirada que Alexandra deseó poder interpretar—. Ahora, más champán. Brindemos por el invernadero, con la esperanza de que esté restaurado a tiempo. Y, Félicité, creo que un mural sería un muy buen comienzo. —Como un mago, David sacó otra botella de champán y llenó las copas—. Por la *orangerie* —brindó Antoine, levantando la suya—, y por mi querida suegra, Penelope, y su afortunado prometido, Jack.

Tan pronto como pudo, Alexandra escapó a su habitación, con la excusa de envolver los regalos, pero, en realidad, fue para acostarse y pensar en lo que debía hacer.

Sabía que Véronique estaba allí con Antoine, y sabía que debía marcharse.

Se preguntaba cuándo y cómo debería hacerlo, cuando Stéphie entró, con un gatito en el hombro y otro en los brazos.

—¡Oh, aquí estás! Acabo de estar abajo, fuera del estudio de papá.

—¿Por qué estabas allí, Stéphie? —le preguntó, pensando que no podía haber una razón sensata.

—Escuché a papá y a Véronique hablando.

Por un segundo, Alexandra luchó consigo misma. Sabía que debía reprender a Stéphie por escuchar conversaciones ajenas, pero le costaba hacerlo.

—Sabes que no debes escuchar detrás de las puertas...

—Entonces, ¿no quieres saber lo que dijo Véronique?

Alexandra exhaló.

—Está bien, cuéntamelo, ya que tantas ganas tienes.

—Dijo que papá debería despedirte.

Se quedó sin aliento. Con seguridad, no había hecho nada tan malo, como para que la despidieran.

—¿Ha dicho por qué?

—Porque habías permitido que «los niños», aunque a mí no me dejaste —Stéphie parecía un poco resentida con esto—, asistieran a una fiesta totalmente inadecuada. Y que dejaste que Félicité pintara en las paredes.

—¿Y qué le ha contestado tu papá? —Esta era la parte importante.

Alexandra sabía perfectamente que Véronique haría cualquier cosa para deshacerse de ella.

Stéphie parecía decepcionada.

—No respondió. Miré por el ojo de la cerradura y solo pude ver su boca, que estaba en una línea recta. La abrió, como si fuera a decir algo, pero no escuché nada. Milou ladró, porque uno de los gatitos le mordió la pata, así que tuve que salir corriendo hacia aquí.

Alexandra no sabía qué decir.

No quería regañar a Stéphie, por hacer algo que ella misma habría hecho, y que ya habían hecho juntas, pero tampoco podía ignorarlo.

Stéphie pareció entender su dilema.

—Lexi, sé que piensas que no debería haber escuchado, pero te alegra saber lo que dijo Véronique, ¿verdad? Y a veces tienes que escuchar detrás de las puertas para enterarte de cosas importantes, que nadie va a decirte, porque solo eres una niña.

—Eso es muy cierto —admitió, ya que, de niña, había hecho bastante espionaje—. Pero no deberíamos hacerlo, a menos que sea realmente importante. Ahora vamos a ayudar a David con la cena.

Mientras seguía a Stéphie y a sus gatitos escaleras abajo, sintió que realmente no había manejado bien la situación.

Solo la había dejado pasar.

Quizás Véronique tenía razón: era una mala niñera.

Capítulo 26

Era Nochebuena y Alexandra, y sus tres pequeños a cargo, estaban apretujados en la parte trasera del coche.

Iban a cenar —*le réveillon de Noël*— con Penelope.

Alexandra había sugerido llevar el otro coche con los niños, y Véronique estaba encantada con la idea. Sin embargo, Antoine decidió que debían viajar como una familia.

Alexandra pensó que aún veía a sus hijos como pequeños, y, después de todo, no era un viaje muy largo.

Jack ya estaba en casa de Penelope, y David tenía un compromiso propio para la noche.

Alexandra no estaba especialmente entusiasmada con la reunión.

Véronique se mostraba terriblemente posesiva con Antoine, y Lucinda, con seguridad, sería muy maternal con sus hijos.

Si bien no había nada de malo en esto, a Alexandra le parecía una clase de amor algo artificial, y le crispaba los nervios.

Además, cuando Véronique y Lucinda estaban juntas, parecían decididas a etiquetar a Alexandra como «la niñera»", y, aunque no había nada de lo que avergonzarse, mantener una postura altiva, frente a su desaprobación, era agotador.

Sin embargo, todos parecían comportarse mejor.

También estaba el viejo amigo de Penelope, Gérard, junto con un par de señores mayores.

Alexandra sospechaba que Penelope había invitado a todos los que pudieran estar solos. La Nochebuena era el día grande de celebración en Francia, por lo cual, ella y Jack podrían celebrar la Navidad inglesa el 25 de diciembre.

Finalmente, Gérard y los más ancianos se retiraron, y todos fueron llamados a la mesa para cenar.

Penelope le comentó a Alexandra que los mayores estaban felices de tomar una copa, pero preferían evitar una cena larga y pesada, que les impidiera dormir.

—Y, aunque tradicionalmente deberíamos comer esta cena, después de la misa de medianoche, no habría podido hacerlo. Ni siquiera cuando era joven.

—Yo tampoco —convino Alexandra—. ¿Hay algo en lo que pueda ayudar?

Pero Penelope había contratado a unas jóvenes de Saint-Jean-du-Roc, como camareras, así que la ayuda de Alexandra no era necesaria.

Todo iba bien, aunque un poco aburrido, cuando a Stéphie de repente se le ocurrió algo.

—¿Papá? No has llegado a contarme qué ha pasado con la trufa. La que Milou encontró en el bosque.

—¡Oh, *chérie*! —dijo Antoine—. Lo siento mucho. Han pasado tantas cosas desde entonces. La vendí a un amigo, el mismo que nos enseñó a buscar trufas ese día. Conseguí bastante dinero por ella, y la próxima temporada, buscaremos más.

Stéphie aplaudió emocionada.

—Entonces, ¿ya no tendrás que irte a trabajar nunca más?

—Stéphanie... —intervino Véronique con una voz melosa—, tu padre es un hombre importante. No puede quedarse en casa cuidándote.

—Y, aunque obtuve bastante dinero por la trufa, todo gracias a ti y a Milou —añadió Antoine—, no fue suficiente para que podamos vivir de eso. Aunque en los próximos años encontraremos más trufas y ganaremos más. Es solo que ahora mismo no es suficiente.

Stéphie suspiró, sintiéndose decepcionada.

—Entonces, papá debe casarse con Lexi. Así ella recibirá su fortuna y habrá mucho dinero.

Alexandra deseó desaparecer en su silla, y era evidente que nadie más en la mesa estaba contento con ese comentario. Varias personas comenzaron a hablar, al mismo tiempo, pero fue la voz de Véronique la que cortó el bullicio.

—¡Stéphanie! No debes decir mentiras. Alexandra no es una princesa de cuentos de hadas, con una fortuna que pueda resolver todos los problemas.

—Sí —agregó Lucinda—. Creo que se ha exagerado demasiado con esa fortuna. Probablemente, no sea gran cosa.

—Seguro que la recibe cuando se case —continuó Stéphie, con su voz clara y audible para todos—. La oí hablar de eso por teléfono con su amiga.

Alexandra se levantó y salió de la habitación.

No solía avergonzarse con facilidad, pero ahora estaba lista para morir de la vergüenza.

—No me siento bien —dijo al llegar a la puerta, esperando que esa explicación calmara la curiosidad de los demás.

Cinco minutos después, Penelope la encontró inclinada sobre el lavabo, con las manos en las sienes, tratando de calmar el dolor de cabeza que sentía de repente. Si tan solo hubieran venido en dos coches, como ella había sugerido, ya estaría de camino a casa.

—¡Oh, Penelope! —dijo en inglés—. ¿Qué puedo hacer? ¡Esto es un desastre!

—¡Bah! —exclamó la mujer, también en inglés—. ¿Por qué es un desastre? Una niña ha mencionado algo que todos ya sabían. En cuanto a sugerir que Antoine se case contigo, nadie lo tomará en serio. No tienes de qué preocuparte. —Hizo una pausa—. Probablemente, fue sensato dejar que Antoine se encargara del pequeño revuelo que causó Stéphie, pero en serio, querida, es una tormenta en un vaso de agua. Tómate unos minutos y luego regresa. Nadie se sorprenderá, si has tenido una pequeña *crise de foie*, es normal. Te buscaré una pastilla de Vichy. Tómatela, y luego únete a nosotros, en unos minutos, para el postre.

—Espero que tengas razón —rezó Alexandra.

—Querida, estaría muy decepcionada, si te sintieras *bouleversée* por un pequeño contratiempo social. Te veo en breve.

—¡Lo siento mucho, Lexi! No quería avergonzarte. Papá, dice que lo he hecho.

Alexandra la abrazó cuando volvió.

—No te preocupes, cariño. Solo necesitaba un momento, porque tenía dolor de estómago. ¿Sabes...? —Alexandra se agachó para que solo Stéphie pudiera oír lo que iba a decir a continuación—: La abuela me ha dado una pastilla, me la he tomado, y luego he eructado —Le dio a esta palabra un gran énfasis, lo cual hizo que Stéphie se riera—. Ahora me siento mucho mejor —añadió—. Y dime, ¿los postres están deliciosos?

Regresaron juntas a la mesa, y Alexandra aceptó un *macaron* que Jack le ofreció con una pequeña reverencia, y un gran guiño.

Tampoco rechazó otra copa de champán.

En la mañana de Navidad, Alexandra se levantó temprano.

No había dormido bien, y quería una taza de reconfortante chocolate caliente.

Había pasado buena parte de la noche pensando en cuándo sería el momento adecuado para dejar el *château*.

La pregunta de Stéphie la había hecho sentirse muy expuesta.

Y, cuando no estaba preocupada por eso, pensaba en cómo hacer que el día de Navidad fuera especial para la familia. No tenían costumbres favoritas para ese día, ya que usualmente completaban todas las celebraciones la noche anterior, pero quería ofrecerles una Navidad al estilo inglés.

Todavía faltaba ver y completar el pesebre.

Stéphie estaba dormida, cuando regresaron la noche anterior, y todos pensaron que sería una pena poner al Niño Jesús, sin que ella estuviera presente.

También había regalos para abrir.

Aunque los obsequios de Penelope y Lucinda ya se habían dado, y abierto después de la cena, Alexandra, Jack y David insistieron en reservar los suyos, para hacer del día de Navidad algo más parecido a cómo era en Inglaterra.

Antoine también retuvo los suyos; al igual que Véronique.

Alexandra estaba batiendo chocolate caliente en una cacerola, cuando apareció David. Llevaba su bata de Noël Coward y parecía somnoliento, pero decidido a despertarse.

—¡Feliz Navidad, querida! —dijo—. ¿Cómo estuvo tu noche?

Alexandra le contó, incluyendo cada detalle, cada rubor, exagerando un poco su huida de la habitación. Descubrió que contárselo a David, hacía que todo fuera menos terrible.

—¡Pobrecita mía! —se apiadó David de ella—. Qué vergüenza tan aplastante para ti. Y creo que ni siquiera yo sabía que heredarías al casarte. Pensaba que tenías que esperar hasta los veinticinco.

—Yo misma me enteré cuando vinieron mis primas, y ni siquiera lo habría sabido, si no los hubiera escuchado hablando de eso. Stéphie estaba conmigo, y ahora parece haberse acostumbrado a escuchar detrás de las puertas. Pero, como me recuerda a menudo, yo lo empecé.

—¿Y Penelope te rescató? Cada vez me cae mejor, ¿verdad? La primera vez que la conocí, pensé que era todo ciruelas y sermones, como dice mi escritora favorita. Rígida hasta el extremo. Pero, desde que se ha reencontrado con Jack, se ha suavizado mucho.

—Fue muy amable. Mientras estaba acostada en la cama, pensando en ello, creí que era tan vergonzoso, que tendría que marcharme, pero ahora, bueno... Tal vez, Penelope tenga razón. Solo fue Stéphie diciendo algo que no debía.

—¡Esa es mi chica! —exclamó David.

—¿Y cómo fue tu noche? —preguntó Alexandra, dando un sorbo a su taza espumosa.

—Encantadora —dijo David, de una manera que no invitaba a más preguntas, pero tranquilizó el corazón de la joven.

Al menos, eso había ido bien.

—Entonces, Navidad —dijo ella.

—¡Sí! No me levanté a esta hora tan poco decente, solo por mi salud. Necesito hacer un plan adecuado.

—David, llevas días haciendo planes.

—Nunca los finalicé. Hay demasiadas variables. ¿Sabes que en la Provenza, tradicionalmente, tienen trece postres?

—Sí, me lo han contado varias veces, pero vamos a hacer una Navidad inglesa, así que no tenemos que hacer eso. Además, sería demasiado pesado. Entonces, ¿qué vamos a hacer?

—Encontré una receta encantadora para una tarta de nueces y caramelo, y he hecho una *bûche de Noël*, o tronco de chocolate, como lo llamaría mi abuela. Pensé que los niños podrían decorarlo, si las cosas se ponen aburridas.

—¿El día de Navidad? Eso no debería suceder, ¿verdad?

—Sabes tan bien como yo, lo largos que pueden ser

los días de Navidad. Sé que siempre nos hemos divertido, desde que estamos juntos, pero ¿de verdad? ¿Tener que esperar hasta la hora del té para abrir los regalos? ¿Los tíos y tías locos que hay que invitar, porque no tienen adónde ir? ¿El discurso de la Reina?

—Bueno, he vivido algunas Navidades así, pero, en su mayoría, he sido de la clase de las tías locas. Tenía que ser invitada a las Navidades de otras personas, porque no tenía a dónde ir. Los primos suizos siempre lo organizaban. A veces me divertía, y a veces no.

—Bueno, esta Navidad va a ser divertida. Al menos, para los niños —dijo su amigo—. Así que... —sacó un cuaderno de tapas duras—, tengo un plan. Desayuno. Luego un paseo. Hay que dar un paseo el día de Navidad. Almuerzo ligero, antes de que lleguen nuestros invitados. Aparecerán a eso de las tres, y planeamos cenar a las seis. Entonces, ¿cuándo deberíamos abrir los regalos?

—Oh, Dios mío, no lo sé. Los niños ya han tenido algunos regalos. Tienen sus calcetines. Penelope me los dio, llenos y envueltos, y Antoine los puso en sus camas, después de que se durmieron. Quizás podamos esperar hasta que todos estén aquí.

David anotó esto.

—Entonces, almuerzo ligero, después del paseo, luego charadas, y después todo lo demás...

—¿Charadas?

—¡Claro! Es una tradición. Charadas de verdad, en las que actúas la primera mitad de una palabra y luego la segunda. Lexi, querida, has jugado a las charadas, ¿verdad?

—Sí, pero creo que podría ser difícil en dos idiomas...

—¡Tonterías! ¡Ah! ¡Aquí está Stéphie! ¡Feliz Navidad, querida! —dijo.

—Feliz Navidad —repitió la pequeña, medio dormida—. Traje mi calcetín. ¿Los demás están despiertos? Siempre abrimos nuestros calcetines juntos.

—¿Qué te parece si preparo más chocolate caliente y luego los despertamos? —sugirió Alexandra.

—No necesitamos que nos despierten —dijo Félicité—. Los gatitos se metieron en mi cuarto y saltaron sobre mi cara. —Tenía su calcetín, una preciosa pieza de terciopelo bordada, y lo puso sobre la mesa—. ¿Dónde está Henri?

—Aquí. ¡Malditos gatos! —dijo el niño. Él también tenía su calcetín.

—Chocolate caliente para todos, entonces —indicó David—. ¿Estará abierta la panadería el día de Navidad?

Henri asintió.

—Pero por poco tiempo.

—¡Yo iré! —se ofreció Alexandra, agradecida por tener una excusa para salir al aire fresco.

Sorprendentemente, hacía bastante frío, pero quería sentir el aire en su rostro y despejar su mente.

Al regresar, vio a todos cantando alrededor del pesebre en el vestíbulo.

Las últimas notas de *Away in the Manger*, con una

melodía distinta, a la que ella conocía, se desvanecían. Henri había acompañado la canción con su flauta.

—¡Ha sido precioso! —exclamó, preguntándose si era una tradición familiar y lo bonita que era—. ¿Lo hacéis todos los años?

—Necesitábamos mantenernos ocupados, mientras esperábamos nuestros cruasanes —dijo Véronique, con una sonrisa que no engañó a Alexandra, ni por un segundo—. Ahora que nuestro desayuno finalmente ha llegado, pasemos al comedor. Es un día especial, y debemos celebrarlo.

—Feliz Navidad —le dijo Antoine en inglés, besándole la mejilla.

—Feliz Navidad —respondió, deseando que Véronique no estuviera justo al lado de él.

Después de encontrar una canasta para los cruasanes, *viennoiserie* y pan, Alexandra pasó al comedor.

La mesa estaba puesta, pero Stéphie no había tenido oportunidad de sacar todos los pequeños adornos, para darle un toque festivo. Así que, en lugar de un desayuno acogedor en la cocina, con el fuego de la estufa crepitando y la cafetera burbujeando en la hornilla, los calcetines de los niños abiertos, y cubriendo la mesa con juguetes, desayunaron formalmente alrededor de la mesa, en una fría sala.

—Bueno... —dijo David, después de rellenar las tazas de café y chocolate caliente—, como todos sabéis, Lexi y yo, hemos reclamado hoy como Día de Navidad Inglés, así que seguiremos el horario.

Aunque normalmente era la persona más relajada del mundo, Alexandra notó que su formación como actor le permitía hablar con gran autoridad cuando quería.

Eso hizo que Véronique no dijera nada y que todos los demás prestaran atención.

—Así que, vamos a dar un paseo. No tenemos que ir muy lejos, pero necesitamos salir al aire fresco. Luego, tendremos un almuerzo ligero, y tal vez una copa de champán. Después, jugaremos uno o dos juegos de salón. Nuestros invitados llegarán a las tres en punto.

Su entusiasmo era tal, que Alexandra se preguntó si alguna vez habría interpretado a un profesor de gimnasia.

Le hizo sonreír.

—¡Pero hace mucho frío! —protestó Véronique—. Me habían hecho creer que el clima era mejor en el sur.

—Abrigaos bien —aconsejó David con energía—. No lo sentiréis una vez que empecemos a caminar. ¡Nos encontraremos en la puerta principal en veinte minutos!

Capítulo 27

Era una hermosa mañana de Navidad.

Había niebla y, aunque también había sol, el frío era intenso.

Alexandra caminaba con David y Félicité, mientras Stéphie y Henri corrían junto a Milou y los gatitos, que no tenían intención de quedarse fuera de la diversión.

Antoine y Véronique iban un poco más alejados de los demás, conversando con seriedad.

El aliento de todos se hacía visible en el aire y pronto Félicité se unió a sus hermanos menores, olvidando su dignidad, para correr y mantenerse caliente.

Llegaron a su árbol favorito, en el linde del bosque, y lo treparon. Los gatitos los perseguían y Milou se quedó abajo, mirándolos, molesto y desdeñoso.

—Parece que está diciendo «podría subir con vosotros, si quisiera» —comentó Alexandra a David.

—¡Y yo también! —dijo su amigo—. De hecho, definitivamente lo haría, solo que tengo que volver para poner el pavo en el horno.

—Pensé que era tradicional meter el pavo al amanecer —comentó Alexandra.

—También es tradicional que el pavo quede

demasiado cocido, y las verduras hechas puré. La ventaja de esta Navidad es que podemos crear nuestras propias tradiciones; unas mucho más agradables de soportar.

—Entonces, ¡te apuesto una carrera de regreso!

Los niños, al ver a Alexandra y David corriendo de vuelta al *château*, pronto los siguieron.

Cuando Antoine y Véronique finalmente llegaron, los regalos de Navidad estaban dispuestos en el salón.

Alexandra se había puesto un vestido, con su chaqueta Chanel y sus perlas grandes, y todos habían disfrutado, al menos, de dos chocolates de la caja que David había escondido en la cocina.

Alexandra y David también habían disfrutado de una rápida copa de champán, y todos estaban un poco risueños.

En contraste, Antoine y Véronique estaban serios.

Después del almuerzo, la mujer subió a su habitación decorada con la jungla, y no regresó durante un rato. Se unió a la reunión en el salón, más cálido, ahora que el fuego llevaba un tiempo encendido, vestida con un conjunto muy elegante y una chaqueta de piel. Se acomodó en el borde del sofá, y observó la charada que se interpretaba frente a ella.

El equipo lo dirigía Antoine, e incluía a sus tres hijos y Milou, quien no comprendía en absoluto el concepto de actuar.

—Ingleses... —comentó Véronique, después de un rato—. Están locos.

Alexandra y David intercambiaron una mirada y, al unísono, se levantaron y se retiraron a la cocina.

Allí, pelaron y prepararon, picaron y cortaron, haciendo el relleno, salsas, tomando vino tinto y picando algo, mientras trabajaban.

Tan absortos estaban que, cuando sonó el timbre de la puerta y Milou ladró, se sorprendieron.

Sus invitados habían llegado, y, aparentemente, todos al mismo tiempo.

Primero entraron Penelope y Jack; ella radiante y él orgulloso de la mujer que iba de su brazo, cuyos ojos brillaban y cuyas mejillas estaban sonrojadas levemente.

Con ellos estaba Lucinda, elegante, pero fría, encantada de ver a sus hijos, aunque de una manera contenida, que no permitía que su cabello ni su vestido se desarreglaran.

Maxime, que también estaba en su mejor momento, más apuesto que nunca, los seguía.

Todos fueron bien recibidos y conducidos al salón, donde ahora hacía bastante calor, gracias al tronco que ardía en la chimenea.

El plan era que quienes tuvieran regalos para abrir, lo hicieran antes de la comida.

Esto era, en parte, para que David tuviera tiempo extra, si lo necesitaba, para asegurarse de que las patatas estuvieran doradas, y hubiera suficiente salsa.

El pavo reposaba bajo un montón de toallas, perfectamente cocido, esperando ser llevado al comedor.

Alexandra y David fueron llamados desde la cocina, con ella todavía con el delantal. La urgencia por abrir los regalos era demasiado fuerte como para ignorarla.

Antoine y Véronique tenían regalos para los niños, aunque ya habían recibido los suyos de Penelope y Lucinda, el día anterior.

Alexandra, David y Jack habían decidido reservar los suyos para el día veinticinco, aunque esto causó alguna que otra mirada de reojo de ciertos sectores.

Alexandra le compró a Antoine una botella de coñac y una caja de chocolates, y a Véronique le regaló una funda para pañuelos, que había comprado a una mujer en el mercado. Estaba adornada con encaje hecho a mano y era muy hermosa, lo que le costaba un poco darla.

A cambio, Véronique y Antoine le dieron a Alexandra un lujoso set de baño, que incluía jabón, sales de baño y talco.

Los niños de Alexandra estaban encantados con sus regalos.

Félicité recibió un bonito set de acuarelas, Henri una partitura de una canción pop actual y una armónica, y Stéphie un modelo antiguo de un establo, con varios caballos encantadores.

Lucinda, como de costumbre, había ignorado la existencia de Stéphie, y Alexandra pensó que era importante que ella tuviera algo un poco más especial que sus hermanos.

Finalmente, la apertura de regalos terminó, y David organizó a todos para ir al comedor.

Jack y Maxime fueron muy útiles organizando a la gente, mientras Alexandra y Lucinda llevaban las verduras.

El pavo, tan dorado y lleno como era posible, lo llevaron David y Antoine juntos, y lo colocaron en la cabecera de la mesa, para que este último pudiera trincharlo.

La comida fue un éxito.

Incluso Véronique y Lucinda quedaron impresionadas, aunque ambas tenían razones para desear que la comida fuera decepcionante.

Pero el pavo estaba jugoso, los rellenos eran diferentes de los que se comían comúnmente en Francia, y hasta la salsa de pan, nueva para muchos, fue declarada deliciosa, aunque de mala gana.

Los postres fueron una mezcla de tradiciones francesas e inglesas, incluyendo una rica *bûche de Noël*, tan chocolatosa como cualquiera podría desear, decorada con petirrojos, y un pudin de Navidad, servido con mantequilla de brandy.

Maxime declaró que estaba feliz de comer solo la mantequilla de brandy, que era tan deliciosa.

Fue una ocasión muy alegre, pero Alexandra se sintió aliviada cuando terminó y la gente empezó a despedirse.

Jack fue a hacer su maleta. Se iba a Inglaterra, para ver a su hermano y familia, y así contarles los planes de boda con Penelope.

David también iba a regresar a Inglaterra, durante una semana, aproximadamente, y Véronique, aunque

Alexandra sospechaba que no era lo que había planeado originalmente, tomaría el tren a París por la mañana.

Mientras recogían, David aprovechó para ver cómo se sentía Alexandra.

—Bueno, sabes que estaré fuera unos diez días, pero, si todo se complica demasiado, podría volver.

—No se complicará. Estaré bien —lo dijo con tanta convicción, que se sintió orgullosa de sí misma.

—Estarás sola con Antoine, con solo los niños como carabinas.

—Bueno, pero no se lo digas a nadie, ¿quieres?

—Umm —dijo David.

—¡En serio! Antoine me preguntó si quería tomarme un descanso. De hecho, insistió en que lo hiciera, pero no deseo ir a ninguna parte. —Hizo una pausa—. Aunque tendré que irme cuando los niños vayan a la escuela, obviamente.

—¿Se ha decidido cuándo será eso?

—No estoy segura. Creo que es un tema de dinero. Lucinda está dispuesta a pagar, para que los dos mayores vayan a un internado en Inglaterra, pero Antoine desea que los tres se queden juntos, aquí en Francia. Si eso sucede, tendrá que pagarlo él.

—Realmente, todo sería más fácil si tú y Antoine os casarais —comentó David en tono de broma, y Alexandra no se ofendió.

—Lo sé —afirmó Alexandra—. Pero Antoine nunca va a pedírmelo, ¿verdad?

—Poco probable. Es una pena, en realidad. Ahora, debes prometerme que mañana freirás el pudín de Navidad que sobre, en mantequilla —le pidió.

—Está bien.

—¿Y estarás bien haciendo todas las comidas sin mí?

Alexandra sonrió.

—Me las arreglaré cuando llegue el momento. Por ahora, tengo todas estas sobras: pavo, jamón, paté, queso... Todo tipo de cosas deliciosas. No nos moriremos de hambre, aunque no cocine nada.

—Aún estoy molesto por no haber conseguido Stilton. Los franceses son muy cerrados, cuando se trata de queso.

Alexandra soltó una risa.

—Lo sé. Se mantienen obstinadamente fieles a sus cientos de tipos de queso, y nunca abren la mente a algo diferente.

—Es lo mismo con el pan —añadió David—. Insisten en sus largas baguetes puntiagudas o redondas, con corteza, y parecen ignorar las verdaderas rebanadas cuadradas de pan blanco.

—Que es justo lo que necesitas para hacer buenos sándwiches de pavo —concordó Alexandra.

—Definitivamente, evita todo ese trabajo de cortar. —David dejó de reír y se notó su preocupación—. De verdad, ¿estarás bien?

—¡Claro! No soy una mala cocinera, aunque no soy tan buena como tú, y mi especialidad son las comidas hechas con sobras.

—Hablas con mucha confianza, Lexi —dijo David—. Pero aún estoy preocupado.

En ese momento, Antoine entró con una bandeja llena de copas.

—¿De qué estás preocupado, David?

—Está preocupado de que vuelva a hacer la comida. Completamente innecesario. Cocino perfectamente bien.

—Yo me encargaré de cocinar, mientras estés fuera, David —se ofreció Antoine, con aire de auténtico conde—. Alexandra no puede tomarse el tiempo libre, al que tiene derecho, pero al menos puedo hacerme cargo de sus responsabilidades.

Alexandra lo miró, boquiabierta.

Él puso la bandeja sobre la mesa y luego cerró su boca, levantando la barbilla con un dedo.

—No te sorprendas tanto. Soy un muy buen cocinero.

—Estoy segura de que… —comenzó Alexandra.

—En Francia, dudamos de que los ingleses sepan cocinar —continuó Antoine—. Parece que tú dudas de que los franceses puedan hacerlo.

Alexandra había tenido tiempo de recuperar la compostura.

—Es que no he visto evidencia de eso, hasta ahora —respondió.

Este entrecerró los ojos.

—Tienes una manera de ser insolente sin ser grosera. ¿Es algo inglés? ¿O una de tus habilidades especiales, Alexandra?

—Oh..., es algo especial en ella, créeme —intervino David.

Consciente de la intensidad con la que Antoine la observaba, Alexandra aprovechó la oportunidad para ir a buscar otra bandeja de platos sucios.

Capítulo 28

David se fue del *château* muy temprano, el día de San Esteban.

Alexandra estaba despierta, así que se levantó para despedirlo.

Él la abrazó con fuerza y le dijo que se cuidara.

Sorprendentemente, sintió que se le llenaban los ojos de lágrimas, mientras le devolvía el abrazo. Habían estado en una feliz burbuja, cocinando juntos, cuidando de Félicité, Henri y Stéphie, y disfrutando de la vida en Francia.

David le prometió que volvería para la Noche de Reyes, pero que su amigo se fuera a casa, para tomarse un descanso, le recordó a Alexandra que su tiempo en la Provenza podría estar cerca de terminar.

Si sus pequeños se iban al internado en el año nuevo, ella tendría que mudarse a Suiza.

Para cuando Véronique bajó, la cocina estaba impecable.

Rechazó el desayuno, excepto un tazón de café, que bebió de pie.

Antoine ya estaba en el vestíbulo, esperando para llevarla a la estación.

Alexandra se despidió en la cocina. Ella y Véronique fueron muy educadas y formales entre sí.

Una hora después, la familia estaba sentada alrededor de la estufa en la cocina, sintiéndose un poco apagados.

Incluso los gatitos se habían acurrucado junto a Milou, que estaba estirado frente al fuego.

Nadie había comido mucho en el desayuno, y Alexandra trataba de pensar en algo que pudiera hacer para devolverles un poco del espíritu navideño, cuando Antoine entró con paso decidido, después de regresar de la estación.

—Esta mañana iremos al bosque a recoger ramas y troncos para la chimenea, y luego saldremos a almorzar. —Dio una palmada—. ¡Rápido, niños! —Miró a Alexandra, incluyéndola claramente en los «niños».

Mientras todos subían corriendo para ponerse ropa más adecuada, Henri comentó:

—Papá solía llevarnos al bosque, antes de que se fuera tanto por trabajo.

Incluso Félicité olvidó su aire de adolescente distante, ante la perspectiva del paseo.

Alexandra también estaba emocionada, diciéndose a sí misma que solo era porque necesitaba aire fresco y ejercicio.

Arrastraban una gran cesta vieja, unida a un carrito con ruedas grandes.

Al llegar al borde del bosque, todos se dispersaron, compitiendo para encontrar los troncos más grandes.

Pronto, la cesta estuvo llena, y Henri se ofreció a llevarla de vuelta a la casa, para luego regresar, y así llenarla de nuevo.

Antoine llevaba una pequeña sierra, y pronto habían hecho otra pila de troncos, y pedazos de madera para quemar, esperando el carrito.

Alexandra la llevó de regreso la siguiente vez y vio la pila desordenada que Henri había dejado, añadiendo su carga a la misma.

Al regresar con los demás, los encontró a todos inspeccionando huellas de jabalí.

—¿Ven aquí? Las marcas son bastante claras en el barro —dijo Antoine—. Son varios animales y son bastante grandes.

—No me gustan los jabalíes —comentó Stéphie—. ¿Podemos ir hacia la parte trasera del *château*? Lejos de ellos.

—La mayoría de la gente los caza —indicó Henri—. ¿Por qué no podemos nosotros?

—Prefiero dejarlos vivir, hasta que causen daños serios —reconoció Antoine—. Además, no he tenido tiempo de hacer cacerías recreativas. Aunque, la próxima vez que lo haga, te llevaré, Henri, y te enseñaré a usar armas de forma segura.

—¿Podemos ir al lago? —preguntó Félicité—. Hace tanto frío. Me pregunto si estará congelándose.

Caminaron por el bosque que rodeaba el castillo hasta el lago.

Alexandra estaba sorprendida.

—¡No sabía que esto estaba aquí!

—Te hemos tenido demasiado ocupada en el interior —indicó Antoine—. No has tenido tiempo de explorar los terrenos, como es debido. ¿Te gusta estar en el bosque? ¿O prefieres la ciudad?

—Me gustan ambos —respondió Alexandra con firmeza—. He vivido en Londres casi toda mi vida, pero siempre he disfrutado del campo, cuando he estado en él. —Ciertamente, lo estaba disfrutando ahora, aunque quizás no solo por el aire fresco y el hermoso bosque.

Antoine demostraba un gran conocimiento de la naturaleza, mostrándoles más que las huellas de jabalí.

—No salgo lo suficiente estos días. Me encantan el bosque y los árboles, y, sin embargo, solo parece que los veo cuando me voy.

—No te preocupes, papá —dijo Stéphie, tomando su mano—. No siempre tendrás que irte a trabajar. David comentó que podrías alquilar los edificios anexos, para que la gente pase sus vacaciones. Los ingleses pagarían mucho por quedarse en un *château* francés de verdad.

—¿Es cierto, Alexandra? —preguntó Henri.

—Si los edificios se convirtieran en lugares donde la gente pudiera quedarse cómodamente, por supuesto

—respondió—. Seguro que pagarían un extra por el entorno aristocrático.

—Explorémoslos —indicó el niño—. Te gustaría, ¿verdad, Stéphie?

Como su hermano lo hizo sonar como un gran plan, la niña aceptó al instante.

Alexandra también estaba entusiasmada con la idea.

Exploraron una cochera en desuso, una lavandería y un palomar.

Se abrieron paso entre telarañas polvorientas, subieron escaleras de madera tambaleantes y abrieron puertas de establo, que habían estado cerradas durante mucho tiempo.

—¡Mira la vista desde aquí! —exclamó Alexandra, mirando a través de una grieta en la piedra.

—Estás mirando una pared, Alexandra. No puedes ver nada —dijo Antoine.

—Podrías poner una gran ventana. Tal vez, puertas dobles. Estos lugares podrían ser encantadores —comentó Alexandra, que no entendía por qué Antoine no veía el potencial de todo aquello—. No hace mucho que estos edificios estaban llenos de vehículos de granja y palomas. Tal vez, por eso, no te los imaginas siendo utilizados para otra cosa.

Antoine se encogió de hombros.

—Todos los animales han estado en la granja desde hace algunos años, lo cual es probablemente la razón por la que no he pensado en estos edificios. Tener unas vacaciones, en un lugar lleno de excrementos de paloma y telarañas, no me parece muy atractivo. —A pesar de sus palabras altaneras, sonrió a Stéphie, para mostrar que estaba bromeando.

—Papá, por favor, piénsalo —dijo la niña con seriedad—. Así podrías quedarte en casa más tiempo.

Antoine miró su reloj.

—Es hora de regresar y ponernos presentables. Vamos a salir a almorzar.

—Pensé que dijiste que sabías cocinar —soltó Alexandra sin pensar—. ¿De verdad querías decir que sabes cómo llevarnos a un restaurante para que comamos?

Vio su expresión, y la boca se le secó. Parecía un hombre cuyo honor había sido cuestionado, y no lo estaba tomando bien.

—¡Vamos, niños! ¡A ver quién llega primero! —dijo Alexandra, y partió hacia el castillo lo más rápido que pudo.

Se sentía como si hubiera estado jugando con un gatito que, de repente, se había convertido en un tigre.

Necesitaba alejarse con rapidez.

De regreso en su habitación, mientras retorcía su cabello en un moño y se ponía sus grandes perlas, se recordó a sí misma que era la niñera, y que no debía burlarse de su jefe.

No era, como diría Véronique, adecuado.

Por fuera, el restaurante no parecía muy elegante.

Parecía estar detrás de una carnicería, que estaba cerrada en ese momento.

Pero había coches estacionados de manera desordenada, alrededor del edificio y por toda la carretera, lo que indicaba que era popular.

Antoine encajó el coche en un espacio entre otros dos, y luego los guio alrededor del edificio.

El restaurante estaba lleno, pero el hombre encargado apareció en el momento en que Antoine abrió la puerta.

Obviamente, lo conocía desde hacía tiempo, y los dos hombres intercambiaron algunas bromas, antes de que los llevaran a una mesa.

Antoine asintió a muchas de las familias y parejas que estaban allí. El restaurante estaba muy concurrido.

Les dieron los menús de inmediato.

—Y para madame... —dijo el dueño, mientras le entregaba a Alexandra el suyo.

Stéphie soltó una risita.

—No es madame, sino Lexi.

—Bien *sûr* —dijo el dueño, y Antoine se sintió obligado a dar más detalles.

—Alexandra es la valiente mujer que ha estado cuidando de mis hijos, mientras yo estaba fuera.

Alexandra le ofreció la mano al hombre y lo miró a los ojos, con la esperanza de que eso disipara cualquier idea de que su relación con Antoine fuera más que profesional.

Él le estrechó la mano, hizo una reverencia y se retiró.

—Cree que eres la novia de papá —comentó Félicité.

—No importa lo que él piense, ¿verdad? —preguntó Alexandra.

Félicité se encogió de hombros.

—Todos aquí conocen a papá, y estarán pensando lo mismo. Venimos aquí bastante, pero papá nunca ha traído a una mujer.

—Disfrutemos de nuestro almuerzo —dijo Antoine, lanzando una rápida mirada alrededor del salón—. Todo está bien. No queremos avergonzar a Alexandra.

Ya era demasiado tarde para eso.

Alexandra estaba, de hecho, avergonzada.

Una botella de champán llegó a la mesa, y ahora Alexandra se dio cuenta de que las mujeres la miraban con curiosidad. Solo podía imaginar lo que estarían pensando: ¿era esta la mujer adecuada para monsieur *le comte*? ¿No era demasiado joven? ¿Había encontrado por fin un reemplazo para la encantadora Lucinda?

No quería ni imaginar lo que pensaban los hombres, pero se consoló con la idea de que probablemente muchos de ellos no conocían a Lucinda.

Antoine chocó su copa contra la de ella.

—Por ti, Alexandra. Ahora bebe. Todo siempre se ve mejor después de una copa de champán.

Ella se rio y tomó un gran sorbo.

Demasiado tarde se dio cuenta de que, aunque todas las mesas estaban llenas de botellas, la suya era la única que tenía champán.

Antoine debía haberlo pedido especialmente.

Todos lo habrían notado.

Luego, comenzó a llegar la comida, y Alexandra entendió de inmediato por qué este modesto restaurante era tan popular: la comida era espectacular.

Había huevos duros servidos con tapenade, salados y con intenso sabor a aceituna, una sopa de champiñones, con trufa rallada, para deleite de Stéphie, una ensalada verde, y, después, una cazuela de pollo, que hacía que toda la comida festiva del día anterior pareciera simple y sin sabor.

—Me encanta que disfrutes de la comida, Alexandra —comentó Antoine—. Muchas mujeres solo piensan en su figura.

En ese momento, Alexandra estaba ayudando a Stéphie a sacar un hueso de su trozo de pollo, y se volvió hacia él.

—Me alegra hacer algo que te agrade. Muy a menudo pienso que solo te molesto.

—Haces muchas cosas que me agradan —dijo, y luego dirigió su atención a sus hijos mayores—. ¿Un poco más de vino y agua para vosotros dos? Stéphie, ¿quieres más limonada?

Alexandra levantó su copa de vino, más cerca de sonrojarse ahora que antes.

Sus palabras habían sido lo bastante simples, y sabía que no debía imaginar que tenían un significado especial, pero, de alguna manera, lo tenían.

Al menos para ella.

Después del pollo, cuando Alexandra pensaba que no podría comer ni un bocado más, incluso para complacer a Antoine, aparecieron peras cocidas en vino tinto, servidas con crema espesa.

Después de eso, llegaron *macarons* y trufas de chocolate.

—¡Solo quiero ir a casa y dormir! —dijo Stéphie—. ¿Está bien si me limpio los dientes en público? —Tenía un palillo envuelto en papel en la mano.

—No estoy segura —indicó Alexandra—. Personalmente, preferiría que no lo hicieras. Llévate el palillo para después.

Antoine se rio.

—Tu niñera inglesa es muy estricta, *chérie*. Voy a ir a pagar.

Antes de hacerlo, sin embargo, visitó cada mesa, intercambiando noticias, haciendo bromas y mirándola a menudo.

«Seguro que está explicando quién soy», pensó Alexandra.

—¿Puedo comerme tu segunda trufa? —preguntó Henri.

—Siempre y cuando no te pongas enfermo en el coche, de camino a casa —respondió Alexandra.

—¡Ergh! —dijo Stéphie—. ¡No te pongas enfermo!

—No lo haré —prometió el niño—. ¡Oh, mira, ahí está Jules! El chico que conociste en la fiesta. —Señaló a alguien que estaba sentado detrás de Alexandra.

—Ay, Dios —murmuró Félicité—. No puedo permitir que me vea así. Seguro que tengo la cara roja, y no llevo nada de maquillaje.

—Está bien —dijo Alexandra con tranquilidad—. Mírame. Ahora ríete de algo gracioso que he dicho. ¡Eso es! Ahora, luces encantadora. Si logras que te mire, estará impresionado.

—Eras mucho más divertida, cuando no te interesaban los chicos —le indicó Stéphie a su hermana.

—Sigue siendo divertida —intervino Alexandra—. Y pronto a ti también te interesarán los chicos.

—¿A ti te interesan, Lexi? —preguntó la pequeña.

—A Lexi solo le interesa papá —dijo Félicité, haciendo que Alexandra deseara no haber defendido a su hermana.

La niña suspiró y puso los ojos en blanco.

—Tu papá es mi jefe —señaló con calma—. No sería apropiado pensar en él de esa manera.

—Ahora suenas como Véronique —respondió Félicité—. Y, aunque no estés interesada en él, como todas las mujeres que alguna vez se acercan a él, todos los que hay aquí, asumirán que os acostáis.

—Por favor, no hables así delante de tu hermana. ¿Y por qué no te ocupas de tu propia vida amorosa y dejas de preocuparte por la mía? —dijo Alexandra.

Jules, efectivamente, lanzó algunas miradas a Félicité, quien fingía no importarle.

Después, su familia se levantó para irse y él se detuvo en la mesa, para decir hola y adiós.

Alexandra se aseguró de no mirarlo, confiando en que no la reconocería. No quería que mencionara la fiesta.

Aunque aún sentía que había hecho lo correcto, no estaba segura de que Antoine lo viera de la misma manera, y estaba teniendo un día tan agradable, que no quería que se arruinara.

Pero, cuando Jules finalmente se fue, Félicité volvió su atención a Alexandra.

—Entonces, ¿no te importa lo que la gente piense de ti? —preguntó.

Esta se quedó pensativa por un momento. Tenía que asegurarse de estar enseñando la lección correcta.

—Bueno, yo sé que no estoy haciendo nada malo, que es lo más importante. Aunque me importaría mucho más, si fueran parte de mi entorno, pero, cuando vayáis a la escuela, yo me iré a Suiza, y no volveré a ver a ninguna de estas personas.

—Oh —dijo Stéphie—. Eso es triste.

—En realidad, no —respondió Alexandra, sin creer del todo lo que decía—. No me echaréis de menos, cuando estéis en la escuela, divirtiéndoos. Además, os enviaré postales, con fotos de los Alpes nevados.

—¿Pero nos echarás de menos? —preguntó Henri.

—Sí —afirmó Alexandra—. Claro que lo haré. Me ha gustado mucho cuidaros.

—Entonces, ¡deberías quedarte! —dijo Stéphie—. ¡Podrías cuidar de papá!

—Tu papá no necesita que yo ni nadie más lo cuide —indicó—. ¿No es cierto, Antoine? —agregó, cuando él se unió a ellos, para decir que era la hora de irse.

—Eso es bastante cierto —respondió el hombre—. Ahora, vámonos a casa.

Capítulo 29

A la mañana siguiente, Stéphie despertó a Alexandra temprano, seguida por Antoine, que llevaba una bandeja. En ella había café, panecillos, mantequilla y mermelada de higos.

—Desayuno en la cama —anunció el hombre, colocando la bandeja sobre sus rodillas—. Y luego debes levantarte. El lago está congelado y vamos a patinar.

—No tengo patines...

—Aquí hay docenas de pares —indicó él—. Es una tradición en el castillo, desde hace años.

—Así que no te demores comiendo —dijo Stéphie, por si Alexandra no había captado el mensaje—. Yo te enseñaré a patinar. No te preocupes.

Alexandra no se entretuvo.

Se puso la mayor cantidad de ropa que pudo, terminando con uno de los monos de trabajo que había comprado en el mercado, y luego se presentó abajo.

Antoine la observó con ojo crítico y le hizo ponerse una chaqueta de cuero gastada, una bufanda y un par extra de guantes.

—Pronto entrarás en calor, pero al principio hace frío. ¿Qué talla tienes de pie?

Hubo un poco de confusión, porque ella no estaba

segura de su talla de calzado, en números continentales, pero finalmente le encontraron un par de patines que casi le quedaban bien, cuando se añadió un par de calcetines, a los dos pares que ya llevaba puestos.

—Aparte de que parezco Bibendum... o el Hombre Michelin —dijo ella—, casi no puedo caminar, con tantas capas.

—Podrás quitarte cosas, cuando tengas calor —indicó Stéphie—. No, gatitos. No podéis venir con nosotros. Pasaréis frío.

Aunque Stéphie tenía fuertes instintos maternales, los gatitos no reconocieron su autoridad e insistieron en salir, danzando detrás de Milou.

—¿Estás segura de que el hielo no se romperá y caeremos al agua helada y nos ahogaremos? —preguntó Alexandra a Antoine.

—Si el hielo se rompe, tal vez nos mojemos, pero no nos ahogaremos. Es más, un pantano que un lago. Vamos. Te sostendré.

Los niños ya se habían puesto los patines y se deslizaban con elegancia y estilo.

El brazo de Antoine era fuerte alrededor de su cintura, y, de alguna manera, Alexandra llegó al hielo.

—Ahora, pisa —dijo con firmeza.

Ella pisó, resbaló y cayó. Él se rio.

—Discúlpame —le pidió—. Lamento reírme, pero siempre eres tan compuesta, tan elegante, que no puedo evitar encontrarlo divertido.

—En Inglaterra no se considera de buen gusto burlarse de los desafortunados —comentó Alexandra, tan altiva como era posible, mientras estaba sentada en el hielo.

Él la levantó y la colocó sobre el hielo de nuevo.

—Sujétate fuerte. —La sujetó con fuerza, pegándola a su costado—. Ahora, muévete cuando yo me mueva.

Henri, al ver sus dificultades, se acercó a su lado y tomó su mano.

—¡Vamos! Papá y yo te sostenemos. Uno, dos... Uno, dos.

De repente, Alexandra descubrió que se movía sobre el hielo. Si no con gracia, al menos sin caerse.

Henri, convencido de que ya lo tenía, la soltó, y, por un momento, pensó que iba a caer de nuevo.

—Relájate. No te soltaré. Estás a salvo conmigo.

Aunque Alexandra se concentraba mucho en relajarse, algo que no le resultaba fácil, se permitió un momento para imaginar que Antoine usaba esas palabras en otro contexto.

Aun así, no debía hacerse ilusiones. Tenía que disfrutar lo que tenía y no suspirar por algo que no podía poseer.

—Creo que ya lo tengo —dijo—. Suéltame, pero no te alejes.

—Muy bien. ¡Bravo! ¡Lo has logrado!

Alexandra se mantuvo en pie durante unos minutos, hasta que Stéphie corrió hacia ella y no pudo detenerse, haciendo que cayera de nuevo.

Ahora que había probado la alegría de patinar, Alexandra se volvió determinada.

Sin importar cuántas veces cayera al hielo, insistía en levantarse de nuevo y cruzar el hielo, solo para volver a caer.

Antoine la ayudó a levantarse otra vez.

—*Chérie*, no tienes que hacer esto. Podemos entrar y beber chocolate caliente.

—No, no... Odio rendirme. Voy a llegar a ese árbol. —Señaló el borde del lago—. Y volver sin caerme, y luego, me encantará tomar ese chocolate caliente.

Hicieron falta tres intentos más, antes de lograrlo.

Antoine la ayudaba cada vez, poniéndola de pie y observando sus pasos tentativos y tambaleantes, hasta que, por fin, se dio cuenta de que lo estaba haciendo bien.

Estaba patinando.

Se dio la vuelta cuando llegó al árbol y se dirigió de regreso hacia Antoine.

—¡Vamos, Lexi! —gritó él. Sus brazos estaban abiertos y sonreía, animándola a lograrlo.

Nada podría detenerla.

Voló sobre el hielo y se lanzó a sus brazos.

Durante unos maravillosos momentos, la abrazó.

—¡Bien hecho, *chérie*, bien hecho!

Le besó la parte superior de la cabeza y murmuró algo en su cabello. Su corazón supo que era algo cariñoso y afectuoso, pero su mente le dijo que no podía ser.

La soltó.

—Vamos, entremos en calor. Te prepararé mi bebida especial, que curará todos los dolores y molestias. Siéntate, vamos a quitarte los patines.

Alexandra no había sido consciente del dolor, hasta que lo mencionó.

Ahora, se sentó en el suelo helado y dejó que él se encargara de los cordones y le quitara los patines. Después, la levantó y la llevó dentro de la casa, dejando los patines, zapatos, varios pañuelos y guantes tirados en el suelo.

—Los recogeré, luego —dijo.

Ella cerró los ojos, mientras la llevaba, bebiendo su olor, disfrutando de su cercanía.

Pero su momento de felicidad fue breve.

La dejó cuando llegaron al castillo.

—Ve y ponte cómoda —le ordenó Antoine—. Estaré contigo en un minuto.

Los niños pasaron corriendo.

Félicité hacia la oficina para llamar a Jules, apostaría lo que fuera a que no se equivocaba, y Stéphie subió a su habitación, llevándose a Milou y los gatitos con ella. Henri, más relajado que sus hermanas, subió las escaleras también, murmurando algo sobre tocar música.

Alexandra se desplomó en el sofá más mullido, el que estaba junto a la chimenea. Se cubrió con una manta y se acurrucó. Debería ir a su habitación a ponerse las pantuflas, pero no quería moverse.

Solo, por unos momentos, quería pensar en Antoine

y en lo maravilloso que había sido estar en sus brazos. Tenerlo cerca.

Él le trajo una taza humeante de chocolate.

—Aquí tienes. Esto te calentará.

Dio un sorbo.

—¡Oh! ¡Tiene algo dentro!

—Brandy. Bébelo y relájate. Estoy preparando el almuerzo.

—Yo debería...

—No, no deberías —indicó—. Este es tu tiempo libre. Si necesito ayuda, llamaré a alguno de los niños.

Un rato después se dio cuenta de que se había quedado dormida, afectada por el madrugón, el aire fresco y el ejercicio, y una buena dosis de brandy.

También sintió a alguien colocando un cojín bajo su cabeza y arreglándole la manta.

Podría haberse movido y hacer estas cosas por sí misma, pero, mientras mantenía los ojos cerrados, podía fingir que Antoine lo hacía porque la amaba, y no solo porque era un hombre amable, que se preocupaba por sus empleados.

Alexandra sentía que los dos días siguientes serían siempre especiales en su memoria. No se le permitía cocinar, ni fregar los platos, aunque una mañana se escabulló y recogió todo un poco.

La colada se amontonaba delante de la lavadora nueva, esperando a la joven que solía venir a diario, pero que en ese momento estaba de vacaciones.

Durante el día, patinaban, paseaban por el bosque, leían, pintaban o tocaban instrumentos. Por la noche, Antoine les enseñaba juegos de cartas, en los que apostaban con cerillas.

Stéphie no podía ser más feliz.

—Es como si vosotros... —Stéphie hizo una pausa, claramente recordando que le habían dicho que no debía decir nada que avergonzara a Alexandra—. Es como tener dos padres muy amables.

—Tal vez —respondió Alexandra—. Ahora, ¿quién quieres que te lea un cuento? ¿Papá o yo?

—Quiero que seas tú, Lexi. No estarás aquí para siempre.

Alexandra siguió a la pequeña, escaleras arriba, con un nudo en la garganta.

Al día siguiente, el clima estaba de repente más cálido y el hielo en el lago se había derretido.

Por suerte, esa mañana, cuando Stéphie anunció este triste hecho, llegaron Penelope y Jack.

Estaban un poco agitados y emocionados, tomados de la mano y riendo.

—Hemos venido a hablar sobre nuestra boda —anunció Penelope.

—Me he enterado por mi hermano de cuándo planean emigrar. ¡Serán «británicos de diez libras»! —dijo

Jack—. Lo que significa que el gobierno australiano te permite emigrar, por solo diez libras, bajo ciertas condiciones. Emigrar, significa dejar tu propio país, para ir a vivir en otro lugar —le explicó Jack a Stéphie, que estaba con la boca abierta, a punto de preguntar.

—¿Ha emigrado Lexi, entonces? —preguntó la niña.

—No exactamente —respondió Alexandra con rapidez—. Solo viviré en Francia durante un tiempo. No es lo mismo.

—Pero mi hermano y su esposa se van a Australia muy pronto —informó Jack—. Tenemos que celebrar la boda como máximo para el primero de abril.

—Y muy amablemente nos dijiste que podíamos celebrarla aquí, en el castillo —recordó Penelope, sonriendo a Antoine, que parecía sorprendido.

—También nos preguntábamos si sería posible alojar a algunos familiares y amigos en tus dependencias —comentó Jack.

—¿En serio? —dijo Antoine—. ¿No te gustan tus invitados ingleses? ¿Has visto las dependencias?

—Lo que pasa, Antoine —explicó Penelope, retomando su tono habitual y directo—, es que, si te pones en marcha, podrías tener algunos de esos edificios listos, y nosotros pagaríamos para que la gente se quede en ellos. Después de eso, podrías alquilarlos a los ingleses el resto del año. ¡Pagarían bastante!

—Sería mucho trabajo —indicó Antoine, considerando la propuesta.

—Por supuesto, el edificio que más me interesa es el invernadero, para la recepción —dijo la mujer.

—Penelope —dijo Antoine—, me encantaría ayudar, y si tuviéramos más tiempo, estaría encantado, como dije antes... —Hizo una pausa—. Pero tenemos solo un par de meses...

—Tres meses. Y Alexandra te ayudará —mencionó Penelope—. Los niños irán a la escuela después de Año Nuevo...

—De hecho —dijo Antoine—, la escuela, quiero decir, la progresista a la que van los hijos de Philippe, no puede recibirlos hasta el siguiente curso. No he tenido la oportunidad de discutirlo con Jack y David. Ni siquiera con Alexandra.

—Oh... —dijo Penelope.

—Me enteré justo antes de Navidad, y no quería hablar sobre el colegio durante las vacaciones. —Parecía un poco avergonzado de no haber informado a la familia antes—. Sé que Henri y Félicité estaban ansiosos por ir.

—Está bien, papá —dijo la niña mayor, tras unos segundos—. Lo entendemos.

—Bueno —continuó Penelope—, si Alexandra está aquí, pero no es realmente necesaria para cuidar a los niños todo el tiempo...

La joven abrió la boca para decir que, si los niños no la necesitaban, tendría que irse. Pero no quería hacerlo, y no parecía que Penelope quisiera dejarla hablar.

—No, Alexandra, un momento. Si los niños no van a

la escuela hasta después de la boda, les enseñarán David y Jack —indicó—. Así que, aunque Alexandra deba estar aquí, en caso de que Antoine tenga que irse, tendrá tiempo libre.

La niñera sintió que debería oponerse enérgicamente a que le asignaran su tiempo sin consultarle, pero, como la idea de supervisar el trabajo de construcción la emocionaba, apenas emitió un leve murmullo de aprobación.

Antoine fue más directo.

—Quizás Alexandra no quiera supervisar la renovación de los edificios antiguos o limpiar el invernadero. No debemos aprovecharnos de ella.

Alexandra encontró su voz.

—Un proyecto así sería maravilloso. Me encantaría hacerlo —dijo—. ¿Si no te molesta? —esto se lo dijo a Antoine.

Él se encogió de hombros y sonrió.

—Si te hace feliz, yo soy feliz.

Aunque estaba encantada con su reacción, Alexandra se sintió obligada a protestar un poco.

—Excepto que será caro renovar los edificios.

—Tenemos el dinero de mis trufas —recordó Stéphie.

—Y pagaremos por adelantado todo lo necesario —dijo Penelope con firmeza.

—¿Os importaría si hablo con Alexandra sobre esto en privado? —preguntó Antoine.

Sin esperar respuesta, la condujo fuera de la habitación.

Cuando llegaron al despacho, Alexandra recordó que él era alguien que aconsejaba a otros sobre sus negocios, y no solo un padre que disfrutaba de pasar tiempo con sus hijos.

—Antes de que aceptes esto, Alexandra —dijo con seriedad—, debes darte tiempo para considerar lo que implica. Tendrás que tratar con constructores franceses, obtener permisos, comprar suministros al mejor precio... Habrá cosas nuevas de todo tipo para ti, y puede que no quieras asumirlo.

—¿No estarás aquí?

—No todo el tiempo. Hay algunos asuntos pendientes que necesito resolver de mi último proyecto. Si aceptamos esto, estarás a cargo. Aunque, por supuesto, espero que contemos también con David. Y con Maxime, para la parte legal.

—Nunca he hecho algo como esto —confesó, de repente llena de dudas.

—Si quieres hacerlo, lo harás. Tengo fe absoluta en ti. Haremos lo que podamos y no nos preocuparemos por el resto.

Alexandra sintió una repentina oleada de emoción. Era un proyecto enorme, pero tan emocionante.

—¡Me encantaría hacerlo! Y sé que David y Jack ayudarán, cuando no estén enseñando.

Antoine sonrió y Alexandra sintió como si el mismo sol la hubiera acariciado.

—Gracias, Alexandra.

Capítulo 30

Al día siguiente, Antoine y Alexandra inspeccionaron los edificios con mucha más concentración que antes.

Alexandra llevaba una libreta y un lápiz, y Antoine una cinta métrica de constructor.

Ella encontraba fácil visualizar cómo se verían las cosas, si se derribaba o movía una pared. Había derribado bastantes paredes en Londres, aunque en su mayoría había cruzado los dedos esperando que el techo no se viniera abajo, también.

Por suerte, había sido una estrategia exitosa.

Aquí habría constructores, gente que sabía lo que hacía.

Pero también podrían decir: no, no puedes hacer esto. Tendría que aceptarlo, al menos hasta que supiera un poco más sobre lo que deseaban conseguir, y sobre el proceso de construcción.

—Hay un padre y un hijo que hacen muchos trabajos por la zona —comentó Antoine—. Conocen a otros artesanos. Les pediremos que vengan a ver lo que se necesita. Es un gran trabajo, y quizás prefieran no asumirlo. Si no lo hacen, tendremos que buscar a alguien más. —Antoine frunció el ceño—. Quiero que sepas en lo que te estás metiendo, *chérie*.

Él la miraba tan intensamente, que Alexandra tuvo que apartar la vista.

—Vamos a ver la *orangerie* —propuso ella—. Ahí es donde Penelope quiere hacer la fiesta.

Se alejaron de las dependencias y caminaron hacia el invernadero, que estaba al otro lado del castillo.

Mientras se acercaban, Antoine comentó:

—Es algo inconveniente que Penelope esté tan decidida a hacer su banquete de bodas en la *orangerie*, pero la razón es romántica. Supongo que, como francés, debería fomentar el romance. —Alexandra se volvió para que no viera su rubor—. Ahora —dijo, encontrando la llave en una repisa—, veamos si podemos adecentarlo para una celebración.

Como Alexandra y Penelope habían descubierto con anterioridad, el invernadero solo necesitaba una buena limpieza, y una mano de pintura.

—Es porque es parte del castillo y ha sido utilizada más recientemente —explicó Antoine, examinando lo que parecía una mancha de humedad en una esquina—. Los otros edificios han sido ignorados durante mucho tiempo.

—El mural de Félicité lo mejorará, pero tendrá que ser bastante grande. Tal vez, pueda pedirle a Jules, el chico que le gusta, que la ayude.

—Umm —dijo—. Quizás no, considerando la historia de este edificio.

Alexandra se rio.

—Podemos hacer que Stéphie sea su asistente, y Henri también. Pueden ser las carabinas.

Mientras Antoine cerraba con llave la *orangerie*, Alexandra no pudo evitar sentir nostalgia por sus sentimientos hacia su jefe.

El amor no correspondido podía ser bastante agotador.

Una vez que el mundo volvió al trabajo, después de las vacaciones de Navidad, Antoine y Alexandra visitaron a los constructores en el pueblo.

Era un negocio con historia, pasado de padre a hijo durante tres generaciones.

El padre no tenía muchas esperanzas de poder asumir el trabajo. Explicó por qué con detalle, chasqueó la lengua y negó con la cabeza, pero, cuando su hijo entró en la oficina, vio a Alexandra y descubrió que sería quien estaría a cargo de la operación, todo se volvió mucho más positivo.

—Bueno... —dijo Antoine después—, has causado un gran efecto en Luc. De repente, pueden asumir el trabajo de inmediato. Es evidente que tiene predilección por las rosas inglesas.

Alexandra no pudo evitar ruborizarse ante eso, pero desechó el cumplido.

—Supongo que piensa que puede hacer lo que quiera, y que no me daré cuenta. Se equivoca, por supuesto.

—Pero ¿cómo lo sabrás?

—David me ayudará. Y soy buena para darme cuenta cuando la gente intenta engañarme. En el mundo de las antigüedades, aunque la mayoría de las personas son muy amables, hay tiburones, como en todos los negocios. Aprendí a identificarlos, y no creo que Luc sea un tiburón.

—Yo tampoco. Vamos a contarles a todos las buenas noticias. ¡Tenemos constructores! *On y va!*

Las jornadas empezaban temprano.

Cada mañana, Antoine iba a la granja, después de una taza de café y un trozo de pan, y Alexandra se dirigía a donde se llevaba a cabo la obra. Se cubría el cabello con un pañuelo y se ponía su mono de trabajo, con capas adicionales de ropa.

Le gustaba llegar poco antes que los constructores, para estar allí, sonriente y alerta.

Al principio, le costó un poco con el idioma, pero todos los hombres estaban dispuestos a ayudar a esta chica inglesa, que estaba tan interesada, que sabía lo que quería y que se preocupaba por cómo se hacía el trabajo.

Elogiaba el buen trabajo, y solo una mirada bastaba para hacer que alguien corrigiera algo que había quedado flojo.

Entrenó a Stéphie para que trajera pastel inglés por la tarde, y el trabajo avanzaba a buen ritmo.

El viejo establo pronto sería un lugar cómodo para quedarse, con dos habitaciones, una cocina de buen tamaño y una sala de estar con puertas dobles, que se abrían a una terraza.

—¡Yo me quedaría aquí! —dijo David, que vino a inspeccionar el progreso—. Va a quedar espléndido. Buena idea poner una ventana grande en esa pared. Deja entrar la luz, y hace que todo se vea más amplio.

—Tuvieron que poner un dintel de piedra, lo cual fue bastante complicado —explicó Alexandra—. Pero Luc es tan dispuesto y servicial.

—¿Por qué será? —indicó David con ironía.

Alexandra no protestó. Incluso ella tuvo que admitir que los hombres trabajaban bien para ella y, hasta ahora, nadie había intentado engañarla en nada.

A medida que se corría la voz de lo que estaba sucediendo, la gente venía a inspeccionar el progreso.

La mayoría estaba interesada y admirada, pero una mañana, cuando Alexandra estaba particularmente cubierta de polvo y telarañas, después de haber inspeccionado el piso superior de un granero, apareció Lucinda.

Alexandra se sacudió, esperando a que Lucinda dijera algo, deseando que no hubiera nada realmente vivo en su cabeza, arrastrándose por su pañuelo y a punto de caer sobre su cara.

Finalmente, dijo:

—¿Puedo ayudarte en algo?

—Oh, solo he venido a echar un vistazo. Todos dicen que esto es maravilloso, así que pensé en comprobarlo por mí misma —respondió, examinando el granero en el que, por el momento, no se había hecho nada. Alexandra había estado viendo si podría ser un proyecto para más adelante—. No estoy impresionada hasta ahora. Esperaba que algunos de mis amigos pudieran quedarse aquí, pero obviamente eso no va a ser posible.

—No haremos ningún trabajo en este granero hasta después de la boda. ¿Por qué no te muestro las habitaciones que planeamos tener listas para entonces?

Esto era otra cosa.

Había dos edificios que estaban siendo convertidos en ese momento. Uno era parte del antiguo establo, y el otro era un palomar, donde antes se criaban palomas para proveer de alimento al castillo.

—Este está avanzando bien —indicó Alexandra, mostrando a Lucinda el antiguo establo—. Puedes ver la sala de estar con su terraza y la cocina, pero no hemos hecho las escaleras al piso de arriba todavía, así que tendrías que subir por una provisional, para ver las habitaciones.

Lucinda rio con coquetería, señalando la estrecha falda que llevaba bajo su abrigo de tweed, con botas largas.

—Obviamente, no puedo hacer eso con esta falda. ¿Puedo ver el otro edificio?

—Ese no está ni cerca de estar listo.

—Aun así, me gustaría verlo. Puedes llamarme entrometida, si quieres.

Alexandra había estado llamándola así en silencio desde que apareció.

—Eres bienvenida, mientras no te lleve mucho tiempo. Estoy muy ocupada.

—Todos saben lo ocupada que estás —indicó, mientras las dos mujeres caminaban hacia el siguiente edificio—. ¡Están asombrados por el buen trabajo que estás haciendo!

—Oh...

—Pero de lo que nadie habla es de cuánto está costando todo esto.

Alexandra abrió la boca para explicar que el dinero del alquiler iba a cubrir el coste de la renovación, pero, en realidad, no sabía si sería suficiente.

Decidió que no era asunto de Lucinda y se encogió de hombros.

—No sé nada sobre eso.

—Claro que no. He oído que Antoine ha vendido un terreno para conseguir dinero y que se niega a pagar para que los niños vayan a un internado en Inglaterra.

—Lo siento mucho. Eso no es asunto mío.

Lucinda pareció complacida de oír esto.

—Bueno, solo tenlo en cuenta, antes de que planees convertir todas las dependencias del castillo en alojamiento vacacional que nadie querrá alquilar. A menos que pienses financiarlo con tu propia fortuna, claro.

—¿Perdona?

—Oh, lo siento, lo había olvidado. Tienes que casarte para obtenerla, ¿verdad? Solo valdría si tú y Antoine estuvierais muy enamorados, y es bastante improbable que Antoine te mire, si sigues pareciendo una señora de la limpieza en un mal día.

Alexandra se irguió aún más de lo habitual y levantó la barbilla.

—Si ya has visto todo lo que querías ver, ¿puedo mostrarte la salida? Como te he dicho, tengo mucho que hacer.

Observando a Lucinda mientras se alejaba, Alexandra se dio cuenta de que no estaba segura de quién había ganado esa discusión.

Pero, en conjunto, sentía que había sido la más digna, lo cual definitivamente sumaba puntos.

Uno de los muchos temas que le preocupaban, aunque en segundo plano, era el mural de la *orangerie*.

Félicité lo estaba pintando, y a veces Jules, su novio, la ayudaba.

Alexandra había prometido no ir a verlo sola, y Félicité parecía muy reservada al respecto. Sin embargo, necesitaba verlo, mientras aún había tiempo de cubrirlo y pintar otro, si fuera necesario.

Sabía que Penelope había dicho que también quería

inspeccionar el sitio, y no quería que ella entrara y se encontrara con algo escandaloso.

Unos días después de la visita de Lucinda, fue a la cocina en busca de un refrigerio y vio a Félicité untando mantequilla en un trozo de pan.

Alexandra decidió que era el momento.

—Félicité —dijo, sentándose frente a ella—, el mural... Necesito verlo. Tu abuela quiere venir a enseñar el invernadero a su equipo de catering. No quiero que lo vea antes que yo.

Félicité masticó, agonizantemente despacio.

—Vale —indicó—. No está terminado, pero casi.

—¿Me dejarás verlo? —Alexandra no se había dado cuenta hasta ahora de lo mucho que le preocupaba este tema.

Dentro del esquema general, era un asunto menor, pero la *orangerie* era el corazón de la boda para Penelope y tenía que estar perfecto.

—Sí, pero no sola. Iré contigo cuando termine de desayunar.

—No hay prisa —apuntó Alexandra—. Yo también quiero comer algo. ¿Antoine sigue en la granja?

—Sí, pero no quiero que lo vea hasta que esté terminado.

—Bien. —Alexandra cogió el final de la baguete que

había dejado Félicité y lo untó de mantequilla—. Cuando esté terminado, deberíamos hacer una gran inauguración.

—¿Podríamos invitar a los padres de Jules?

Alexandra asintió.

—Estoy segura de que podrías.

Hizo una pausa, esperando que Félicité explicara por qué.

—No creen que me haya estado ayudando. Piensan que ha estado metiéndose en problemas con otros chicos y sus motocicletas. Se están planteando dejarlo en la escuela los fines de semana.

—Ya veo.

Félicité masticó un rato.

—Probablemente, solo sean entrometidos.

—Querida, muchos de nosotros lo somos la mayor parte del tiempo, y eso me incluye a mí.

Media hora después, Félicité abrió la puerta de la *orangerie* y Alexandra entró.

Sintió que se le formaba un nudo en la garganta por la inesperada emoción.

Una pared estaba completamente ocupada por una pintura del *château*, con los bosques y montañas al fondo. El edificio tenía rosales trepando por sus paredes, que no estaban en la realidad, y frente a él había un carruaje abierto, que habían encontrado en los antiguos establos, con un caballo gris moteado enganchado.

Milou y los gatitos jugaban junto a él.

Aunque en la vida real ya eran gatos jóvenes, aquí aún parecían pequeños. Uno de ellos estaba colgado de la cola del perro.

Junto a los animales estaba Antoine, con sus dos hijos mayores a su lado.

Delante estaba Stéphie, sosteniendo un ramo de flores y ofreciéndoselo a Alexandra, que era reconocible al instante, con su mono de trabajo y su pañuelo. Félicité había añadido sus grandes perlas.

—¡Oh, me has puesto en la pintura! ¡No deberías haberlo hecho! No estaré aquí mucho tiempo.

—Pero ahora estás aquí —respondió la niña—. Y siempre puedo taparte y poner a otra mujer, si papá se casa de nuevo.

Alexandra tuvo que reírse. Le gustaba mucho Félicité, aunque tenía la lengua algo afilada, como su madre. Sin embargo, como su uso de ella siempre era gracioso, además de mordaz, Alexandra no podía reprochárselo.

La rodeó con el brazo.

—Muy cierto, pero debo decir que podrías haberme pintado usando algo un poco más bonito que la ropa de trabajo.

Félicité se encogió de hombros.

—Es todo lo que vistes estos días.

—Suenas igual que tu madre —comentó, antes de

poder detenerse. Intentaba evitar criticar a Lucinda frente a sus hijos—. Quiero decir, ella me ha dicho algo similar.

—Bueno, tiene razón.

—Estoy demasiado ocupada para preocuparme por mi apariencia. Volviendo al mural, ¿cuánto te falta para terminarlo?

—Puedes ver que gran parte del follaje está solo esbozado y necesita pintarse. Quiero poner un poco del lago, si puedo. —Félicité hizo una pausa—. Me pregunto si papá me dejaría extenderlo a otra pared. Así podría pintarnos a todos patinando.

—Tal vez después de la boda. Sería una pena tener que apresurarlo. Me encanta tu estilo. Es muy claro y un poco ingenuo, como Rousseau, ¿recuerdas? *Tigre en una tormenta tropical.*

—David me dijo algo parecido, después de ver el mural en la habitación de Véronique. Me hizo darme cuenta de que ser un poco infantil no es algo necesariamente malo.

—No, cuando es así, no. ¿Crees que habrá enseñanza de Arte en tu escuela?

—Depende de a cuál vaya. No espero que la que prefiere mi madre esté muy interesada en eso. O, al menos, no les gustará mi estilo de pintura.

—Nunca se sabe —indicó Alexandra, aunque sabía que probablemente sería así, y que la escuela preferida de Lucinda se centraría más en hacer de Félicité una dama, que en fomentar su lado artístico—. ¿Puedo dejar que tu abuela lo vea? Está ansiosa por venir, y la he estado retrasando.

—¿De veras crees que está bien? —Félicité de repente parecía ansiosa.

—Sí, creo que es realmente bueno. David te dirá lo mismo.

Félicité suspiró feliz.

Finalmente, Félicité y Alexandra decidieron invitar a los padres de Jules, y a este, claro, el mismo día en que Penelope había planeado ir con su equipo de catering.

—Podemos abrir algo de champán y le pediré a David que prepare unos bocadillos —dijo Alexandra—. Él y Jack pueden venir también, y será como una fiesta.

—David lo ha visto muchas veces —indicó Félicité—, pero le pediré permiso a papá. —Hizo una pausa—. Él no lo ha visto todavía.

Alexandra asintió, percibiendo los nervios de Félicité, ante la idea de mostrarle el mural a su padre.

Ella estaba igual, porque la disposición de las figuras hacía que pareciera un poco nupcial. Aunque se daba cuenta de que probablemente estaba leyendo cosas que no eran reales.

Alexandra había planeado ponerse un vestido y parecer menos un obrero, y más alguien que organizaba bodas, pero el tiempo se le fue de las manos. Así que, se limitó a recogerse el cabello en un moño suelto y ponerse el pañuelo, que usualmente usaba en la cabeza, alrededor de la cintura.

Por el bien del mural, se puso sus perlas.

David ya estaba allí, cuando Alexandra y Félicité llegaron, y le guiñó un ojo, lo que significaba que creía que estaba estupenda.

Penelope y sus dos encargadas de catering fueron las primeras en entrar al invernadero.

—¡Dios mío! —exclamó la abuela—. ¿Lo ha hecho Félicité? ¡Es asombroso! Pero qué modales los míos. Permítanme presentarlas. Estas damas son las mejores encargadas de catering de la zona. Madame Pam Hopkins y su colega, madame Elizabeth Pollard. Esta es Alexandra, trabaja para mi yerno. Es difícil decir cuál es su trabajo ahora mismo, pero llegó aquí como niñera.

Después de los saludos de cortesía, Pam dijo:

—Qué gusto conocerte. He oído mucho sobre ti.

Entonces, Elizabeth añadió:

—Supongo que te estarás preguntando cómo es que dos mujeres inglesas terminaron siendo encargadas de catering en Francia. Todo el mundo lo hace.

—Nos conocimos en el mercado —continuó Pam—. Elizabeth estaba con su esposo y la escuché hablar en inglés. La saludé, nos hicimos amigas y descubrimos que ambas tenemos pasión por la comida.

—Y me gustaría darle un toque inglés a la comida —indicó Penelope—, por Jack, claro.

—Serviremos cosas que les encantan a los ingleses y que, creo, también disfrutarán los franceses —explicó Pam—. Aún estamos decidiendo los platos principales. Todo será frío, por supuesto. Así que... —dirigiéndose a Alexandra—, ¿dónde podríamos servir la comida?

Mientras Alexandra hablaba con las encargadas de catering, vio que Antoine llegaba con Jules y sus padres.

Fueron directamente al mural, y Alexandra pudo notar lo impresionados que estaban.

—¿Es una fiesta privada o puede venir cualquiera? —se interesó Lucinda en voz alta—. ¡Oh, querida! —le dijo a Félicité—. ¿Has hecho eso? Es... bastante bueno, ¿no?

Sintiendo el impulso de proteger a Félicité, Alexandra se excusó y se unió al grupo que había frente al mural.

—Es realmente muy bueno —dijo David—. Tu hija tiene un gran talento artístico.

—Oh... —respondió Lucinda, aparentemente sin saber si debía estar contenta o molesta.

Antoine rodeó con un brazo a su hija y le besó la cabeza.

—Estoy tan orgulloso de ti. —Sonrió a Jules—. Y tú..., entiendo que has ayudado.

El joven asintió.

—Solo hice el fondo. Félicité no me dejó hacer las partes importantes. ¡Oh! Aquí están Henri y su hermana.

Lucinda abrió la boca y luego la cerró de nuevo.

Alexandra tuvo la sospecha de que estaba a punto de negar ser la madre de Stéphie, y se alegró de que cambiara de opinión.

Pronto, todos estuvieron charlando, bebiendo *crémant* y comiendo los aperitivos que David había preparado.

—Es un lugar encantador para una fiesta, ¿verdad? —dijo Penelope, ahora acompañada por Jack.

—Lo es —coincidió Alexandra—. ¿Y no es hermoso el mural?

—¡Tan encantador! —indicó Penelope—. Quizás habríamos preferido que no te pintara con un mono de trabajo, pero es con lo que te vemos estos días.

—Eso es lo que dijo Félicité, cuando se lo pregunté. ¿Te traigo otra copa de vino?

—Creo que he tenido suficiente, gracias. ¿Puedo llevarme a Jack y revisar el alojamiento?

—Iré con vosotros —se ofreció Alexandra, feliz de tener una excusa para salir de lo que se estaba convirtiendo en una fiesta.

Se sentía un poco avergonzada de ser parte del mural, porque hacía que pareciera que era una más de la familia, y en realidad no era así.

Capítulo 31

Sin darse cuenta, era mediados de marzo y la boda estaba a solo un par de semanas.

El tiempo había pasado volando, sin que nadie notara cómo había sucedido, y, a pesar del duro trabajo de todos, aún quedaban cosas por hacer, antes de que las antiguas dependencias de la granja se convirtieran en lugares cómodos y glamurosos para alojarse.

Alexandra había estado más ocupada que nunca, ocupándose de tareas que parecían ser de nadie: un poco de relleno aquí, pintura en un zócalo allá, colocando velas en los candelabros y, por supuesto, comprando cosas para las cocinas.

Aunque los días avanzaban implacablemente, le encantaba.

Le preocupaba que no estuviera todo listo a tiempo para recibir a los invitados, quienes, para su disgusto, llegarían unos días antes de la boda, pero tenía fe.

David era un gran aliado y tenía buen ojo para colocar grandes espejos, jarrones y hasta una fuente para pájaros en lugares estratégicos.

Un par de días antes de la llegada de la familia de Jack, todos iban a ir a Antibes a visitar a la modista que Lucinda había recomendado, para hacer las últimas pruebas de sus ropas para la boda. Después pasarían la noche en casa de unos amigos de Antoine, que tenían un *château* cerca de Niza.

A pesar de la cuidadosa planificación, cuando Jack, Penelope y Lucinda llegaron para viajar en caravana, nadie estaba listo.

—Milou desapareció anoche —le explicó David a Jack, a través de la ventana del coche—. Stéphie no quiere irse hasta que lo encontremos.

Lucinda suspiró, y Penelope declaró que iba a salir del coche y usar el baño, así que todos salieron, y Alexandra preparó café.

—Milou es un perro grande —le decía Antoine a Stéphie, no por primera vez y con mucha paciencia—. Regresará. No hay por qué preocuparse por él, *p'tite*.

—Seguro que ha ido de caza —añadió Jack.

—¡Nunca lo había hecho! —replicó la pequeña.

—En realidad, se fue durante unas horas hace un par de días y volvió —dijo David.

Pero nada de lo que pudieran decir lograba convencer a Stéphie de que su amado perro no se había perdido para siempre.

Finalmente, Alexandra, que solo iba a Antibes como asesora, dijo:

—Stéphie, ve, pásatelo bien y no te preocupes por Milou. Me quedaré a esperarlo, y si no ha vuelto para... digamos... las seis de la tarde, iré a buscarlo. Pero seguro que habrá regresado para entonces, porque tendrá hambre. Sabes cuánto le gusta la cena a Milou.

—¡No lo harás! ¡Lo olvidarás! —dijo la niña.

—¿Cómo voy a olvidar a Milou? —respondió—. Va a hacerme compañía esta noche, cuando David esté fuera, y vosotros os hayáis ido, para hacer los últimos ajustes a vuestros trajes, y divirtiéndoos.

Al final, después de repetir esta escena de diferentes formas y muchas veces, los dos coches se pusieron en marcha hacia Antibes, con Stéphie convencida finalmente.

—¿Estás segura de que estarás bien esta noche? —David estaba de pie en la puerta junto a Alexandra—. Voy a una exposición de arte, pero podría saltarme la cena y regresar temprano.

Aunque nunca hablaba de su vida amorosa con ella, Alexandra sabía que David planeaba reunirse con su amigo.

—Estaré perfectamente bien —insistió—. Tengo muchas cosas que quiero terminar hoy y, en secreto, le estoy muy agradecida a Milou por evitarme el viaje a la modista. Ahora podré terminar de rellenar las juntas de los azulejos en el baño de los establos. ¡Es mi nueva actividad favorita!

—Con sinceridad, Lexi, a veces temo por tu cordura...

—Y después voy a regresar, comerme lo menos saludable y delicioso que pueda encontrar, y sumergirme en un baño. Me lavaré la arena del pelo, y probablemente me quedaré dormida. —Hizo una pausa y recordó—. Siempre y cuando Milou vuelva. —En ese momento, los dos gatitos corrieron hacia ella y se restregaron contra sus piernas—. ¡Por qué no encontráis a vuestro hermano mayor, o tío, o lo que sea Milou para vosotros! Ser bonitos no es útil, sabéis.

—Estoy seguro de que regresará —dijo David—. Se ha ido de caza, o quizás esté cortejando a alguna perrita. Si molesta mucho, algún granjero lo echará o nos llamará.

—Lo sé. El granjero llamará justo cuando haya sumergido la cabeza en el agua. Pero iré a recogerlo, si eso pasa. Ahora, tengo trabajo que hacer. No te apresures a regresar esta noche. Voy a irme a la cama muy temprano.

—Bueno, no olvides cargar la estufa de leña, si quieres agua caliente. El calentador eléctrico está fallando.

Alexandra chasqueó la lengua.

—Sabía que debería haberle pedido algo más al electricista cuando vino ayer. No importa, vendrá de nuevo mañana. Con tal de que esté listo, antes de que lleguen los invitados.

Cuando David estuvo satisfecho, se marchó, y Alexandra volvió al trabajo.

Su inesperado día extra se sentía como un regalo, aunque aún había mucho por hacer, antes de que todo estuviera listo.

Cuando Alexandra regresó al castillo, a la hora del

almuerzo, pasó unos minutos llamando a Milou, pero solo los gatos se acercaron corriendo.

Entró en la cocina y comió algunos cruasanes que habían sobrado, calentándolos en la estufa, y añadió algunos leños al fuego.

Aunque había creído cada palabra que le había dicho a Stéphie, sobre que Milou regresaría cuando tuviera hambre, lo echaba de menos.

Salió al jardín y lo llamó desde varias partes, deseando que su gran figura blanca y negra apareciera corriendo.

Pero aún no era hora de cenar, se dijo a sí misma, y regresó a su trabajo.

La localización de Milou estuvo en el fondo de su mente toda la tarde, y, cuando los trabajadores se marcharon y ella sintió que podía dar por terminado el día, se apresuró a regresar al *château*.

No había señales de él y tampoco respuesta a sus llamados.

Alexandra llamó desde todas partes del jardín y luego entró en la casa, sin preocuparse demasiado.

Los días se alargaban y aún faltaba para que oscureciera.

Estaba batiendo huevos para una tortilla, cuando sonó el teléfono.

Se apresuró a contestar, esperando que fuera algún

granjero con noticias de Milou, y también rezando porque su acento no fuera demasiado difícil de entender.

No era un granjero.

Era Stéphie.

Habían pasado un día muy agradable, asegurándose de que sus trajes quedaran perfectos, y comprando pequeños bolsos para pañuelos y confeti. Luego, habían conducido hasta la casa de los amigos de Antoine, que tenían un hermoso *château.*

Pero ella solo quería saber sobre Milou.

Por un segundo, Alexandra consideró mentirle, para que disfrutara de su noche y se fuera a la cama tranquila, pero no podía hacerlo. Mentir a los niños casi nunca era una buena idea y, si —Dios no lo permitiera— Stéphie regresaba mañana y Milou aún no estaba, nunca volvería a confiar en ella.

—No, querida, aún no ha vuelto. Pero todavía no es la hora de su cena, ¿verdad?

—Su cena fue hace media hora —dijo Stéphie con un leve temblor en la voz.

—Pero todos cenamos tarde algunas veces. ¿Qué estás cenando tú?

—Lexi, no intentes hacerme hablar de comida, cuando lo único que me importa es Milou.

—Está bien. Me comeré mi tortilla y luego saldré a buscarlo. Te llamaré cuando lo encuentre.

—¿Aunque sea tarde? —preguntó la niña.

—Sí. Dame el número y pídele a tu padre que avise

a las personas de la casa en el que estáis, por si acaso reciben una llamada tarde. ¿Puedes hacerlo?

—Sí.

Colgaron.

Alexandra se comió la tortilla y trató de no pensar en el baño que no podría darse.

En ese momento, ya no tenía sentido cargar la estufa para tener agua caliente.

Una vez decidió buscar a Milou, se dispuso a prepararse bien. No iba a adentrarse en el bosque al anochecer sin un plan.

Primero, encontró una buena linterna.

Luego, una cuerda para hacer una correa en caso de encontrar a Milou.

Preparó media baguete con mantequilla y jamón en su mochila, y, aunque pesaría, añadió una botella de agua. Fósforos, una vela y una bola de hilo. También metió una bufanda extra. No sabía para qué podría necesitarla, pero ya que llevaba una mochila, decidió llenarla con cosas ligeras pero útiles, y una taza de hojalata. Agregó un periódico, un paquete de galletas y algo de queso.

Se aseguró de vestir la ropa adecuada: zapatos fuertes, aunque no tenían suela gruesa, calcetines extras y un viejo anorak, probablemente de Antoine, que se puso sobre el suéter.

Se sentía lista para escalar el Everest, mucho más que para dar un paseo por las suaves colinas y el bosque en busca de un perro.

Después, dejó una nota detallada para David, por si algo malo le sucedía.

Estaba decidida a no dar motivo alguno para que alguien le reprochara ser imprudente.

Incluso hizo un bosquejo de mapa de por dónde planeaba ir, subiendo un sendero hacia donde habían encontrado la trufa.

Finalmente, sintió que ya no quedaba nada más que hacer, y se colocó la mochila sobre los hombros. Pesaba, pero sabía que la botella de agua era lo más pesado, y no debía ir sin ella.

Decidió que pronto se acostumbraría a la carga y partió.

Apenas había avanzado, cuando recordó que había olvidado encerrar a las gallinas.

No quería que Stéphie regresara, y descubriera que el zorro se las había comido, así que volvió y lo hizo.

Luego, salió de nuevo.

Estaba cansada, después de su día con los constructores, pero estaba disfrutando del ejercicio.

Entonces, levantó la vista y vio una gran nube negra flotando sobre el bosque hacia donde se dirigía.

Por un momento, pensó en regresar por un abrigo más grueso, pero no soportaba la idea, después de un día tan largo de trabajo físico.

Se convenció a sí misma de que estaría bien. Iba hacia el bosque, y los árboles la protegerían.

Subió la colina, llamando cada pocos minutos, y aunque aún estaba lejos de oscurecer cuando salió, una vez estuvo entre los árboles, todo cambió. Pensó en usar la linterna, pero, aunque había verificado que funcionaba al sacarla del cuarto de herramientas, no sabía cuánto durarían las pilas.

Era mejor guardarla para emergencias.

No permitió que su mente imaginara lo que eso podría implicar.

Para entonces, el bosque estaba casi en completo silencio, salvo por sus gritos, el ocasional sonido de sus pasos y algún crujido lejano.

«No serán jabalíes ni nada peligroso», se dijo. «Serán pájaros. Pájaros grandes».

Los jabalíes no estarían en el bosque tan cerca de la civilización, pero no podía olvidar las huellas del animal que habían visto y examinado, cuando estuvieron patinando. Esas huellas estaban mucho más cerca de la civilización de lo que ella estaba ahora.

«Pero estaban en los bosques, al otro lado del *château*», se recordó con rapidez. «De todos modos, al estar gritando, estaba segura de que cualquier animal salvaje se mantendría alejado. Los animales casi siempre evitaban a los humanos».

Al mismo tiempo que ese pensamiento cruzaba su mente, se dio cuenta de que caminar y llamar la había dejado sedienta, así que decidió hacer una pausa.

Encontró una roca donde sentarse y se quitó la mochila.

Bebió bastante agua y mordisqueó un poco de baguete. Consideró terminarse el agua, para deshacerse de la botella, pero la prudencia prevaleció.

Un recuerdo lejano de un libro de *Swallows and Amazons* la hizo dejar una señal —«patrones» lo llamaban—, con algunas ramitas que encontró a su alrededor.

Cualquiera que la buscara —con seguridad David—, sabría que había pasado por allí.

Volvió a ponerse en camino.

Solo después de terminarse toda el agua y gritar hasta quedar ronca, se dio cuenta de que había subido mucho más alto de lo que había pensado.

Estaba concentrada en poner un pie delante del otro, y solo entonces se percató de que estaba casi completamente oscuro.

En ese momento escuchó un sonido y se dio cuenta de que era lluvia, tamborileando sobre las hojas.

Aquello no era bueno.

Se quitó la mochila y sacó la linterna. Si antes había dudado de la sabiduría de su misión, ahora lo dudaba aún más.

i Milou no la había oído hasta ese momento, ya no lo haría, y escalar las colinas en la oscuridad y con lluvia solo la pondría en peligro.

Ya se sentía tonta por haber llegado tan lejos, sin pensarlo antes.

Encendería la linterna y regresaría.

Pero bajar era más difícil que subir. Resbalaba sobre piedras y ramas, y ahora la lluvia se filtraba entre las hojas y añadía barro a todos esos peligros.

Resbaló varias veces, hasta que finalmente cayó, soltando la linterna, rodando por la colina y rebotando contra rocas y raíces de árboles.

Mientras bajaba, un pensamiento fugaz pasó por su mente: que esta era una forma mucho más rápida de descender que caminando.

Pero se detuvo de golpe al chocar con una gran roca.

Estaba sin aliento y asustada, sin atreverse a moverse, por miedo a haberse roto algo.

Parecía estar sentada en un arroyo, y se dio cuenta de que la lluvia corría por las montañas y atravesaba el bosque.

Pero estar mojada y helada era el menor de sus problemas.

¿Le dolía algo? Tras comprobarlo, decidió que estaba bien: magullada, aturdida, cubierta de barro y sintiéndose como una idiota, pero sin heridas graves.

No se movió durante unos minutos, dejando que el impacto pasara.

Iba a ser mucho más difícil sin la linterna.

Sintió una repentina oleada de lágrimas, ante la idea de tener que regresar a través del bosque, en la oscuridad, con el suelo tan resbaladizo.

Pero llorar no ayudaría.

Tenía que seguir adelante.

—¡Vamos! —se dijo—. ¡A moverse! —Luego se arrepintió de haber dicho sus pensamientos en voz alta.

Su voz entre los árboles sonaba tan solitaria y vulnerable, que casi le dieron ganas de llorar de nuevo. El bosque parecía más oscuro que nunca y la lluvia caía con más fuerza.

Se levantó y al instante resbaló, cayendo con fuerza sobre una roca.

Se le escaparon unas lágrimas, pero estaba decidida a vencer esa autocompasión inútil. Tenía que moverse, no podía quedarse allí toda la noche, sentada en un arroyo y cada vez más mojada, y fría.

Se dio cuenta de que debería haber traído un bastón.

Había una buena colección en el paragüero junto a la puerta principal, pero no se le ocurrió que podría necesitar uno.

Tendría que improvisar.

Había suficiente luz para encontrar una rama caída a su derecha. El suelo estaba tan resbaladizo, que sería más seguro arrastrarse hasta ella, y, una vez allí, podría romper un pedazo para usarlo como bastón.

Se quitó la mochila, que la golpeaba y hacía todo más difícil. Luego, se puso boca abajo y comenzó a arrastrarse.

Era horrible estar en el barro helado, y solo podía avanzar con lentitud, impulsándose con los codos.

La rama parecía estar más lejos de lo que había pensado.

Estaba a punto de alcanzarla cuando escuchó lo que sonaba como una estampida de ganado.

Instintivamente, se hizo una bola, encogiendo las manos bajo su cuerpo.

Una criatura pasó, veloz, a unos centímetros de ella. Cuando abrió los ojos, vio que era un jabalí, y detrás de él corría Milou.

—¡Milou! —gritó Alexandra con todas sus fuerzas, pero su voz salió débil y ronca—. ¡Milou! ¡Para!

Se levantó con torpeza para seguirlo. Logró dar unos pasos y luego tropezó con un tronco, y cayó de nuevo, esta vez rodando mucho más lejos.

Se golpeó, rodó por la colina, y, cuando finalmente se detuvo, todo le dolía. Además de tener un tobillo doblado, dolorido, y mucho peor.

Esta vez no pudo reunir pensamientos positivos.

Estaba en un bosque oscuro, congelada y empapada, y parecía que la lluvia caía cada vez con más fuerza.

Le dolía mucho el tobillo, y moverse en esas condiciones sería peligroso.

Regresar ya no parecía posible.

Lo mejor sería quedarse quieta y esperar que David la encontrara a la mañana siguiente.

Eso, o arrastrarse hasta la casa ella sola.

Tragó el nudo en la garganta. Llorar solo la haría sentirse peor.

Se abrazó las rodillas, apoyó la cabeza en ellas y cerró los ojos.

El tiempo pasó lentísimo.

Cada minuto parecía una hora.

El tobillo le dolía más que cualquier otra parte, y el resto de su cuerpo estaba cubierto de golpes. Estaba rígida y sus músculos dolían tanto, como sus magulladuras.

Tiritaba sin parar.

Incluso si David venía a buscarla, no podría encontrarla en la oscuridad. No vería sus «patrones» de *Swallows and Amazons*.

No tenía ni idea de dónde estaba.

Estaba atrapada en un bosque francés, lleno de jabalíes.

Se le escapó un sollozo, y al oírlo tan débil y patético, surgieron más sollozos. Se acurrucó aún más cerca del suelo.

De repente, escuchó un fuerte resoplido y gemidos, y luego algo le lamía la oreja.

¡Era Milou!

—¡Oh, Milou! ¡He estado tan preocupada! —dijo, mientras lo abrazaba con todas sus fuerzas, enterrando la cara en su mojado pelaje.

Él parecía igual de contento de verla.

Le lamió las orejas y gimió de alegría, mientras se aferraba a ella.

—Tienes que quedarte conmigo, Milou. Traía una cuerda para ti, pero la he perdido. Debes quedarte a mi lado, y no ir tras los jabalíes.

Se arrepintió de haberlos mencionado.

El recuerdo de esas pezuñas golpeando el suelo, pasando a centímetros de ella, aumentó su miedo.

Al menos, ahora tenía a Milou. Él la mantendría caliente y segura. Regresarían por la mañana, y todos se alegrarían de verlos.

O al menos se alegrarían de ver a Milou, porque de ella pensarían que había sido increíblemente tonta.

Con los ojos cerrados, se acurrucaron juntos en aquel bosque oscuro.

Milou era su amigo y ahora también su fuente de calor. Su tobillo palpitaba y le dolía todo el cuerpo, pero tenía al perro, y eso era suficiente.

Entonces, de repente, ¡ya no estaba!

Milou se había escapado de sus brazos y corría colina arriba.

Debía haber oído a otro jabalí.

Tenerlo y luego perderlo de nuevo, la sumió en la desesperación. Lo único bueno de esa situación había sido Milou, y ahora también se había ido.

Miró colina arriba, aunque sabía que estaba demasiado oscuro para verlo, y vio luces dispersas como luciérnagas. Se escuchaban voces. Hombres gritando en la oscuridad.

¡Había alguien allí! ¡Alguien que podía ayudarla!

—¡Estoy aquí! —gritó, su voz ronca y débil, y luego se dio cuenta de que lo había dicho en inglés—. *Je suis ici! Aidez-moi!*

Tomó aire para gritar de nuevo, justo cuando notó a Milou de nuevo sobre ella, lamiéndole la cara.

Y, justo detrás de él, estaba Antoine.

Alexandra no podía creer lo que veía.

Antoine, que supuestamente estaba a kilómetros de distancia en Niza, estaba allí, con ella.

Al principio no habló.

Simplemente, la levantó del suelo y la tomó entre sus brazos, sosteniéndola tan fuerte que casi no podía respirar.

—¡Oh, gracias a Dios, gracias a Dios! ¡Estás a salvo! —susurró, añadiendo palabras cariñosas en francés, resguardando el rostro bajo su barbilla. Luego pareció reaccionar—. Estoy tan aliviado de haberte encontrado. Cuando encontramos tu mochila, pensé que te había pasado algo.

—¿Por qué estás aquí? Estabas en Niza —preguntó Alexandra.

—No pude quedarme allí, cuando me di cuenta de que ibas a buscar a ese perro testarudo. Sin embargo, él me encontró a mí y me guio hasta ti. Así que, al menos, debemos agradecerle eso.

Alexandra empezó a temblar sin control.

—Tenía tanto miedo... —dijo—. Pensé que estaría aquí toda la noche.

—Debemos llevarte a casa. ¿Estás herida?

—Mi tobillo...

—¿Puedes apoyarlo?

Lo intentó, pero hizo una mueca de dolor.

—Un poco. No está roto.

—Puede ser una torcedura.

—Podríamos usar mi pañuelo para atarlo. —Llevó la mano a su cabeza y se dio cuenta de que lo había perdido en algún punto. Ahora que estaba a salvo, era aún más consciente del peligro en el que había estado. Se sintió obligada a explicarse—. Intenté ser sensata. Dejé una nota. Dejé señales...

—Las encontré. ¿Puedes caminar?

—Por supuesto —indicó, recuperando un poco de valor. Probó su tobillo de nuevo y gimió de dolor—. Tal vez necesite apoyarme en ti, pero puedes caminar. Está muy resbaladizo.

—He traído un bastón de esquí. No dejaré que te caigas. ¿Puedes sostener la correa de Milou con la otra mano?

Antoine no había creído que llevar una correa era tentar al destino, como ella.

—La enrollaré en mi muñeca. Parece que no quiere marcharse, pero si escucha otro jabalí...

—¿Había jabalíes? ¡Oh, Alexandra! ¿Estabas asustada?

—No —respondió, pero luego se corrigió—. Estaba absolutamente aterrada.

Capítulo 32

Antoine la sostuvo con fuerza, mientras caminaba, cojeando a cada paso que daba.

Alexandra se dio cuenta de que él cargaba con casi todo su peso, pero no había otra opción.

Estar cerca de él le daba fuerzas. Casi sentía que eran una sola persona.

Por fin, llegaron al pie del bosque, donde un hombre esperaba junto a un maltrecho Citroën Deux Chevaux, con las luces encendidas.

Antoine y el hombre intercambiaron algunas palabras en un dialecto demasiado extraño, para que Alexandra lo entendiera. Después, Antoine la levantó y la colocó en el asiento delantero, y él se subió atrás con Milou.

Mientras avanzaban por el camino lleno de baches, a Alexandra se le ocurrió que Antoine hablaba dos tipos de francés: uno para el salón y otro para la gente de su granja.

Había aprendido algunas palabras del dialecto trabajando con los constructores, pero no entendió mucho de lo que Antoine y su amigo habían dicho, aunque reconoció la palabra *sanglier*, que significaba jabalí.

Al llegar a la puerta del castillo, Antoine saltó del

coche, lo rodeó con rapidez y la sacó del asiento delantero.

La llevó dentro y la acomodó en la gran butaca del vestíbulo.

Milou los siguió.

Los dos gatos salieron corriendo para recibirlo, encantados de tener a su líder de vuelta en casa.

David estaba allí.

—¡Oh, Lexi! ¿Qué te ha pasado? Estás llena de barro. Y aquí está Milou. ¡Perro horrible! Nos has tenido a todos preocupados.

—Cuida de ella por mí, David —dijo Antoine—. Debo hablar con Hervé y agradecerles a Bruno, y al resto de los hombres que vinieron a buscar a Alexandra. después, hay que llamar a Niza, para que Stéphie sepa que Milou está a salvo. —Miró a Alexandra, que empezaba a temblar—. No es necesario mencionar nada más.

David no dudó.

—Vamos a llevarte a un lugar cálido —le dijo a Alexandra—. Aunque quizás quieras lavarte un poco primero. ¿Puedes caminar?

—Dame tu brazo y llévame hasta la puerta del baño. Estaré bien, después.

Alexandra evitó mirarse en el espejo sobre el lavabo. No quería saber qué tan desastrosa se veía. Solo se quitó lo peor con agua fría y la toalla, que probablemente quedaría marcada de barro para siempre.

David la esperaba y la ayudó a ir a la cocina, donde había fuego en la estufa.

—He puesto toda la madera que he podido, con la esperanza de conseguir algo de agua caliente —le contó su amigo, ayudándola a sentarse en una silla junto al fuego—. No sé si logrará calentar el agua, pero al menos te calentará, si te sientas cerca.

Alexandra se acomodó con cuidado, mientras los dolores comenzaban a intensificarse.

David le ayudó a quitarse los zapatos y calcetines, y le envolvió los pies desnudos en una toalla.

—Iré a buscar tus pantuflas, pero te dejo primero con un poco de brandy, mientras le doy de comer a Milou. Debe estar muerto de hambre.

Alexandra bebió el brandy, sintiendo cómo el calor le reconfortaba, mientras bajaba por su garganta.

—Además —dijo David—, necesitas algo caliente. —Le sirvió un poco más de brandy en su vaso—. ¿Qué te apetece? ¿Leche caliente? ¿Chocolate? La sopa tardaría más. ¿Tostadas? ¿Huevos revueltos?

Ella lo interrumpió.

—David, acabo de acordarme. ¿No se supone que estás en una exposición de arte?

—Pasé por aquí, para ver si habías salido a buscar a Milou y encontré tu nota.

—¿Has abandonado a tu cita?

—¿Qué es una cita, en comparación con cuidar de mi hija postiza?

De repente, Alexandra sintió deseos de llorar. Sabía que era en parte por el brandy.

—Puedes irte. Tu hija postiza estará bien. Estoy caliente, tengo alcohol, y Antoine me cuidará. —Notó que dudaba—. En serio. He causado suficiente alboroto esta noche, con toda esa gente buscándome. No me hagas sentir culpable por ti, también.

David pareció pensarlo durante lo que pareció mucho tiempo.

—¿Estás segura?

—¡Totalmente! —Aunque no lo admitiría ni siquiera para sí misma, tenía sus propias razones para querer que él se fuera.

Se quedó mirándola, como si estuviera pensando en más razones para no dejarla.

—Estaré aquí temprano por la mañana. Pero si de verdad no te importa, volveré.

—¡Perfecto! Siempre me sacas de líos, David. No quiero que tu vida social sufra porque haya sido una idiota.

—Una idiota valiente y bien intencionada...

—¡Vete ya!

David le dio un beso en la mejilla y se marchó.

Antoine entró.

—Bueno, ya he hablado con Stéphie y está encantada. Y muy, muy agradecida.

—En realidad, fui una tonta. No debería haberme adentrado en el bosque cuando estaba lloviendo y oscureciendo.

El hombre no comentó nada, pero Alexandra no tenía dudas de que estaba de acuerdo con ella.

—Debes darte un baño caliente —dijo en su lugar.

Ella asintió.

—¡Tengo tanto frío!

—Y estás tan sucia. —Sonrió, a pesar de su preocupación—. Pero primero, comida. Te haré una tortilla. —Le rellenó el vaso.

Alexandra miró el brandy, consciente de que ya había bebido bastante. Pero la reconfortaba, por lo que tomó otro sorbo.

Antoine le preparó una tortilla que comió, pero estaba demasiado cansada para terminarse el pan, que le había puesto al lado.

—Lo siento —dijo cuando él la miró con desaprobación—. Todo eso de masticar... Simplemente, no tengo energía.

—Vamos a llevarte al baño y luego a la cama. —Hizo un gesto para cogerla, pero ella retrocedió.

—¡Puedo caminar! Solo déjame tu brazo. —No tenía ningún deseo de ser llevada por las escaleras, como una estrella de cine, cuando se sentía tan poco glamurosa.

Prácticamente, era como si la llevara, pues cargaba con todo su peso, pero Alexandra se sintió mejor moviéndose por su propia cuenta. Aunque se sentía bastante inestable, estaba allí para sostenerla.

—¿Cómo está tu tobillo? —le preguntó Antoine cuando llegaron al final de las escaleras.

—Creo que un poco mejor —respondió con una sonrisa.

—Bien, voy a empezar a llenar la bañera. Tienes que estar pendiente del agua caliente y, en cuanto empiece a salir fría, debes cerrar el grifo.

Alexandra se preguntó por qué le explicaba esto, habiendo llenado baños toda su vida, pero hizo lo que le pedía.

Observó correr el agua, hasta que estuvo caliente y solo entonces puso el tapón.

—Voy a hervir una tetera para añadir más agua caliente —dijo—. Pero no dejes que entre nada de agua fría. Este baño no estará muy caliente, por lo que no podrás lavarte el cabello.

Sonrió de nuevo. Parecía que Antoine la confundía con Stéphie, pero estaba siendo tan amable que no quería quejarse.

Cerró la llave del agua caliente en cuanto empezó a salir fría y, poco después, Antoine apareció con la tetera.

Alexandra tenía experiencia calentando baños con teteras. No era muy satisfactorio, pero tenía que quitarse el barro de alguna forma y esta serviría.

—No te quedes mucho tiempo —le recomendó Antoine—, necesitas meterte en la cama.

Ella asintió.

—Lo sé.

—Llámame si necesitas ayuda para salir de la bañera.

—Lo haré —respondió, aunque sabía que el baño se congelaría antes de que pidiera ayuda.

Desafortunadamente, el tobillo le falló y se resbaló al entrar en la bañera.

No se hizo daño, pero como resultado entró más de lo que debía y se mojó el pelo.

Antoine le había dicho que no intentara lavárselo, pero ya que estaba mojado, decidió hacerlo de todas formas.

Se quitó todo el barro del cuerpo y del cabello, lo mejor que pudo, y se enjuagó.

El agua quedó muy turbia.

Al levantarse, usando los grifos como apoyo, decidió que limpiaría la bañera a la mañana siguiente, cuando estuviera un poco más descansada y no tan helada.

Se apoyó en la pared, mientras se secaba, y se puso el camisón y la bata sobre su cuerpo aún húmedo. Luego, hizo lo que pudo para secarse el pelo, y abrió la puerta.

Antoine estaba allí, y su desaprobación fue evidente cuando vio que su cabello estaba mojado.

—Me he resbalado —le explicó, antes de que pudiera decir algo—. Ayúdame a meterme en la cama.

Aunque Antoine había metido dentro la bolsa de agua caliente, Alexandra seguía temblando.

—Es porque tienes el pelo mojado —apuntó él—. Iré a buscar otra toalla. —Le frotó el cabello, que aún tenía algo de arenilla—. Necesitas una bebida caliente —dijo—. Voy a traértela.

Alexandra se acurrucó, pensando que nunca volvería a entrar en calor, pero al menos estaba a salvo y no tirada en un arroyo, esperando que un jabalí la pisoteara.

—Aquí tienes —indicó Antoine—. Leche caliente. Espero que te guste.

Dio un trago y eso la ayudó, pero seguía teniendo frío.

—No sé si quiero la bolsa de agua caliente en los pies o en el cuerpo —dijo con los dientes castañeteando.

Él la miró durante unos segundos, antes de quitarse los zapatos y meterse en la cama con ella.

—Tenemos que calentarte —indicó.

Puso el brazo bajo su cabeza, acercándola a él.

Ella le rodeó con el brazo, apoyó la cabeza en su pecho y cerró los ojos.

Todo el brandy que había bebido debió hacer que dormitara unos segundos. Sin embargo, al abrir los ojos de nuevo, supo lo que tenía que hacer.

Sería difícil, pero le daría un recuerdo que guardaría en su corazón para siempre, junto con el momento en que la encontró en el bosque y sintió que él realmente la amaba.

Si dejaba pasar la oportunidad, nunca se lo perdonaría.

David le había dicho que, en su mayor parte, eran las cosas que no hacías las que causaban arrepentimiento, y no las que hacías.

—Antoine... —susurró.

—¿Sí?

—¿Quieres hacer el amor conmigo? —Sintió el sobresalto en su cuerpo y se apresuró a continuar antes de que pudiera detenerla. No poder ver su rostro hacía que fuera más fácil—. Sé que pronto tendré que irme, continuar con la vida real, y dejar atrás todo el tiempo que pasé en el castillo, donde he sido tan feliz. Sé que un día conoceré a un hombre adecuado, y probablemente me comprometeré con él, y me acostaré con él... —Tomó aliento—. Y estará bien. No me casaré con alguien a quien no ame, pero quiero que tú seas el primero. Quiero que el primer hombre de quien me enamoré sea el primero con quien... —Tragó saliva, sin atreverse a entrar en muchos detalles—. Solo quiero que seas el primero —repitió.

Los pocos segundos de silencio antes de que él respondiera parecieron horas.

—*Mignonne* —dijo Antoine—, no sé qué decir. Estoy... halagado.

—No tienes que decir nada —respondió con rapidez, antes de que él pudiera decir algo más devastador—. Solo... haz lo que te he pedido. Por favor.

Él se acomodó, recostando la cabeza en su mano, para no estar tan entrelazados y poder hablarle.

—Te quiero demasiado para hacer eso.

—Si me quieres, ¿por qué no deseas hacer el amor conmigo?

—Hay muchas razones...

—¿Como cuáles?

—La razón más práctica, es que podrías quedarte embarazada. Sé que la gente dice que no puede pasar la primera vez...

—Pero sí puede. Lo sé —indicó Alexandra—. ¿Cuáles son las otras razones?

—No podemos pasar de la primera razón. Si te quedaras embarazada, tendríamos que casarnos, y no puedo casarme contigo.

—¿Por qué no? —Hubo un quiebre en su voz—. ¿Qué hay de malo en mí?

—No hay nada malo en ti. Cada cabello en tu cabeza, cada célula de tu cuerpo es hermosa. Eres la mujer más maravillosa que he conocido. Eres inteligente, valiente, amable, divertida... Pareces amar a mis hijos, casi tanto como yo, y has arriesgado tu vida por un perro. O tal vez haya sido por Stéphie, pero eso no importa. Eres una verdadera heroína.

—¿Pero?

—Soy demasiado mayor para ti y eres una heredera. Si me caso contigo, ¿qué pensarán y dirán todos?

—¿Tenemos que preocuparnos por lo que la gente piense y diga?

—Quizás no, pero nada va a cambiar la diferencia de edad, ni el hecho de que trabajas para mí. Has estado en una posición vulnerable. Tu reputación...

—¿Acaso la gente no se casa para salvar su reputación?

—¡No en este caso!

Ella lo sujetó del jersey.

—Quiero un recuerdo hermoso...

—Vas a tener una vida llena de recuerdos hermosos. Ahora duérmete. Piensa en lo feliz que estará Stéphie cuando vea a Milou. Descansa. Has tenido una gran aventura y necesitas dormir.

Salió de debajo de las colchas, pero permaneció sentado encima, acariciándole la frente, hasta que se quedó dormida.

Despertó con dolor de cabeza.

«Demasiado brandy», pensó.

Luego, el recuerdo de lo que había pasado con Antoine la arrolló como un tren. Sintió cómo el sudor perlaba su frente. Se sentía enferma. No sabía cuánto era resaca y cuánto vergüenza, solo que deseaba morir, o mejor, estar a cientos de kilómetros de Antoine.

Se levantó de la cama con lentitud.

Sus músculos estaban rígidos, pero su tobillo parecía en mejor estado. Casi podía caminar con normalidad. Solo tenía una leve cojera.

Mucho mejor que la noche anterior.

Un vistazo rápido fue suficiente para ver lo terrible

que se veía: pálida, con el cabello alborotado y todavía húmedo.

Regresó a su habitación y se vistió.

Le llevó una eternidad.

Se puso una falda que podía combinar con su chaqueta Chanel. Encontró medias y su único par de zapatos de tacón.

Se iba.

En la cima de las escaleras escuchó sonidos provenientes de la cocina y luego oyó la voz de David diciéndole algo a Milou.

Esto le dio valor para pensar que quizás Antoine no estaba.

Se acercó con sigilo a la puerta de su habitación y escuchó, para ver si aún dormía.

Nada.

La puerta no estaba bien cerrada, así que la empujó con suavidad y vio que no estaba.

Alivio y decepción lucharon en su interior durante unos segundos, antes de que el primer sentimiento ganara.

No sería capaz de enfrentarlo.

Apoyándose en la barandilla, bajó las escaleras.

—¡Lexi! Podrías haberme llamado, te habría ayudado a bajar —dijo David. Su mirada pasó con rapidez por ella, obviamente notando su atuendo y su estado de ánimo—. ¿Estás bien?

Asintió.

—Tengo que irme. Tan pronto como sea posible. ¿Sabes dónde está Antoine?

David asintió.

—Nos cruzamos en el camino. Se ha ido de vuelta a Niza para recoger a la familia.

Alexandra se dejó caer en una silla.

—Por supuesto, no es capaz de enfrentarme y lo entiendo. Yo tampoco soy capaz de verlo a él.

—Está bien, primero un té, y luego me cuentas por qué. Si quieres.

Contarle todo a David fue catártico.

No comentó nada, solo le rellenó la taza de té, puso algo de comida frente a ella y escuchó paciente.

—Supongo que no hay ninguna posibilidad de que cambies de opinión —dijo finalmente.

—No. No puedo enfrentarme a Antoine de nuevo. Tengo que marcharme. Por favor, explícale a Stéphie y a los demás que me han llamado. No les importará si tienen a Milou. —Se levantó—. Debo buscar los horarios de tren a París y llamar a Donna. —Hizo una pausa—. Y si ella no puede recibirme, regresaré a la pequeña pensión en la que estuve antes. Estaré bien. Tomaré un tren a Suiza en cuanto pueda.

—¿De verdad? —preguntó su amigo—. ¿Por qué no disfrutas un poco de París? Esa era tu idea original, ¿recuerdas?

Ella asintió.

—Bueno, si Donna puede recibirme, tal vez lo haga.

—Buscaré los horarios de trenes mientras preparas la bolsa —indicó—. No necesitas llevarte todo. Solo lo necesario para estos días en París. No creo que vayas a necesitar un mono de trabajo viviendo con tus familiares.

Aunque había pensado que nunca volvería a reír, eso la hizo soltar una pequeña carcajada.

—Especialmente, uno cubierto de polvo de ladrillo.

—Deja aquí todo lo que no necesites. Yo me encargaré de ello, después. Ve a reunir tus cosas y luego llama a Donna. Estoy seguro de que se alegrará mucho de saber de ti.

Capítulo 33

David tenía razón: Donna estuvo encantada de escucharla e insistió en que se quedara con ella.

David le había dado bastante efectivo, a cambio de un cheque, así que Alexandra no dudó en tomar un taxi desde la estación, hasta el apartamento de Donna, cuando el tren llegó a París.

Su tobillo, aunque mejor, no estaba para todo el recorrido que siempre parecía requerir el metro.

Le costó un poco subir las escaleras, pero una vez que tocó el timbre, Donna abrió de golpe la puerta.

—¡Oh, querida! —exclamó Donna—. ¿Qué te ha pasado? ¡Entra! ¡Tomemos champán!

Para su enorme vergüenza, Alexandra rompió en llanto.

—¡Alexandra! ¿Qué pasa? Toma un poco de brandy.

—No volveré a beber brandy nunca más —dijo entre sollozos.

—¿Quieres contármelo?

Se dio cuenta de que sí. Había sido muy feliz viviendo en el *château* y estaba decepcionada por perderse la boda de Jack y Penelope, pero había echado de menos la compañía femenina en la que podía confiar.

Las dos se sentaron en la pequeña mesa de la cocina, picoteando unas patatas fritas.

Después de su primera copa de champán, Alexandra bebió agua, porque el alcohol le podía meter en graves problemas.

Cuando Alexandra llegó a la parte en que le pidió a Antoine que hiciera el amor con ella, Donna soltó un jadeo de asombro.

—Eso ha sido muy valiente por tu parte —indicó.

La expresión de absoluto horror en su rostro hizo que Alexandra se sintiera aún peor.

—Fue el brandy. Debí beber mucho más de lo que pensaba.

—No te culpo por querer acostarte con él —comentó su amiga—. Antoine es guapísimo. Pero pedirlo así... Si quiero tener relaciones con Bob, solo me desvisto de una manera que lo haga desearlo. Nunca, jamás, lo diría tan directamente. No es que crea que está mal que las mujeres lo hagan. Es simplemente que yo no lo haría.

—¿Crees que huir ha sido una locura?

—¡Para nada! Y ahora, ¿por qué no te das un baño caliente, para compensar el frío de anoche, y te vistes con tu mejor ropa? Salgamos a cenar. Hay un bistró encantador a la vuelta de la esquina, donde los camareros son amables y podemos consolarnos comiendo *steak frites*. Espero que puedas quedarte al menos unos días. ¡Quiero una amiga con quien ir de compras!

—Si tienes un suministro constante de agua caliente,

creo que podré quedarme. Donna, ¿podrías hacerme un favor más grande? ¿Podrías llamar a mi amigo David en el *château* y decirle que he llegado bien? Debería haberlo hecho antes.

Salir y arreglarse le hacía bien, se dijo Alexandra mientras se vestía y se aplicaba maquillaje. Había pasado mucho tiempo vistiendo un mono de trabajo y haciendo labores manuales.

En ese momento volvía a ser una chica.

Donna aprobó su apariencia.

—¡Te ves genial! —exclamó—. Has decidido volver a montarte en el caballo.

Alexandra sonrió.

En su interior sentía que tendría el corazón roto para siempre, pero quería poner buena cara.

Donna estaba contenta de tenerla en su casa.

—Bueno, quizás no estoy lista para montar, pero sí para poner el pie en el estribo.

Donna, que había crecido en el campo en Estados Unidos, apreció esa analogía.

A la mañana siguiente, después de desayunar con Bob, que fue muy amable y hospitalario, su amiga decidió que necesitaban ir de compras.

—Nada anima más a una chica que un sombrero nuevo, como solía decir mi madre. Aunque yo preferiría un vestido —añadió, limpiando las migas en su servilleta.

—No me vendría mal algo de ropa nueva. Desde que llegué a Francia, solo he comprado cosas en puestos de mercado, para campesinos o en brocantes. Quizás sea hora de probar las tiendas de moda de París.

Alexandra tenía algo de dinero ahorrado, pues apenas había gastado nada mientras estuvo en el *château*.

Algo bonito le alegraría.

Además, disimularía bastante bien sus sentimientos internos, porque nadie pensaría que una chica llevando un vestido nuevo tendría el corazón roto.

Se recogió el cabello en un moño para darle un toque más pulido a su apariencia.

A pesar de las sugerencias de Donna, Alexandra encontró difícil hallar algo que realmente le gustara.

París tenía tiendas encantadoras, aunque muchas estaban fuera de su presupuesto. Su tobillo comenzaba a doler y no estaba en el estado de ánimo adecuado para ir de compras.

Justo cuando habían decidido dejar de buscar ropa, y empezar a buscar un lugar para almorzar, Donna entró en una pequeña tienda, que Alexandra había pasado por alto.

Salió casi de inmediato.

—¡Entra aquí! Tienen cosas preciosas, y muy razonables.

Alexandra era consciente de que la idea de «razonable» de Donna difería de la suya, incluso habiendo salido con la intención de gastar, pero la siguió de todos modos. «Tal vez, habría una silla en la que pudiera sentarse un momento, para descansar el tobillo», se dijo a sí misma.

La vendedora se acercó y habló en inglés.

—¿En qué puedo ayudarla, madame?

—Mi amiga necesita algo bonito, pero no demasiado caro —dijo Donna—. Necesita verse espectacular.

La dependienta asintió y se dirigió a Alexandra.

—Tiene una figura muy elegante, un cabello hermoso, aunque parece necesitar algo de atención, y una piel perfecta. Se verá encantadora con cualquier cosa, pero, para ahora, algo muy sencillo será lo mejor.

Extendió el brazo hacia un perchero, sin siquiera mirar, y sacó un vestido sin mangas, en el tono más divino que jamás hubiera visto.

—¡Me encanta el color! —dijo Alexandra.

—Yo lo describiría como rosa Schiaparelli —mencionó la vendedora—. Es un color fuerte. No es para una niña, sino para una mujer. Aunque estoy segura de que muchos discutirían conmigo sobre qué tono exacto es. También tiene un abrigo a juego.

Antes de darse cuenta de lo que había pasado, Alexandra se encontró en un probador.

—Por favor, póngase el pañuelo sobre la cabeza —le

dijo la vendedora—, para no manchar el vestido con lápiz labial.

La dependienta ya estaba con ella, abrochándole, antes de que pudiera siquiera intentar subir el cierre.

—Ahora salga y muéstrele a su amiga. ¡Necesita tacones! —dijo a continuación, sacando un par de zapatos—. Y aquí tiene el abrigo.

Era un vestido sencillo, sin mangas, que terminaba unos centímetros por encima de la rodilla. El abrigo era apenas un poco más largo, con un cuello alto y grandes botones, con detalles dorados.

—También hay un sombrero —indicó, colocando uno con ala hacia abajo, en su cabeza.

Donna jadeó.

—¡Estás maravillosa! —exclamó.

La vendedora ajustó el cuello del abrigo y colocó el sombrero en el ángulo perfecto.

—*Voilà!* Parece una modelo.

—¡Cómpralo! —dijo Donna.

Alexandra se rio. Era bueno verse glamurosa y sofisticada, para recordarse a sí misma quién era, antes de ir a la Provenza. Amaba el sombrero.

La vendedora mencionó una cifra que era más del doble de todo lo que Alexandra había gastado en ropa, desde la última vez que estuvo en París.

Se encogió de hombros.

—¿Por qué no? Pero no me llevaré el sombrero. No llegará a Suiza de una pieza.

Donna agitó la mano con desdén.

—Oh, ya te las arreglarás. Completa el conjunto a la perfección. Ahora, paga y vayamos a almorzar. ¡Me muero de hambre!

Ambas chicas tuvieron la impresión de que a la dependienta no le gustó que hablaran de comer, tan abiertamente.

A la mañana siguiente, Alexandra estaba en el salón escribiendo postales.

Donna, Alexandra y Bob habían pasado una velada muy agradable, pero no podía durar para siempre. Sentía que era momento de avisar a sus familiares en Suiza que su regreso era inminente.

Había elegido una postal para evitar entrar en demasiados detalles.

Llevaba su vestido nuevo, porque Donna quería hacer más compras en breve. Alexandra no estaba segura de que su tobillo lo soportara, y, encima, después deseaba llevarla a un nuevo restaurante, que se había convertido en el favorito de la comunidad expatriada.

Escuchó la puerta de entrada abrirse, pero siguió escribiendo, concentrada en encajar la dirección de su prima en un espacio demasiado pequeño.

Luego, levantó la vista.

Antoine estaba allí.

Parecía inusualmente tímido, como si no estuviera seguro de su bienvenida.

Durante un momento interminable, no dijo nada, pero, a continuación, extendió los brazos.

—Pequeña mía, la familia me ha echado de casa y no me dejarán volver, a menos que regreses conmigo. He venido para llevarte a casa.

Capítulo 34

Alexandra no sabía si quería reír o llorar.

Estaba sorprendida, encantada, consternada y confundida. Todo a la vez.

—¿Me perdonarás por mi estupidez? —continuó Antoine—. Pensé que estaba haciendo lo correcto al dejarte ir, pero ahora sé que estaba muy equivocado. —Cruzó la habitación hacia donde ella estaba sentada—. Eres mi estrella guía, mi mundo, mi amor más preciado.

La levantó y, en apenas unos segundos, estaba entre sus brazos, y su boca sobre la de ella. Se sintió débil por la fuerza de su pasión y la suya propia.

—¿No soy demasiado joven para ti? —preguntó sin aliento.

—Eres perfecta para mí. Y voy a pasar el resto de mi vida asegurándome de ser perfecto para ti.

—Eres bastante perfecto —murmuró, agarrando su solapa y tirando de él hacia abajo, para poder alcanzarlo y besarlo de nuevo.

Cuando un rato después, Donna golpeó la puerta y entró, los encontró a ambos en el sofá. El cabello de Alexandra ya no estaba en un elegante moño, sino suelto sobre sus hombros.

—¿Antoine? —dijo Donna en voz baja—. Tu chófer está abajo. ¿Qué le digo?

—¿Chófer? —preguntó Alexandra—. La última vez que estuve contigo, ibas en un Deux Chevaux destartalado, dando tumbos por el campo.

—¡Pero tenía chófer también! —indicó Antoine, indignado.

Alexandra se rio, recordando al granjero que había sido tan amable y, para ella, incomprensible.

—Lo envían de la oficina. Tenía que firmar unos papeles y me han recogido esta mañana, donde estaba hospedado.

—¿Estabas en París anoche? —preguntó, pensando en la agradable, pero, para ella, desolada velada que había pasado con Donna y Bob, quienes se habían esforzado tanto por hacerla feliz.

Pensar que Antoine, quien había llenado sus pensamientos durante todo el tiempo, estaba en la misma ciudad, y ella no lo sabía, la entristeció unos segundos.

—No pude venir anoche, aunque lo deseaba con todo mi ser —comentó el hombre—. No podía desaparecer de inmediato, al llegar a casa de mi madrina, y ya era bastante tarde. Habría estado profundamente ofendida y escandalizada por un comportamiento tan alocado. Y todos... Es decir, toda la familia, me dijeron que tenía que proponértelo formalmente.

—¡Oh! —exclamó Donna emocionada, mirando a Alexandra—. ¿Lo ha hecho?

Alexandra lo pensó un momento.

—No, creo que no lo ha hecho.

Antoine se arrodilló al instante.

—Mi querida Alexandra, ¿me harías el gran honor de convertirte en mi esposa?

Ella se rio y tomó sus manos.

—Creo que sí —dijo, fingiendo pensarlo—. Me gustaría ser condesa.

Antoine se levantó y la abrazó, y luego Donna los abrazó a ambos.

—¿Es hora de más champán? —preguntó.

Bob, que aún no había salido para la oficina, entró en el salón.

—Mi esposa se ha vuelto adicta al champán desde que vivimos en París, pero nunca ha habido una mejor razón para celebrar que esta.

—¿Tienes que llevártela de vuelta al campo de inmediato? —preguntó Donna, con un toque de tristeza—. ¿Podríamos quedárnosla en París un poco más?

—Es probable que debamos regresar —indicó Alexandra—. Después de todo, estaba organizando una boda. —De repente, sintió anhelo por regresar al *château*, y por todos los que allí vivían.

Era su hogar, y la gente que lo habitaba, su familia.

—Creo que la boda se las arreglará bastante bien sin nosotros —dijo Antoine—. Quiero mostrarte París. Debemos comprar un anillo de compromiso y hay una señora bastante mayor que debo presentarte. Sin su consentimiento, nuestro matrimonio no será del todo legítimo, me temo. Volveremos a casa cuando hayamos hecho todas esas cosas, y la boda haya terminado.

—Pero Stéphie... —protestó.

—Stéphie lo entenderá a la perfección. Fue ella quien me dio instrucciones muy precisas para que no volviera a casa sin ti.

—¿Solo te casas conmigo para complacer a tu hija? —preguntó Alexandra.

—Para nada. Pero si no me caso contigo, mi hija... De hecho, ninguno de mis hijos, me perdonará jamás.

Donna suspiró.

—Estoy muy, muy feliz por vosotros. —Hizo una pausa—. Bob, ¿me llevarías a ese restaurante del que hablan todos nuestros amigos americanos? Iba a ir con Alexandra, pero ahora no querrá venir.

—¿Por qué no querríamos ir? —se interesó Alexandra—. Suena encantador. —A pesar de todo, de que por fin sus sentimientos y los de él se hicieran públicos, se sintió un poco tímida de estar a solas con Antoine.

—Podemos celebrarlo todos juntos —dijo Antoine—. ¿Y quizás posponer el champán para entonces?

—¡Oh! —exclamó Donna, dando palmadas de emoción—. ¡Qué maravilla llegar con un auténtico conde francés y su hermosa prometida! Espero que todos mis amigos expatriados estén allí.

—Nos encantaría acompañaros, si no os molesta

—señaló Antoine—. Pero antes, debo hacer algunos arreglos.

—¡Yo también! —indicó Alexandra—. Debo avisar a mis familiares de que me voy a casar. —De repente se sintió inmensamente feliz. El hombre de quien se había enamorado, desde el primer momento, también la amaba—. ¿Debo escribir una postal nueva, o puedo simplemente añadir: ¿olvidad todo lo anterior, voy a casarme?

Donna chasqueó la lengua y sacudió la cabeza, aparentemente desaprobando el tono ligero de Alexandra.

—Creo que deberías añadir que es un conde. Necesitan saberlo.

Alexandra la abrazó, radiante de felicidad.

Cuando la pareja estuvo sola de nuevo, Antoine preguntó:

—¿Te llevará mucho escribir esa postal? Quiero llevarte a comprar un anillo de compromiso. Si no lo hago, cuando te lleve a conocer a mi madrina, que es formidable, te hará usar una joya familiar, que será muy anticuada.

—Me gustan las cosas antiguas. Probablemente, sea por eso por lo que me he enamorado de ti... —murmuró, mordiéndose el labio, sin estar segura de si le parecería divertido.

Antoine levantó una ceja, pero esbozó una sonrisa.

—Tendré que acostumbrarme al hecho de que no me caso con una mujer que adora a su esposo.

—Te adoro —dijo—, pero no creo que deba decírtelo muy seguido, no vaya a ser que te pongas mandón.

Él rio.

—Eres tú la mandona. Por suerte, eso me gusta. Ahora, sobre el anillo de compromiso...

—Me gustaría uno antiguo. Hay algo muy romántico en las joyas que ya vienen con una historia propia, una que nunca conoceremos. Por eso, me encantan los mercados de antigüedades.

—Entonces, iremos a un mercado de antigüedades y encontraremos el anillo de tus sueños.

—Ya tengo al hombre de mis sueños, por lo que no necesito también un anillo. Es decir, no tiene que ser caro.

La besó de nuevo, durante un largo rato.

—Stéphie no volvería a hablarme, si no llevas un diamante enorme en el dedo, cuando volvamos a casa. Dicho esto, si lo quieres de un mercado, debemos esperar hasta mañana. ¿Qué te gustaría hacer hoy?

—¿Cuándo conoceré a tu madrina?

—Necesita aviso previo. —Respiró hondo—. Debido a cómo nos conocimos, no he tenido oportunidad de cortejarte de forma apropiada, ni de llevarte a cenar. Ahora tengo la oportunidad de arreglar todo eso. Y esta mañana, podemos hacer de turistas. ¿Quieres subir a la Torre Eiffel?

Ella negó.

—Quiero hacer lo que había planeado, cuando conocí a Donna y mi vida cambió.

—¿Y eso es?

—Quiero subir los escalones de Montmartre y ver el Sacré-Coeur.

—Pero, cariño, tu tobillo...

—Lo había olvidado. —Reflexionó Alexandra—. Bueno, fue al pie de esos escalones donde mi vida cambió. Allí estaba Donna, con su bolsa de la compra rota, rodeada de cebollas y patatas.

Él la abrazó.

—Tu bondadoso corazón hizo que la ayudaras y así nos conocimos.

La joven suspiró de felicidad.

—Pero quiero ver la vista desde la cima. ¿Te animas a ayudarme a subir?

—Te llevaré en brazos, como prueba de mi amor.

Alexandra se rio.

—Solo dame tu brazo. Puedes probar que me amas de otras maneras.

Cuando llegaron a la cima y recuperaron el aliento, se giraron y contemplaron París ante ellos.

—He soñado con tener esta vista durante mucho tiempo. No sabía que se podía ver la Torre Eiffel desde aquí.

Lo que Alexandra no dijo, fue cómo había soñado con ver París, con un hombre a quien amara.

Las lágrimas se le agolparon en la garganta, porque todos sus sueños se habían hecho realidad.

—Cariño, odio decir esto, pero creo que no tenemos tiempo para ver la basílica si vamos a almorzar con Donna y Bob.

—¿Te molesta que vayamos? —preguntó—. Han sido tan amables...

—Siento que les debo mi felicidad —dijo Antoine, simplemente—. No hay nada que no haría por ellos.

Alexandra se preguntó si existía un límite para cuánto podías amar a alguien y decidió que no.

Amaba a Antoine cada vez más.

Después de un almuerzo muy alegre y lleno de champán, Antoine logró tener a Alexandra a solas para él.

—Nada me gustaría más que llevarte a un hermoso hotel y hacer el amor contigo, pero soy muy chapado a la antigua, muy tradicional, y creo que deberíamos esperar hasta que estemos casados. —Hizo una pausa para que ella asimilara esto—. Más aún, me estoy quedando con mi madrina, quien tomará nota de cuánto tiempo paso fuera de casa, contigo, y si sospecha que hemos hecho algo más que besarnos, nuestras vidas no valdrán mucho. —Alexandra se rio—. Espero que no insistas en un compromiso largo —añadió.

—¡Para nada!

—Qué alivio. Ahora dejaré que te vayas a casa con Donna y Bob. Lamentablemente, no puedo acompañaros a cenar, pero ¿puedo ir a recogerte mañana temprano para comprar el anillo de compromiso?

—¿Qué tan temprano?

—¿A las siete?

—¡A las siete! Eso es tarde para los estándares de David.

París no podía haber lucido más hermosa bajo la niebla matutina, que prometía un día espléndido.

No iban en el coche, sino que decidieron caminar hasta el metro, que los llevó al mercado de pulgas.

—¿Cómo tienes el tobillo? —le preguntó mientras la tomaba del brazo.

—Estará bien. ¿No es divertido? Y París es tan bonita a esta hora del día.

Tras besarla en la mejilla, se pusieron en marcha.

Aunque había varios puestos que vendían joyería, pasó un rato antes de que algo llamara la atención de Alexandra: un anillo diferente a los demás. Era un diamante solitario, bastante grande, rodeado de oro y esmalte azul oscuro.

Extendió la mano para tomarlo, pero al ver el precio, dirigió su atención a un topacio ahumado engarzado en plata.

—¿Qué te parece este?

—Pruébatelo. ¿Te gusta? —dijo Antoine.

—Sí, me gusta. —Era una piedra bastante grande y se veía bien en su mano—. ¡Y me queda perfecto!

—Entonces, nos lo llevamos —indicó—. Cariño, ¿ves el puesto de crepes de allí? Me ha entrado hambre al olerlo. ¿Me traes uno con queso? No he desayunado nada.

—Yo tampoco —dijo Alexandra—. No olvidarás regatear por el anillo, ¿verdad? —le susurró en voz baja—. Nunca hay que pagar el precio que piden.

Se sintió un poco culpable al dejarlo, porque comprar antigüedades en un mercado no era para novatos.

Antoine se tomó muy en serio el cortejo.

La llevó a todas partes: a los lugares turísticos, a los rincones que solo los parisinos conocían y a cualquier otro sitio que pudiera imaginar. Pasearon por el Sena en un *bateau-mouche*, se detuvieron en los puentes, tomaron café en pequeños cafés y comieron baguetes de jamón y mantequilla en la calle.

También invitaron a Bob y Donna a cenar, pero, a pesar de todo, Antoine aún no le había dado su anillo de compromiso. Decía que lo estaban limpiando y que aún no estaba listo.

Alexandra disfrutaba mucho de la vida en París, pero tenía un leve cargo de conciencia, al saber que la boda que ella había estado organizando, aquella para la que le habían pedido ayuda, se estaba llevando a cabo en la Provenza, y no estaba allí para asegurarse de que cada detalle fuera perfecto.

Se lo mencionó a David, por teléfono, después de darle la noticia de su compromiso.

Fue muy claro en su consejo:

—Penelope y Jack pueden casarse sin ti. Has dejado todo listo. Hay muchas personas que pueden ayudar, si es necesario, y yo estaré ahí. Disfruta de este momento único.

Finalmente, David la convenció, aunque solo hasta cierto punto.

Luego, se encontró contándole a Donna lo culpable que se sentía por no estar en el *château*.

Su amiga fue igual de firme.

—Querida, déjaselo a ellos. Estarán bien. Nunca volverás a tener un tiempo como este. Te casarás, tendrás bebés y trabajarás duro. ¡Esto es como tu luna de miel, pero sin el sexo!

Alexandra rio, aunque un poco insegura.

—Ese es el único tema que me preocupa ahora.

—No hay necesidad —le aseguró—. Todo saldrá bien. Créeme. Os deseáis como locos, y él se asegurará de que funcione para ambos.

—Te tomo la palabra. Desde fuera, parezco sofisticada, como si supiera lo que hago, pero a veces solo soy una chica que no tiene madre.

Donna le acarició el brazo.

—Eres increíble. Valiente, amable y divertida, además de hermosa. Y Antoine es un buen hombre. Le pedí a Bob que averiguara un poco sobre él, y es verdaderamente honorable.

—Lo sé. Adoptar a la hija de su amigo y criarla como suya fue algo maravilloso. Aunque tener a Stéphie no es una carga. —Hizo una pausa—. ¿Y tú? ¿Puedo preguntar? ¿Estás pensando en tener una familia?

—Lo estoy considerando —dijo, de pronto sospechosa—. De hecho... Es muy pronto para decirlo, pero...

—¡Oh, Donna! ¡Qué bien! ¡Es tan emocionante!

—Estamos cautelosamente emocionados —apuntó ella.

Alexandra la abrazó, emocionada.

—Entonces, ¿por qué te pone tan nerviosa este almuerzo? —preguntó Donna, mientras le hacía el moño más perfecto de su vida—. Sabes qué cuchillo y tenedor usar.

—Es por los modales en la mesa. En Inglaterra, ponemos las manos en el regazo cada vez que dejamos el cuchillo y el tenedor, mientras masticamos. Sé que en Francia es lo opuesto, y hay que mantener las manos visibles en todo momento. Estoy convencida de que los nervios me harán olvidarlo, y que su madrina detendrá la boda y tendré que irme a vivir a Suiza.

Donna se rio.

—Eso no va a pasar. Y, aunque ocurriera, y su madrina lo prohibiera, Antoine no lo aceptaría. ¡Te ama! Quiere casarse contigo, y tú también. —Hizo una pausa para examinar su trabajo en detalle—. Eres la joven más elegante de todo París. —Luego, roció su cabello con laca, hasta asegurarse de que nada se moviera.

Alexandra estaba en el salón, mirando por las largas ventanas hacia París y la Torre Eiffel, cuando escuchó un ruido.

Era Antoine.

—¡Oh! Me has asustado. ¿Hace mucho que has llegado?

—No. Estaba intentando decidir si eres más hermosa cuando te ves como una mujer de la portada de Vogue, o cuando tu cabello está alborotado, y estás cubierta de barro.

—¿Y a qué conclusión has llegado? —preguntó, acercándose a él.

Este se encogió de hombros.

—Solo he sido capaz de pensar que te quiero más, cada vez que te miro. ¿Estás lista para tu prueba de fuego con una anciana francesa? Luces como *le dernier cri* de la elegancia.

Llevaba su vestido nuevo, con el abrigo a juego, unos

zapatos de charol, con tacón bajo y una discreta lazada en la punta.

Donna no solo se había asegurado de que su cabello estuviera perfecto, sino que también le había hecho la manicura. Aún tenía restos de tierra bajo las uñas, que Donna había limpiado pacientemente con un palito, entre varios chasquidos de desaprobación.

—*Merci du compliment, monsieur. le comte.*

Deseó poder mencionar su anillo de compromiso, pero no pudo.

Antoine la miraba de una manera tan intensa que no quería arruinar el momento.

—¿Vamos? —preguntó él—. Tengo el coche abajo.

Alexandra tuvo la impresión de que Antoine también estaba un poco nervioso.

Capítulo 35

Aparte de no tener un anillo de compromiso, había otra cosa que preocupaba a Alexandra.

—¿Vas a poder dejar tu trabajo y dedicarte al campo, y al *château*? —preguntó, mientras acomodaba sus piernas en el asiento trasero del automóvil.

—He dejado a Véronique a cargo, y le he dicho que puede consultarme cuando lo necesite, pero que solo me ausentaré una vez al año, y nunca durante más de un mes.

—¿Y está contenta con eso?

Se encogió de hombros.

—Tiene que estarlo. Una cosa es segura: está complacida de estar a cargo. Solo espero que Stéphanie esté igual de feliz.

—Siento mucho haberme perdido la boda de Jack y Penelope, y no haber visto a las niñas con sus vestidos de damas de honor.

—Habrá fotos —indicó Antoine, algo distraído.

Alexandra se preguntó si estaba preocupado por ganar suficiente dinero para la familia, el *château* y el campo. Pensó en su propia fortuna, a la que él tendría acceso cuando se casaran. ¿Sería capaz de mencionarla en algún momento? Antoine era orgulloso, y quería proveer a su esposa y a su familia.

Se dio cuenta de que su dinero tendría que ser introducido con discreción, pero lo lograría.

Miró por la ventanilla y trató de disfrutar del viaje.

—No tienes de qué preocuparte —susurró Antoine, mientras esperaban a que les abrieran la puerta—. Le he contado todo sobre ti.

—Eso no ayuda. —A ella le importaba mucho que, como la futura esposa de Antoine, que ya tenía varios puntos en contra, como inglesa, demasiado joven y niñera de sus hijos, no hiciera ni dijera nada inapropiado—. De hecho, probablemente lo empeora.

La puerta fue abierta por el mayordomo, revelando un apartamento muy parecido al de Donna y Bob, solo que lleno de antigüedades.

A Alexandra le pareció como si un museo se hubiera mudado a una residencia más pequeña, sin dejar nada atrás.

Aunque Antoine se estaba quedando allí, fueron conducidos con ceremonia al salón, para encontrarse con su madrina.

La *comtesse* de Saint-Hubert era diminuta, vestida con una falda y chaqueta que probablemente había tenido desde antes de la guerra, y que definitivamente habrían provenido de una de las mejores casas de moda de París. Su cabello estaba perfectamente arreglado y sus diamantes eran enormes.

Alexandra apretó un poco más el brazo de Antoine. Nunca se había sentido particularmente impresionada por la clase o la riqueza, y se sentía cómoda en casas señoriales, pero esta vez le importaba si era aprobada o no.

La *comtesse* insistió en hablar en un inglés con un fuerte acento, lo que le recordó a Alexandra a madame Wilson, quien le había enseñado cocina en Inglaterra, y donde había conocido a sus dos mejores amigas.

Se hicieron las presentaciones, se ofreció champán, fue aceptado —con gratitud—, y todos tomaron asiento.

—Bueno, querida Alexandra, ¿puedo llamarte así? Me he tomado la libertad de investigar a tu familia. Vas a casarte con mi ahijado, que me es muy querido, y me complace descubrir que conozco a tu familia —dijo la mujer, inclinando la cabeza con gracia.

Si Alexandra hubiera estado de pie, habría hecho una reverencia.

—Gracias a Dios —comentó Antoine—. No habría sido apropiado que me casara con alguien que no fuera de sangre noble.

—Eres un bromista, Antoine, pero estos asuntos son muy serios.

—Mis disculpas, madrina.

—Lamento mucho lo de tus padres —continuó la condesa, dirigiéndose a Alexandra—. Una tragedia.

—No los recuerdo...

—Estas cosas suceden. Piensa en los padres de la pequeña Stéphanie.

Alexandra asintió. No se esperaba que mostrara excesiva tristeza por su desgracia, y comprendió que la *flema* no era solo un concepto inglés.

—Y ahora que te he visto en persona, veo que no fue solo tu fortuna lo que atrajo a Antoine.

—¡Madrina, por favor!

—No sabía nada de mi fortuna cuando nos conocimos —aclaró Alexandra.

Una ceja perfectamente arqueada se alzó con sutileza.

—Puede que diga eso, pero podría haberlo averiguado, de haber hecho un poco de investigación.

Antoine, visiblemente incómodo por los comentarios de su madrina, intervino:

—Madrina, sabes muy bien que no investigué nada.

La ceja volvió a elevarse, y la condesa se volvió hacia Alexandra.

—Dime, ¿por qué no llevas un anillo de compromiso? Tengo varias piezas de la familia que serían adecuadas.

—Tengo el anillo de Alexandra aquí —dijo Antoine, palmeando su bolsillo—. Ha sido limpiado y ajustado.

«Sin embargo, ya le quedaba perfecto cuando lo compraron», pensó Alexandra, deseando que aún le fuera bien, después de ajustarlo.

—Espero que sea apropiado —indicó la condesa.

Alexandra solo podía esperar que la vista de la

condesa fallara un poco y que no notara que era un anillo barato, aunque muy bonito.

Antoine sacó una caja de su bolsillo y tomó la mano de Alexandra.

Con destreza, abrió la caja.

En su interior, no estaba el anillo que Alexandra había elegido, sino el primero, el que había dejado pasar.

Lo sacó de la caja y lo deslizó en su dedo.

—Ahí está —indicó—. Un ajuste perfecto.

Alexandra se quedó sin aliento. En su dedo había un gran diamante de corte cojín, rodeado de oro y esmalte azul. Era absolutamente hermoso.

—Muéstramelo, por favor.

La joven cruzó la sala, para que su anillo pudiera ser inspeccionado.

—No está mal. No es exactamente lo que una futura condesa debería llevar en la mano, pero no está mal.

Alexandra recuperó su mano, regresó a su asiento y besó a Antoine en la mejilla.

—¡Es maravilloso! Muchas gracias. ¿Cómo sabías que...?

—¿Que este era el anillo que realmente querías? Te vi mirarlo, comprobar el precio y decidirte por una opción más barata. Compré ambos anillos, para poder asegurarme de que el tamaño fuera el correcto, cuando lo ajustara.

—No lo entiendo —dijo la condesa—. ¿Por qué has tenido que comprar dos anillos? El joyero podría haber medido tu dedo.

Alexandra miró a Antoine, esperando que respondiera.

—Lo compramos en un puesto de mercado, madrina.

—Siempre ha sido mi sueño romántico —explicó Alexandra, apoyándolo—. Comprar un anillo de compromiso en un mercado de antigüedades.

La condesa, obviamente, pensaba que estaba loca.

—¡Chicas inglesas! Son muy diferentes. —Otro pensamiento le cruzó por la mente—. Antoine, entiendo que tu prometida es... inusual en muchos aspectos, pero confío en que vosotros dos no viviréis bajo el mismo techo, cuando regreséis a la Provenza. Sería muy inapropiado.

Alexandra respiró hondo.

Si había estado bien que compartieran el mismo hogar, cuando solo era la niñera, ¿qué había cambiado ahora?

Pero, un segundo después, se dio cuenta de que, en todos los sentidos, la situación era muy diferente.

—No planeamos un compromiso largo —explicó Antoine.

—Y tengo una amiga inglesa mayor que yo, que vive en el pueblo. Estoy segura de que podré quedarme con ella, hasta que nos casemos —añadió Alexandra.

No recordaba si Jack y Penelope iban a tener luna de miel o no, pero estaba segura de que podría arreglarlo.

—¡Bien! Me quedo más tranquila —indicó la condesa—. ¿Pasamos al comedor para almorzar?

Capítulo 36

Un par de días después, Alexandra y Antoine iban de regreso al sur, en un tren, como ninguno en el que Alexandra hubiera estado antes.

—¡Dios mío! —le dijo en inglés—. He viajado en primera clase alguna vez, pero nunca he estado en un tren donde todo sea de primera clase. ¡Y alfombras y tapicería en rosa pálido! ¡Es tan lujoso!

Antoine sonrió.

—No llega hasta Saint-Jean-du-Roc, pero Maxime nos recogerá para que no tengamos que cambiar de tren. Estuvo de acuerdo conmigo en que todo el mundo merece viajar así, de vez en cuando.

—Es maravilloso. Gracias.

Mientras se acomodaba en su asiento rosado, con los pies sobre la alfombra, igualmente rosada, Alexandra reflexionó sobre lo diferente que era este viaje, en comparación con el del otoño pasado, cuando se trasladó por primera vez al *château*.

Entonces, iba a un lugar desconocido, a hacer un trabajo para el que no tenía ninguna calificación, y todo por un hombre al que apenas había visto.

Ahora, viajaba a toda velocidad por Francia, en un

tren lujoso, con el hombre de sus sueños, que resultó ser aquel mismo hombre con el que había soñado desde que lo conoció.

Aunque no había pasado mucho tiempo desde que dejó la Provenza para irse a París, cuando vio a Maxime esperándolos junto a un coche elegante, que no había visto antes, sintió como si hubiera estado fuera toda una vida.

—¡Maxime! —dijo, y corrió a sus brazos.

Él se sentía como un hermano perdido, hacía mucho tiempo.

—¡Alexandra! ¡Antoine! ¿Cómo habéis podido dejar París?

—¿Yo? —dijo Antoine—. Me habría quedado mucho más tiempo, pero esta chica estaba decidida a regresar cuanto antes.

—Quería volver a casa —dijo ella, con sencillez.

Maxime asintió.

Alexandra se sentía cada vez más emocionada, a medida que se acercaban al *château*.

Al llegar y salir del coche, se llevó un dedo a los labios.

—Quiero sorprenderlos —susurró.

Entraron de puntillas en el vestíbulo y Alexandra se dio cuenta de que la puerta de la cocina debía estar cerrada o Milou ya habría salido corriendo.

Antoine abrió la puerta tan suavemente, que nadie lo escuchó.

De repente, Stéphie levantó la vista, Milou ladró y uno de los gatitos trepó por el abrigo de Alexandra, hasta su hombro.

—¡Estás aquí! —gritó la pequeña, levantándose de su silla, para correr hacia ellos.

—¡Lexi! —la llamó David, que estaba más cerca, y la abrazó con fuerza.

—¡Papá! —dijo Félicité, y lo abrazó también.

Henri se acercó y le dio a Alexandra un abrazo torpe, que le tocó el corazón. Luego, Félicité se unió.

—¿Estáis comprometidos? —preguntó—. ¿Puedo ver tu anillo?

El anillo fue inspeccionado y admirado por todos, mientras David intentaba que se sentaran.

—¿Cuándo ha sido la última vez que habéis comido? ¿Tenéis hambre? Hay sopa, o pan con queso. Tenemos suficientes huevos para hacer una tortilla.

—¿Abrimos champán, Antoine? —preguntó Maxime.

—Prefiero un vaso de rosé, del *demijohn* —dijo Alexandra—. Así sabré que estoy en casa.

—Entonces —dijo Stéphie, cuando todos estuvieron sentados comiendo, bebiendo o ambas cosas—, ¿cuándo os vais a casar?

—Aún no lo hemos hablado —respondió Alexandra—, pero espero que pronto.

—¿Puedo ser tu dama de honor? —preguntó la niña.

—Por supuesto, pero no será una gran boda —explicó Alexandra con modestia—. Solo con la familia cercana.

—¿Por qué? —exclamó Antoine—. Creo que deberíamos invitar a todos los que conocemos. Quiero que el mundo vea lo orgulloso que estoy de mi hermosa novia, y cuánto la quiero.

—Tendrás que invitar a tus primos de Suiza —indicó Maxime—. Podríamos usar el hermoso coche de Hubert, para llevarte a todas partes.

—Y no podéis casaros sin Lizzie y Meg. No sería correcto —dijo David—. Quizás podrían quedarse, y ayudarte a prepararte.

Alexandra empezó a reír.

—Llamé a Lizzie desde casa de Donna, cuando nos comprometimos, y, aunque no lo dijo, sé que estaría decepcionada si no viniera. Le pedí que se lo contara a Meg, también. ¿Te parece bien, Antoine?

—Por supuesto. Mientras puedas soportar a mis parientes, puedes invitar a todos los amigos que desees. De hecho, es una buena idea, porque así diluiremos un poco la formalidad de mi familia. —Hizo una pausa—. Debemos reservar espacio para tu familia también, *chérie*.

—Supongo que sí —comentó, a regañadientes—. Pero tal vez prefieran el hotel en el pueblo. Les diré que no hay espacio en el *château*, y que todo es muy rústico en los establos. Solo con mencionar «establo», podría ser suficiente para disuadirlos.

—¿Haréis la boda aquí, como la abuela y Jack? —preguntó Stéphie.

—Por supuesto —dijo Antoine—. ¿Dónde mejor? A menos que Alexandra prefiera otro lugar.

—Oh, no —respondió—. Tiene que ser aquí. —Su voz se entrecortó de emoción—. Es nuestro hogar. —Se aclaró la garganta—. Contadme, ¿fue maravillosa la boda de la abuela y Jack?

—Un poco —dijo Stéphie—, pero habría estado mejor, si hubieras estado.

—Mi madre tomó el control —dijo Félicité—. No me dejó invitar a Jules.

—Ni a Milou —soltó Stéphie—. ¡Él y los gatitos tuvieron que quedarse encerrados en un establo todo el día!

Antoine miró a Alexandra.

—Invito oficialmente a Milou y a los gatitos a nuestra boda. Son una parte muy importante de nuestras vidas.

—Penelope y Jack parecían muy felices —explicó David—. Y estaban encantados de celebrarla en el invernadero. Todos los familiares de Jack estaban muy impresionados.

Más tarde, cuando Maxime se despedía, Antoine llevó a Alexandra a un lado.

—Voy a quedarme con Maxime, por las apariencias.

Ella resopló y suspiró, pero sabía que estaba haciendo lo correcto.

—Voy a ver qué tan pronto pueden venir mis amigas

inglesas —dijo—. Entonces, podrán hacerme de carabinas. Lizzie quiere hacer mi vestido, y Meg querrá encargarse de la tarta, aunque no se ocupe de todo el catering.

Antoine le besó la mejilla.

—Permitiremos con gusto que haga la tarta, pero no que haga toda la comida. Será una dama de honor, ¿no? Tendrá que cuidarte.

Alexandra rio.

—Supongo que sí.

A la mañana siguiente, Stéphie despertó a Alexandra muy temprano, subiéndose a su cama, pero sin poder quedarse quieta.

Ahora que Alexandra estaba despierta, se dio cuenta de que tampoco podía conciliar el sueño.

—Ya sé —le susurró a Stéphie, aunque no había nadie a quien pudieran despertar—. Levantémonos y hagámosle una tarta a tu papá. Va a venir temprano, porque dijo que traería pan y cruasanes, pero ¿no sería divertido hacerle una tarta?

La niña saltó de la cama emocionada.

—Hace muchísimo que no hacemos una tarta juntas. ¡Vamos!

—¿De qué sabor la hacemos? —preguntó Alexandra, mientras iban al patio para recoger los huevos.

—Su favorita es de limón —indicó Stéphie—, pero a mí me gusta de chocolate.

—Estoy segura de que a él también le gusta el chocolate —dijo Alexandra.

La tarta era para Stéphie; su papá se alegraría con cualquier cosa que su hija pequeña preparara.

Apenas eran las ocho y media, cuando escucharon un coche.

Alexandra y Stéphie se miraron emocionadas.

—¡Pero la tarta no está lista! —soltó la niña.

—Casi está —dijo Alexandra—. Cuando esté fría, podemos ponerle la ganache, pero si lo hacemos demasiado pronto, se destrozará.

Escucharon la puerta principal abrirse y pasos que cruzaban el vestíbulo.

La puerta de la cocina se abrió, pero, en lugar de aparecer Antoine, fue Lucinda.

La amplia sonrisa de Alexandra se congeló, y Stéphie exclamó:

—¡Oh! —Dejando ver su decepción.

—Buenos días, Lucinda —saludó Alexandra—. Esperábamos a Antoine con el desayuno.

—Siento decepcionarte. He llegado temprano, porque tengo un coche reservado para llevarme al aeropuerto. Debo irme muy pronto. He venido a despedirme de mis hijos —dijo con un gesto dramático de la cabeza.

—Oh... No creo que estén levantados todavía...

—Voy a despertarlos —se ofreció Stéphie, comprendiendo que era lo que se esperaba de ella.

Cuando se quedaron a solas, Lucinda dijo:

—Al final has conseguido lo que querías: un anillo en el dedo, un conde y un *château*. No está nada mal para una niñera.

Alexandra notó la amargura en su tono y decidió ignorarla. Era la que había ganado aquí, y podía ser magnánima.

—Así es. ¿Y tú, adónde te vas?

—Regreso a Argentina, con mi esposo. En realidad, solo me marché para darle una lección.

—Y para ver a tus hijos, ¿no? —sugirió Alexandra.

—Oh, sí, eso también, claro. Quería asegurarme de que recibieran la educación adecuada. —Hizo una pausa, lanzando a Alexandra una mirada que habría convertido en piedra a una mujer menos segura—. ¡Y no la están recibiendo!

—Estoy segura de que Antoine los enviará a la escuela, que es mejor para ellos.

—Podría permitirse enviarlos a una escuela decente, ahora que va a casarse por dinero.

Alexandra deseó que Félicité y Henri se dieran prisa en bajar. Su madre estaba particularmente venenosa esa mañana.

—Siéntate, por favor. Te haré un poco de café.

—Supongo que también querrás ofrecerme pastel. Debes saber que no comparto tu obsesión por la repostería —indicó, pero, aun así, tiró de una silla y se sentó—. Sabes que se casa contigo por tu dinero, ¿verdad? No tienes mucho más que ofrecerle.

Alexandra decidió responder:

—Creo que él consigue mucho más de esta relación. Tiene una madre para sus hijos, actuales y futuros, y una administradora para su hogar. Es una buena oferta, incluso sin mi fortuna.

—¡Yo también lo creo! —indicó Antoine, que había aparecido en la cocina por la puerta trasera, sin que nadie oyera su llegada. Sus brazos estaban llenos de baguetes y bolsas de papel, presumiblemente con cruasanes, y otros dulces—. Y la fortuna de Alexandra es, como bien dices, su fortuna. —Dejó las bolsas sobre la mesa—. ¿Te quedarás a desayunar, Lucinda?

—No —dijo ella, con la amargura anterior desapareciendo de su rostro—. He venido a despedirme de los niños. Regreso a Argentina. Mi esposo está desesperado por tenerme de vuelta, y aquí no tengo nada que hacer.

—Siéntate, Antoine —le dijo Alexandra—. Muchas gracias por traernos el desayuno. Tendré el café listo en un momento.

Para su alivio, en ese instante aparecieron Félicité y Henri, junto con Stéphie. Estaban vestidos, pero parecían haberse levantado hacía poco.

—Quizás quieras pasar un rato a solas con Félicité y Henri —sugirió Alexandra, ansiosa por escapar de esa escena tan incómoda—. Stéphie, veamos qué ha traído tu padre, y comámoslo en la terraza. Hace una mañana preciosa.

Recogió un par de paquetes, esperando que uno de

ellos tuviera un *pain au chocolat* para alegría de Stéphie, y salió por la puerta trasera, confiando en que la niña la seguiría.

Milou y los gatos pensaron que era una buena idea.

Se quedaron en la terraza, mirando hacia el parque y el bosque. Iba a ser un día hermoso.

—Me alegra que se vaya —dijo Stéphie, lanzando migas—. ¿Está mal que piense eso?

—No. Es tu opinión, y Lucinda nunca ha sido amable contigo.

—No me importa que no sea amable, ni que nunca me compre regalos, pero no me gusta que piense que soy dulce.

—¡Oh, Stéphie! —dijo Alexandra, riéndose—. Lo entiendo perfectamente. Es realmente molesto que alguien que no te gusta piense que eres dulce.

Minutos después, toda la familia de Antoine, incluyendo a Alexandra, se encontraba en las escaleras del *château*, despidiendo a Lucinda, mientras el coche se alejaba por el camino.

Cuando estuvo fuera de vista, Stéphie salió corriendo y los demás regresaron al interior.

Alexandra se encontró al lado de Félicité.

—Lo siento. Espero que no te afecte demasiado que tu madre se vaya otra vez, ahora que empezabas a conocerla.

Félicité se encogió de hombros.

—Está bien. No era como una madre para mí, en

realidad. Solo era una adulta que creía que tenía derecho a decirme qué hacer.

—Iremos a visitarla a Argentina, cuando seamos mayores —comentó Henri, un poco más entusiasmado—. Eso podría estar bien.

—¡Eso será maravilloso! —convino Alexandra—. Podréis galopar por la Pampa, en hermosos caballos, y pasarlo genial.

Félicité y Henri la miraron con asombro.

—¿De veras puedes imaginar a nuestra madre haciendo eso? —preguntó Henri.

Alexandra sonrió.

—Quizás no ahora, pero las personas cambian...

—Si no te importa —comentó el niño—, voy a ver si quedan más *pains au chocolat*.

Su hermana lo siguió y Alexandra se sintió tranquila, al saber que la partida de Lucinda no había alterado mucho a ninguno de los dos.

Capítulo 37

Alexandra había pensado que organizar la boda de Penelope y Jack había sido intenso.

Pero la suya lo estaba siendo aún más.

Una de las primeras cosas que hizo, fue invitar a su amiga Lizzie y a su familia a quedarse en el *château*.

Su familia consistía en su esposo, Hugo, y su bebé, Letty.

El plan era que, después de llevar a su esposa e hija, y estar unos días, Hugo regresaría a casa, y volvería para la boda. Lizzie sería quien confeccionaría el vestido de novia.

Meg, su otra amiga, llegaría en cuanto pudiera cerrar su trabajo cocinando almuerzos para ejecutivos, y se encargaría de hacer el pastel.

Una tercera amiga, Vanessa, viajaría con ella.

Vanessa estaba dispuesta a ayudar en todo lo que se necesitara, aunque admitió por teléfono que, en realidad, solo iba a unirse a la diversión.

La llegada de Lizzie, Hugo y su bebé, causó mucha emoción y alegría.

Stéphie enseguida quiso sostener a Letty, y lo hacía tan bien, que sus padres sintieron que la pequeña estaba en buenas manos.

—Esta era la habitación de Antoine —indicó Alexandra, cuando se acabaron las bebidas y la comida de bienvenida—. Él se mudará al granero, hasta después de la boda, pero pensé que sería bonito teneros cerca.

—Muy práctico para las pruebas del vestido —señaló su amiga, mirando a su alrededor con deleite.

—Pensé que, si querías que Letty tuviera su propia habitación, podría usar esta pequeña estancia, que está muy cerca —añadió Alexandra, recordando el horror de Véronique cuando le pidieron que se quedara allí.

—¿A Antoine no le molesta mudarse de su dormitorio? —preguntó Lizzie.

—Su madrina es muy estricta. Nos dijo que debíamos que tener carabinas, y, aunque ella en realidad no lo sabría, creo que a Antoine le resultaría difícil mirarla a los ojos si no obedeciera sus instrucciones.

—Me cae bien Antoine —indicó Hugo—. Me alegra que sea así. Si no, tendría que prohibir las amonestaciones, o algo así.

—Aunque aprecio tu preocupación, Hugo —comentó Alexandra con tono juguetón—, creo que eso no será necesario.

David estaba encantado de reencontrarse con las chicas, y la primera noche se quedaron todos despiertos, recordando y contándole historias a Antoine, sobre su vida en Londres.

Solo cuando Letty, que dormía en una cuna detrás del sofá, se despertó para que la alimentaran, se dieron cuenta de lo tarde que era, y se fueron a la cama.

Stéphie estaba en su elemento cuidando a un bebé, y hasta Félicité florecía al estar rodeada de mujeres, no mucho mayores que ella, que la trataban como a una igual y admiraban su arte.

Vanessa, que había llegado con Meg, estaba en modo organizativo, y trajo consigo muchas listas.

Uno de los primeros asuntos a atender, fue la visita de Alexandra y Antoine al *mairie*, para resolver el aspecto legal de la ceremonia.

Alexandra presentó su certificado de nacimiento, y todo fue muy sencillo; que Antoine fuera amigo del alcalde, también ayudó.

Fijaron la fecha para la parte legal de la boda, y la bendición en la iglesia sería al día siguiente.

—Sé que tus amigas están organizando una boda brillante para nosotros —dijo Antoine de camino a casa—. Pero ¿qué te gustaría hacer después? ¿Ir de luna de miel? Podríamos ir a Londres o a Suiza... A donde tu corazón desee.

—¿Podemos parar un momento para hablar de esto? En el *château* estamos tan ocupados, que apenas nos vemos —le pidió.

El hombre encontró un portón de una granja y estacionó el coche.

—Lo sé. Mi madrina no podría haberlo organizado mejor.

—Es un poco frustrante, ¿verdad? —dijo Alexandra.

—Afortunadamente, no tendremos que esperar mucho para estar casados de verdad, y poder vivir juntos en el *château* —recordó.

—Lo que nos lleva al tema de la luna de miel. ¿Te parecería muy extraño si te dijera que no quiero irme aún? Los niños empezarán en su nueva escuela muy pronto, y me gustaría asegurarme de que se adaptan bien, antes de que desaparezcamos.

—A veces pienso que quieres más a mis hijos que a mí —comentó, fingiendo indignación.

—¡Oh, Antoine! Seguro que con el tiempo llegaré a quererte tanto como a ellos —respondió, riendo, mientras él le hacía cosquillas, para acabar besándose.

Regresaron para el almuerzo en el jardín.

El sol primaveral era lo suficientemente cálido, y todo tenía un aire festivo.

Sin embargo, resultó ser un almuerzo de trabajo.

—Solo necesitamos que decidas algunos detalles —expuso Vanessa, con su infaltable tablilla de notas junto a ella.

—Por ejemplo, ¿qué tipo de pastel quieres? —preguntó Meg—. Para ser honesta, es un poco tarde para un pastel tradicional de frutas, pero lo haría, si es lo que deseas.

—Nunca había tenido que decidir sobre un pastel —indicó Alexandra.

Antoine se encogió de hombros.

—Un pastel tradicional en Francia sería un *croquembouche*, pero sé que es complicado.

Alexandra vio cómo los ojos de su amiga se iluminaban con emoción, al mirar a David, quien había sido su cómplice en Londres.

—David —lo llamó Meg—, ¿crees que podríamos hacerlo o deberíamos encargarlo en una pastelería local?

Alexandra sabía que Meg anhelaba asumir el desafío.

—Si sientes que puedes hacerlo, me encantaría, Meggy. Preferiría que fuera un poco torcido y hecho por ti, y David, a que estuviera perfecto y hecho por una tienda —dijo, lanzando una mirada a Antoine, deseando que lo comprendiera.

—Nos sentiríamos honrados, si hicieras nuestro pastel de bodas —indicó Antoine, demostrando que la entendía a la perfección.

—Entonces, ya está decidido —dijo Vanessa, escribiendo en su tablilla de notas—. ¿Alguien me pasa la quiché? De repente me ha dado mucha hambre.

—¿Queréis una recepción sentados o preferís que la gente esté de pie, comiendo canapés? —interrogó Meg, quien también tenía su propia lista.

—La gente habrá viajado y muchos se quedarán aquí, creo que deberían tener una comida formal —señaló

David, que disfrutaba enormemente alimentando a las personas.

—Estoy de acuerdo —asintió Antoine—. Después de todo, estaremos en la *orangerie*.

—Estoy haciendo un nuevo mural, o al menos añadiendo una parte —dijo Félicité—. Una para ti y para papá.

—Nada demasiado extravagante, por favor, *chérie* —pidió Antoine.

—No sé —intervino Alexandra—. Creo que debería tener libertad para hacer lo que quisiera.

Después de que Antoine, David y Henri se marcharon a ocuparse de otras cosas, las mujeres se quedaron compartiendo otro *pichet de rosé*, y un plato de *macarons* —el primer intento de Meg—. Todavía quedaban importantes decisiones por tomar.

—He hecho algunos bocetos para el vestido —comentó Lizzie—. Obviamente, no compraremos la tela hasta que Alexandra esté completamente satisfecha con el diseño.

—Quiero algo muy sencillo —empezó Alexandra.

—Y elegante —añadió Lizzie.

—¿Largo o corto? —preguntó Vanessa—. Te verías preciosa con cualquiera de los dos.

—Creo que deberías llevar un vestido largo —opinó Stéphie—, con una corona.

—¡Yo también lo pienso! —dijo Alexandra, contenta de coincidir con las ideas de la niña.

—Yo también —convino Lizzie—. Haré un *toile*. Tengo tiempo.

—¿Qué es un *toile*? —preguntó Stéphie.

Cuando le explicaron que un *toile* era una versión del vestido, en una tela más económica, para que se ajustara perfectamente, la pequeña dijo:

—¿Puedo quedármelo después?

—Por supuesto que sí —afirmó Alexandra—. Podemos acortarlo un poco.

—¿Y qué hay de los vestidos de las damas de honor? —preguntó Félicité.

Alexandra escuchó un pequeño suspiro de Lizzie y se dio cuenta de que sería demasiado trabajo para ella hacer también esos vestidos.

—¿No puedo llevar el que usé en la boda de la *grand-mère*? —interrogó Stéphie—. ¡Me encanta ese vestido! ¿Tengo que usar algo diferente?

—¿Te gustó el vestido, Félicité? —se interesó Lizzie con suavidad, probablemente esperando que la respuesta fuera que sí.

—Estaba bien —respondió Félicité—. No me importaría usarlo de nuevo.

—Me dio mucha pena no haberos visto con los vestidos en la boda de Penelope y Jack —indicó Alexandra—. Pero solo si os parece bien...

La niña mayor no estaba tan emocionada de planear

otra boda como su hermana, aunque disfrutaba con cómo las amigas de Alexandra la integraban en el grupo.

—Estoy segura —dijo Félicité.

—Entonces, tú y Félicité ya tenéis vestidos —señaló Alexandra—. ¿Y mis damas de honor inglesas?

—Estoy segura de que podemos comprar algo —comentó Meg—. ¿Cómo lo dicen aquí? *¿Prêt-à-porter?*

—¿Listos para usar? —dudó Lizzie—. ¿Serán lo suficientemente bonitos?

—La tienda donde nos hicieron los vestidos en Niza, tenía cosas bonitas —recordó Félicité—. Mi madre nos la recomendó, así que, por supuesto, era muy cara.

—No os preocupéis por eso... ¡Estoy a punto de heredar una fortuna! —Alexandra no pudo evitar reír—. Es todo tan absurdo. Vamos a mirar, y, si no son lo suficientemente bonitos, buscaremos otra tienda. ¿Me pasáis los *macarons*? Están realmente deliciosos, Meggy.

—Me costó trabajo despegarlos del papel, pero estoy bastante contenta con ellos —dijo la chica, inspeccionando el pequeño círculo verde claro que sostenía.

Más tarde, cuando Lizzie y Alexandra estuvieron a solas en la habitación que había sido la de Jack y ahora era el taller de costura, Alexandra suspiró.

—Sé que te frustraste un poco con tu madre y sus planes para tu boda —le comentó Alexandra, mientras su amiga la medía de la axila al suelo—, pero algunos planes vendrían bien. Hay tanto por hacer, y tantas decisiones que tomar.

Lizzie anotó la medida y luego abrazó a su amiga.

—Lo siento mucho. Debe ser difícil no tener una madre en un momento como este.

Alexandra carraspeó.

—Siempre doy por hecho que me las puedo arreglar perfectamente sin padres, pero puede que a veces sean de utilidad. Sin embargo, aunque no tengo padres, tengo mucha gente que me quiere y que cuida de mí.

—David te adora. Es el mejor tipo de padre —señaló Lizzie—. No te manda ni te grita, pero siempre te ayuda y te saca de apuros.

—No sé qué habría sido de mí sin David —comentó, recordando el tiempo que vivió con él en Londres—. Ha aceptado llevarme al altar.

—Y creo que Stéphie será una excelente madre sustituta —añadió Lizzie—. Es mandona, sabe lo que te conviene y te quiere muchísimo.

—Y Penelope y Jack. Han tenido una luna de miel corta, solo para mi boda.

—Es un poco intimidante, pero está decidida a que todo salga perfecto. Todavía necesita que le convenzan de que la comida de Meg será lo suficientemente buena, y eso que solo es para la cena de la noche anterior.

Alexandra sonrió.

—¡Lo sé! Eso es en parte porque las personas que ella contrató son sus amigas, Pam y Elizabeth. Ambas son inglesas, y muy buenas cocineras. Aunque no sé qué dirá

Penelope cuando se entere de que Meggy y David están haciendo un *croquembouche*.

—Aunque sé que Meg y David habrían hecho un trabajo maravilloso con la comida, me alegra que tengas un servicio de catering. Así ellos pueden unirse a la fiesta, como es debido.

—Eso pensé —afirmó Alexandra—. Y si el *croquembouche* se desmorona, que así sea.

Lizzie se rio.

—¿Puedo medirte los hombros? Puedes tomarte el *croquembouche* con tranquilidad si quieres, pero queremos que tu vestido se vea como si realmente lo hubiera hecho Givenchy.

—¡Y como si yo fuera Audrey Hepburn de verdad!

Varios días después, todos estuvieron de acuerdo en que Lizzie había hecho un trabajo espectacular, o como decía David, «se había lucido».

Alexandra, con su sencillo vestido de novia estilo columna, sin mangas y con cuello alto, se veía más hermosa que Audrey Hepburn. Llevaba el pelo recogido en un elegante moño, hecho por Donna, quien había bajado desde París con Bob, y era, sin duda, la mejor en esos menesteres. Además, un largo velo, sujeto por una tiara —prestada por la madrina de Antoine—, flotaba sobre su espalda.

Pero la hebilla del zapato de Alexandra se había caído y Lizzie se la estaba cosiendo de nuevo.

Dentro de la iglesia se escuchaba el *Canon en D de Pachelbel*. Henri y un amigo lo habían practicado sin descanso, y ahora lo tocaban de maravilla.

David andaba de un lado a otro, tan ansioso como cualquier padre que estuviera a punto de llevar a su hija al altar.

Maxime también estaba allí, increíblemente apuesto con su traje de gala.

—No parece que haya pasado mucho tiempo desde que organizábamos tu boda —le dijo Meg a Lizzie, intentando sacar conversación, al notar que Alexandra se ponía nerviosa—. Y ahora estamos organizando una boda en la Provenza.

—La siguiente eres tú, Meg —dijo Vanessa.

—No planeo casarme —replicó esta—. Al menos, no en los próximos años. Primero quiero enfocarme en mi carrera.

—Bien por ti, Meggy —la animó David—. Me siento como si estuviera a punto de salir al escenario como Hamlet en Stratford.

—¡Ánimo, *mon brave*! —le dijo Maxime, dándole una palmada en el hombro.

Alexandra, que los observaba, notó la mirada que intercambiaron los dos hombres.

«¡Ah!», pensó. «¡Claro! Maxime es el amigo especial de David. ¡Qué bonito!»

Les sonrió ampliamente, y David hizo una mueca, incapaz de esconder su felicidad.

—Listo. Ya está —anunció Lizzie, quien no se había percatado de nada.

—Gracias a Dios —dijo David—. Ahora, ponte el zapato, Cenicienta, y te acompañaré con tu príncipe azul.

—Pero papá solo es un conde, y no un príncipe —objetó Stéphie.

—Lo sé, cariño —indicó Alexandra, besándole la mejilla—. Pero a veces hay que bajar un poco los estándares. ¡Y lo quiero mucho aun siendo conde!

Epílogo

Antoine y Alexandra estaban de pie en los escalones del *château*, tomados de la mano, mientras observaban la fiesta, que aún seguía en el invernadero, y que se había extendido hacia el césped.

Se habían retirado un par de horas antes, entre vítores y lanzamiento de ramo.

Meg lo había atrapado y, sin perder tiempo, lo había lanzado de vuelta.

—Ha sido una boda maravillosa —dijo Alexandra—. Rodeada de todos a los que quiero. Además de unas cuantas personas que no sabía que me caían tan bien. Mis parientes suizos, por ejemplo.

—¡Sí! Realmente se quitaron el cabello... ¿Cómo es?

—Se soltaron el pelo —le corrigió Alexandra—, pero me gusta cómo lo has hecho.

Él se encogió de hombros.

—En fin, ahora son buenos amigos de mi madrina. Esta ya planea visitarlos en Suiza.

—Y David...

—Ah, sí. David y Maxime. No lo vi venir, pero es perfecto. Creo que David hará un buen negocio vendiendo antigüedades entre los dos países.

—Me hace muy feliz pensar que vivirán aquí, y que seguirán siendo parte de nuestra familia —comentó.

—Mis hijos se lo están pasando muy bien, o eso creo.

—Se han portado muy bien, ¿verdad? No creo que Lizzie haya tenido que coger a Letty ni una sola vez. Stéphie ha disfrutado llevándola en brazos. Y los mayores... han sido un orgullo para ti.

—Creo que han sido un orgullo para su niñera inglesa —respondió Antoine, y la besó de nuevo.

—No es la familia con la que empiezas lo importante —indicó Alexandra, sintiéndose todavía filosófica—. Es la familia que creas, o eso pienso.

—Totalmente de acuerdo. Y eso me recuerda, que hay un pequeño asunto relacionado con eso que necesitamos atender...

Agradecimientos

Los mismos nombres aparecen con frecuencia en mis agradecimientos, lo que indica lo increíblemente leales y amables que son las personas. Esta es mi oportunidad para darles las gracias.

Como siempre, a Bill Hamilton y a todos los de A. M. Heath.

Richenda Todd, que me salva, año tras año, de cometer errores espantosos en público.

De nuevo, a mi cuñada Susan Makin por hablarme de la Francia rural de los años sesenta.

Selina Walker, la mejor editora y mi querida amiga. Su asistente Sophie Whitehead. El equipo que está detrás de mí y que es tan crucial en todo el negocio, incluyendo a: Sarah Harwood, Charlotte Bush, Evie Kettlewell, Mat Watterson, Claire Simmonds, Sarah Ridley, Ceara Elliot, Jacqueline Bissett, Linda Hodgson, Helen Wynn-Smith, Laurie Ip Fung Chun, Hope Butler, por nombrar solo a algunas. Como mi equipo, todos sois vitales para mí. Os estoy muy agradecida.

A los amigos y compañeros escritores hasta ahora olvidados: Jo Thomas, A. J. Pearce, Jill Mansell, Milly Johnson, Janie Millman, Judy Astley, Catherine Jones, Bernadine Kennedy, y a toda la gran comunidad de escritores. Nos ayudamos mutuamente en tiempos difíciles. No sé dónde estaría sin todos vosotros, pero sé que no sería muy divertido.

Lamentablemente, falta en esta lista nuestra querida Jane Wenham-Jones. Ya no está con nosotros, pero nunca la olvidaremos.